U0825001

卷 7

General Collection of Eight Great Literators' Essays of the Tang and Song Dynasties

唐宋八大家散文总集

新版校评 修订本

郭预衡 郭英德◎主编

苏轼（二）

史慕鸿 过常宝◎校评

河北出版传媒集团
河北人民出版社

三　书简

与杨济甫

为别忽已半岁，倾想之怀，远而益甚。即日起居何如，贵眷各安吉。自离家至荆南，数次奉书，计并闻达。前月半已至京，一行无恙。得腊月中所惠书，甚慰远意。见在西冈赁一宅子居住，恐要知悉。春暄，未缘会见，千万珍重！珍重！

【解题】

本书作于嘉祐元年（1056）六、七月间。杨济甫，苏轼同乡友人，后为苏轼看管在家乡的田宅坟墓。

谢欧阳内翰书

轼窃以天下之事，难于改为。自昔五代之余，文教衰落，风欲靡靡，日以涂地。圣上慨然太息，思有以澄其源，疏其流，明诏天下，晓谕厥旨。于是招来雄俊魁伟敦厚朴直之士，罢去浮巧轻媚丛错采绣之文，将以追两汉之余，而渐复三代之故。士大夫不深明天子之心，用意过当，求深者或至于迂，务奇者怪僻而不可读，余风未殄，新弊复作。大者镂之金石，以传久远；小者转相摹写，号称古文。纷纷肆行，莫之或禁。盖唐之古文，自韩愈始。其后学韩而不至者为皇甫湜，学皇甫湜而不至者为孙樵。自樵以降，无足观矣。伏惟内翰执事，天之所付以收拾先王之遗文，天下之所待以觉悟学者。恭承王命，亲执文柄，意其必得天下之奇士以塞明诏。

轼也远方之鄙人，家居碌碌，无所称道，及来京师，久不知名，将治行西归，不意执事擢在第二。惟其素所蓄积，无以慰士大夫之心，是以群嘲而聚骂者，动满千百。亦惟恃有执事之知，与众君子之议论，故恬然不以动其心。犹幸御试不为有司之所排，使得搢笏跪起，谢恩于门下。闻之古人，士无贤愚，惟其所遇。盖乐毅去燕，不复一战，而范蠡去越，亦终不能有所为。轼愿长在下风，与宾客之末，使其区区之心，长有所发。夫岂惟轼之幸，亦执事将有取一二焉。不宣。

【解题】

本书嘉祐二年（1057）三月苏轼中进士后作。文中感谢欧阳修的知遇之恩，并表示对欧阳修所倡导的古文运动的服膺。文章俯仰得体，无阿谀之嫌。欧阳内翰，即欧阳修。时欧阳修任翰林学士，故称。

谢梅龙图书

轼闻古之君子，欲知是人也，则观之以言。言之不足以尽也，则使之赋诗以观其志。春秋之世，士大夫皆用此以卜其人之休咎，死生之间，而其应若影响符节之密。夫以终身之事而决于一诗，岂其诚发于中而不能以自蔽邪？《传》曰：“登高能赋，可以为大夫矣。”古之所以取人者，何其简且约也。后之世风俗薄恶，渐不可信。孔子曰：“今吾于人也，听其言而观其行。”知诗赋之不足以决其终身也，故试之论以观其所以是非于古之人，试之策以观其所以措置于今之世。而诗赋者，或以穷其所不能；策论者，或以掩其所不知。差之毫毛，辄以摈落。后之所以取人者，何其详且难也。夫惟简且约，故天下之士皆敦朴而忠厚；详且难，故天下之士虚浮而矫激。

伏惟龙图执事，骨鲠大臣，朝之元老。忧恤天下，慨然有复古之心。亲较多士，存其大体。诗赋将以观其志，而非以穷其所不能；策论将以观其才，而非以掩其所不知。使士大夫皆得宽然以尽其心，而无有一日之间苍皇扰乱、偶得偶失之叹。故君子以为近古。

轼长于草野，不学时文，词语甚朴，无所藻饰。意者执事欲抑浮剽之文，故宁取此以矫其弊。人之幸遇，乃有如此。感荷悚息，不知所裁。

【解题】

本书嘉祐二年（1057）三月作。文中称赞梅挚取士存古圣人之道。文章引经据典，析而论之，很见才情。本文为感谢梅挚而作，但立论巧妙，出意新奇。梅龙图，即梅挚，字公仪，时为龙图阁直学士，知礼部贡举。

谢范舍人书

轼闻之古人，民无常性。虽土地风气之所禀，而其好恶则存乎其上之人。文章之风，惟汉为盛。而贵显暴著者，蜀人为多。盖相如唱其前，而王褒继其后。峨冠曳佩，大车驷马，徜徉乎乡闾之中，而蜀人始有好文之意。弦歌之声，与邹、鲁比。然而二子者，不闻其能有所荐达。岂其身之富贵而遂忘其徒耶？

尝闻之老人，自孟氏入朝，民始息肩，救死扶伤不暇，故数十年间，学校衰息。天圣中，伯父解褐西归，乡人叹嗟，观者塞涂。其后执事与诸公相继登于朝，以文章功业闻于天下。于是释耒耜而执笔砚者，十室而九。比之西刘，又以远过。且蜀之郡数十，轼不敢远引其他，盖通义蜀之小州，而眉山又其一县，去岁举于礼部者，凡四五十人，而执事与梅公亲执权衡而较之，得者十有三人焉。则其他可知矣。

夫君子之用心，于天下固无所私爱，而于其父母之邦，苟有得之者，其与之喜乐，岂如行道之人漠然而已哉！执事与梅公之于蜀人，其始风动诱掖，使闻先王之道，其终度量裁置，使观天子之光，与相如、王褒，又甚远矣。轼也在十三人之中，谨因阍吏进拜于庭，以谢万一。又以贺执事之乡人得者之多也。

【解题】

本书嘉祐二年（1057）三月作。文中述蜀中文风之盛，并赞扬范镇对蜀中文士的奖掖，以表达对范镇的感激之情。此文自范镇为蜀人而立论，又别是一种笔意，与前不同。范舍人，即范镇，字景仁，成都人，时以起居舍人知谏院权知礼部贡举。

谢韩舍人启

右轼启。轼闻古者至治之世，天子推恩，以收天下之望；有司执法，以绳天下之偷。盖不推恩则无所兼容，不执法则有所侥倖。有司推恩而求名，则侵君之权；天子执法而责实，则失民之望。为君者常病于察，为臣者又失之宽。古之明天子，信其臣而不惑于多言，故有司执法而无所忌。古之良有司，忧其君而不恤于私计，故天下归怨而不敢辞。况欲选材而置官，是将教民而图任。唯所利国，岂容树恩。

今圣上推不忍之心，使贤愚皆遂其所欲；而大臣用至明之法，使工拙不至于相淆。向者哀怜老儒，故为特奏之令；悯恻连坐，又开别试之涂。此天下所以咏歌至仁，鼓无盛德。君臣之体，夫岂同条。

伏惟舍人执事，为时求材，忧国忘己。所图甚远，将深计于安危；自信至明，曾不牵于毁誉。变苟且依违之俗，去浮伪嚣哗之文。罢黜俗儒，动以千计；讲通经术，得者九人。

顾兹小才，偶在殊选。惟天子推恩如此之厚，惟大臣执法如此之坚。将天下实被其休功，岂一夫独遂其私愿。感荷激切，不能自胜。

【解题】

本文作于嘉祐二年（1057）三月。韩舍人，即韩绛，时以起居中书舍人、知制诰，权知礼部贡举。本文赞扬韩绛能为国选有用之才，并对其录取自己表示感谢。

谢王内翰启

右轼启。窃以取士之道，古难其全。欲求倜傥超拔之才，则惧其放荡，而或至于无度；欲求规矩尺寸之士，则病其龌龊，而不能有所为。进士之科，昔称浮剽。

本朝更制，渐复古风。博观策论，以开天下豪俊之涂；精取诗赋，以折天下英雄之气。使龌龊者望而不敢进，放荡者退而有所裁。此圣人所以网罗天下之逸民，追复先王之旧迹。元臣大老，皆出此涂。

伏惟内翰执事，天材俊丽，神气横溢。奇文高论，大或出于绳检；比声协句，小亦合于方圆。盖天下望为权衡，故明主委之黜陟。轼之不肖，与在下风。顾惟山野之见闻，安识朝廷之忌讳。轼亦恃有执事之英鉴，以为小节之何拘。执事亦将收天下之遗才，观其大纲之所在。骤置殊等，实闻四方。使知大国之选材，非顾当时之所悦。眇然陋器，虽不能胜多士之喧言；卓尔大贤，自足以破万人之浮议。方将奔走厥职，厉精乃心。苟庶几无朝夕之愆，以辱知己；亦万一有毛发之效，少答至仁。感惧之怀，不知所措。

【解题】

本文作于嘉祐二年（1057）三月。王内翰，即王珪，时以翰林学士权知礼部贡举。文中对王珪不顾文风时尚，将自己擢在高第表示感谢。

上梅直讲书

某官执事。轼每读《诗》至《鸱鸮》，读《书》至《君奭》，常窃悲周公之不遇。及观史，见孔子厄于陈、蔡之间，而弦歌之声不绝，颜渊、仲由之徒相与问答。夫子曰："匪兕匪虎，率彼旷野，吾道非邪，吾何为于此?"颜渊曰："夫子之道至大，故天下莫能容。虽然，不容何病，不容然后见君子。"夫子油然而笑曰："回，使尔多财，吾为尔宰。"夫天下虽不能容，而其徒自足以相乐如此。乃今知周公之富贵，有不如夫子之贫贱。夫以召公之贤，以管、蔡之亲而不知其心，则周公谁与乐其富贵。而夫子之所与共贫贱者，皆天下之贤才，则亦足与乐乎此矣。

轼七八岁时，始知读书，闻今天下有欧阳公者，其为人如古孟轲、韩愈之徒。而又有梅公者从之游，而与之上下其议论。其后益壮，始能读其文词，想见其为人，意其飘然脱去世俗之乐而自乐其乐也。方学为对偶声律之文，求斗升之禄，自度无以进见于诸公之间。来京师逾年，未尝窥其门。今年春，天下之士群至于礼部，执事与欧阳公实亲试之。诚不自意，获在第二。既而闻之人，执事爱其文，以为有孟轲之风。而欧阳公亦以其能不为世俗之文也而取焉。是以在此。非左右为之先容，非亲旧为之请属，而向之十余年间，闻其名而不得见者，一朝为知己。退而思之，人不可以苟富贵，亦不可以徒贫贱。有大贤焉而为其徒，则亦足恃矣。苟其侥一时之幸，从车骑数十人，使闾巷小民聚观而赞叹之，亦何以易此乐也。《传》曰："不怨天，不尤人。"盖优哉游哉，可以卒岁。执事名满天下，而位不过五品。其容色温然而不怒，其文章宽厚敦朴而无怨言，此必有所乐乎斯道也。轼愿与闻焉。

【解题】

本书作于嘉祐二年（1057）三月。梅直讲，即梅尧臣，字圣俞，北宋著名诗人。时任国子监直讲，进士试时，梅尧臣为编排校定官，首得苏轼试卷，并荐给欧阳修。本文感激梅尧臣对自己的赏识，抒发了士遇知己的喜悦情怀。

上韩太尉书

轼生二十有二年矣。自七八岁知读书，及壮大，不能晓习时事，独好观前世盛衰之迹，与其一时风俗之变。自三代以来，颇能论著。

以为西汉之衰，其大臣守寻常，不务大略，东汉之末，士大夫多奇节，而不循正道。元、成之间，天下无事，公卿将相安其禄位，顾其子孙，各欲树私恩，买田宅，为不可动之计，低回畏避，以苟岁月，而皆依放儒术六经之言，而取其近似者，以为口实。孔子曰："恶居下流而讪上，恶讦以为直。"而刘歆、谷永之徒，又相与弥缝其阙而缘饰之。故其衰也，靡然如蛟龙释其风云之势，而安于豢畜之乐，终以不悟，使其肩披股裂登于匹夫之俎，岂不悲哉！其后桓、灵之君，惩往昔之弊，而欲树人主之威权，故颇用严刑，以督责臣下。忠臣义士，不容于朝廷，故群起于草野，相与力为险怪惊世之行，使天下豪俊奔走于其门，得为之执鞭，而其自喜，不啻若卿相之荣。于是天下之士，嚣然皆有无用之虚名，而不适于实效。故其亡也，如人之病狂，不知堂宇宫室之为安，而号呼奔走，以自颠仆。昔者太公治齐，举贤而尚功。周公曰："后世必有篡弑之臣。"周公治鲁，亲亲而尊尊。太公曰："后世浸微矣。"汉之事迹，诚大类此。

岂其当时公卿士大夫之行，与其风俗之刚柔，各有以致之邪？古之君子，刚毅正直，而守之以宽，忠恕仁厚，而发之以义。故其在朝廷，则士大夫皆自洗濯磨淬，戮力于王事，而不敢为非常可怪之行，此三代王政之所由兴也。曾子曰："上失其道，民散久矣。"天下之人，幸而有不为阿附、苟容之事者，则务为倜傥矫异，求如东汉之君子，惟恐不及。可悲也已。

轼自幼时，闻富公与太尉皆号为宽厚长者，然终不可犯以非义。及来京师，而二公同时在两府。愚不能知其心，窃于道涂，望其容貌，宽然如有容，见恶不怒，见善不喜，岂古所谓大臣者欤？夫循循者固不能有所为，而翘翘者又非圣人之中道，是以愿见太尉，得闻一言，足矣。太尉与大人最厚，而又尝辱问其姓名，此尤不可以不见。今已后矣。不宣。轼再拜。

【解题】

本书于嘉祐二年（1057）为求见韩琦而作。信中略论汉代士风流变，指出在上位者当勿使士子散于草野，并在此基础上提出仰慕求见之意。本文立意颇高，先声夺人。韩太尉，即韩琦，字稚圭，因边功名重一时，曾为相十年，敢于决事，封魏国公，卒谥忠献。

谢秋赋试官启

伏以圣人设文章之教，本以御民；君子在田野之间，亦学为政。故知礼乐者可与言化，通《春秋》者长于治人。盖三代之所常行，于六经可以备见，事为之制，曲为之防。使学者皆能明其心，则天下可以运诸掌。

降及近世，析为二涂。凡王政皆出于刑书，故儒术不通于吏事。惟其所以治民者，固不本于学；而其所以为学者，亦无施于民。游庠校者忘朝廷，读法律者捐诗赋。场屋后进，挟声技以相夸；王公大人，顾雕虫而自笑。旧学无用，古风遂忘。终始之意，曾不相沿；贵贱之间，亦因遂阔。下之士有学古之意，而无学古之功；上之人有用儒之名，而无用儒之实。顾兹偷弊，常窃悯嗟。苟非当世之大贤，执拯先王之坠典？

伏惟某官，才出间世，志存生民。曩在布衣，能通天下之务；旋居要职，又为儒者之宗。明习政事，而皆有本原；守持经术，而不为迂阔。世之系望，上所深知。辍自朝联，付之文柄。命题甚易，而不肖者无所兼容；用法至宽，而犯令者未尝苟免。观其发问于策，足以尽人之材。讲求先圣之心，考其诗义；深悲古学之废，讯以历书。条任子之便宜，访成均之故事。不泥于古，不牵于今。非有苛碎难知之文，将观磊落不羁之士。使天下知文章诚可以制治，知声律不足以入官。失之者固因而自新，得之者不至于捐旧。畴昔所欲，于今遂忘。

轼才无他长，学以自守。为文病拙，不能当世俗之心；奏籍有名，大惧辱贤材之举。翻然如畀之羽翼，追逸翮以并游；沛然如假之舟航，临长川而获济。偶缘大庇，粗遂一名。方将区区于簿书米盐之间，碌碌于尘埃箠楚之地。虽识恩之所自，顾力报之末由。感惧之怀，不知所措。

【解题】

本书嘉祐二年（1057）及第后，为谢试官而作。文中论近世学风弊病，在于所学不能施于世用。而本试官能利用试题引导文士关注现实、吏治，纠正时弊，是极有意义的。

上知府王龙图书

执事自轩车之来，曾未期月，蜀之士大夫，举欣欣然相庆，以为近之所无有。下至闾巷小民，虽不足以识知君子之用心，亦能欢欣踊跃，转相告语，喧哗纷纭，洋溢布出而不可掩，虽户给之粟帛而人赐之爵，其喜乐不如是之甚也。伏惟明公何术以致此哉？轼也安足以议！虽然，请得以僭言之。盖明公之于蜀人，所以深结其心，而纳之安居无事以养生送死者，有所甚易，而亦有所至难。

夫海滨之人，轻游于江河。何则？其所见者大也。昔先魏公宰天下十有八年，闻其言语而被其教诲者，皆足以为贤人，而况于公乎？度其视区区之一方，不啻户庭之小。且公为定州，内以养民殖财，而外震威武以待不臣之胡。为之三年，而四方称之。况于实非有难办之事，是以公至之日，不劳而自成也。此其所以为易者一也。自近岁以来，蜀人不知有勤恤之加，擢筋割骨以奉其上，而不免于刑罚。有田者不敢望以为饱，有财者不敢望以为富，惴惴焉恐死之无所。然皆闻见所熟，以为当然，不知天下复有仁人君子也。自公始至，释其重荷，而出之于陷阱之中。方其困急时，箪瓢之馈，愈于千金，是故莫不欢欣鼓舞之至。此其所以为易者二也。

虽然，亦有所至难。何者？国家蓄兵以卫民，而赋民以养兵，此二者不可以有所厚薄也。然而薄于养兵者，其患近而易除。厚于赋民者，其忧远而难救。故夫庚子之小变，起于兵离；而甲午之大乱，出于民怨。由此观之，固有本末也。而为政者，徒知畏其易除之近患，而不知畏其难救之远忧。而有志于民者，则或因以生事。非当世大贤，孰能使之两存而皆济？此其所以为难者一也。蜀人之为怯，自昔而然矣。民有抑郁，至此而不能以告者。且天下未尝无贪暴之吏，惟幸其上之明而可以诉，是以犹有所恃。今民怯而不敢诉，其诉者又不见省幸，而获省者，指目以为凶民，阴中其祸。嗟夫，明天子在上，方伯连帅之职，执民之权，而不能为之地哉！夫惟天下之贤者，则民望之深而责之备。若夫庸人，谁复求之。自顷数公，其来也莫不有誉，其去也莫不有毁。夫岂其民望之深责之备，而所以塞之者未至耶？今之饥者待公而食，寒者待公而衣，凡民之失其所者，待公而安，倾耳耸听，愿闻盛德日新而不替。此其所以为难者二也。

伏惟明公以高世之才，何施而不可，惟无忽其所以为易，而深思其所难者而稍加意焉。将天下被其泽，而何蜀之足云。轼负罪居丧，不当辄至贵人之门，妄有所称述，诚不胜惓惓之心，敢以告诸左右。旧所为文十五篇，政事之余，凭几一笑，亦或有可观耳。

【解题】

本书作于嘉祐三年（1058），时苏轼在眉山丁母忧。王龙图，即刚任成都知府的龙图阁学士王素。文中颂扬了王素的政德，并论为政之难在于蓄兵、赋民，尤以赋民为重。反映了苏轼重视民生的儒家思想。

与宝月大师二首

一

轼顿首。昨者累日奉喧，既行，又沐远出，至刻厚意。即日法履何如？所要绣观音，寻便召人商量，皆言若今日便下手绣，亦须至五月十间方得了当。如成见卖者即甚不佳，厥直六贯五六。见未令绣，且此咨报，如何？如何？借及折枝两轴，专令归纳，并无污损，且请点检妆佛，甚烦催督。今令两仆去迎，且请便遣回，今趁追荐，仍希觑令子细安置结束，勿使磨损，为祝。其余者，亦幸与督之，至祝！至祝！所借浮沤画一轴，近将比对壁上画者，恐非真笔，然亦稍可爱。前人如相许辍得亦妙。冗事甚聒雅怀，非宗契不至此也。大人未及奉书，舍弟亦同此致恳。珍重！珍重！不次。轼顿首宗兄宝月大师。三日早。

前买缬一匹，花样不入意。却封纳换黄地月儿者一匹，厥直同否？聒噪！聒噪！

昨所说两药方，札去呈大人。近召册八哥，与说前来事意，他言待归与一亲情计会，此欲与再扣前人，恐要知。浮沤请与挂意图之。厥费亦请勿令过，前来所说，但量贫宗所办得，莫作何三辈眼目看也。呵呵。因送窦宰，千万□及。轼手启。

二

轼顿首。违间旬日，法履何似？昨眉阳奉候数日，及至嘉树亦五六日间，延望不至，不知何故爽前约也？怏怏。来早且解缆前去，渐远，无由一见，惟强饭多爱，今嘉倅任屯田秀才行，聊附此为问。草草，不宣。轼顿首宗兄宝月大师。十月十二日。僧正亦不别幅。

【解题】

前书作于嘉祐二至四年（1057—1059）在四川守服时。后书作于嘉祐四年（1059）十月离蜀还朝时。宝月大师，即惟简，成都僧人，为苏轼族兄。

上王兵部书

荆州，南北之交，而士大夫往来之冲也。执事以高才盛名，作牧于此，盖亦尝有以相马之说告于左右者乎？闻之曰：骐骥之马，一日行千里而不殆，其脊如不动，其足如无所着，升高而不轾，走下而不轩。其技艺卓绝而效见明著至于如此，而天下莫有识者，何也？不知其相而责其技也。夫马者，有昂目而丰臆，方蹄而密睫，捷乎若深山之虎，旷乎若秋后之兔，远望目若视日而志不存乎刍粟，若是者飘忽腾踔，去而不知所止。是故古之善相者立于五达之衢，一目而眄之，闻其一鸣，顾而循其色，马之技尽矣。何者？其相溢于外而不可蔽也。士之贤不肖，见于面颜而发泄于辞气，卓然其有以存乎耳目之间，而必曰久居而后察，则亦名相士者之过矣。

夫轼，西州之鄙人，而荆之过客也。其足迹偶然而至于执事之门，其平生之所治以求闻于后世者，又无所挟持以至于左右，盖亦易疏而难合也。然自蜀至于楚，舟行六十日，过郡十一，县三十有六，取所见郡县之吏数十百人，莫不孜孜论执事之贤，而教之以求通于下吏。且执事何修而得此称也？轼非敢以求知而望其所以先后于仕进之门者，亦徒以为执事立于五达之衢，而庶几乎一目之眄，或有以信其平生尔。

夫今之世，岂惟王公择士，士亦有所择。轼将自楚游魏，自魏无所不游，恐他日以不见执事为恨也，是以不敢不进。不宣。轼再拜。

【解题】

本书于嘉祐四年（1059）十二月在荆州作。王兵部，名字不详，时以兵部朝臣出知江陵。此信为干谒文字，文中以相马作比，寄希望于王兵部善相人才，能引己入“仕进之门”。全文不卑不亢，构思新巧，格调颇高。

应制举上两制书

轼闻古者有贵贱之际，有圣贤之分。二者相胜而不可以相参，其势然也。治其贵贱之际，则不知圣贤之为高；行其圣贤之分，则不知贵贱之为差。昔者子思、孟轲之徒，不见诸侯而耕于野，比间小吏一呼于其门，则摄衣而从之。至于齐、鲁千乘之君，操币执贽，因门人以愿交于下风，则闭门而不纳。此非苟以为异而已，将以明乎圣贤之分，而不参于贵贱之际。故其摄衣而从之也，君子不以为畏；而其闭门而拒之也，君子不以为傲。何则？其分定也。士之贤不肖，固有之矣。子思、孟轲，不可以人人而求之，然而贵贱之际，圣贤之分，二者要以不可不知也。世衰道丧，不能深明于斯二者而错行之，施之不得其处，故其道两亡。

今夫轼，朝生于草茅尘土之中，而夕与于州县之小吏，其官爵势力不足较于世，亦明矣。而诸公之贵，至与人主揖让周旋而无间，大车驷马至于门者，逡巡而不敢入。轼也，非有公事而辄至于庭，求以宾客之礼见于下执事，固已获罪于贵贱之际矣。虽然，当世之君子，不以其愚陋，而使与于制举之末，朝廷之上，[illegible]之论。轼亦自忘其不肖，而以为是两汉之主所孜孜而求之，亲降色辞而问之政者也。其才虽不足以庶几于圣贤之间，而学其道，治其言，则所守者其分也。是故踽踽然而来，仰不知明公之尊，而俯不知其身之贱。不由绍介，不待辞让，而直言当世之故，无所委曲者，以为贵贱之际，非所以施于此也。

轼闻治事不若治人，治人不若治法，治法不若治时。时者，国之所以存亡，天下之所最重也。周之衰也，时人莫不苟偷而不立，周虽欲其立，而不可得也，故周亡。秦之衰也，时人莫不贪利而不仁，秦虽欲其仁，而不可得也，故秦亡。西汉之衰也，时人莫不柔懦而谨畏，故君臣相蒙，而至于危。东汉之衰也，时人莫不矫激而奋厉，故贤不肖不相容，以至于乱。夫时者，岂其所自为邪？王公大人实为之。轼将论其时之病，而以为其权在诸公。诸公之所好，天下莫不好。诸公之所恶，天下莫不恶。故轼敢以今之所患二者，告于下执事。其一曰：用法太密而不求情。其二曰：好名太高而不适实。此二者，时之大患也。

何谓用法太密而不求情？昔者天下未平而法不立，则人行其私意。仁者遂其仁，勇者致其勇，君子小人莫不以其意从事，而不困于绳墨之间，故易以有功，而亦易以乱。及其治也，天下莫不趋于法，不敢用其私意，而惟法之知。故虽贤者所为，要以如法而止，不敢于法律之外，有所措意。夫人胜法，则法为虚器。法胜人，则人为备位。人与法并行而不相胜，则天下安。今自一命以上至于宰相，皆以奉法循令为称其职，拱手而任法，曰，吾岂得自由哉。法既大行，故人为备位。其成也，其败也，其治也，其乱也，天下皆曰非我也，法也。法之弊岂不亦甚矣哉！昔者汉高之时，留侯为太子少傅，位于叔孙之后，而周昌亦自御史大夫为诸侯相，天下有缓急，则功臣左迁而不怨。此亦知其君臣之欢，不以法而相持也。今天下所以任法者，何也？任法生于自疑，自疑生于多私。惟天下之无私，则能于法律之外，有以效其智。何则？其自信明也。夫唐永泰之间，奸臣执政，政以贿成，德宗发愤而用常衮，衮一切用法，四方奏请，莫有获者。然天下否塞，贤愚不分，君子不以为能也。崔祐甫为相，不至期年，而除吏八百，多其亲旧。或者以为讥，祐甫曰："不然。非亲与旧，则安得而知之？顾其所用如何尔。"君子以为善用法。今天下泛泛焉莫有深思远虑者，皆任法之过也。

何谓好名太高而不适实？昔者圣人之为天下，使人各效其能以相济也。不一则不专，不专则不能。自尧舜之时，而伯夷、后夔、稷、契之伦，皆不过名一艺办一职以尽其能，至于子孙世守其业而不迁。夔不敢自与于知礼，而契不敢自任于播种。至于三代之际，亦各输其才而安其习，以不相犯躐。凡书传所载者，自非圣人，皆止于名一艺办一职。故其艺未尝不精，而其职未尝不举，后世之所希望而不可及者，由此故也，下而至于汉，其君子各务其所长，以相左右，故史之所记，武、宣之际，自公孙、魏、邴以下，皆不过以一能称于当世。夫人各有才，才各有小大。大者安其大，而无忽于小。小者乐其小，而无慕于大。是以各适其用，而不丧其所长。及至后世，上失其道，而天下之士，皆有侈心。耻以一艺自名，而欲尽天下之能事。是故丧其所长，而至于无用。今之士大夫，其实病此也。仕者莫不谈王道，述礼乐，皆欲复三代，追尧舜，终于不可行，而世务因以不举。学者莫不论天人，推性命，终于不可究，而世教因以不明。自许太高，而措意太广。太高则无用，太广则无功。是故贤人君子布于天下，而事不立。听其言，则侈大而可乐。责其效，则汗漫而无当。此皆好名之过。

深惟古之圣贤，建功立业，兴利捍患，至于百工小民之事，皆有可观，不若今世之因循卤莽。其故出于此二者欤？

伏惟明公才略之宏伟，度量之宽厚，学术之广博，声名之炜烨，冠于一时，而振于百世。百世之所望而正者，意有所向，则天下奔走而趋之。则其慜时忧世之心，或有取于斯言也。轼将有深于此者，而未敢言焉。不宣。轼再拜。

【解题】

本书作于嘉祐六年（1061）正月。时欧阳修推荐苏轼兄弟以应朝廷诏求直言之士，苏轼遂上此两制书。文中一论法网太密而使官员得以推诿责任，二论士大夫好求广大之名而不务实用。观点虽未必尽善，而论证详密，语句迫促而有力，颇有可观。

上富丞相书

轼闻之。进说于人者，必其人之有间而可入，则其说易行。战国之人贪，天下之士，因其贪而说之；危国之人惧，天下之士，因其惧而说之。是故其说易行。古之人一说而合，至有立谈之间而取公相者，未尝不始于战国、危国。何则？有间而可入也。

居今之世，而欲进说于明公之前，不得其间而求入焉，则亦可谓天下之至愚无知者矣。地方万里，而制于一姓，极天下之尊，而尽天下之富，不可以有加矣。而明公为之宰，四夷不作，兵革不试，是明公无贪于得，而无惧于失也。方西戎之炽也，狄人乘间以跨吾北，中国之大不畏，而畏明公之一词。是明公之勇，冠于天下也。明公居于山东，而倾河朔之流人，父弃其子、夫弃其妻而自归于明公者百余万。明公人人而食之，旦旦而抚之。此百万人者，出于沟壑之中，而免于乌鸢豺狼之患。生得以养其父母，而祭其祖考；死得以使其子孙葬埋祭祀，不失其故常。是明公之仁，及于百世也。勇冠于天下，而仁及于百世，士之生于世，如此亦足矣。今也处于至足之势，则是明公无复有所羡慕于天下之功名也。五帝三代之事，百家之书，莫不尽读。礼乐刑政之大小，兵农财赋之盛衰，四海之内，地里之远近，山川之险易，物土之所宜，莫不尽知。当世之贤人君子，与夫奸伪崄诈之徒，莫不尽究。至于曲学小数，茫昧惝恍而不可知者，皆猎其华而咀其英，泛其流而涉其源。虽自谓当世之辩，不能傲之以其所不知。则是明公无复有所畏惮于天下之博学也。

名为天下之贤人，而贵为天子之宰，无贪于得，而无惧于失，无羡于功名，而无畏于博学，是其果无间而可入也？天下之士，果不可以进说也？轼也闻之楚左史倚相曰："昔卫武公年九十有五，犹日箴儆于国曰：'自卿以下，至于官师，苟在朝者，无谓我老耄而舍我，朝夕以交戒我。'犹以为未也，而作诗以自戒。其诗曰：'抑抑威仪，惟德之隅。'"夫卫武公惟居于至足，而日以为不足，故其没也，谥之曰睿圣武公。嗟夫明公，岂以其至足而无间以拒天下之士，则士之进说者亦何必其间之入哉？不然，轼将诵其所闻，而明公试观之。

夫天下之小人，所为奔走辐辏于大人之门而为之用者，何也？大人得其全，小人得其偏。大人得其全，故能兼受而独制；小人得其偏，是以聚而求合于大人之门。古之圣人，惟其聚天下之偏而各收其用，以为非偏则莫肯聚也，是故不以其全而责其偏。夫惟全者之不可以多有也，故天下之偏者，惟全之求。今以其全而责其偏，夫彼若能全，将亦为我而已矣，又何求焉。昔者夫子廉洁而不为异众之行，勇敢而不为过物之操，孝而不徇其亲，忠而不犯其君。凡此者，是夫子之全也。原宪廉而至于贫，公良孺勇而至于斗，曾子孝而徇其亲，子路忠而犯其君。凡此者，是数子之偏也。夫子居其全，而收天下之偏，是以若此巍巍也。若夫明公，其亦可谓天下之全矣。廉而天下不以为介，直而天下不以为讦，刚健而不为强，敦厚而不为弱。此明公之所得之于天，而天下之所不可望于明公者也。明公居其全，天下效其偏，其谁曰不可。

异时士大夫皆喜为卓越之行，而世亦贵狡悍之才。自明公执政，而朝廷之间，习为中道，而务循于规矩。士之矫饰力行为异者，众必共笑之。夫卓越之行，非至行也，而有取于世。狡悍之才，非真才也，而有用于天下。此古之全人所以坐而收其功也。今天下卓越之行，狡悍之才，举不敢至于明公之门，惧以其不纯而获罪于门下。轼之不肖，窃以为天下之未大治，兵之未振，财之未丰，天下之有望于明公而未获者，其或由此也欤？昔范公收天下之士，不考其素，苟可用者，莫不咸在。虽其狂狷无行之徒，亦自效于下风，而范公亦躬为诡特之操以震之。夫范公之取人者，是也；其自为者，非也。伏惟明公以天下之全而自居，去其短而袭其长，以收功于无穷。

轼也西南之匹夫，求斗升之禄而至于京师。翰林欧阳公不知其不肖，使与于制举之末，而发其猖狂之论。是以辄进说于左右，以为明公必能容之。所进策论五十篇，贫不能尽写，而致其半。观其大略，幸甚。

【解题】

本书作于嘉祐六年（1061）初。信中颂扬了富弼的才德功业，并劝说富弼收取天下有一长之士以为己用，末以策论自进。全文文气充沛，议论风发，显示了苏轼初踏仕途时踌躇满志、积极进取的精神面貌。

上曾丞相书

轼闻之。将有求于人，而其说不诚，则难以望其有合矣。

世之奇特之士，其处也，莫不为异众之行；而其出也，莫不为怪诡之词；比物引类，以摇撼当世。理不可化，则欲以势劫之，将以术售其身。古之君子有韩子者，其为说曰：“王公大人，不可以无贫贱之士居其下风而推其后，大其声名而久其传。虽其贵贱之阔绝，而其相须之急，不啻若左右手。”呜呼，果其用是说也，则夫世之君子所为老死而不遇者，无足怪矣。

今夫扣之者急，则应之者疑；其辞夸，则其实必有所不副。今吾以为王公大人不可以一日而无吾也，彼将退而考其实，则亦无乃未至于此耶？昔者汉高未尝喜儒，而不失为明君；卫、霍未尝荐士，而不失为贤公卿。吾将以吾之说，而彼将以彼之说。彼是相拒，而不得其欢心，故贵贱之间，终不可以合，而道终不可以行。何者？其扣之急而其词夸也。鬻千金之璧者，不之于肆，而愿观者塞其门。观者叹息，而主人无言焉。非不能言，知言之无加也。今也不幸而坐于五达之衢，又呶呶焉自以为希世之珍，过者不顾，执其裾而强观之，则其所鬻者可知矣。王公大人，其无意于天下后世者，亦安以求为也。苟其不然，则士之过于其前而有动于其目者，彼将褰裳疾行而搂取之。故凡皇皇汲汲者，举非吾事也。昔者尝闻明公之风矣。以大臣之子孙，而取天下之高第。才足以过人，而自视缺然，常若不足。安于小官，而乐于恬淡。方其在太学之中，衣缯饭糗，若将终身，至于德发而不可掩，名高而不可抑。贵为天子之少宰，而其自视不加于其旧之锱铢。其度量宏达，至于如此。此其尤不可以夸词而急扣者也。

轼不佞，自为学至今，十有五年。以为凡学之难者，难于无私。无私之难者，难于通万物之理。故不通乎万物之理，虽欲无私，不可得也。己好则好之，己恶则恶之，以是自信则惑也。是故幽居默处而观万物之变，尽其自然之理，而断之于中。其所不然者，虽古之所谓贤人之说，亦有所不取。虽以此自信，而亦以此自知其不悦于世也。故其言语文章，未尝辄至于公相之门。今也天子举直谏之士，而两制过听，谬以其名闻。窃以为与于此者，皆有求于吾君吾相者也。故辄有献。其文凡十篇，而书为之先。惟所裁择，幸甚。

【解题】

本书作于嘉祐六年（1061）初。曾丞相，即曾公亮，时为枢密使。苏轼向曾丞相进呈十篇策论，为打消曾丞相的疑虑而作此书。信中阐述“扣之者急”与“辞夸”使人不可信，并以鬻璧为例，极其形象贴切。

谢制科启二首

一

右轼启。今月某日，蒙恩授前件官者。临轩策士，方搜绝异之材；随问献言，误占久虚之等。忽从佐县，擢与评刑。内自顾于无堪，凛不知其所措。恭惟制治之要，惟有取人之难。用法者畏有司之不公，故舍其平生，而论其一日；通变者恐人才之未尽，故详于采听，而略于临时。兹二者之相形，顾两全而未有。一之于考试，而掩之于仓卒，所以为无私也，然而才行之迹，无由而深知；委之于察举，而要之于久长，所以为无失也，然而请属之风，或因而滋长。此隋、唐进士之所以为有弊，魏、晋中正之所以为多奸。

惟是贤良茂异之科，兼用考试察举之法。每中年辄下明诏，使两制各举所闻。在家者能孝而恭，在官者能廉而慎。临之以患难而能不变，邀之以宠利而能不回。既已得其行己之大方，然后责其当世之要用。学博者又须守约而后取，文丽者或以用寡而见尤。特于万人之中，求其百全之美。凡与中书之召命，已为天下之选人。而又有不可测知之论，以观其默识之能；无所不问之策，以效其博通之实。至于此而不去，则其人之可知。然犹使御史得以求其疵，谏官得以考其素。一陷清议，辄为废人。是以始由察举，而无请谒公行之私；终用考试，而无仓卒不审之患。盖其取人也如此之密，则夫不肖者安得而容。

轼才不逮人，少而自信。治经独传于家学，为文不愿于世知。特以饥寒之忧，出求斗升之禄。不谓诸公之过听，使与群豪而并游。始不自量，欲行其志。遂窃俊良之举，不知才力之微。

论事迂阔，而不能动人；读书疏略，而无以应敌。取之甚愧，得而益惭。此盖伏遇某官，德为世之望人，位为时之显处。声称所被，四方莫不奔趋；议论一加，多士以为进退。致兹庸末，亦与甄收。然而志卑处高，德薄宠厚。历观前辈，由此为致君之资；敢以微躯，自今为许国之始。过此以往，未知所裁。

二

轼以薄材，亲承大问。论议群起，予夺相乘。不意圣恩之曲加，犹获从吏之殊宠。伏读告命，重积震惶。嘉其爱君之心，期以克终之誉。辞不获命。愧无以堪。

某生于远方，性有愚直。幼承父兄之余训，教以修己而治人。虽为朝廷之直臣，常欲挺身而许国。位卑力薄，自许过深；言发谴生，事势宜尔。追寻策问之微意，实皆安危之大端。自谓不及，则曰志勤道远；开其不讳，则曰无悼后害。窃以制策之及此，又念科目之谓何。罄其平时之所怀，犹惧不足以仰对。言多迂阔，罪岂容诛。

伏以国家取人之科，惟是刚柔适中之士。太刚则恶其狷狂不审，太柔则畏其选懦不胜。将求二者之中，属之以事；固非一介之贱，所或能当。某之不才，过乃由此。然而讦切愤悱，为知士之所不许；因循卤莽，又有国之所乐闻。使举世将以从容而自居，则天下谁当以奋发而为意。此盖某官羽翼盛时，冠冕多士。思尽刍荛之议，以明宽厚之风。羁危之所恃，以为无忧；纷纭之所恃，以为定论。顾惟无似，尚辱甄收。感恩至深，求报无所。

昔者西汉之盛，莫如文、景、孝武之贤；制策所兴，世称晁、董、公孙之对。然而数子者，颂咏德美，而不及其讥刺；故三帝者，好爱文字，而无闻于宽容。岂其时君不可为之深言，抑其群臣亦将有所不悦。某才虽不逮，时或见容。非怀爵禄之荣，窃喜幸会之至。

【解题】

此二文作于嘉祐六年（1061）八月。时苏轼通过秘阁和殿试，入三等，授大理评事职。苏轼于文中论历代取士之法皆未能公正，只有“贤良茂异”科，兼有考试和察举之长处，较为完备。苏轼还对考官的知遇之恩表示感谢。

与蒲诚之六首

一

某启。闻轩马已至多时，而性懒作书，不因使赍手教来，虽有倾渴之心，终不能致一字左右也。悚愧！悚愧！盛热殊不可过，承起居佳裕，甚善！甚善！某此并无恙，京师得信亦安。但近得山南书，报伯母于六月十日倾背，伯父之丧未及一年，而灾祸仍重如此，何以为心。家兄惟三哥在左右，大哥、二哥必取次一人归山南，谋扶护还乡也。人生患难，至有如此极者，烦恼！烦恼！知郡事颇简，足以寻绎旧学也。同僚中有可与相处而乐者否？新牧、倅皆在此，常相见，恐知悉。残暑，更冀顺时珍重。

二

近闻员秘丞言，闻于诚之，韩益州欲令诚之替某。若得请，固所喜幸也。然某尽今岁，方及二年，不知朝廷肯令某成资解去否？若必俟三考，则于诚之为太淹缓，安用也？向经由时，甚恨不款曲，今若因此得从容接奉，何喜如之。陈丈日日见，甚安。

三

近递中辱书，方欲附问，人来，又承手教，审闻起居佳胜，差慰瞻望。新命必已下，伏增欣庆。苟相知，岂必为交代，但奉见稍远耳。承又须归觐，奔波良不易也。秋凉，千万保爱。

四

闻车骑已在二曲，即见风采，喜慰可知。冒寒，行李不易，久此僻左，获奉清游，幸甚也。

五

某启。比欲更接清话少顷，而人事纷纷，至今不得暂息。欲奉谒次，闻府官尽出，接张省篮，须至旦出城。恐讶不来，走此闻达。

六

长安之别，忽然改岁。伏计履兹新春，起居增庆。某明日至府谒见，预增欣抃，然不免有少事干聒。为本府带得接新戎兵士数十人，比谓到京，却中途逢本官行李颇阙事，欲告于贵府，添差防护厢军十余人。昨本有防护二十人，为华州减却十人，但只依元数亦差较也，告早为擘画。某更不住，后日绝早发去也。侍眷契，喋喋喧黩，幸为留念。

上刘侍读书

轼闻天下之所少者，非才也。才满于天下，而事不立。天下之所少者，非才也，气也。何谓气？曰：是不可名者也。若有鬼神焉而阴相之。今夫事之利害，计之得失，天下之能者，举知之而不能办。能办其小，而不能办其大，则气有所不足也。夫气之所加，则已大而物小。于是乎受其至大，而不为之惊；纳其至繁，而不为之乱；任其至难，而不为之忧；享其至乐，而不为之荡。是气也，受之于天，得之于不可知之间，杰然有以盖天下之人，而出万物之上，非有君长之位，杀夺施与之权，而天下环向而归之，此必有所得者矣。多才而败者，世之所谓不幸者也。若无能焉而每以成者，世之所谓天幸者也。夫幸与不幸，君子之论，不施于成败之间，而施于穷达之际，故凡所以成者，其气也；其所以败者，其才也。气不能守其才，则焉往而不败？世之所以多败者，皆知求其才，而不知论其气也。若夫明公，其亦有所得矣。轼非敢以虚辞而曲说，诚有所见焉耳。

夫天下有分，得其分则安，非其分，而以一毫取于人，则群起而争之。天下有无穷之利，自一命以上，至于公相，其利可爱，其涂甚夷，设为科条，而待天下之择取。然天下之人，翘足跂首而群望之，逡巡而不敢进者，何也？其分有所止也。天下有无功而迁一级者，则众指之矣。迁者不容于下，迁之者不容于上，而况其甚者乎！明公起于徒步之中，执五寸之翰，书方尺之简，而列于士大夫之上，横翔捷出，冠压百吏，而为之表。犹以为未也，而加之师友之职，付之全秦之地。地方千里，则古之方伯连帅所不能有也；东障崤渑，北跨河渭，南倚巴蜀，西控戎夏，则古之秦昭王、商君、白起之徒，所以殚身残民百战而有之者也。奋臂而取两制，不十余年，而天下不以为速。非有汗马之劳，米盐之能，以擅富贵之美，而天下不以为无功。抗颜高议，自以无前，而天下不以为无让。此其气固有以大服于天下矣。天下无大事也，天下而有大事，非其气之过人者，则谁实办之？

轼远方之鄙人，游于京师，闻明公之风，幸其未至于公相，而犹可以诵其才气之盛美，而庶几于知言，惜其将遂西去而不得从也，故请间于门下，以愿望见其风采。不宣。轼再拜。

谢吕龙图三首

一

龙图阁老执事。某西蜀之鄙人，幼承家训，长知义方，粗识名教，遂坚晚节。两登进士举，一中茂才科，故当世名公巨卿，亦尝赐其提挈爱怜之意。故欧公引之于其始，韩公荐之于其中，今又阁下举之于其后。自惟末学，辱大贤者之知，出自天幸。然君子之心，以公而取士；某小人之志，终荷恩以归心。但空省循，何由论报。比者止于片言只字谢德于门下，而其诚之所加，意有所不能尽，意之所至，言有所不能宣，故其见于笔舌者，止此而已。惟高明有以容而亮之。

二

前以拙讷，上尘听览，方惧获罪于门下，而无以容其诛。又辱答教，言辞款密，礼遇优隆，而褒扬之句，有加于前日，此不肖所以且喜且惧而莫知所措也。珍函已捧受讫，谨藏之于家，以为子孙之美观。蔀屋之陋，复生光彩，陈根之朽，再出英华，乃阁下暖然之春，有以妪育成就之故也。择日斋沐，再诣阁下，临纸涩讷，情不能宣，伏惟恕其愚。

三

某久以局事汨没，殊不获觐止。窃惟应得疏绝之罪于左右，不意宽仁含垢，察其俗状之常情，恕其简略之小过，光降书辞，曲加劳问，拜贶之际，益增厚颜。旦夕诣宾次。盛暑，伏惟为朝廷自爱，上副注倚之心，下慰舆人之望。

答王龙图

辱简，承孝履如宜。新诗宠行，甚幸。但称道太过，非所以安不肖也。余所谕，谨在意。

【解题】

上十一书皆嘉祐年间在京城作。

凤翔到任谢执政启

右轼启。违去轩屏，忽已改岁。向风瞻恋，何翅饥渴。前月十四日到任，翌日寻已交割讫。轼本凡材，缪承选取。忽从州县，便与宾佐。扪躬自省，岂不愧幸。伏自到任已来，日夜厉精。虽无过人，庶几寡过。伏惟昭文相公，素所奖庇，曲加搜扬。既蒙最深之知，遂有自重之意。所任佥署一局，兼掌五曹文书。内有衙司，最为要事。编木筏竹，东下河渭；飞刍挽粟，西赴边陲。大河有每岁之防，贩务有不蠲之课。破荡民业，忽如春冰。于今虽有优轻酬奖之名，其实不及所费百分之一。救之无术，坐以自惭。惟有署置之必均，姑使服劳而无怨。过此以往，未知所裁。

【解题】

本文作于嘉祐七年（1062）正月。苏轼于上月至凤翔任签判，此书是到任后为谢诸位执政而作。

与杨济甫

奉别三更岁律，思渴日深。即日履此新春，起居多胜。贵聚各嘉安。某前月十四日到凤翔，十五日已交割讫。人事纷纷，久稽裁问，想自尊君襄事，后来渐获闲静，营干诸事，必且济办。某比与贱累如常。今因范元归，奉书露闻。气候渐和，更希珍重。

【解题】

本书作于嘉祐七年（1062）正月。信中告赴凤翔签判任事。

贺吴副枢启

顷闻休命，擢领上都。曾安坐之未皇，已欢声之布出。即欲裁问，少通勤拳。以为不久当有非常之闻，是以未敢轻为率尔之贺。逮兹未几，果已如言。释府事之喧繁，总兵权于禁密。传闻四远，欢喜一词。

伏惟某官，机略足以应无方，而有朴忠沉厚之量；文华足以表当世，而有简素质直之风。置之于都会，则其为效也速，而所及者廉；委之于枢机，则其成功也迟，而所被者广。深惟贤者之处世，皆以得时为至难。幸而得之，或已老矣。今以明公之至盛，正如大川之方增。天下固将以未获之事，尽付于明公；明公宜爱此不赀之躯，以毕其能事。区区之意，言不能胜。

【解题】

本文作于嘉祐七年（1062）四月。吴副枢，即吴奎。副枢，枢密副使。

上韩魏公论场务书

轼再拜献书昭文相公执事。轼得从宦于西，尝以为当今制置西事，其大者未便，非痛整齐之，其势不足以久安，未可以随欹而拄、随坏而补也。然而其事宏阔浩汗，非可以仓卒轻言者。今之所论，特欲救一时之急，解朝夕之患耳。

往者宝元以前，秦人之富强可知也。中户不可以亩计，而计以顷。上户不可以顷计，而计以赋。耕于野者，不愿为公侯。藏于民家者，多于府库也。然而一经元昊之变，冰消火燎，十不存三四。今之所谓富民者，向之仆隶也；今之所谓蓄聚者，向之残弃也。然而不知昊贼之遗种，其将永世而臣伏邪？其亦有时而不臣也？以向之民力坚完百倍而不能支，以今之伤残之余而能办者，轼所不识也。夫平安无事之时，不务多方优裕其民，使其气力浑厚，足以胜任县官权时一切之政，而欲一旦纳之于患难，轼恐外忧未去，而内忧乘之也。凤翔、京兆，此两郡者，陕西之囊橐也。今使有变，则缘边被兵之郡，知战守而已。战而无食则北，守而无财则散。使战不北，守不散，其权固在此两郡也。

轼官于凤翔，见民之所最畏者，莫若衙前之役。自其家之瓮盎釜甑以上计之，长役及十千，乡户及二十千，皆占役一分。所谓一分者，名为糜钱，十千可办，而其实皆十五六千，至二十千，而多者至不可胜计也。科役之法，虽始于上户，然至于不足，则递取其次，最下至于家赀及二百千者，于法皆可科。自近岁以来，凡所科者，鲜有能大过二百千者也。夫为王民，自瓮盎釜甑以上计之而不能满二百千，则何以为民。今也，及二百千则不免焉，民之穷困亦可知矣。然而县官之事，岁以二千四百分为计，所谓优轻而可以偿其劳者，不能六百分，而捕获强恶者愿入焉，擿发赃弊者愿入焉，是二千四百分者，衙前之所独任，而六百分者，未能纯被于衙前也。民之穷困，又可知矣。

今之最便，惟重难日损，优轻日增，则民尚可以生，此轼之所为区区议以官榷与民也。其详固已具于府之所录以闻者。从轼之说，而尽以予民，失钱之以贯计者，轼尝粗较之，岁不过二万。失之于酒课，而偿之于税缗，是二万者，未得为全失也。就使为全失二万，均多补少，要以共足，此一转运使之所办也。如使民日益困穷而无告，异日无以待仓卒意外之患，则虽复岁得千万，无益于败，此贤将帅之所畏也。

轼以为陛下新御宇内，方求所以为千万年之计者，必不肯以一转运使之所能办，而易贤将帅之所畏。况于相公，才略冠世，不牵于俗人之论。乃者变易茶法，至今以为不便者，十人而九，相公尚不顾，行之益坚。今此事至小，一言可决。去岁赦书使官自买木，关中之民，始知有生意。向非相公果断而力行，必且下三司。三司固不许，幸而许，必且下本路。本路下诸郡，或以为可，或以为不可，然后监司类聚其说而参酌之。比复于朝廷，固已期岁矣。其行不行，又未可知也。如此，而民何望乎？

方今山陵事起，日费千金，轼乃于此时议以官榷与民，其为迂阔取笑可知矣。然窃以为古人之所以大过人者，惟能于扰攘急迫之中，行宽大闲暇久长之政，此天下所以不测而大服也。朝廷自数十年以来，取之无术，用之无度，是以民日困，官日贫。一旦有大故，则政出一切，不复有所择。此从来不革之过，今日之所宜深惩而永虑也。山陵之功，不过岁终。一切之政，当讫事而罢。明年之春，则陛下逾年即位改元之岁，必将首行王道以风天下。及今使郡吏议之，减定其数，当复以闻，则言之今其时矣。伏惟相公留意。千万幸甚。

【解题】

本书嘉祐八年（1063）五月前后作于凤翔。韩魏公，即韩琦。文中论凤翔为战略要地，当使民富财丰，而科役之法损民过甚，因此苏轼建议将官榷交于百姓。文末希望韩琦能借改元之机，促成此事。

与杨济甫

冬寒，远想起居佳胜。此去替不两月，更不能归乡，且入京去。逾远，依黯。近得王道矩书云，朝夕一来此，相看告便。如递中惠一书，贵知道矩几日起发，此干告早及。某只十二月十七八间离岐下也。

【解题】

本书作于治平元年（1064）十月。时苏轼将离凤翔签判任，故促王道矩早至。王道矩为苏轼妻王弗之兄。

谢馆职启

试言无取，锡命过优。进贻朋友之讥，退有简书之畏。觍颜就列，抚己若惊。国家取士之门至多，而制举号为首冠；育才之地非一，而册府处其最高。观其所以待之，盖亦可谓至矣。知宝玉、璠玙难得而易毁，故箧椟以养其全；知楩楠、豫章积岁而后成，故封殖以待其长。施等天地，恩均父师。

恭惟先帝临御以来四十二载，所擢贤良方正之士十有五人。其志莫不欲举明主于三代之隆，其言莫不欲措天下于泰山之固。大则欲兴礼乐以范来世，小则欲操数术以驭四夷。然而进有后先，名有隐显；命有穷达，时有重轻。或已践庙堂之崇，或已登侍从之列。或反流落于远郡，或尚滞留于小官。或死生之乖睽，已为陈迹；或摈斥于罪戾，仅齿平民。虽曰功名富贵所由之涂，亦为毁誉得丧必争之地。名重则于实难副，论高则与世常疏。故虽绝异之资，犹有不任之惧。

轼之内顾，岂不自知。性任己以直前，学师心而无法。自始操笔，知不适时。会宗伯之选抡，疾时文之靡弊。擢居异等，以风四方。不知满溢之忧，复玷良能之举。负贤者所难之任，争四海欲得之求。其为蠢愚，可为危慄。是以一参宾幕，辄蹈危机。已尝名挂于深文，不自意全于今日。而况大明继照，百度惟新。理财训兵，有鞭笞戎狄之志；信赏必罚，有追述祖宗之风。凡用人历试其能，苟败事必诛无赦。此太平可待之日，岂不肖兼容之时。而乃度越贤豪，曲收微贱。纵不能力辞而就下，亦当知非分以自惭。此盖伏遇某官，志在斯民，仁为己任。欲办大事，务兼尺寸之长；将求多闻，故引涓埃之助。致此忝冒，有踰等伦。欲报无缘，将何望于顽鄙；遇宠知惧，庶不至于惰偷。

【解题】

治平二年（1065）二月，苏轼通过秘阁考试，入三等，授直史馆职，苏轼作文谢之。文中言国家谨慎择士，而自己两科登进，名高为累，并表示当尽心效力，以报答国家的宠遇之恩。

与杜道源

尊丈不及作书。近以中妇丧亡，公私纷冗，殊无聊也。且为达此恳。轼又白。

【解题】

据文中“中妇丧亡”句，知本书作于治平二年（1065）五月以后。

与曾子固

轼叩头泣血言。轼负罪至大，苟生朝夕，不自屏窜，辄通书问于朋友故旧之门者。伏念轼逮事祖父，祖父之没，轼年十二矣，尚能记忆其为人。又尝见先君欲求人为撰墓碣，虽不指言所属，然私揣其意，欲得子固之文也。京师人事扰扰，而先君亦不自料止于此。呜呼，轼尚忍言之！今年四月，轼既护丧还家，未葬，偶与弟辙阅家中旧书，见先君子自疏录祖父事迹数纸，似欲为行状未成者，知其意未尝不在于此也。因自思念，恐亦一旦卒然，则先君之意，永已不遂。谨即其遗书，粗加整齐为行状，以授同年兄邓君文约，以告于下执事。伏惟哀怜而幸诺之。岂惟罪逆遗孤之幸，抑先君有知，实宠绥之。轼不任哀祈恳切之至。

【解题】

本文作于治平三年（1066）。时苏洵新丧，苏轼扶丧回蜀，至为悲痛，欲竟父志，请曾子固为撰祖父之墓碣，故有此书。曾子固，即曾巩，北宋中期著名文学家，当时即有盛名，唐宋八大家之一。

上韩魏公乞葬董传书

轼再拜。近得秦中故人书，报进士董传三月中病死。轼往岁官岐下，始识传，至今七八年，知之熟矣。其为人，不通晓世事，然酷嗜读书。其文字萧然有出尘之姿，至诗与楚词，则求之于世可与传比者，不过数人。此固不待轼言，公自知之。然传尝望公不为力致一官，轼私心以为公非有所爱也，知传所禀赋至薄，不任官耳。

今年正月，轼过岐下，而传居丧二曲，使人问讯其家，而传径至长安，见轼于传舍，道其饥寒穷苦之状，以为几死者数矣，赖公而存。“又且荐我于朝。吾平生无妻，近有彭驾部者，闻公荐我，许嫁我其妹。若免丧得一官，又且有妻，不虚作一世人，皆公之赐。”轼既为传喜，且私忧之。此二事，生人之常理，而在传则为非常之福，恐不能就。今传果死，悲夫！书生之穷薄，至于如此其极耶！夫传之才器，固不通于世用，然譬之象犀珠玉，虽无补于饥寒，要不可使在涂泥中，此公所以终荐传也。

今父子暴骨僧寺中，孀母弱弟，自谋口腹不暇，决不能葬。轼与之故旧在京师者数人，相与出钱赙其家，而气力微薄，不能有所济，甚可悯也。公若犹怜之，不敢望其他，度可以葬传者足矣。陈绎学士，当往泾州，而宋迪度支在岐下，公若有以赐之，轼且敛众人之赙，并以予陈而致之宋，使葬之，有余，以予其家。传平生所为文，当使人就其家取之，若获，当献诸公。

干冒左右，无任战越。

【解题】

本书作于熙宁二年（1069）四月，时苏轼在汴京。韩魏公即韩琦。文中称赞了董传的学识，并以深情的笔调描述了董传的贫困生活及其身后无力安葬的悲惨处境，言辞悲切，十分感人，充分显示了苏轼笃于友情的侠义心肠。

与史院主、徐大师

轼启。久别思念不忘。远想体中佳胜，法眷各无恙。佛阁必已成就，焚修不易，数年念经度得几人。徒弟应师仍在思濛住院，如何，略望示及。石头桥、堋头两处坟茔，必烦照管。程六小心否？惟频与提举，是要。非久求蜀中一郡归去，相见未间，惟保爱之。不宣。轼手启上治平史院主、徐大师二大士侍者。八月十八日。

【解题】

本书作于熙宁二年（1069）八月。

与子明五首

一

轼启。自离乡奉状，遂至今日，亦到京。百冗，然怠慢之谴，不敢辞也。亦不捧来诲。颇得眉州书，粗闻动止。即日远想尊体佳胜。姪男女各安。轼二月中，授官告院，颇甚优闲，便于懒拙。

却是子由在制置司，颇似重难。主上求治至切，患财利之法弊坏，故创此司。诸事措置，虽在王安石　陈升之二公，然检详官不可不协力讲求也。常晨出暮归，颇羡弊局之清简。

今岁以中举人来者极多，已有四百余人。十六郎举业颇长，有望。因风时寄片字。余惟千万善保尊重。谨奉状，起居不备。

弟轼再拜子明都曹二哥、县君二嫂左右。□月廿七日。

二

轼启。得递中及走马处书诲，喜知尊候康胜，郎娘各安。轼此与以下各无恙。陈州亦安，近沿牒来，住十余日而去。

所报狱事甚详。初闻亦深为忧挠。近闻石掾翻案，他莫亦不免作失入。近有人言，见审刑孙待制论此事云，法官据案下法不成出入下头，必是有失举驳，或失出下减等，皆公罪杖，必不深重，且请安心。

蒲大已作检正，仍是孔目房，甚有能名。雍大得蜀宪，旦夕行矣。兄意已与具道矣。料钱请到二月□，已托李由圣寄银五十两，在鲜于子骏处，托转达蓬州大哥处分擘奉还也。近日不行青苗者，虽旧相不免。弟若出外，必不能降意委曲随世，其为齑粉必矣。以此且未能求出，聊此优游卒岁耳。未缘聚首，惟望以时自重，不备。

弟轼再拜子明都曹二哥、县君二嫂左右。四月七日。

三

轼启。因循久不奉状，亦多时不捧来诲，倾系殊深。即日远想尊体佳胜，姪儿女各无恙。乡人到者，皆言兄临政，精敏之誉，甚慰想望。

轼此并安常。昨五月生者婴儿名叔寄，甚长进。子由在陈州安，八月中生一女，名宛娘，必已知之。曾托石嗣庆秘校附书并公服□必达。

兄去替更只半年，必且为东上之计，不知会于何处？轼自到阙二年，以论事方拙，大忤权贵，近令南床据摭弹劾，寻下诸路体量，皆虚，必且已矣。然孤危可知。春间，必须求乡里一差遣，若得，即拜见不远矣。忠义古今所难，得虚名而受实祸，然人生得丧皆前定，断置已久矣，终不以此屈。远书，不敢覼缕，略报免忧耳。冬寒，千万善保尊重，不备。

弟轼再拜都曹子明兄、县君二嫂左右。十月廿八日。

四

轼启。久不奉诲音，日增思念。严寒，不审尊履何如？轼与以下并安。府□已有正官陈忱，更月余到，且可脱去。

近为十六姪葬事，得朝假十日，昨晚方自八角归，掩圹诸事已了。颇甚臻至，但削诸浮华，可送者十余人，亦就八角略管领之，伤心！伤心！媳妇彭寿且安。柳郎亦送至，□小娘亦在此，为久患腹藏，调理无效，故柳郎挈来入京就医也。服药渐有体□，见今亦无苦恙，勿忧！勿忧！巧孙甚长惠，只在家里，安下数日，却暂去觐他伯父在此监仓。

轼近迁居宜秋门外，宅子稍□，厅前颇有野趣，可葺作一小园。但自揣必不久在都下，无心作此也。近日事□颇新，兄弟蠢拙，颇为当柄者所忿。孤远恐不自全，日虞罪戾耳。远书不细述。未由拜会，千万以时珍卫。谨奉状，不备。

弟轼再拜子明都曹二哥、县君二嫂左右。十一月廿二日。

尊己一婢，近归京师。旬令府中分□病亡因依云，见寄榇润州鹤林寺，已焚了，并十二郎亦然佡□，已令行文字往本州钤東寺僧常□照管，力且只及此耳。

五

轼启。忽又岁尽，相去数千里，企望之怀，牢落可知。即辰尊履何如？轼此并安，已罢府幕，依旧官告院。大哥已授蓬州宜陇令，必已知。小娘在此服药，已安，元亦无苦恙也。十六郎房下，权已迎归在此。彭寿颇健。子由来年穷腊方赴任，方头罢却差遣，请受坐食贫，兄既不知过，又被士大夫交口誉之，愈难向道也。奈何！奈何！无缘会聚，惟乞以时珍卫。谨奉启上问，不备。

弟轼再拜子明都曹兄、县君二嫂左右。

【解题】

此五书作于熙宁二年（1069）至三年（1070）。子明，字不疑，苏轼伯父苏涣次子。

贺欧阳少师致仕启

伏审抗章得谢，释位言还。天眷虽隆，莫夺已行之志；士流太息，共高难继之风，凡在庇庥，共增庆慰。

伏以怀安天下之公患，去就君子之所难。世靡不知，人更相笑。而道不胜欲，私于为身。君臣之恩，系縻之于前；妻子之计，推挽之于后。至于山林之士，犹有降志于垂老；而况庙堂之旧，欲使辞禄于当年。有其言而无其心，有其心而无其决。愚智共蔽，古今一涂。是以用舍行藏，仲尼独许于颜子；存亡进退，《周易》不及于贤人。自非智足以周知，仁足以自爱，道足以忘物之得丧，志足以一气之盛衰。则孰能见几祸福之先，脱屣尘垢之外。常恐兹世，不见其人。

伏惟致政观文少师。全德难名，巨材不器。事业三朝之望，文章百世之师。功存社稷，而人不知。躬履艰难，而节乃见。纵使耄期笃老，犹当就见质疑。而乃力辞于未及之年，退托以不能而止。大勇若怯，大智如愚。至贵无轩冕而荣，至仁不导引而寿。较其所得，孰与昔多。

轼受知最深，闻道有自。虽外为天下惜老成之去，而私喜明哲得保身之全。伏暑向阑，台候何似。伏冀为时自重，少慰舆情。

【解题】

本文作于熙宁四年（1071）六月。文中歌颂欧阳修功成身退不计名利的品质，并对其退出官场表示惋惜。

与子明

轼启。累捧来诲，伏承尊履休胜，姪男女各安康，深慰！深慰！轼此与以下并安。

累蒙令问奏案次第。近问得一的当人，云兄已书杖六十公罪，又系去官，必无虞，非久，上矣。千万无虑。问得甚的，不欲详言也。但可惜石同年不免耳。

近蒙惠书，冗中未及答。且告多致恳，宦途常事，不足介意。轼近乞外补，蒙恩除杭倅□阙，旦夕且般挈往宛丘，相聚四五十日，俟凉而行，愈远左右，益增倾企。伏暑方炽，万乞保重。临行百冗，奉状草率，幸恕之，不备。

弟轼再拜都曹二哥、县君二嫂左右。六月十七日。

料钱请至三月已缴纳讫。去年寄一竻，令孙潜带与鲜于子骏，转达大哥处。自后又寄蓬州知州十两去，并有数子在大哥处也。

代姪媳彭寿与其二伯母

媳妇上问县君二伯母。春和，尊候万福。诸姪郎娘各安胜。承批问，愧荷！愧荷！人行速，未及拜书。惟顺时保重！保重！媳妇拜上。

与堂兄

去岁，尝领书教求访佳婿。春牓下颇曾经营，皆无成效，故不敢奉报。近因司马君实之子丧偶，试托范景仁与说，他亦未有可否之语。今封景仁简帖拜呈。君实之子名康，昨来明经及第，年二十一二，学术文词行检，少见其比。决可谓佳婿矣。人才亦佳。但恐其方贵，不肯下就寒族。然闻其意，却不愿富贵家，又与轼颇善。恐万一肯，亦不可知。见说潞公、邵兴宗皆求之。请试札姪女年命，及示谕兄意如何。或以为可，即俟轼得乡中差遣过长安亟言之。若成，即俟兄得替，挈来长安过亲，亦甚稳便。事虽未十成，只中先报去，贵知兄意如何？试经营看。景仁已致仕，告词极不差。盖轼与孔文仲累言也，文仲对策极切直，都下人士谈不容口，已押出门矣。景仁物论亦甚贤之。远书不尽，轼再拜。

廿郎弟妹各安，不及作书。十六郎一房并如常，彭寿甚长成。

司马康是君实之亲兄子，君实未有子，养为嗣也。

【解题】

此三书作于熙宁四年（1071）。

与滕达道

某启。近因使还，奉状必达。比日想惟轩旆已达太原，镇抚之余，起居佳胜。某此月出都，今已达泗上，淮山照眼，渐闻吴歌楚语，此乐公当见羡也。吴中有干，幸不外。方暑，千万为时自重。

【解题】

本书作于熙宁四年（1071）七月。滕达道，初名甫，改名元发，字达道。东阳（今属浙江）人，历官翰林学士、龙图阁学士。因反对新法，遂出守郡。元祐五年（1090）卒。

与宝月大师二首

一

某启。久不奉书，盖几惰相因，必未讶也。史厚秀才及蔡子华处领来书，喜知法体佳胜，此中并安。请补外，蒙恩除杭倅，旦夕出京，且往陈州相聚，至九月初方行。愈远乡里，曷胜依黯。

累示及瑜、隆紫衣师号，近为干得王诜驸马奏瑜为海慧大师文字，更旬日方出。《圆觉经》云："法界海慧，照了诸相。"文潞公亦许奏隆紫衣，然须俟来年，遇圣节方可奏。已差祠部吏人到王驸马宅，计会与瑜师文字，才得即入递次，莫更一两月，方得敕出。此事自难得，偶成此二事也。

临行草草，不尽所怀，惟千万珍重。

二

屡蒙寄纸糖，一一愧荷。驸马都尉王晋卿画山水寒林，冠绝一时，非画工所能彷佛。得一古松帐子奉寄，非吾兄，别识不寄去也。幸秘藏之，亦使蜀中工者见长意思也。他甚自珍惜，不妄与人画。知之。

【解题】

前书作于熙宁四年（1071）七、八月间。

与杨济甫三首

一

某近领腊下教墨，感服眷厚，兼审起居佳胜。某此与贱累如常。舍弟差入贡院，更半月可出。都下春色已盛，但块然独处，无与为乐。所居厅前有小花圃，课童种菜，亦有少佳趣。傍宜秋门，皆高槐古柳，一似山居，颇便野性也。渐暖，惟千万珍重。

二

递中屡得数书，知尊体佳胜，贵眷各安。示及发递引目，契勘得并到，但乡亲书皆五六十日，不独济甫也。府推之命，只是暂权发遣，更月余正官到，即仍旧管官诰院也。府中冗绊，非拙者所乐，恐知。都下所须，示及。

三

近领来书，喜知眠食佳安。某此与贱累皆安。陈州舍弟并安，不烦念及。久客都下，桂玉所迫，囊装并竭。今冬积雪四五尺，僦居弊陋，殊无聊，惟日望一差遣出去耳。未由披奉，千万珍重。

【解题】

此三书作于熙宁二年（1069）至三年（1070），时苏轼免丧还朝，任殿中丞直史馆判官告院。

与监丞事

示谕，赵宗有化去久矣，为一怅然。终南昔尝久居，往来郿、虢、二曲，三邑山川草木，可以坐而默数也。当时李庠彭年监官，与之往还甚熟，斯人今亦不可得也。关中后来豪俊为谁乎？某日夜念归蜀尔，终当一过岐、雍间，徜徉少留，以偿宿昔之意也。君自名臣子，才美渐著，岂复久浮沉里中，宜及今为乐。异时一为世故所縻，求此闲适，岂可复得耶？偶记旧与彭年一诗，彭年读之，盖泪下也。斯人有才而病废，故多感慨，可念！可念！聊复录此奉呈，想亦为之惘然也。

【解题】

本书作于熙宁五年（1072）七月。监丞事，官名，即张杲之，生平不详。

与范梦得二首

一

久以事牵，不遑奉书，深以为愧。中间安上处及递中捧来教，具审起居佳胜。某旅宦粗遣，春夏间殊少事。近日并觉冗坌，盗贼狱讼常满，盖新法方行故也。疲劳无状。馆中清佚，至为福地。然知平日交游皆不在，何以为乐。某旬日来，被差本州监试，得闲二十余日。日在中和堂、望海楼闲坐，渐觉快适，有诗数首寄去，以发一笑。

二

久不奉书，愧负不可言。不审比辰起居佳否？某此粗遣，但亲友疏阔，旅怀牢落尔。屡得蜀公书，知佳健。二家兄书云，每去辄留食，食倍于我辈，此大庆也。频得潞公手笔，皆详悉精好。富公必时见之，闻其似四十许人，信否？君实固甚清。安得此数公无恙，差慰人意。无缘言面，惟顺时自爱。

【解题】

前书作于熙宁五年（1072）八月。信中表达了对新法的不满。

与子明

轼启。九月递中奉状，计达。即日远想尊候万福。姪男女孙各计安胜，后来更添孙未？轼此与以下并安。

拜别忽又岁尽，会集杳未有期，西望于邑。时事日蹙迫，所至皇皇。钱塘旧号乐都，比来事事减削寒俭，食口渐众，而百物贵，平居仅可□足。自顾方拙，日忤监司，若蒙体量沙汰，好一段狼当也。然得过且过，亦未暇计虑。兄仍权延贡□已赴本任。因风时赐诲音。严寒，千万乞善保尊重，有少公事，一到湖州。临行草草中，奉状不备。

弟轼再拜察推子明兄、县君二嫂左右。十一月十五日。

十二姨尊候计万福。近领手诲，为忙中未及拜状，乞道卑恳。轼又上。

【解题】

本书作于熙宁五年（1072）十一月。

与李公择

某已过满。苏明之来。近闻明之已除台直，果尔，替期未可决也。雪上主人如不厌客，当去叨聒。闻已举姚掾，非老兄风义，谁肯举此孤寒木讷之士也哉？闻往来者奉谈不容口，足为交游之庆。《墨妙堂记》并诗，各告求数本。向时莘老屡寄，然皆墨淡不光，告令指挥如法打。道场何山，时复一游否？某虽未得即替，然更得于西湖过一秋，亦自是好事。景色如此，去将安往，但有著衣吃饭处，得住且住也。但恨舍弟相远，然亦频得信，亦甚好，恐要知。

【解题】

本书作于熙宁六年（1073）。李公择，名常，北宋著名藏书家，苏轼曾为作《李氏山房藏书记》。

与大觉禅师一首

某启。人至，辱书，伏承法候安裕，倾向！倾向！昨奉闻欲舍禅月罗汉，非有他也。先君爱此画，私心以为舍施，莫如舍所甚爱；而先君所与厚善者莫如公；又此画颇似灵异，累有所觉于梦寐，不欲尽谈，嫌涉怪尔，以此，亦不欲于俗家收藏。意止如此。而来书乃见疑欲换金水罗汉，开书不觉失笑。近世士风薄恶，动有可疑，不谓世外之人犹复尔也。请勿复谈此。某比乏人可令赍去，兵卒之类，又不足分付，告吾师差一谨干小师赍笼杖来迎取，并古佛一轴，亦同舍也。钱塘景物，乐之忘归。舍弟今在陈州，得替，当授东南幕官，冬初恐到此，亦未甚的。诗笔计益老健，或借得数首一观，良幸。到此，亦有拙恶百十首，闲暇当录上。

【解题】

本书作于杭州通判任上。大觉禅师，即僧怀琏，先为京师净因院住持，后归老于四明之阿育王山广利寺。

与郭功父五首

一

昨日承顾访，殊慰久阔。经夕起居佳否？某出院本欲往见，以下痢乏力未果，想未讶也。略奉启，布谢万一。

二

久别，忽得瞻奉，喜慰可量。既以不出，又数日卧病，遂阻言笑，愧悚不可言。稍凉，起居佳否？某下痢虽止，尚羸苶也。谨奉启布谢。

三

儿子归来，别无可为土物，御笔一双，赐墨一圭，新茶两饼，皆得之大臣家真物也。不罪浼渎。

四

辱访临，感怍。独以匆遽为恨，迫行不往谢，惟宽恕。乍热，万万自重。不宣。

五

别来瞻仰无穷，风雪凝寒，从者勤矣。辱书，承起居甚佳，为使者即至，必且暂还，惟万万自重。

【解题】

此数书作于杭州通判任上。郭功父，名祥正，当涂人，号醉吟先生，与苏轼多有诗文往来。

答杨君素三首

一

久不奉书，递中领来教，欣承起居佳胜？眷爱各无恙。奉别忽四年，薄禀维绊，归计未成，怀想亲旧，可胜惋叹。吾丈优游自得，心恬体舒，必享龟鹤之寿。劣姪与时龃龉，终当舍去，相从林下也。

二

奉别忽二十年，忠仰日深，书问不继，每以为愧。比日动止何似？子姪十九兄弟远来，得闻尊体康健异常，不胜庆慰。知骑驴出入，步履如飞，能登木自采荔枝，此希世奇事也。虽寿考自天，亦是身心空闲，自然得道也。某衰倦早白，日夜怀归，会见之期，想亦不远。更望顺时自重，少慰区区。因孙宣德归，附手启上问。

三

某去乡二十一年，里中尊宿，零落殆尽，惟公龟鹤不老，松柏益茂，此大庆也。无以表意，辄送暖脚铜缶一枚。每夜热汤注满，密塞其口，仍以布单裹之，可以达旦不冷也。道气想不假此，聊致区区之意而已。令子三七秀才及外甥十一郎，各计安。

【解题】

此三书作于杭州通判任上。杨君素，苏轼同乡，后任黄州太守。

与杨济甫

久不奉书，亦少领来信，思念不去心。不审即日起居佳否？眷爱各无恙？某此安健。官满本欲还乡，又为舍弟在京东，不忍连年与之远别，已乞得密州。风土事体皆佳，又得与齐州相近，可以时得沿牒相见，私愿甚便之。但归期又须更数年。瞻望坟墓，怀想亲旧，不觉潸然。未缘会面，惟冀顺时自重。

与富道人

某白道人富君。辱书，且喜体中安适。比谓再相见，今既被命，遂当北行。乍远，诸事宽中保重。

与康公操都管三首

一

某稔闻才业之美，尚淹擢用，向承非罪被移，众论可怪，贤者处之，想恬适也。希声久不得书，承示谕，方知得蜀州，应甚慰意。二浙处处佳山水，守官殊可乐，乡人之至此者绝少。举目无亲故，而杭又多事，时投余隙，辄出访览，亦自可卒岁也。东阳自昔胜处，见刘梦得有“三伏生秋”之句，此境犹在否？未知会晤之日，但有企咏。

二

所索诗，非敢以浅陋为辞，但希世绝境，众贤所共咏叹，不敢草草为寄也。幸恕察。

三

向辱教，久欲裁谢，值出入纷纷无定，因循至今。即日履兹春和，起居佳适。向承寄示图记及诗，实深慰仰。此真得贤者之乐，虽鄙拙，亦欲勉作歌诗，庶几附托高人绝境，以传永久。适会纷纷未暇，更旬日当寄上也。

与陆固朝奉

某启。久留属疾，不敢造请，负愧已深。兹者启行，又不往别，悚怍之至。谨奉手启代违。

答刘道原

道原要刻印七史，固善。方《新学经解》纷然，日夜摹刻不暇，何力及此！近见京师经义题：“国异政，家殊俗。”国何以言异？家何以言殊？又有“其善丧厥善”，“其”、“厥”不同，何也？又说《易·观》卦本是老鹳，《诗·大小雅》本是老鸦。似此类甚众，大可痛骇。（见《邵氏闻见后录》卷二十）

与石幼安

轼启。前日急足还，领手教，具审起居佳胜，眷爱各佳安，至慰！至慰！轼此与贱累并安。知令子九月末方还，侍下未敢奉书。杭州接人犹未到，□到便行，不出此月末起发，十月上旬必到也。乍此远别，岂胜依恋，新凉，惟若时加爱。舍弟未及奉启，不宣。再拜幼安□兄。

油两瓶封全，充□不讶轻渎。八月十一日。

贵眷万福。

洋州令子必安。见报，与可已有替人，莫是别有美命否？贱累并安。轼又上。

【解题】

以上八书皆作于杭州通判任上。

与李公择三首

一

某顿首。某忝命皆出推借，知幸！知幸！始者深欲一到吴兴，缘舍弟在济南，须一往见之，然后赴任。济南路由清河，而冬深即当冻合，须急去乃可行，遂不得一去别。所怀千万，非书所能尽也。

二

某再拜。孝叔丈向有径山之约，今已不遂。无缘一别，且乞致意。陈令举有书来云，相次去奉谒相聚，必款。东莱所乏茶与柑橙，而君地生焉，可各致少许为贶。若要瓜虀，到任后当寄献。呵呵。李君行时，不及奉书，兼醉后挥抹，殊鲜礼。悚！悚！

三

某已到扬州，此行天幸，既得李端叔与老兄，又途中与完夫、正仲、巨源相会，所至辄作数剧饮笑乐。人生如此有几，未知他日能复继此否？乍尔睽违，临纸于邑。

与周开祖

某忝命，皆出奖借。寻自杭至吴兴见公择，而元素、子野、孝叔、令举皆在湖，燕集甚盛，深以开祖不在坐为恨。别后，每到佳山水处，未尝不怀想谈笑。出京北去，风俗既椎鲁，而游从诗酒如开祖者，岂可复得。乃知向者之乐，不可得而继也。令举特来钱塘相别，遂见送至湖。久在吴中，别去，真作数日恶。然诗人不在，大家省得三五十首唱酬，亦非细事。

【解题】

上四书作于熙宁七年（1074）九、十月。时苏轼在赴密州途中。周开祖，名邠。苏轼通判杭州时，开祖为钱塘令，后任乐清宰。

密州到任谢执政启

蒙恩授前件差遣，已于今月三日赴任讫。带山负海，号为持节之邦；多病无功，久在散材之目。授非所称，愧靡自任。矧兹愿治之辰，方以求贤为急。宜得敏锐兼人之器，以副厉精更化之怀。如轼者，天与愚忠，家传朴学。议论止于汙俗，交游谓之陈人。出佐郡条，荐更岁籥。虽仅脱网罗之患，然卒无毫发之称。岂伊宠荣，偶及衰钝。此盖伏遇某官股肱元圣，师表万邦。欲隆太平极治之风，故开兼收并采之路。重使一夫之不获，特捐支郡以见收。荷恩至深，论报何所。谨当镌磨朽钝，箠策疲驽。虽无望于功名，庶少逃于罪戾。过此以往，未知所裁。

【解题】

本文熙宁七年（1074）十一月到密州任作。

上韩丞相论灾伤手实书

史馆相公执事。轼到郡二十余日矣。民物椎鲁，过客稀少，真愚拙所宜久处也。然灾伤之余，民既病矣。自入境，见民以蒿蔓裹蝗虫而瘗之道左，累累相望者，二百余里；捕杀之数，闻于官者几三万斛。然吏皆言蝗不为灾，甚者或言为民除草。使蝗果为民除草，民将祝而来之，岂忍杀乎？轼近在钱塘，见飞蝗自西北来，声乱浙江之涛，上翳日月，下掩草木，遇其所落，弥望萧然。此京东余波及淮浙者耳，而京东独言蝗不为灾，将以谁欺乎？郡已上章详论之矣。愿公少信其言，特与量蠲秋税，或与倚阁青苗钱。疏远小臣，腰领不足以荐铁钺，岂敢以非灾之蝗上罔朝廷乎？若必不信，方且重复检按，则饥羸之民，索之于沟壑间矣。且民非独病旱蝗也。方田均税之患，行道之人举知之。税之不均也久矣，然而民安其旧，无所归怨。今乃用一切之法，成于期月之间，夺甲与乙，其不均又甚于昔者，而民之怨始有所归矣。

今又行手实之法，虽其条目委曲不一，然大抵恃告讦耳。昔之为天下者，恶告讦之乱俗也，故有不干己之法，非盗及强奸不得捕告。其后稍稍失前人之意，渐开告讦之门。而今之法，揭赏以求人过者，十常八九。夫告讦之人，未有非凶奸无良者。异时州县所共疾恶，多方去之，然后良民乃得而安。今乃以厚赏招而用之，岂吾君敦化、相公行道之本意欤？

凡为此者，欲以均出役钱耳。免役之法，其经久利病，轼所不敢言也。朝廷必然推而行之，尚可择其简易为害不深者。轼以为定簿便当，即用五等古法，惟第四等、五等分上、中、下。昔之定簿者为役，役未至，虽有不当，民不争也，役至而后诉耳。故簿不可用。今之定簿者为钱，民知当户出钱也，则不容有大缪矣。其名次细别，或未尽其详，然至于等第，盖已略得其实。轼以为如是足矣。但当先定役钱所须几何，预为至少之数，以赋其下五等。（下五等，谓第四等上、中、下，第五等上、中也。此五等旧役至轻，须令出钱至少乃可，第五等下，更不当出分文。）其余委自令佐，度三等以上民力之所任者而分与之。夫三等以上钱物之数，虽其亲戚，不能周知。至于物力之厚薄，则令佐之稍有才者，可以意度也。借如某县第一等凡若干户，度其力共可以出钱若干，则悉召之庭，以其数予之，不户别也。令民自相差择，以次分占，尽数而已。第二等则逐乡分之，凡某乡之第二等若干户，度其力可以共出钱若干，召而分之，如第一等。第三等亦如之。彼其族居相望，贫富相悉，利害相形，不容独有侥倖者也。相推相诘，不一二日自定矣。若析户则均分役钱，典卖则著所割役钱于契要，使其子孙与买者各以其名附旧户供官，至三年造簿，则不复用，举从其新，如此，而朝廷又何求乎？所谓浮财者，决不能知其数。凡告者，亦意之而已。意之而中，其赏不赀。不中，杖六十至八十，极矣。小人何畏而不为乎？近者军器监须牛皮，亦用告赏。农民丧牛甚于丧子，老弱妇女之家，报官稍缓，则挞而责之钱数十千，以与浮浪之人，其归为牛皮而已，何至是乎！

轼在钱塘，每执笔断犯盐者，未尝不流涕也。自到京东，见官不卖盐，狱中无盐囚，道上无迁乡配流之民，私窃喜幸。近者复得漕檄，令相度所谓王伯瑜者欲变京东、河北盐法置市易盐务利害，不觉慨然太息也。密州之盐，岁收税钱二千八百余万，为盐一百九十余万秤，此特一郡之数耳。所谓市易盐务者，度能尽买此乎？苟不能尽，民肯舍而不煎，煎而不私卖乎？顷者两浙之民，以盐得罪者，岁万七千人，终不能禁。京东之民，悍于两浙远甚，恐非独万七千人而已。纵使官能尽买，又须尽卖而后可，苟不能尽，其存者与粪土何异，其害又未可以一二言也。愿公救之于未行。若已行，其孰能已之？

轼不敢论事久矣，今者守郡，民之利病，其势有以见及。又闻自京师来者，举言公深有拯救斯民为社稷长计远虑之意。故不自揆，复发其狂言。可则行之，否则置之。愿无闻于人，使孤危衰废之踪，重得罪于世也。干冒威重，不胜战慄。

【解题】

本书于熙宁七年（1074）十一月在密州作。韩丞相，即韩绛。文中极详尽地阐述了蝗灾及手实等新法之害民。苏轼从儒家崇古、道家无为思想出发，从原则上反对王安石变法；通过实地执行、观察，他又发现新法的一些缺点，故竭力反对。其中难免有意气用事处，但其为民请命的精神是极可钦佩的。

与灵隐知和尚

某启。久留钱塘，寝食湖山间，时陪道论，多所开发。至于灵山道人，似有前缘。既别经岁，寤寐见之，盖心境已熟，不能遽忘也。及余簿来，并天竺处，得道俗手书近百余通，皆有勤勤相念之意。又皆云杭民亦未见忘。无状何以致此，盖缘业未断故耶？会当求湖、明一郡，留连数月，以尽平生之怀。即日法履何似，尚縻僧职，虽不惬素尚，然勉为法众，何处不可作佛事。某到此粗遣，已百余日，吏民渐相信，盗贼狱讼颇衰，且不烦念及。未间，慎爱为祷。不宣。

【解题】

本书作于熙宁八年（1075）二、三月间。灵隐寺，在杭州。

上文侍中论强盗赏钱书

轼再拜。轼备员偏州，民事甚简。但风俗武悍，特好强劫，加以比岁荐饥，椎剽之奸，殆无虚日。自轼至此，明立购赏，随获随给，人用竞劝，盗亦敛迹。

准法，获强盗一人，至死者给五十千，流以下半之。近有旨，灾伤之岁，皆降一等。既降一等，则当复减半，自流以下，得十二千五百而已。凡获一贼，告与捕者，率常不下四五人，不胜则为盗所害。幸而胜，则凡为盗者举仇之。其难如此，而使四五人者分十二千五百以捐其躯命，可乎？朝廷所以深恶强盗者，为其志不善，张而不已，可以驯致胜、广之资也。由此言之，五十千岂足道哉！夫灾伤之岁，尤宜急于盗贼。今岁之民，上户皆阙食，冬春之交，恐必有流亡之忧。若又纵盗而不捕，则郡县之忧，非不肖所能任也。欲具以闻上，而人微言轻，恐不见省。向见报明公所言，无不立从，东武之民，虽非所部，明公以天下为度，必不间也。故敢以告。比来士大夫好轻议旧法，皆未习事之人，知其一不知其二者也。

常窃怪司农寺所行文书措置郡县事，多出于本寺官吏一时之意，遂与制敕并行。近者令诸郡守根究衙前重难应缘此毁弃官文书者，皆科违制，且不用赦降原免。考其前后，初不被旨。谨按律文，毁弃官文书重害者，徒一年。今科违制，即是增损旧律令也。不用赦降原免，即是冲改新制书也。岂有增损旧律令，冲改新制书，而天子不知，三公不与，有司得专之者！今监司郡县，皆恬然受而行之莫敢辨，此轼之所深不识也。

昔袁绍不肯迎天子，以谓若迎天子以自近，则每事表闻。从之则权轻，不从则拒命，非计之善也。夫不请而行，袁绍之所难也。而况守职奉上者乎？今圣人在上，朝廷清明，虽万无此虞，司农所行，意其出于偶然，或已尝被旨而失于开坐？皆不可知。但不请而行，其渐不可开耳。轼愚蠢无状，孤危之迹，日以岌岌。夙蒙明公奖与过分，窃怀忧国之心，聊复一发于左右，犹幸明公密之，无重其罪戾也。

【解题】

本书约熙宁八年（1075）在密州作。文中论捕盗赏钱不当减少，又述司农寺长官擅自造律推行，非守职奉上之道。文侍中，即文彦博，字宽夫，汾州介休人，曾任宰相，亦是王安石变法的反对者。

上文侍中论榷盐书

留守侍中执事。当今天下勋德俱高，为主上所倚信；华实兼隆，为士民所责望；受恩三世，宜与社稷同忧，皆无如明公者。今虽在外，事有关于安危，而非职之所忧者，犹当尽力争之，而况其事关本职而忧及生民者乎？窃意明公必已言之而人不知。若犹未也，则愿效其愚。

顷者三司使章惇建言：“乞榷河北、京东盐。”朝廷遣使案视，召周革入觐，已有成议矣。惇之言曰："河北与陕西皆为边防，而河北独不榷盐，此祖宗一时之误恩也。"轼以为陕西之盐，与京东、河北不同。解池广袤不过数十里，既不可捐以予民，而官亦易以笼取。青盐至自虏中，有可禁止之道，然犹法存而实不行。城门之外，公食青盐。今东北循海皆盐也，其欲笼而取之，正与淮南、两浙无异。轼在余杭时，见两浙之民以犯盐得罪者，一岁至万七千人而莫能止。奸民以兵仗护送，吏士不敢近者，常以数百人为辈，特不为他盗，故上下通知，而不以闻耳。东北之人，悍于淮、浙远甚，平居椎剽之奸，常甲于他路，一旦榷盐，则其祸未易以一二数也。由此观之，祖宗以来，独不榷河北盐者，正事之适宜耳。何名为误哉！且榷盐虽有故事，然要以为非王政也。陕西、淮、浙既未能罢，又欲使京东、河北随之，此犹患风痹人曰，吾左臂既病矣，右臂何为独完，则以酒色伐之，可乎？

今议者曰："吾之法与淮、浙不同。淮、浙之民所以不免于私贩，而灶户所以不免于私卖者，以官之买价贱而卖价贵耳。今吾贱买而贱卖，借如每斤官以三钱得之，则以四钱出之，盐商私买于灶户，利其贱耳，贱不能减三钱，灶户均为得三钱也，宁以予官乎？将以予私商而犯法乎？此必不犯之道也。"此无异于儿童之见。东海皆盐也。苟民力之所及，未有舍而不煎，煎而不卖者也。而近岁官钱常若窘迫，遇其急时，百用横生。以有限之钱，买无穷之盐，灶户有朝夕薪米之忧，而官钱在期月之后，则其利必归于私贩无疑也。食之于盐，非若饥之于五谷也。五谷之乏，至于节口并日，而况盐乎？故私贩法重而官盐贵，则民之贫而懦者或不食盐。往在浙中，见山谷之人，有数月食无盐者。今将榷之，东北之俗，必不如往日之嗜咸也，而望官课之不亏，疏矣。且淮、浙官盐，本轻而利重，虽有积滞，官未病也。今以三钱为本，一钱为利，自禄吏购赏修筑廒庾之外，所获无几矣。一有积滞不行，官之所丧，可胜计哉！失民而得财，明者不为。况民财两失者乎？

且祸莫大于作始，作俑之渐，至于用人，今两路未有盐禁也，故变之难。遣使会议，经年而未果。自古作事欲速而不取众议，未有如今日者也。然犹迟久如此，以明作始之难也。今既已榷之矣，则他日国用不足，添价贵卖，有司以为熟事，行半纸文书而决矣。且明公能必其不添乎？非独明公不能也，今之执政能自必乎？苟不可必，则两路之祸，自今日始。

夫东北之蚕，衣被天下。蚕不可无盐，而议者轻欲夺之，是病天下也。明公可不深哀而速救之欤？或者以为朝廷既有成议矣，虽争之必不从。窃以为不然。乃者手实造簿，方赫然行法之际，轼尝论其不可，以告今太原韩公。公时在政府，莫之行也，而手实卒罢，民赖以少安。凡今执政所欲必行者，青苗、助役、市易、保甲而已，其他犹可以庶几万一。或者又以为明公将老矣，若犹有所争，则其请老也难。此又轼之所不识也。使明公之言幸而听，屈己少留，以全两路之民，何所不可。不幸而不听，是议不中意，其于退也尤易矣。顾少留意。轼一郡守也，犹以为职之所当忧，而冒闻于左右，明公其得已乎？干渎威重，俯伏待罪而已。

【解题】

本书作于熙宁八年（1075）末。文中从百姓日用出发，论京东河北榷盐之害，反对朝廷以此敛财。苏轼反复恳请文彦博能借助自己的威望，阻止朝廷榷盐，言辞极为诚恳，颇见其爱民之心。

与鲜于子骏二首

一

久不奉状，方深愧悚。递中，伏辱手教，并新文石刻等，疾读，喜快无量。即辰起居佳否？公文学德度，宜在朝廷，久此外远何也？然闻一路蒙被仁政，不尔，吏民皆在倒悬中也。况乡井坟墓在焉，计居之甚以为乐。某到郡正一年，诸况粗遣，岁凶民贫，力所无如之何者多矣。然在己者未尝敢行所愧也，如此而已。忝厚眷，故及。未缘瞻奉，惟冀以时自重。不宣。

二

忝厚眷，不敢用启状，必不深讶。所惠诗文，皆萧然有远古风味。然此风之亡也久矣。欲以求合世俗之耳目，则疏矣。但时独于闲处开看，未尝以示人，盖知爱之者绝少也。所索拙诗，岂敢措手，然不可不作，特未暇耳。近却颇作小词，虽无柳七郎风味，亦自是一家。呵呵。数日前，猎于郊外，所获颇多。作得一阕，令东州壮士抵掌顿足而歌之，吹笛击鼓以为节，颇壮观也。写呈取笑。

【解题】

此二书皆作于熙宁八年（1075）冬。第二信所言词作，即《江城子·密州出猎》。苏轼自知其词风不似柳永之婉约，而为“壮观”一路，并以“自是一家”而自得，可见他是有意革新词风，富有创新精神。鲜于子骏，名鲜于侁，时任京东路转运使。

与滕达道

某启。新法，将官所管兵，更不差出，而本州武卫差在巡检者千余人，若抽还，则威勇、忠果之类，必填不足。已申安抚司去讫，为论列也。

【解题】

本书作于熙宁八年（1075）。文中论新法之不切实用。

与周开祖

递中辱书教累幅，如接笑语。即日，远想起居佳胜。某此无恙，已被旨移河中府，候替人，十二月上旬中行，相去益远矣。

往日相从湖山之景，何缘复有。别后百事纷纷，皆不足道。惟令举逝去，令人不复有意于兹世。细思此公所以不寿者而不可得，不免为之出涕。读所示祭文纪述，略尽其美，甚善。其家能入石否？亦欲作一首哀词，未暇也。当作寄去。

开祖笔力颇长，魏武所谓“老而能学，惟予与袁伯业”，真难得也。寄示山图，欲寻善本而不可得者。新诗清绝，辄和两首取笑。浩然亭欲续和寄去。

今日大雪，与客饮于玉山堂。适遣人往舍弟处，遂作此书。手冷，殊不成字，惟冀自重而已。

【解题】

本书作于熙宁九年（1076）十一月。时苏轼以祠部员外郎直史馆移知河中府，将离密州。信中哀念亡友，并称赞周开祖诗文“笔力颇长”、“老而能学”。

答秦太虚二首

一

某启。别后数辱书，既冗懒且无便，不一裁答，愧悚之至。参寥至，颇闻动止，为慰。然见解榜，不见太虚名字，甚惋叹也。此不足为太虚损益，但吊有司之不幸尔。即日起居何如？参寥真可人，太虚所与之，不妄矣。何时复见，临纸惘惘，惟万万自爱而已。谨奉手启上问。诸事可问参寥而知，入夜，困倦，书不详悉。程文甚美，信非当世君子之所取也。仆去替不远，尚未知后任所在，意欲东南一郡尔。得之，当遂相见。

二

某昨夜偶与客饮酒数杯，灯下作李端叔书，又作太虚书，便睡。今日取二书覆视，端叔书犹粗整齐，而太虚书乃尔杂乱，信昨夜之醉甚也。本欲别写，又念欲使太虚于千里之外，一见我醉态而笑也。无事时寄一字，甚慰寂寥。不宣。

【解题】

此二书作于密州太守任上。秦太虚，即秦观，字少游，又字太虚，号淮海居士，其文才深得苏轼赏识，列苏门四学士之一，以词闻名。

与程彝仲二首

一

某启。奉别积年，因循不修书问，每以为愧。递中辱手书，问劳勤厚，感戴不可言也。承以科诏入都，跋履之余，起居佳否？老兄循习既久，文行愈粹，决无终否不振之理。更少贬以就绳墨，即当俯拾也。未缘披奉，惟冀以时自重。不宣。谨因乡人李君行，奉启布问。

二

得圣此行，得失必且西归，计无缘过我。而东武任满，当在来岁冬杪，亦无缘及见于京师矣。此任满日，舍弟亦解罢，当求乡里一任，与之西还。近制既得连任蜀中，遂可归老守死坟墓矣。心貌衰老，不复往日，惟念斗酒只鸡，与亲旧相从尔。星桥别业，比来更增葺否？因便，无惜一二字。

【解题】

此二书作于密州太守任上。程彝仲，眉州人，登进士第，曾任秘校、推官等职。据后书，其名似为得圣。

与王庆源二首

一

陵州递中辱书及诗，如接风论，忽不知万里之远也。即日履兹秋暑，尊候何似。

某此粗遣，虽有江山风物之美，而新法严密，风波险恶，况味殊不佳。退之所谓“居闲食不足，从官力难任，两事皆害性，一生常苦心”，正此谓矣。

知叔丈年来颇窘，此事有定分。但只以安健无事多子孙为乐，亦可自遣。何时归休，得相从田里，但言此，心已驰于瑞草桥之西南矣。秋暑，更冀以时珍重。

二

高密风土食物稍佳。但省租公库减削，索然贫俭。始至，值岁饥，人豪剽劫无虚日。凡督捕奸凶五七十人，近始肃然，斗讼颇简。稍葺治园亭，居之，亦粗可乐。但时登高，西南引领，即怅然终日。近稍能饮酒，终日可饮十五银盏。他日粗可奉陪于瑞草桥，路上放歌倒载也。

【解题】

此二书作于密州。王庆源，苏轼之叔岳丈。曾官洪雅主簿，雅州户掾，后归隐，居眉之青神瑞草桥，放怀自得。苏轼在信中言及不乐新法，难以为官的苦闷心情，表达了归休家乡的心愿。

与宝觉禅老二首

一

某启。去岁赴官，迫于程限，不能舣舟。一别中流，纵望云山，杳然有不可及之叹。既渡江，遂蒙轻舟见饯，复得笑语一饷之乐。惭荷之怀，殆不可胜言。别来因循，未及奉书。专人至，辱教累幅，慰谕反复，读之爽然，如对妙论。仍审比来法履佳胜。某此粗遣，但未有会见之期。临书惘然，惟万万自重。《至游堂记》，即当下笔，递中寄去。近有《后杞菊赋》一首，写寄，以当一笑。人还，草草不宣。

二

圆通不及别书，无异此意。告转求此纸，东州僧无可与言者，况欲闻二大士之謦欬，何可复得耶？此语合喫几拄杖？刁丈计自太平归安胜，屡有书去，不知达否？因见，道下恳。焦山纶老，亦为呼名。

与通长老五首

一

某启。近过苏台，不得一见而别，深为耿耿。专人来，辱书，且喜法履清胜。某到此旬日，郡僻事少，足养衰拙。然城中无山水，寺宇朴陋，僧皆麄野，复求苏、杭湖山之游，无复彷彿矣。何日会集，慰此牢落。唯万万自重。人还，布谢。

二

《三瑞堂诗》已作了，纳去。然恶诗竟何用，是家求之如此其切，不敢不作也。惠及温柑甚奇，此中所未尝识。枣子两篭，不足为报，但此中所有止此尔。单君贶必常相见，路中屡有书去。久望来书，且请附密州递奇数字，告为速达此意。

三

某启。别后一向忙冗，有疏奉问，叠辱手字，愧悚良深。仍审履兹初凉，法体增胜，为慰。承开堂未几，学者日增，吾师久安闲独，迫于众意，无乃少劳，然以济物为心，应不计劳逸也。未缘奉谒，千万珍重。人还，布谢。

四

姚君笃善好事，其意极可佳，然不须以物见惠也。惠香八十罐，却托还之。已领其厚意，与收留无异，实为他相识所惠皆不留故也。切为多多致此恳。千万，勿讶！勿讶！

五

且说与姚君勿疑讶，只为自来不受非亲旧之馈，恐他人却见怪也。元伯昆仲，各为致恳。乍到，未及奉书。

【解题】

上七书皆作于密州。宝觉，金山寺住持。通长老，苏州虎丘僧人。

答陈履常二首

一

吴中屡得瞻见，时以余弃，洗濯蒙鄙，别来仰伫日深。递中首辱教尺，感服良厚，即日履兹酷暑，起居何如？贵眷令子各佳胜，披奉杳然，临纸怅惘，惟冀为时调护。

二

远承寄贶诗刻，读之洒然，如闻玉音，何幸获此荣观。不独以见作者之格，且足以知风政之多暇，而高躅之难继也。辄和

《光禄菴二绝》，聊以寄钦羡之怀，一笑投之可也。所须接骨丹方，谨录呈。高密连年旱蝗，应副朔方百须，纷然疲劳，日俟汰逐。企仰仙馆，如在云汉矣。因风，不吝诲字。

答张主簿

改岁，无缘展庆。伏惟履兹新春，百福来集。旬日前辱教，感服眷厚，不即驰答，悚怍！悚怍！向日披奉，但有驰仰。余寒，冀以时自重。

与枢密侍郎

违去门下已八年，愚鲁罢殆，人事废绝，书疏缺然。怠慢之罪，宜在谴绝。比承柄用，又不以时随众修贺。盖疎懒愧缩，日复一日，不知复怜恕之否？即日履兹寒凝，台候万福。某去替止数月，而贫困难以赴阙，相次乞江浙一郡，若幸得之，拜见未可期。惟冀为国自重。谨因人便，奉手状起居，不宣。

密州与人二首

一

浙右之别，遂不上问至今，想必察其情也。特枉书问，感慰兼集。比日起居何如？涉海恬然，继以题擢，众论翕然，知忠信之可恃，名实之相副也。雅故之末，忻慰可量。

二

前日使车，道由郡下，虽展接颜表，殊慰瞻傃之怀。惟是礼劳不腆，实深愧悚。逮兹违间，吏役绊撄，未皇奉书，以伸惓惓之情。特蒙高明，远贶珍牍，披绎数四，感仰交怀。初暑微热，切承跋履之余，动止佳胜。未缘会集，临纸增慨。

与富道人

承录示秘方及寄遗药，具感厚意。然此事本林下无以遣日，聊用适意可也。若恃以为生，则为造物者所恶矣。仆方苟禄出仕，岂暇为此。谨却驰纳，且寄之左右，或异日归田却咨请。感愧之至，千万悉之，不一一。

与文与可

《凤咮》等诗，屡有书道谢矣。岂皆不达耶？睽远可叹，皆此类也。向有书，乞《超然台》诗，仍乞草书，得为摹石台上，切望！切望！安南代北骚然，愚智共忧，而吾徒独在闲处，虽知天幸，然忧愧深矣。此中亦渐有须调蜀中不觉否？轼近乞齐州，不行。今年冬官满，子由亦得替，当与之偕入京，力求乡郡，谋归耳。洋川园池乃尔佳绝，密真陋邦也，然亦随分葺之。城西北有送客亭，下临潍水，轩豁旷荡，欲重葺之，名快哉亭。或为作一诗，尤为幸厚也。“伧父”恐是南人谓北人，亦不晓其义，《王献之传》有，可详之。轼又上。

与滕达道三首

一

某再启。东武今岁蝗灾尤甚，而官吏多方绳以微文，蠲放绝少。自到任，不住有人户告诉，既非检覆之时，已奏乞体量减放，仍已申闻去讫，或更得明公一言，尤幸也。新法，队伍已团结次，然有州县不得干预之说，自古岂有郡守而不得管兵者？其他不便，未可以一二数也。咫尺无缘一见，以尽所怀。昨日得舍弟书，王殿丞又恐却赴任，果尔，则辟命又未可知也。穷蹇图事，无适而不龃龉，好笑！好笑！

二

某启。违远已久，瞻仰日深。即辰履兹凝冱，台候何如。某孤拙无状，得在麾下，盖天幸也。但门庭咫尺，无缘驰候，岂胜怅然。唯冀上为庙社，益加自重。谨奉启上谢。不宣。

三

某再拜。舍弟仰玷辟书，荷恩至深。不唯得所托附以为光宠，又兄弟久别，得少相近，私喜殊深，但未知可决得否？渠朝中更无人，可与问逐，明公怜之，少为留意，当不难得也。久违左右，所怀千万，非书所能尽也。

【解题】

上十一书皆作于密州。陈履常，名师道，苏门六君子之一。

与 黎 希 声

向自密将赴河中，至陈桥，受命改差彭城。便欲赴任，以儿子娶妇，暂留城东景仁园中。旦夕自汴东去，逾远风问，可胜怅然。坟墓每烦戒敕，惟增感噎。堂兄欲葬祖坟，为诸房众多，某既不敢果决，恐众意难允也，乞知之。

【解题】

本书作于熙宁十年（1077）二月。时苏轼罢密州任还朝，改任徐州太守，此书所述即当时境况。黎希声，名錞，时任苏轼家乡眉州太守。

与迈求婚启

里闬之游，笃于早岁。交朋之分，重以世姻。某长子迈，天资朴鲁，近凭一艺于师传；贤小娘子，姆训夙成，远有万石之家法。聊伸不腆之币，愿结无穷之欢。

【解题】

本文是苏轼为长子苏迈求婚而作，当在熙宁十年（1077）三月。

与司马温公二首

一

春末，景仁丈自洛还，伏辱赐教，副以《超然》雄篇，喜怍累日。寻以出京无暇，比到官，随分纷冗，久稽裁谢，悚怍无已。比日，不审台候何如？某强颜苟禄，忝窃中，所愧于左右者多矣。未涯瞻奉，惟冀为国自重，谨奉启问。

二

某再启。《超然》之作，不惟不肖托附以为宠，遂使东方陋州，以为不朽之美事，然所以奖与则过矣。久不见公新文，忽领《独乐园记》，诵味不已，辄不自揆，作一诗，聊发一笑耳。彭城佳山水，鱼蟹侔江湖，争讼寂然，盗贼衰少，聊可藏拙。但朋游阔远，舍弟非久赴任，益岑寂也。

【解题】

此两书分别作于熙宁十年（1077）三月、五月。司马温公即司马光。信中对司马光所作《超然台诗》、《独乐园记》极为称颂。苏轼于此时还作有《寄题司马君实独乐园》诗，可参看。

徐州谢两府启

移守河中，已愧超升之异；改临泗上，仍叨藩镇之雄。既见吏民，周览风俗。地形襟要，当东南水陆之冲；民食艰难，正春夏旱蝗之际。宜得一时之循吏，以安千里之疲民。如轼者才不逮人，学非适用。早尘策府，自知拙直之难安；屡乞守符，意谓苟全之善计。然自往来三郡，首尾七年。足蹈危机，仅脱风波之险；心存吏役，都忘学术之源。既未决于归耕，敢复求于善地。伏遇某官权衡万物，高下一心。顽矿悍坚，实费陶镕之力；散材疏恶，徒施封殖之恩。谨当箠策疲驽，镌磨朽钝。上酬天造，次答己知。

徐州谢邻郡陈彦升启

受代膠西，甫违仁庇；分符泗上，复托恩私。祇见吏民，布宣条教。郡有溪山之乐，庭无争讼之烦。曾何妄庸，获此侥倖。此盖某官纪纲千里，仪表一方。议论信于中朝，予夺公于多士。衰罢无术，既常荷于兼容；勉厉自将，或无忝于知遇。感惧之素，敷染难宣。

【解题】

此二文作于熙宁十年（1077）到徐州任时。

与刘贡父二首

一

某启。示及回文小阕，律度精致，不失雍容，欲和殆不可及，已授歌者矣。王寺丞信有所得，亦颇传下至术，有诗赠之，写呈，为一笑。老弟亦稍知此，而子由尤为留意。淡于嗜好，行之有常，此其所得也。吾侪于此事，不患不得其诀及得而不晓，但患守之不坚，而贼之者未净尽耳。如何？子由已赴南都，十六日行矣。

二

某启。向闻贡父离曹州，递中附问，必已转达。即日，不审起居何如？闻罢史局，佐天府，众人为公不平。某以为文字议论，是非予夺，难与人合，甚于世事。南司廨舍甚佳，浮沉簿书间，未必不佳也。至于进退毁誉，固无足言者。贡父聪明洞达，况更练世故，岂待言者耶！但区区之心，不能不云尔。

某蒙庇无恙，但秋来水患，仅免为鱼，而明年之忧，方未可测。或教别乞郡脱去，又恐遗患后人，为识者所讥。已附诏使奏牍，乞以石甃城脚，周回一丈，其役甚大且艰，但成则百余年利也。此去又须昼夜劳苦，半年乃成。成后匄一宫观，渐谋归田耳。穷蹇迂拙，所值如此，奈何！奈何！何时面言，以散蕴结。乍寒，惟万万自重。不宣。

【解题】

此二书分别作于熙宁十年（1077）八月和年底。信中对刘攽被贬出京表示安慰，并谈到对徐州水患的忧虑。刘贡父，名攽，苏轼好友。

与文与可三首

一

轼自密移河中，至京城外，改差徐州，复挈而东。仕宦本不择地，然彭城于私计比河中为便安耳。今日沿汴赴任，与舍弟同行。闻与可与之议姻，极为喜幸。从来交契如此，又复结此无穷之欢，美事！美事！但寒门不称，计与可必不见鄙也。临行冗甚，奉书殊不谨，俟到任，别上问次。

二

轼再拜。姪女子获执箕箒，非独渠厚幸，而不肖获交于左右者，缘此愈亲笃矣。欣慰之怀，殆不可言，不敢复具启状，必不见罪也。闻舍弟谈婿之贤，公之子固应尔。姪女子粗知书，晓义理，计亦称公家妇也，更望训诲其不逮也。

三

轼启。近递中辱书，承非久到阙，即日想已入觐矣。无缘一见，于邑可知。苦寒，尊候何似，贵眷令子各安胜。轼蒙庇粗遣，但秋来水灾，几已为鱼，必知之矣。

寄惠六言小集，古人之作，今世未省见。老兄别后，道德文章日进，追配作者。而劣弟懒堕日退，卒为庸人，他日何以见左右，惭悚而已。所要拙文，实未有以应命，又见兄之作，但欲焚笔砚耳，何敢自露。兄淹外既久，虽与时阔疏，而公议卓然，当遂践清近也。岁行尽，万万以时自重，不宣。

轼再拜与可学士老兄阁下。十二月十六日。

【解题】

上数书皆作于熙宁十年（1077），时苏轼任徐州太守。

与文与可二首

一

与可抱才不试，循道弥久，尚未闻大用。公议不厌，计当在即。然廊庙间谁为恤公议者乎？老兄既不计较，但乍失为郡之乐，而有桂玉之困，又却不见使者嘴面，得失相乘除，亦略相当也。彭门无事，甚可乐。但未知今夏得免水患否？子由频得书，甚安。示谕秋冬过亲，甚幸！甚幸！令嗣昆仲各计安胜，为学想皆成就矣。

二

轼启。郡人还，叠辱书教。承尊候微违和，寻已平愈，然尚未甚美食。又得蒲大书云：尊貌颇清削。伏料道气久充，微疾不能近，然未免忧悬，惟谨择医药，痛加调练，莫须燃艾否？轼近来亦自多病，年老使然，无足怪者。

蒙寄惠偃竹，真可为古今之冠，谨当缀黄素其后，作十许句赞。盖多年火下，不可无言也。呵呵。闻幼安父子共得卅余轴。谨援此例，不可过望。所示，当作歌诗题之。轼作此乃莫大之幸，日夜所愿而不得者。今后更不敢送浙物去矣。老兄恐吓之术，一何疏哉。想当一大噱。别后亦有拙诗百余首，方令人编录，以求斤斧，后信寄去。老兄盛作，尚恨见少，当更蒙借示，使劣弟稍稍长进。此其为赐，又非颁墨惠竹之比也。冗中奉启，不尽言。

轼再拜与可学士亲家翁阁下。正月廿八日。

【解题】

此二书作于元丰元年（1078）正月。前信中，苏轼为文与可怀才不用抱屈。后信中盛赞文与可画竹为“古今之冠”。

与刘贡父

某启。近辱教，并和王仲素诗，读之欣然有得也。久不裁谢，为愧多矣。向时令押纲人候信者附书信，不审达否？即日起居佳胜。诗格愈奇古，可令令子录示数十首否？仆蒙恩粗遣，水退城全，暂获息肩。然来岁之忧，方未可量。虽知议闭曹村口，然不敢便恃其不来。

有一事，须至干清听：去岁，曾擘画作石岸，用钱二万九千五百余贯，夫一万五百余人，粮七千八百余硕，于十月内申诏使，仍乞于十二月已前画旨，乃可干办。雇募人匠，计置物料，正月初下手，四五月间可了。虽费用稍广，然可保万全，百年之利也。今已涉春，杳未闻耗，计日月已迫，必难办集。又闻有旨下淮南、京东，起夫往澶州，其势必无邻郡人夫可以见及（前来本州，下南京、沂、宿等州差夫八千人，并本州差夫三千五百人，共役一月可毕）。以此知前来石岸文字必不遂矣。今别相度，裁减作木岸，工费仅减一半，用夫六千七百余人，（仍差三千五百余人，以常平钱召募），粮四千三百余硕，钱一万四千余贯，虽非经久必安之策，然亦足以支持岁月，待河流之复道也。若此策又不行，则吾州之忧，亦未可量矣。

今寄奏检一本奉呈，告贡父与令侄仲冯力言之。此事必在户房，可以出力。万一不当手，亦告仲冯力借一言，此事决不可缓。若更下所属相度，往反取旨，则无及矣。况所乞止百余纸祠部，其余本州皆已有备。若作而不当，徐行遣官吏，亦未晚。惟便得指挥，闰月初便可下手为佳。

某岂晓土功水利者乎？职事所迫，不得不尔，每自笑也。若朝廷选得一健吏善兴利除害者见代，一郡之幸也。然不敢自乞，嫌于避事尔。言轻不足以取信，惟念此一城生聚，必不忍弃为鱼鳖也。仆于朝中，谁为可诉者，惟贡父相爱，必能为致力。仍乞为调其可否，详录，付去。人回，不胜日夜之望。未缘会面，万万以时自重。人行，奉启。不宣。

【解题】

本书作于元丰元年（1078）正月。去年徐州遭洪水袭击，苏轼亲率军民抗洪，又上疏奏请改筑徐州外城，信中请刘贡父给予帮助。刘贡父时官国史馆编修。

徐州谢执政奖谕启

事有服勤，此实守臣之职；功无可录，遽膺褒诏之荣。闻命惟惊，反身自愧。伏自河失故道，遗患及于东方；徐居下流，受害甲于他郡。比缘众力，获保孤城。洒沉澹灾，无补洪源之塞；增痺培薄，仅循下策之施。敢图天听之卑，乃辱玺书之赐。兹盖伏遇某官，左右元圣，师保万民。方以一夫不获为己羞，故众人皆乐以善告。遂缘过听，致此曲恩。某敢不祗服训词，益修吏职。深自策其驽钝，庶有补于涓埃。过此以还，罔知所措。

【解题】

本文作于元丰元年（1078）二月。苏轼因去年抗洪有功，受到朝廷嘉奖，因作本文谢之。

与文与可

轼启。叠辱来教，承起居佳胜。适闻中间复微恙，且喜寻已平复。轼比来亦多病，渐老不耐，小放意辄成疾，不可不加意慎护也。

水后弥年劳役，今复闻决口未可塞，纷纷何时定乎？寄示和潞老诗甚精奇。稍间当亦继作六言诗，殆难继也。未缘会遇，万万以时自珍。谨奉手启上问，不宣。

轼再拜与可学士亲家翁阁下。三月二十六日。

【解题】

本书作于元丰元年（1078）三月。

答黄鲁直

轼顿首再拜鲁直教授长官足下。轼始见足下诗文于孙莘老之坐上，耸然异之，以为非今世之人也。莘老言："此人，人知之者尚少，子可为称扬其名。”轼笑曰：“此人如精金美玉，不即人而人即之，将逃名而不可得，何以我称扬为?”然观其文以求其为人，必轻外物而自重者，今之君子莫能用也。其后过李公择于济南，则见足下之诗文愈多，而得其为人益详。意其超逸绝尘，独立万物之表，驭风骑气，以与造物者游，非独今世之君子所不能用，虽如轼之放浪自弃，与世阔疏者，亦莫得而友也。

今者辱书词累幅，执礼恭甚，如见所畏者，何哉？轼方以此求交于足下，而惧其不可得，岂意得此于足下乎？喜愧之怀，殆不可胜。然自入夏以来，家人辈更卧病，忽忽至今，裁答甚缓，想未深讶也。

《古风》二首，托物引类，真得古诗人之风，而轼非其人也。聊复次韵，以为一笑。

秋暑，不审起居何如？未由会见，万万以时自重。

【解题】

本书当作于元丰元年（1078）四月，为苏轼初识黄庭坚之第一封信。信中极言称赞黄庭坚的文才和人品，表达了与其结交的喜悦之情。文章跌宕多姿，言辞恳切，热情洋溢。黄庭坚，字鲁直，号山谷道人，宋代著名文学家，苏门四学士之一。其舅李公择、岳父孙莘老皆是苏轼好友。

与鲜于子骏

故人刘格，字道纯，故友刘恕道原之亲弟。读书强记辨博，文词粲然可观，而立节强鲠，吏事亦健，君实颇知之，余人未识也。欲告子骏与一差遣，收置门下，公若可以踏逐辟召，幸先之，敢保称职也。旦夕归南康军待阙，公若有以处之，他必愿就也。某非私之也，为时惜才也。

【解题】

本书作于元丰元年（1078）六月。刘道原素不满王安石变法，出贬外官，苏轼引为知己，通书问。时刘道原已亡，故其弟亲投苏轼求禄养，苏轼甚是同情，荐与鲜于侁。

与子明

轼启。久不上状，懒惰之性，兄所照知，想未深罪。即辰尊履何如？兄所临有声，蔼然想诸公文章，别有殊擢。弟已有替人，替成资。二年水旱，无种不有，且只得善去也。阔别十年，瞻奉无期，此怀可知。惟顺时保练，卑请区区之至也。谨奉手状起居，不备。

弟轼再拜寺丞子明二哥、县君二嫂左右。八月十八日。

建茶兖墨各少许，表□而已。不罪浼渎。《中秋》三诗，寄呈以当一笑。轼再拜。

【解题】

本书作于元丰元年（1078）八月。

与李公择

某顿首。久不得来诲，亦稍忧悬，料公必不暇尔。近领手教，果尔劫劫，殊不及为郡之乐。比日起居佳胜否？贵眷各无恙，且喜九郎壮健胜往日，深可庆。某辄有一孙，体甚硕重，决可以扶犁荷锄，想公亦为我喜也。八月十二日生，名楚老。六郎不见，应举得失如何？迈往南京，为舍弟此月十一日嫁一女与文与可子，呼去干事。宪局寻常少事，何为乃尔纷纷，想不常如此也。

【解题】

本书当作于元丰元年（1078）九、十月间。信中向李常报告新添长孙苏箪和子由嫁女事。

与文与可三首

一

轼启。近承书诲，喜闻尊候益康胜。见乞浙郡，不知得否？相次入文字，乞宣与明。若得与兄联棹南行，一段异事也。

中前桑榆之词，极为工妙，寻曾有书道此，却是此书不达耶？老兄诗笔，当今少俪，惟劣弟或可以仿佛。墨竹即未敢云尔，呵呵。佳墨比望老兄分惠，反蒙来索，大好禅机，何处学得来？大轴挥洒必已了，专令人候请。切告。乌丝栏两卷，稍暇便写去。近见子由作《墨竹赋》，意思萧散，不复在文字畛域中，真可以配老笔也。亦欲写在绢卷上，如何？如何？乍凉，万万珍重。

二

轼启。稍不驰问，不审入冬尊体何如？想旧疾尽去，眠食益佳矣。

见秋榜，知八郎已捷，不胜欣慰。惟十一郎偶失，甚为怅然。一跌岂废千里，想不以介意。

寄示碑刻，作语古妙，非世俗所能仿佛。长句偈尤奇，非独文字甘降，便当北面参问也。

近有一僧名道潜，字参寥，杭人也。特来相见。诗句清绝，可与林逋相上下，而通了道义，见之令人萧然。有一诗与之，录呈，为一笑也。未由展奉，万万以时自重，不一不一。

轼再拜与可学士亲家翁阁下。十月十六日。

《黄楼赋》如已了，望付去人，如未，幸留意！留意！

三

轼启。冗迫，稍疏上问。伏想尊履佳胜。承书，领吴兴。众议谓公当在近侍，故不甚快，然不肖深为左右贺也。吴兴山水清远，公雅量弘度，在王、谢间，此授殆天意耳。轼欲乞宣城，若幸得之，当与公为邻国，真是一段奇事。然事之如人意者，亦自难遂，从古以然。公自南河赴任，舟行艰涩，何不自五丈河，由曹、郓、济过我于徐，自泗入淮乎？但恐五丈河无冰，不然者，公必出此也。且更熟筹之。余惟万万以时自重。笔冻，奉启殊不谨。

石幼安言，亦可呼水精宫使。此语可记。

【解题】

此三书皆作于元丰元年（1078）。

与王定国

不见定国一年，不与定国书半年，每得来书，辄愧满面，取纸欲答，又懒而止。每想君熟知我此态，不复以为怪也。即日，起居何如？知受任安肃，庙堂既未能置君于所宜，独无一稍佳处乎？料亦都不计较。许时见过之语，似稍的，今岁必不失望矣。河水既不至，此间诸事稍可乐，幸早临。仆秋中当再乞南中一郡耳！屡蒙寄诗，老笔日可畏，殆难陪奉。字法亦然，异日当配古人矣。酷热，万万自重。

【解题】

本书约作于元丰元年（1078）。王定国，名巩，山西太原人，长于诗画，与苏轼交往密切。

与欧阳仲纯五首

一

去岁城东，屡获陪从，蒙益既多，乐亦无量。既别，日苦贱事，不克驰问，惭负不可言。即日起居何如？见报，除审簿，信否？殊不知。即日从者所在，徒有仰咏。某蒙庇粗遣，彭门本无一事，足以藏拙。河水一至，事无不有，中间几殆者数矣。必亦闻之。今方稍安，而夏秋之患未可量，盖命穷所至感召，此何时复得一笑之乐也。近诗数首，聊以破颜。余寒，万万以时自重。

二

伯仲、叔弼昆仲，各计安胜。杨掾行速，未及拜书，乞道下恳。子由在南都，时得书，无恙。彭城最处下流，水患甲于东北。奏乞钱与夫为夏秋之备，数章皆不报。曹河若可塞，固大善，不尔，仓卒之间，不免调急夫使系省钱，岂暇复禀命乎？所费必多，而为备不如先事之精也。人微言轻，信命而已。仲纯知我之深者，聊复及之。

三

去春寄舍国门，屡辱临顾，喜慰无量。别来逾年，奔走俗状，未尝通问，瞻企徒深。即日履此烦暑，起居何如，眷爱各安否？传闻车马已到宛丘，相去甚近，书问自此可时相及矣。千万顺时珍重。

四

崔度者，顷年在陈，与之甚熟。今作过海之行，妻子仍在陈学，幸略与垂顾。

五

伯仲兄闻监西岸，已视事未？叔弼近托孙元忠附书季默，今安在？因风无惜惠问。宛丘谁与往还，有可与语者否？

【解题】

上数书皆作于元丰元年（1078）。苏轼时任徐州太守，因系心抗洪治水，故为欧阳仲纯言及。欧阳奕，字仲纯，欧阳修次子，时官光禄寺丞。

与文与可

轼辄有少恳，托幼安干闻。为近于守居之东作黄楼，甚宏壮，非复超然之比。曾告公作《黄楼赋》，当以拙翰刻石其上。其临观境物，可令幼安道其详，告为多纪江山之胜，仍不用过有褒誉（若过誉，仆即难亲写耳，切告），又有少事，甚是不识好恶，辄附绢四幅去，告为作竹木、怪石少许，置楼上为屏风，以为彭门无穷之奇观，使来者相传其上有与可赋、画，必相继修葺，则黄楼永远不坏，而不肖因得挂名，公其忍拒此意乎？见已作记上石。旦夕寄书去。正月中遣人至淮上咨请，幸少留意，不罪，幸甚。轼惶恐。

【解题】

本文作于元丰二年初。原文脱去受信人名字，根据信中内容，可知是写给文与可的。此信请文与可为徐州新建黄楼画几幅屏风，为黄楼增色。

与文与可二首

一

离浙中已四年，向亦有少浙物，久已分散零落矣。有药玉船两只，献上，恰好吻酌，不通客矣。呵呵。杭州故人颇多，致之不难，当续营之。但恐得后不肯将盛作见借也。

二

近屡于相识处见与可近作墨竹，惟劣弟只得一竿，未说《字说》润笔，只到处作记作赞，备员火下，亦合剩得几纸。专令此人去请，幸毋久秘。不尔，不惟到处乱画，题云与可笔，亦当执所惠绝句过状索二百五十匹也。呵呵。

【解题】

此二书皆作于徐州任上。末信求竹，文极恢谐，充分显示了两人亲密无间的友情。

与李公择

与可之亡，不惟痛其令德不寿，又哀其极贫，后事索然。而子由婿其少子，颇有及我之累。所幸其子贤而文，久远却不复忧，唯目下不可不助他尔。

【解题】

本书作于元丰二年（1079）二月。信中报文与可亡故事。与可于此年正月二十日卒于陈州。

与黄鲁直

某启。晁君骚词，细看甚奇丽，信其家多异材耶？然有少意，欲鲁直以己意微箴之。凡人文字，当务使平和，至足之余，溢为怪奇，盖出于不得已也。晁文奇丽似差早，然不可直云尔。非谓避讳也，恐伤其迈往之气，当为朋友讲磨之语乃宜。不知以为然否？不宣。

【解题】

本文作于徐州任上。信中论晁补之词，以为诗词不可务为怪奇，当以“平和”为先，平和至足，不得已而可为怪奇。苏轼诗词中多平常语，正与此论相符。

与眉守黎希声二首

一

倾向已久，展奉无由。窃计比日履兹酷暑，起居佳胜。某占籍部中，不获俯伏门下，一修桑梓之仪，瞻望铃斋，岂胜怀仰。伏惟顺时为民自爱。

二

去岁王秀才西归，奉状必达，即日远想起居佳胜。承朝廷俯徇民欲，有旨借留，虽滞留高步，士论未厌，而乡闾之庆，特以自私而已。然山水之秀，园亭之胜，士人之众多，食物之便美，计公亦自乐之忘归也。某久去坟墓，贪禄忘家，念之辄面热，但差使南北，不敢自择尔，何时复得一笑为乐？尚冀为时自重。

【解题】

上二书或皆作于徐州任上。信中赞扬了黎希声在眉州的政绩，并表达了自己对家乡的思念之情。

与晁美叔二首

一

某启。自别，两辱存问，荷眷契之厚，无以为喻。日欲裁谢，而拙钝懒放，因循至今。计明哲雅量，不深谴过，而自讼亦久矣。即日，不审尊履何如？某此无恙，但奉行新政，多不如法。勘劾相寻，日俟汰遣耳。若得放归，过淮，必遂候见。未间，为国自重。谨奉手启居，不宣。

二

某再拜。向承出按淮甸，不即具贺幅者，以吾兄素性亮直，而此职多有可愧者，计非所乐耳。然仁者于此时力行宽大之政，少纾吏民于网罗中，亦所益不少。此中常赋之外，征敛杂出，而盐禁繁密，急于兵火，民既无告，吏亦仅且免罪，益苟简矣。向闻吾兄议论，颇与时辈不合，今兹躬履其事，必有可观者矣。令兄佳士，久淹，诸兄自亦知之。

【解题】

此二书作于徐州太守任上。信中对新法颇有怨词。晁美叔，名端彦，苏轼同年进士。嘉祐初年，晁美叔曾奉欧阳修之命来拜见苏轼，并传欧阳修话，言苏轼必将名世。

与范子丰七首

一

伏审子丰南宫殊捷，庆抃可量。即日想已唱第，必在高等。期集之暇，起居佳胜。某更五七日溯汴。愈远左右，临书怅然。惟祈慎重，别膺亨宠。

二

小事拜闻，欲乞东南一郡。闻四明明年四月成资，尚未除人，托为问看，回书一报。前所托殊不蒙留意，恐非久，东南遂请，逾难望矣。无乃求备之过乎？然亦慎不可泛爱轻取也。人还，且略示谕。

三

近专人奉状，达否？即日起居何如，贵眷各安，局事渐清简否？某幸无恙。水旱相继，流亡盗贼并起，决口未塞，河水日增，劳苦纷纷，何时定乎？近乞四明，不知可得否？不尔，但得江淮间一小郡，皆所乐，更不敢有择也。子丰能为一言于诸公间乎？试留意。人还，仍乞一报，幸甚。奉见无期，惟万万以时自重。

四

轼启。人还辱书，承起居佳胜为慰。承盐局乃尔繁重，君何故去逸而就劳，有可以脱去之道乎？外郡虽粗俗，然每日惟早衙一时辰许纷纷，余萧然皆我有也。四明既不得，欲且徐乞淮浙一郡，不能，胜暑中登舟耳。其余，书不能尽万一，惟保爱！保爱！不一！不一！轼再拜子丰正字亲家翁足下。

五

稍不通问。伏想起居佳胜。侍郎丈必在郊外过夏，台候必更康安。某此与幼、累如常。八月、九月间，秋水既过彭城，城下彻备。高丽使已还。四明可以易守，当更理前请也。会合杳未有涯，万万自重。

六

南方夏热，殊非中原之比。入秋，稍得清凉，然夏田旱损七八。盐法更变，课入不登，虽闲局，不免以此为累。自余粗如常也。子中、子老顷在左右，今已赴官未？何时参候，北望，不胜驰情。

七

新珠想日长进，爱婿无恙，甚望丈人高等待乞利市也。纳银一笏，托用买圆熟珠子二千枚，少钱，告那出，便纳上。婚嫁所须，不可，奈何，甚非情愿。幸留意承问。似叔颇长成，每日作诗读史，但蒙拙少训督耳。内孙想益聪淑，诸郎娘各计安也。

【解题】

以上书信皆作于徐州。范子丰，名百嘉，范镇之子，其女嫁与苏轼长子苏迈。

答晁君成

苦寒。审尊履佳胜。新文极为精妙，久不见之，甚慰喜。

《庄子》“用志不分，乃疑于神”，古语以“疑”为似耳。如《易》“阴疑于阳”，世俗不知，乃改作“凝”，不敢不告。人还，草草。

与刘仲冯

某启。早秋，微凉。伏惟机务多暇，台候万福。高才盛德，进贰西府，有识共庆，岂惟区区契旧之末。未缘伏谒门下，但有驰仰。伏冀顺时为国保练。不宣。

答范蜀公

前日辱书，并新诗累幅，词格清美，钦味不释手。属使者交至，纷纷无暇裁答，后时再领手教，愧悚无地。比日起居何如，未由披奉，万万以时自重。

与参寥子

某启。别来思企不可言，每至逍遥堂，未尝不怅然也。为书勤勤不忘如此。仍审比来法体康佳，感服兼至。三诗皆清妙，读之不释手，且和一篇为答。所要真赞，尚未作，来人又不敢久留，甚愧！甚愧！知且伴太虚为汤泉之游，甚善！甚善！某开春乞江浙一郡，候见去处，当以书奉约也。要墨，纳两笏，皆佳品也。余惟为法自重。适有数客，远来相看，陪接少暇，奉启不尽意。

【解题】

上四书皆在徐州作。晁君成，晁补之之父。刘仲冯，名世奉，刘原父之子。范蜀公即范镇，因封蜀郡公，故称。参寥，俗姓何，法名道潜，号参寥子，能诗，与苏轼终生相契。

答范景山

自离东武，不复拜书，疏怠之罪，宜获谴于左右矣。两辱手教，存抚愈厚，感愧不可言。即日起居佳胜。知局事劳冗殊甚。

景山虽去轩冕，避津要，所欲闲耳，而不可得。乃知吾道艰难之际，仁人君子舍众人所弃，犹不可得。然忧喜劳逸，无非命者，出办此身，与之浮沉，则亦安往而不适也。

轼始到彭城，幸甚无事，而河水一至，遂有为鱼之忧。近日虽已减耗，而来岁之患，方未可知。法令周密，公私匮乏，举动尤难，直俟逐去耳。

久不闻余论，顽鄙无所镌发，恐遂汩没于流俗矣。子由在南都，亦多苦事。近诗一轴拜呈，冗迫无佳意思，但堪公笑耳。近斋居，内观于养生术，似有所得。子由尤为造入。景山有异书秘诀，倘可见教乎？余非面莫尽，惟乞万万自重。

与刘贡父

某启。久不奉书，直是懒堕耳，更无可借口。蒙问所以然，但有愧悚。厚薄之说既无有，公荣之比亦不然，老兄吾所畏者，公荣何足道哉。人心真不可放纵，闲散既久，毛发许事，便自不堪，欲写此书久矣，可笑！可笑！兄被命还史局，甚慰物论，然此事当专以相付，乃为当耳。示谕，三宿恋恋，人情之常，谁能免者。然吏民之去公尤难耳。何日遂行，惟万万以时自重。谨奉启。

与李公择二首

一

某再拜。舍弟得信，无恙。但因议公事，为一倅所怒，日夜欲倾之，念脱去未能尔。子由拙直之性，想深知之，非公孰能见容者，然实无他尔。而人或不亮。牢落如此，为一农夫而不可得，岂复有意与人争乎？亦不足言，聊可一笑而已。

二

子由近为栖贤僧作《僧堂记》，读之凛然，觉崩崖飞瀑，逼人寒冽也。

与滕达道

某启。示谕宜甫梦遇于传有无，某闻见不广，何足取正。然冷暖自知，殆未可以前人之有无为证也。自闻此事，而士大夫多异论，意谓涂中必一见，得相参扣，意不果。此意众生缠绕爱贼，故为饥火所烧。然其间自有烧不着处，一念清净，便不复食，亦理之常，无足怪者。方其不食，不可强使食，犹其方食，不可强使不食也。此间何必生异论乎！愿公以食不食为旦暮，以仕不仕为寒暑，此外默而识之。若以不食为胜解，则与异论者相去无几矣。偶蒙下问，辄此奉启而已。不罪。

徐州与人

州人张天骥，隐居求志，上不违亲，下不绝俗，有足嘉者。近卜居云龙山下，凭高远览，想尽一州之胜。当与君一醉，他日慎勿匆匆去也。

答宋寺丞

轼自假守彭城，即欲为一书以问左右，久苦多事，意为足下所先，惭悚不可言也。来书称道过当，皆非无状所能彷佛。

自少小为学，不过以记诵篆刻追世俗之好，真所谓寡见浅闻者也。年大以来，虽所谓寡浅者，亦复废忘，至于吏道法令民事簿书期会，凡非所长，素又不喜从事于此，以不喜之心，强其所不长，其荒唐缪悠可知也。

而彭城自汉以来，号为重地，朝廷过采其虚名，不知其实无有也，而轻以畀之。自到郡以来，夏旱秋潦，继之以横流之灾，扎瘥之余，百役毛起，公私骚然未已也。计其不治之声，闻于左右者多矣。仁人君子，不指其过，教其所不逮，而更誉之，何也？孔子曰：“居是邦也，事其大夫之贤者，友其士之仁者。”自今与足下往来相闻，知不徒为好而已，当有以告我者，不胜大愿。

适会夫役起，无顷刻闲暇，书不能尽意，惟深察之。

与蒲廷渊

河中永洛出枣，道家所贵，事见《真诰》。唐有道士侯道华，尝得无核者三，食之后，竟窃邓太主药上升。君到彼，试求之，但恐得之不偶然，非力求所能致耳。

与王庆源

久以官冗，不暇奉问。忽辱手讯，喜知车从已达辇下，起居佳胜，即日南宫必榜出矣。沦屈已久，必遂了当，欣贺良深。来书谦抑过当。四方赴者甚众，岂独吾叔。元昆劝驾，良合事宜，恨此拘系，无缘于东华门外奉接。京师一别二十余年，岂惟吾侪衰老可叹，至于都城风物事体，索然无复往时矣。东南守官极可乐，而民间蹙迫不聊生，怀抱殊不佳。深愿庆源了当后，千万一来，相从数月，少慰平生，幸勿以他事为辞，至恳！至恳！

答李秀才元

热甚。竟不再别，怅仰殊深。辱教，承起居佳胜。宠惠皆奇笔雅制，刻荷无已。仁者之惠，诚足慰彼黎庶。然不知者，以为见教，以是摇之，呵呵。安道、舍弟，当具道盛意。乍远，万乞保重。即复显用，以慰士望。

【解题】

以上书信皆作于徐州。

答吕熙道二首

一

平时企咏贤者，独恨隔阂耳。既至治下，谓当朝夕继见，而病与人事夺之，又迫于行，匆遽舍去，可胜叹耶。别来方欲上问，先辱手教，益增悚怍。比日起居何如？后会不可期，惟万万以时自重。

二

南都住半月，恍然如一梦耳。思企德义，每以怅然，舍弟朴讷寡徒，非长者轻势重道，谁肯相厚者。湖州江山风物，不类人间，加以事少睡足，真拙者之庆。有干不外。

【解题】

苏轼于元丰二年（1079）三月由徐州改知湖州，路过南都，曾访吕熙道，并因病留住半月。上二书当此后不久作。吕熙道，字景纯，宋宰相吕夷简之孙，时为南都守。

贺赵大资少保致仕启

伏审抗章得谢，奉册言还。搢绅耸观，闾里相庆。窃谓富贵不为至乐，功名非有甚难。乐莫乐于还故乡，难莫难于全大节。历数当今之卿相，或寓他邦；究观自古之忠贤，少有完传。锦衣而夜行者多矣，狐裘而羔袖者有之。至若百行浑圆，五福纯备，当世所羡，非公而谁。恭惟致政大资少保，道心精微，德望宏远。无施不可，尤高台谏之风；所临有声，最宜吴蜀之政。才不究于大用，命乃系于生民。与时偕行，不可则止。见故人而一笑，绰有余欢；念平生之百为，绝无可恨。方将深入不二，独游无何。默追粲可之风，坐致乔松之寿。轼荷知有素，贪禄忘归。慕鸾鹄之高翔，眷樊笼而永叹。倾颂之素，敷写莫穷。

【解题】

本文作于元丰二年（1079）四月。赵大资，名抃，时退休还至故乡三衢，苏轼致书作贺。

与久上人

轼启。辱书，承法体安隐，甚慰想念。北游五年，尘垢所蒙，已化为俗吏矣。不知林下高人犹复不忘耶？未由会见，万万自重，不宣。轼顿首坐主久上人。五月廿二日。

【解题】

本书作于元丰二年（1079）五月。

答秦太虚

某启。昨晚知从者当往何山。辱示，方悟以雨辍行，悔今日不相从也。闻只今遂行，故不敢奉谒。分韵诗语，益妙，得之殊喜。拙诗令儿子录呈。暑湿，惟万万慎护，早还为佳。不一一。

【解题】

本书作于元丰二年（1079）六月，时苏轼任湖州太守。信中言游山作诗事。

答范纯夫

向者深望轩从一来。人还，领手教，知径赴治，实增怅惘。比日起居佳胜。日对五老，想有佳思。此间湖山信美，而衰病不堪烦，但有归蜀之兴耳。未由会集，千万以时自爱。

【解题】

本书于元丰二年（1079）在湖州任上作。范纯夫，名祖禹，范镇侄孙，养于范镇家，嘉祐八年（1063）进士，官至著作郎、谏议大夫，后贬至永州、贺州、宾州，与苏轼极相友善。

与周开祖二首

一

久别思渴，不言可知。一路候问来耗。忽辱教，喜慰良深。乍寒，起居佳胜。承脱湖北之行而得乐清，正如舍鱼而取熊掌，甚可贺也。某忝命，甚便其私，即遂面话，此不尽怀。

二

长篇奇妙。无状，每蒙存录如此之厚，但赐多而报寡，故人知其惭拙，必不罪也。今辄和一首，少谢不敏，且资一笑。惠及海味，珍感。来人遽还，未有以报，但愧怍无穷。到郡不见令举，此恨何极。尝奠其殡，不觉一恸。有刻石，必见之，更不录呈。有干，一一示及。李无悔近见访，留此旬余，亦许秋凉再过也。

与孙子思七首

一

奉别未几，思企已深，比日起居佳胜。闻轩从及境，即遂披对，岂胜慰喜。

二

事冗，有疏上谒，思企之深。不审起居佳否？来日辄邀从者同宪车议少事。本欲躬诣，为公择见访，不果。幸赐临顾。

三

屡辱垂访，尚稽走谒，经宿起居佳否？借示诸刻，一清心目，又足见雅尚之不凡也。谨却驰纳。

四

过辱枉顾，知事务冗迫，不敢久留语。纸轴纳去，余空纸两幅，留与五百年后人跋尾也。呵呵。耘叟诗亦佳。

五

叠辱车骑，往谢甚疏，惟故人深照，不以为谴也。经宿尊候佳胜，书四纸，并药方驰上，须面授其秘也。并砚，不一一。

六

近辱轩从，虽屡接奉，既别，思仰无穷。人事衮衮，未遑上问，先枉宠讯。伏审起居佳胜，感慰兼深。仲通来，知在府中，计与子由辈游从甚乐。未缘再会，惟万万以时自重。

七

比来新诗必多，无缘借观，岂胜渴仰。示谕诸公处，敢不出力，但恐言轻不能有益耳。

答舒尧文

轼顿首。轼天资懒慢，自少年筋力有余时，已不喜应接人事。其于酬酢往反，盖尝和矣，而未尝敢倡也。近日加之衰病，向所谓和者，又不能给，虽知其势必为人所怪怒，但弛废之心，不能自克。

闻足下之贤久矣，又知守官不甚相远，加之往来者，具道足下，虽未相识，而相与之意甚厚。亦欲作一书相闻，然操笔复止者数矣。因与贾君饮，出足下送行一绝句，其语有见及者，醉中率尔和答，醒后不复记忆其中道何等语也。忽辱手示，乃知有“公沙”之语，惘然如梦中事，愧赧不已。

足下文章之美，固已超轶世俗而追配古人矣。岂仆荒唐无实横得声名者所得眩乎，何其称述之过也。其词则信美矣，岂效邹衍、相如高谈驰骛，不顾其实，苟欲托仆以发其宏丽新语耶？欧阳公，天人也。恐未易过，非独不肖所不敢当也。天之生斯人，意其甚难，非且使之休息千百年，恐未能复生斯人也。世人或自以为似之，或至以为过之，非狂则愚而已。何缘会面一笑为乐。朱支使行，匆遽裁谢，草草。

与程彝仲二首

一

近省榜到郡，首承高过，欢慰可量。沉困累年，行业充富，乡曲荣耀，交游喜快，甚休！甚休！春气暄和，奉计即日起居安胜。御试必更在高等。盘桓都下，为况何如。惟顺时珍爱。

二

某去秋因乡人自高密过此，托致手书，不知达否？奉违累岁，无缘一接谈笑，倾仰殊甚。榜中乡人，所识惟吾兄一人，其余岂尽新俊耶！车马必稍留都下，因风，无惜惠问。

湖州与人

托庇隣封，每荷存记，特辱荣讯，愧汗可量。即日履兹霜候，起居佳胜。未缘参见，惟日瞻企，尚冀以时珍卫，区区。

【解题】

上十三书作于湖州太守任上。舒尧文，名焕。

与王定国

某启。扬州有侍其太保者，官于烟瘴地十余年。北归面色红润，无一点瘴气。只是用摩脚心法耳。此法，定国自己行之，更请加功不废。每日饮少酒，调节饮食，常令胃气壮健。安道软朱砂膏，某在湖州服数两，甚觉有益。到彼可久服。

子由昨来陈相别，面色殊清润，目光炯然，夜中行气脐腹间，隆隆如雷声。其所行持，亦吾辈所常论者，但此君有志节能力行耳。粉白黛绿者，俱是火宅中狐狸、射干之流，愿深以道眼看破。

此外又有一事，须少俭啬，勿轻用钱物。一是远地，恐万一阙乏不继。二是灾难中节用自贬，亦消厄致福之一端。所怀千万，书不能尽一二也。

【解题】

本书于元丰三年（1080）正月在赴黄州途中作。时王定国因受苏轼乌台诗案牵连，贬为宾州（广西宾阳县）监税。苏轼此书教导王巩用功法、行气健身，并注意饮食、女色、用钱等，以顺利度过这一段流放生活，关切之情溢于言表。

与陈季常

示谕武昌一策，不劳营为，坐减半费，此真上策也。然某所虑，又恐好事君子，便加粉饰，云擅去安置所而居于别路，传闻京师，非细事也。虽复往来无常，然多言者何所不至。若大霈之后，恩旨稍宽，或可图此，更希为深虑之，仍且密之为上。

【解题】

本书作于元丰三年（1080）二月。时苏轼刚至黄州贬所，陈季常请苏轼移居黄州对江之武昌。苏轼恐授人以柄，作此书谢绝之。陈季常，名慥，陈希亮之子，苏轼任凤翔签判时与之结识，成为好友。

与王定国

某启。自到黄州，即属岸人日伺舟驭消耗，忽领手教，顿解忧悬。仍审比来体气清强，且能自适，至慰。知未决东西，计其迂直崄易，相去必不悬绝，而得一见，乃是不肖大幸，不识果安从。

某寓一僧舍，随僧蔬食，甚自幸也。感恩念咎之外，灰心杜口，不曾看谒人。所云出入，盖往村寺沐浴，及寻溪傍谷钓鱼采药，聊以自娱耳。

【解题】

本书作于元丰三年（1080）初到黄州时。时苏轼寓居定惠院。

与李公择

某启。示及新诗，皆有远别惘然之意，虽兄之爱我厚，然仆本以铁心石肠待公，何乃尔耶？吾侪虽老且穷，而道理贯心肝，忠义填骨髓，直须谈笑于死生之际，若见仆困穷便相于邑，则与不学道者大不相远矣。兄造道深，中心不尔，出于相好之笃而已。然朋友之义，专务规谏，辄以狂言广兄之意尔。兄虽怀坎壈于时，遇事有可尊主泽民者，便忘躯为之；祸福得丧，付与造物。非兄，仆岂发此！看讫，便火之，不知者以为诟病也。

【解题】

本书作于元丰三年（1080）三月。苏轼于文中表达了敢于坚持道义、无视祸福生死的人生观。此信可看作是苏轼一生立身行事的自我写照。

与朱康叔二首

一

某启。武昌传到手教，继辱专使坠简，感服并深。比日尊体佳胜。节物清和，江山秀美，府事整办，日有胜游，恨不得陪从耳。双壶珍贶，一洗旅愁，甚幸！甚幸！佳果收藏有法，可爱！可爱！拙疾，乍到不谙风土所致，今已复常矣。子由尚未到真，寸步千里也。未由展奉，尚冀以时自重。

二

令子归侍左右，日有庭闱之乐，恨未际见，不敢辄奉书。近见提举司荐章，稍慰舆议，可喜！可喜！作墨竹人，近为少闲暇，俟宛转求得，当续致之。呵呵。酒极醇美，必是故人特遣下厅也。某再拜。

【解题】

此二书约作于元丰三年（1080）四月。朱康叔，名寿昌，时知鄂州，以孝闻名。苏轼曾为作《朱寿昌郎中少不知母所在，刺血写经求之五十年，去岁得之蜀中，以诗贺之》诗。苏轼贬至黄州后，朱康叔时致酒食慰问。

与陈季常三首

一

郑巡检到，领手教。具审到家尊履康胜，羁孤结恋之怀，至今未平也。数日前，率然与道源过江，游寒溪西山，奇胜殆过于所闻。独以坐无狂先生，为深憾耳。呵呵。示谕武昌田，曲尽利害，非老成人，吾岂得闻此。送还人诸物已领。《易》义须更半年功夫练之，乃可出。想秋末相见，必得拜呈也。近得李长吉二诗，录去，幸秘之。目疾必已差，茂木清阴，自可愈此。余惟万万顺时自重。

二

王家人力来，及专人，并获二缄。及承雄篇赞咏，异梦证成仙果，甚喜幸也。某虽窃食灵芝，而君为国铸造，药力纵在君前，阴功必在君后也。呵呵。但累书听流言以诬平人，不得无折损也。悬弧之日，请一书示谕，当作贺诗，切祝！切祝！比日起居佳否？何日决可一游郡城？企望日深矣。临皋虽有一室，可憩从者，但西日可畏。承天极相近，或门前一大舸亦可居，到后相度。未间，万万以时自重。

三

欲借《易》家文字及《史记》索隐、正义。如许，告季常为带来。季常未尝为王公屈，今乃特欲为我入州，州中士大夫闻之耸然，使不肖增重矣。不知果能命驾否？春瓮但不惜，不须更为遗恨也。

【解题】

上三书作于元丰三年（1080）五、六月间。苏轼在至黄州后，很快就从交游、山水和学术中找到了慰藉，心境也较为达观。陈季常时年五十，故苏轼要为诗贺其“悬弧之日”。

与朱康叔四首

一

某启。专使至，复领手教，契爱愈厚，可量感服。仍审比日起居休胜，为慰。舍弟已部贱累到此，平安皆出余庇，不烦念及。珍惠双壶，遂与子由屡醉，公之德也。隆暑，万万以时自重。行膺殊用，人还，上谢。

二

某再拜。近奉书并舍弟书，想必达。胡掾至，领手教，具审起居佳胜。兼承以舍弟及贱累至，特有厚贶羊面酒果，一一捧领讫，但有惭怍。舍弟离此数日，来教寻附洪州递与之。

三

已迁居江上临皋亭，甚清旷。风晨月夕，杖履野步，酌江水饮之，皆公恩庇之余波，想味风义，以慰孤寂。寻得去年六月所写诗一轴寄去，以为一笑。酷暑，万乞保练。

四

令子必在左右。计安胜，不敢奉书。舍弟已到官。闻筠州大水，城内丈余，不知虚的也。屏赞、砚铭，无用之物，公好事之过，不敢不写，装成送去，乞一览。

少事不免上干：闻有潘原秀才，以买扑事被禁。某与其兄潘丙解元至熟，最有文行。原自是佳士，有举业，望赐全庇，暑月得早出。为此人父母皆笃老，闻之，忧恐万端。公以仁孝名世，必能哀之。恃旧干渎，不敢逃罪。

天觉出蓝之作，本以为公家宝，而公乃轻以与人，谨收藏以镇箧笥。然寻常不揆辄以乱道尘献，想公亦随手将与人耳。呵呵。

【解题】

此四书皆元丰三年（1080）六月作。时苏辙赴任筠州监酒务，过黄州送与苏轼家眷，朱康叔亦致羊酒款接。

与言上人

去岁吴兴仓卒为别，至今耿耿。谴居穷陋，往还断尽。远辱不遗，尺书见及，感怍殊深。比日法体佳胜。札翰愈精健，诗必称是，不蒙见示，何也？

雪斋清境，发于梦想，此间但有荒山大江，修竹古木，每饮村酒，醉后曳杖放脚，不知远近，亦旷然天真，与武林旧游，未易议优劣也。何时会合一笑，惟万万自爱。

【解题】

本书作于元丰三年（1080）七月。信中描述了自己在黄州的放旷洒脱的生活，表达了与自然相亲的情趣。言上人，即僧法言。上人是对僧人的敬称。

与王定国三首

一

某启。近附桂州递奉书，必达。迩来江淮间酷暑，殆非人所堪，况于岭外乎？惟道怀清旷，必有以解烦释懑者。入秋以来，翛然清远，计尊候安胜。仆凡百如昨，不烦念及。子由在高安，不住得书，无恙。近亦有南都来者云，张公及贵聚并安，见报，举者更宜省事缄口。区区之至，不罪！不罪！马朝请过此，议论脱然，必知所以待定国者。展奉未可期。惟万万自重。不一一。

二

某启。马公过此嘉便，无好物寄去，收拾得茶少许，谩充信而已。新诗文近日必更多。君学术日益，如川之方增，幸更著鞭多读书史，仍手自抄为妙。造次！造次！某自谪居以来，可了得《易传》九卷，《论语说》五卷。今又下手作《书传》。迂拙之学，聊以遣日，且以为子孙藏耳。子由亦了却《诗传》，又成《春秋集传》。闲知之，为一笑耳。桂州递中有和仲奉和诗四首，不知到未？且一报之。

三

某递中领书及新诗，感慰无穷。得知君无恙，久居蛮夷中，不郁郁足矣。其他不足云也。马处厚行，曾奉书，必便达。不知今者为在何许，且盘桓桂州耶，为遂还任耶？重九登栖霞楼，望君凄然，歌《千秋岁》，满坐识与不识，皆怀君。遂作一词云："霜降水痕收。浅碧鳞鳞欲见洲。酒力渐消风力软，飕飕。破帽多情却恋头。佳节若为酬。但把清樽断送秋。万事回头都是梦，休休。明日黄花蝶也愁。”其卒章，则徐州逍遥堂中夜与君和诗也。来诗要我画竹，此竟安用，勉为君作一纸奉寄。子由甚安。吾侪何尝不禅，而今乃始疑子由之禅为鬼为佛，何耶？丹砂若果可致，为便寄示。吾药奇甚，聊以为闲中诡异之观，决不敢服也。张公久不得书，彼必得安问。乍冷，万万以时自重。夜坐，醉中作此书，仍以君遗我墨书也。不宣。

【解题】

上三书作于元丰三年（1080）八月，信中通告近况，并表达了真挚的思念之情。

与参寥子二首

一

某启。去岁仓卒离湖，亦以不一别太虚、参寥为恨。留语与僧官，不识能道否？到黄已半年，朋游稀少，思念二公不去心。懒且无便，故不奉书。远承差人致问，殷勤累幅，所以开谕奖勉者至矣。仆罪大责轻，谪居以来，杜门念咎而已。平生亲识，亦断往还，理故宜尔。而释、老数公，乃复千里致问，情义之厚，有加于平日，以此知道德高风，果在世外也。见寄数诗及近编诗集，详味，洒然如接清颜听软语也。此已焚笔砚，断作诗，故无缘属和，然时复一开以慰孤疾，幸甚！幸甚！笔力愈老健清熟，过于向之所见，此于至道，殊不相妨，何为废之耶？当更磨揉以追配彭泽。未间，自爱。不宣。

二

览太虚《题名》，皆予昔日游行处，闭目想之，了然可数。

始予与辩才别五年，乃自徐州迁于湖，至高邮，见太虚、参寥，遂载与俱。辩才闻予至，欲扁舟相过，以结夏未果。太虚、参寥又相与适越，云秋尽当还，而予仓卒去郡，遂不复见。明年，予谪居黄州，辩才、参寥遣人致问，且以《题名》相示。时去中秋不十日，秋潦方涨，水面千里，月出房、心间，风露浩然。所居去江无十步，独与儿子迈棹小舟至赤壁，西望武昌，山谷乔木苍然，云涛际天，因录以寄参寥，使以示辩才，有便至高邮，亦可录以寄太虚也。

【解题】

此二书作于元丰三年（1080）八月。信中回忆了与参寥等人的交往，并述江上秋景，言辞从容而优美，显出心境的恬静、明朗。

与蹇授之

某启。汴上一别，今几年矣，不谓尚蒙存记，手书见及，感愧不可言。冲涉薄寒，起居佳安，甚慰所望。承奉使江表，乡闾之末，亦窃以为宠，但罪废之余，不敢复自比数故旧。书词过重，只益惶悚。旦夕恐遂一见，惟冀顺候自重。谨奉启。不宣。

【解题】

本书作于元丰三年（1080）九月。蹇授之，名序辰，时官提举江西常平，后官至礼部尚书，参与迫害元祐党人，为官贪酷，以罪废黜。

与王元直

黄州真在井底。杳不闻乡国信息，不审比日起居何如，郎娘各安否？

此中凡百粗遣，江边弄水挑菜，便过一日。每见一邸报，须数人下狱得罪。方朝廷综核名实，虽才者犹不堪其任，况仆顽钝如此，其废弃固宜。但犹有少望，或圣恩许归田里，得款段一仆，与子众丈、杨宗文之流，往来瑞草桥，夜还何村，与君对坐庄门吃瓜子、炒豆，不知当复有此日否？

存道奄忽，使我至今酸辛，其家亦安在？人还，详示数字。余惟万万保爱。

【解题】

本书作于元丰三年（1080）九月。苏轼自贬往黄州后，颇识仕途险恶，心仪亲朋田园之乐，信中表达了对故乡生活的怀念。王元直，名王箴，眉山人，苏轼妻王润之之弟。

与朱康叔

今日偶读国史，见杜羔一事，颇与公相类。嗟叹不足，故书以奉寄，然幸勿示人，恐有嫌者。江令乃尔，深可罪。然犹望公怜其才短不逮而已。屡有干渎，蒙不怪，幸甚！幸甚！章宪今日恐到此，知之。

杜羔有至性，其父河北一尉而卒。母非嫡，经乱不知所之。会堂兄兼为泽潞判官，尝鞫狱于私第。有老妇辩对，见羔出入，窃语人曰：“此少年状类吾夫。”讯之，乃羔母也。自此迎侍而归。又往访先人之墓，邑中故老已尽，不知所在。馆于佛寺，日夜悲泣。忽视屋柱煤烟之下，见数行字，拂而视之，乃父遗迹云：“我子孙若求吾墓，当于某村家问之。”羔哭而往。果有老父年八十余，指其丘陇，因得归葬。羔官至工部尚书，致仕。

此出唐李肇《国史补》。近偶观书，叹其事颇与朱康叔相似，因书以遣之。元丰三年九月二十五日记。

【解题】

本书元丰三年（1080）九月作。朱康叔母刘氏，为其父妾，母子不相闻达五十年。朱康叔四方寻访，熙宁初年于同州访得，迎母归家。由是以孝闻名，王安石、苏轼等皆有诗赞之。此书抄录《国史补》中杜羔事以赠康叔，亦是嘉赏之意。

与王定国

某再拜。递中领手教，知已到官无恙，自处泰然，顿解忧悬。又知摄二千石，风采震于殊俗，一段奇事也。某羁寓粗遣，但八月中丧一老乳母，子由到筠，亦抛却一女子，年十二矣，悼念未衰，复闻堂兄中舍卒于成都。异乡罹此，触物凄感，奈何！奈何！

近颇知养生，亦自觉薄有所得，见者皆言道貌与往日殊别，更相阔数年，索我阆风之上矣。兼画得寒林墨竹，已入神品，行草尤工，只是诗笔殊退也。不知何故？张公比得书无恙，但以厚之去妇，家事无人干，颇牢落。子由在筠，甚苦局事烦碎，深羡老兄之安逸也。非久，冬至，已借得天庆观道堂三间，燕坐其中，谢客四十九日，虽不能如张公之不语，然亦常阖户反视，想当有深益也。

定国所寄临江军书，久已收得。二书反覆议论及处忧患者甚详，既以解忧，又以洗我昏蒙，所得不少也。然所谓“非苟知之亦允蹈之”者，愿公尝诵此语也。杜子美在困穷之中，一饮一食，未尝忘君，诗人以来，一人而已。今见定国，每有书皆有感恩念咎之语，甚得诗人之本意。仆虽不肖，亦尝庶几仿佛于此也。

文字与诗，皆不复作。近为葬老乳母，作一志文，公又求某书，辄书此奉寄。今日马铺李孝基送君谟石刻一卷来，其后有定国题字，又动我相思之怀，作恶久之。数日前，发勾沈达过此，亦云与定国熟，船中会话半夜，强半是说定国。

近有人惠丹砂少许，光彩甚奇，固不敢服，然其人教以养火，观其变化，聊以怡神遣日。宾去桂不甚远，朱砂若易致，或为致数两，因寄及，稍难即罢，非急用也。穷荒之中，恐亦有一二奇士，当以冷眼阴求之。大抵道士非金丹不能解化，而丹材多出南荒，故葛稚川乞岣嵝令，竟化于广州，不可不留意也。陈璞一月前，直往筠州看子由，亦粗传要妙，云非久当来此。此人不惟有道术，其与人有情义，久要不忘如此，亦自可重。道术多方，难得其要，然以某观之，惟能静心闭目，以渐习之，但闭得百十息，为益甚大，寻常静夜，以脉候得百二三十至，乃是百二三十息尔。数为之，似觉有功。幸信此语，使真气云行体中，瘴冷安能近人也。

知有煞卖鹅鸭甚便，此间无有，但买斫脔鱼及猪羊獐雁，亦足矣。廪入虽不继，痛自节俭，每日限用百五十，自月朔日取钱四千五百足，系作三十块，挂屋梁上，平明以画杈子挑取一块，即藏去杈子，以大竹筒别贮用不尽者，可谓至俭。然犹每日一肉，盖此间物贱故也。囊中所有，可支一年以上，至时别作相度，日下未须虑也。儿子正如所料，不肯出官，非复小补也。信笔乱书，无复伦次，不觉累幅。书到此，恰二鼓，室前霜月满空，想识我此怀也。言不可尽，惟万万保啬而已。

【解题】

本书作于元丰三年（1080）十一月。信中自悲亲友屡丧，而多述养生、家居之道，简淡有味，显示了苏轼善于处穷、乐观旷达的一面。

答秦太虚

轼启。五月末，舍弟来，得手书劳问甚厚，日欲裁谢，因循至今，递中复辱教，感愧益甚。比日履兹初寒，起居何如。轼寓居粗遣，但舍弟初到筠州，即丧一女子，而轼亦丧一老乳母，悼念未衰，又得乡信，堂兄中舍九月中逝去。异乡衰病，触目凄感，念人命脆弱如此。又承见喻，中间得疾不轻，且喜复健。

吾侪渐衰，不可复作少年调度，当速用道书方士之言，厚自养炼。谪居无事，颇窥其一二。已借得本州天庆观道堂三间，冬至后，当入此室，四十九日乃出，自非废放，安得就此。太虚他日一为仕宦所縻，欲求四十九日闲，岂可复得耶？当及今为之。但择平时所谓简要易行者，日夜为之，寝食之外，不治他事，但满此期，根本立矣。此后纵复出从人事，事已则心返，自不能废矣。此书到日，恐已不及，然亦不须用冬至也。

寄示诗文，皆超然胜绝，亹亹焉来逼人矣。如我辈，亦不劳逼也。太虚未免求禄仕，方应举求之，应举不可必。窃为君谋，宜多著书，如所示论兵及盗贼等数篇，但似此得数十首，皆卓然有可用之实者，不须及时事也。但旋作此书，亦不可废应举，此书若成，聊复相示，当有知君者，想喻此意也。

公择近过此，相聚数日，说太虚不离口。莘老未尝得书，知未暇通问。程公辟须其子履中哀词，轼本自求作，今岂可食言。但得罪以来，不复作文字，自持颇严，若复一作，则决坏藩墙，今后仍复衮衮多言矣。

初到黄，廪入既绝，人口不少，私甚忧之。但痛自节俭，日用不得过百五十，每月朔便取四千五百钱，断为三十块，挂屋梁上，平旦用画叉挑取一块，即藏去叉，仍以大竹筒别贮用不尽者，以待宾客，此贾耘老法也。度囊中尚可支一岁有余，至时，别作经画，水到渠成，不须预虑。以此，胸中都无一事。

所居对岸武昌，山水佳绝。有蜀人王生在邑中，往往为风涛所隔，不能即归，则王生能为杀鸡炊黍，至数日不厌。又有潘生者，作酒店樊口，棹小舟径至店下，村酒亦自醇酽。柑橘椑柿极多，大芋长尺余，不减蜀中。外县米斗二十，有水路可致。羊肉如北方，猪、牛、獐、鹿如土，鱼、蟹不论钱。岐亭监酒胡定之，载书万卷随行，喜借人看。黄州曹官数人，皆家善庖馔，喜作会。太虚视此数事，吾事岂不既济矣乎！欲与太虚言者无穷，但纸尽耳。展读至此，想见掀髯一笑也。

子骏固吾所畏，其子亦可喜，曾与相见否？此中有黄冈少府张舜臣者，其兄尧臣，皆云与太虚相熟。儿子每蒙批问，适会葬老乳母，今勾当作坟，未暇拜书。岁晚苦寒，惟万万自重。李端叔一书，托为达之。夜中微被酒，书不成字，不罪！不罪！不宣。轼再拜。

【解题】

本书约作于元丰三年（1080）十一月。信中叙述了自己到黄州以来的养生、交游等日常生活情况，文笔轻松悠闲，简淡流畅，充满了闲适自得的意趣。但从言辞之间，又不难感受到作者内心的辛酸和悲凉。

答李端叔书

轼顿首再拜。闻足下名久矣，又于相识处，往往见所作诗文，虽不多，亦足以仿佛其为人矣。寻常不通书问，怠慢之罪，犹可阔略，及足下斩然在疚，亦不能以一字奉慰。舍弟子由至，先蒙惠书，又复懒不即答，顽钝废礼，一至于此。而足下终不弃绝，递中再辱手书，待遇益隆，览之面热汗下也。

足下才高识明，不应轻许与人，得非用黄鲁直、秦太虚辈语，真以为然耶？不肖为人所憎，而二子独喜见誉，如人嗜昌歜、羊枣，未易诘其所以然者。以二子为妄则不可，遂欲以移之众口，又大不可也。

轼少年时，读书作文，专为应举而已。既及进士第，贪得不已，又举制策，其实何所有。而其科号为直言极谏，故每纷然诵说古今，考论是非，以应其名耳。人苦不自知，既以此得，因以为实能之，故譊譊至今，坐此得罪几死，所谓"齐虏以口舌得官"，真可笑也。然世人遂以轼为欲立异同，则过矣。妄论利害，搀说得失，此正制科人习气。譬之候虫时鸟，自鸣自己，何足为损益。轼每怪时人待轼过重，而足下又复称说如此，愈非其实。

得罪以来，深自闭塞，扁舟草履，放浪山水间，与樵渔杂处，往往为醉人所推骂。辄自喜渐不为人识，平生亲友无一字见及，有书与之亦不答，自幸庶几免矣。足下又复创相推与，甚非所望。木有瘿，石有晕，犀有通，以取妍于人，皆物之病也。谪居无事，默自观省，回视三十年以来所为，多其病者。足下所见皆故我，非今我也。无乃闻其声不考其情，取其华而遗其实乎？抑将又有取于此也？此事非相见不能尽。自得罪后，不敢作文字。此书虽非文，然信笔书意，不觉累幅，亦不须示人，必喻此意。岁行尽，寒苦。惟万万节哀强食。不次。

【解题】

本书作于元丰三年（1081）十二月。苏轼因言辞得罪他人，为人所构罪，内心多愤懑不平之气。由于苏轼个性较为达观，善于处穷，此类情感较少流露，故此信尤有价值。李之仪，字端叔，元丰间进士，有文才，尤工尺牍，后亦受苏轼牵连，终朝请大夫。

与滕达道二首

一

罪废之余，杜门省愆，人事殆废。久不修问，亦非怠慢。舍弟来，具道动止甚详，如获一见。移守安陆，日问首耗。忽蒙惠书，承已到郡，且审起居康胜。初不知轩旆过黄陂，既是州界一走，见亦不难，此事甚可惋叹也。某旅寓凡百粗遣，不烦忧念。咫尺时得别书，亦可喜也。苦寒，万乞为时自重。谨奉手启上谢，不宣。

二

某闲废无所用心，专治经书。一二年间，欲了却《论语》、《书》、《易》，舍弟已了却《春秋》、《诗》。虽拙学，然自谓颇正古今之误，粗有益于世，瞑目无憾也。又往往自笑不会取快活，真是措大余业。闻令子手笔甚高，见其字，想见其人超然者也。

【解题】

此二书作于元丰三年（1080）。后书作于十二月，时苏轼贬在黄州，绝意世事，间以著述自解。

与　文　郎

不审荼毒以来，气力何似，变故如昨。两易晦朔，追慕无穷，奈何！奈何！中前人还，辱书，重增哽咽。吾亲孝诚深笃，若不少节哀摧，惟意所及，不以后事为念，何以仰慰堂上之心。惟万万宽中强食。

【解题】

本文当作于元丰二、三（1079—1080）年。文与可于元丰二年正月卒于陈州，苏轼闻讯后极为悲痛，有多篇文章悼之。此书是为安慰文与可之子而作。

答李方叔书

轼顿首先辈李君足下。别后递中得二书，皆未果答。专人来，又辱长笺，且审比日孝履无恙，感慰深矣。惠示古赋近诗，词气卓越，意趣不凡，甚可喜也。但微伤冗，后当稍收敛之，今未可也。足下之文，正如川之方增，当极其所至，霜降水落，自见涯涘，然不可不知也。

录示孙之翰《唐论》，仆不识之翰，今见此书，凛然得其为人。至论褚遂良不谮刘洎，太子瑛之废缘张说，张巡之败缘房琯，李光弼不当图史思明，宣宗有小善而无人君大略，皆《旧史》所不及。议论英发，暗与人意合者甚多。又读欧阳文忠公《志》文、司马君实跋尾，益复慨然。然足下欲仆别书此文入石，以为之翰不朽之托，何也？之翰所立于世者，虽无欧阳公之文可也，而况欲托字画之工以求信于后世，不亦陋乎？

足下相待甚厚，而见誉过当，非所以为厚也。近日士大夫皆有僭侈无涯之心，动辄欲人以周、孔誉己，自孟轲以下者，皆怃然不满也。此风殆不可长。又仆细思所以得患祸者，皆由名过其实，造物者所不能堪，与无功而受千钟者，其罪均也。深不愿人造作言语，务相粉饰，以益其疾。

足下所与游者元聿，读其诗，知其为超然奇逸人也。缘足下以得元君，为赐大矣。《唐论》文字不少，过烦诸君写录，又以见足下所与游者，皆好学喜事，甚善！甚善！独所谓未得名世之士为志文则未葬者，恐于礼未安。司徒文子问于子思：“丧服既除然后葬，其服何服?”子思曰：“三年之丧，未葬，服不变，除何有焉。”昔晋温峤以未葬不得调。古之君子，有故不得已而未葬，则服不变，官不调。今足下未葬，岂有不得已之事乎？他日有名世者，既葬而表其墓，何患焉。辱见厚，不敢不尽。冬寒。惟节哀自重。

【解题】

本书作于元丰三年（1080）。苏轼认为，人当以实求信于后世，而一切“托字画之工”、“造作语言，务相粉饰”皆是虚名欺世。此信显示了苏轼凿实谦逊的品质。李廌，字方叔，文才过人，家贫，多得苏轼帮助，为苏门六君子之一。苏轼卒后，李廌亲为奔走选寻墓地，此后终生不仕。

与章子厚参政书二首

一

轼顿首再拜子厚参政谏议执事。去岁吴兴，谓当再获接奉，不意仓卒就逮，遂以至今。即日，不审台候何似？

轼自得罪以来，不敢复与人事，虽骨肉至亲，未肯有一字往来。忽蒙赐书，存问甚厚，忧爱深切，感叹不可言也。恭闻拜命与议大政，士无贤不肖，所共庆快。然轼始见公长安，则语相识，云：“子厚奇伟绝世，自是一代异人。至于功名将相，乃其余事。”方是时，应轼者皆怃然。今日不独为足下喜朝之得人，亦自喜其言之不妄也。

轼所以得罪，其过恶未易以一二数也。平时惟子厚与子由极口见戒，反覆甚苦，而轼强狠自用，不以为然。及在囹圄中，追悔无路，谓必死矣。不意圣主宽大，复遣视息人间，若不改者，轼真非人也。来书所云："若痛自追悔往咎，清时终不以一眚见废。"此乃有才之人，朝廷所惜。如轼正复洗濯瑕垢，刻磨朽钝，亦当安所施用，但深自感悔，一日百省，庶几天地之仁，不念旧恶，使保首领，以从先大夫于九原足矣。轼昔年粗亦受知于圣主，使少循理安分，岂有今日。追思所犯，真无义理，与病狂之人蹈河入海者无异。方其病作，不自觉知，亦穷命所迫，似有物使。及至狂定之日，但有惭耳。而公乃疑其再犯，岂有此理哉？然异时相识，但过相称誉，以成吾过，一旦有患难，无复有相哀者。惟子厚平居遗我以药石，及困急又有以收恤之，真与世俗异矣。

黄州僻陋多雨，气象昏昏也。鱼稻薪炭颇贱，甚于穷者相宜。然轼平生未尝作活计，子厚所知之。俸入所得，随手辄尽。而子由有七女，债负山积，贱累皆在渠处，未知何日到此。见寓僧舍，布衣蔬食，随僧一餐，差为简便，以此畏其到也。穷达得丧，粗了其理，但禄廪相绝，恐年载间，遂有饥寒之忧，不能不少念。然俗所谓水到渠成，至时亦必自有处置，安能预为之愁煎乎？

初到，一见太守，自余杜门不出。闲居未免看书，惟佛经以遣日，不复近笔砚矣。会见无期，临纸惘然。冀千万以时为国自重。

二

子厚参政谏议执事。春初辱书，寻递中裁谢，不审得达否？比日机务之暇，起居万福。轼蒙恩如昨，顾以罪废之余，人所鄙恶，虽公不见弃，亦不欲频通姓名。今兹复陈区区，诚义有不可已者。

轼在徐州日，闻沂州承县界有贼何九郎者，谋欲劫利国监。又有阚温、秦平者，皆猾贼，往来沂、兖间。欲使人缉捕，无可使者。闻沂州葛墟村有程棐者，家富，有心胆。其弟岳，坐与李逢往还，配桂州牢城。棐虽小人，而笃于兄弟，常欲为岳洗雪而无由。窃意其人可使，因令本州支使孟易呼至郡，谕使自效，以刷门户垢污，苟有成绩，当为奏乞放免其弟。棐愿尽力，因出帖付与。不逾月，轼移湖州，棐相送出境，云："公更留两月，棐必有以自效，今已去，奈何!"轼语棐："但尽力，不可以轼去而废也。苟有所获，当速以相报，不以远近所在，仍为奏乞如前约也。"是岁七月二十七日，棐使人至湖州见报，云："已告捕获妖贼郭先生等。"及得徐州孔目官以下状申告捕妖贼事，如棐言不谬。轼方欲为具始末奏陈。棐所以尽力者，为其弟也，乞勘会其弟岳所犯，如只是与李逢往还，本不与其谋者，乞赐放免，以劝有功。草具未上，而轼就逮赴诏狱，遂不果发。

今者，棐又遣人至黄州见报，云：郭先生等皆已鞫治得实，行法久矣，蒙恩授殿直；且录其告捕始末以相示。原棐之意所以孜孜于轼者，凡为其弟以曩言见望也，轼固不可以复有言矣。然独念愚夫小人，以一言感发，犹能奋身不顾，以遂其言。而轼乃以罪废之故，不为一言以负其初心，独不愧乎？且其弟岳，亦豪健绝人者也。徐、沂间人，鸷勇如棐、岳类甚众。若不收拾驱使令捕贼，即作贼耳。谓宜因事劝奖，使皆歆艳捕告之利，惩创为盗之祸，庶几少变其俗。今棐必在京师参班，公可自以意召问其始末，特为一言放免其弟岳，或与一名目牙校、镇将之类，付京东监司驱使缉捕，其才用当复过于棐也。此事至微末，公执政大臣，岂复治此。但棐于轼，本非所部吏民，而能自效者，以轼为不食言也。今既不可言于朝廷，又不一言于公，是终不言矣。以此愧于心不能自已，可否在公，独愿秘其事，毋使轼重得罪也。

徐州南北襟要，自昔用武之地，而利国监去州七十里，土豪百余家，金帛山积，三十六冶器械所产，而兵卫微寡。不幸有猾贼十许人，一呼其间，吏兵皆弃而走耳，散其金帛，以啸召无赖乌合之众，可一日得也。轼在郡时，常令三十六冶，每户点集冶夫数十人，持却刃枪，每月两衙于知监之庭，以示有备而已。此地盖常为京东豪猾之所拟，公所宜知。因程棐事，辄复及之。秋冷，伏冀为国自重。

【解题】

此二书作于元丰三年（1080）。前书感谢章惇的劝诫，并报在黄州境况。后书请章惇进言释放程棐之弟，以实践苏轼在徐州时的允诺。章子厚，名惇，时任参知政事，至绍圣元年（1094）当政，对苏轼等元祐党人多有迫害，建中靖国初年亦遭贬至海南。

与杜几先

某启。奉别逾年，思企不忘。不审比日起居佳否？

去岁八月初，就逮过扬，路由天长，过平山堂下，隔墙见君家纸窗竹屋依然，想见君黄冠草屦，在药墟棋局间；而鄙夫方在缧绁，未知死生，慨然羡慕，何止霄汉。

既蒙圣恩宽贷，处之善地，杜门省愆之外，萧然无一事，恍然酒醒梦觉也。子由特蒙手书累幅，劳问至厚，即欲裁谢，为一老乳母病亡，而舍弟亦丧一女子，悼念未衰，复闻堂兄之丧，忧哀相仍，致此稽缓，想未讶也。

承六月中官满赴阙，不知今安在？托子骏求便达此书尔。未由会面，万万以时自重。不宣。

【解题】

本书作于元丰三年（1080）。

与彦正判官

古琴当与响泉韵磬，并为当世之宝，而铿金瑟瑟，遂蒙辍惠，拜赐之间，赧汗不已。又不敢远逆来意，谨当传示子孙，永以为好也。然某素不解弹，适纪老枉道见过，令其侍者快作数曲，拂历铿然，正如若人之语也。试以一偈问之："若言琴上有琴声，放在匣中何不鸣？若言声在指头上，何不于君指上听？"录以奉呈，以发千里一笑也。寄惠佳纸、名荈，重烦厚意，一一捧领讫，感怍不已。适有少冗，书不周谨。

【解题】

本书作于元丰四年（1081）五月。信中感谢彦正赠与古琴，所作偈子极有兴味，与宋诗述理的风尚相契合。

与陈季常

某启。昨日人还，拜书，想已达。今日见马铺报，公择二十一日入光州界，计今已在光。辄于太守处借人持书约会于岐亭。某决用初一日早离州，初二日晚必造门，此会殆为希有。然第一请公勿杀物命，更与公择一简邀之，尤妙。人速，不尽所怀。恕之。不宣。

【解题】

本书当作于元丰四年（1081）十一月。

与王庆源

窜逐以来，日欲作书为问。旧既懒惰，加以闲废，百事不举，但惭怍而已。即日体中何如，眷爱各佳。

某幼累并安。但初到此，丧一老乳母，七十二矣，悼念久之，近亦不复置怀。寓居官亭，俯迫大江，几席之下，云涛接天，扁舟草履，放浪山水间。客至，多辞以不在，往来书疏如山，不复答也。此味甚佳！生来未尝有此适，知之，免忧。

近文郎行，寄纸笔与丛郎，到甚迟也。未缘面会，惟万万自爱。

【解题】

本书作于元丰三年（1080）到元丰四年（1081）之间。苏轼以罪贬黄，又遭乳母之丧，生活窘迫，却能随缘自适，于山水之中寻得慰藉，并乐此不疲。

答陈师仲主簿书

轼顿首再拜，钱塘主簿陈君足下。曩在徐州，得一再见。及见颜长道辈，皆言足下文词卓玮，志节高亮，固欲朝夕相从。适会讼诉，偶有相关及者，遂不复往来。此自足下门中不幸，亦岂为吏者所乐哉！想彼此有以相照。已而，轼又负罪远窜，流离契阔，益不复相闻。今者蒙书教累幅，相属之厚，又甚于昔者。知足下释然，果不以前事介意。幸甚！幸甚！

自得罪后，虽平生厚善，有不敢通问者，足下独犯众人之所忌，何哉？及读所惠诗文，不数篇，辄拊掌太息，此自世间奇男子，岂可以世俗趣舍量其心乎！诗文皆奇丽，所寄不齐，而皆归合于大道，轼又何言者。其间十常有四五见及，或及舍弟，何相爱之深也。处世龃龉，每深自嫌恶，不论他人。及见足下辈犹如此，辄亦少自赦。

诗能穷人，所从来尚矣，而于轼特甚。今足下独不信，建言诗不能穷人，为之益力。其诗日已工，其穷殆未可量，然亦在所用而已。不龟手之药，或以封，安知足下不以此达乎？人生如朝露，意所乐则为之，何暇计议穷达。云能穷人者固缪，云不能穷人者，亦未免有意于畏穷也。江淮间人好食河豚，每与人争河豚本不杀人，尝戏之，性命自子有，美则食之，何与我事。今复以此戏足下，想复千里为我一笑也。

先吏部诗，幸得一观，辄题数字，继诸公之末。见为编述《超然》、《黄楼》二集，为赐尤重。从来不曾编次，纵有一二在者，得罪日，皆为家人妇女辈焚毁尽矣。不知今乃在足下处。当为删去其不合道理者，乃可存耳。

轼于钱塘人有何恩意，而其人至今见念，轼亦一岁率常四五梦至西湖上，此殆世俗所谓前缘者。在杭州尝游寿星院，入门便悟曾到，能言其院后堂殿山石处，故诗中尝有“前生已到”之语。足下主簿，于法得出入，当复纵游如轼在彼时也。山水穷绝处，往往有轼题字，想复题其后。足下所至，诗但不择古律，以日月次之，异日观之，便是行记。有便以一二见寄，慰此惘惘。其余慎疾自重。不宣。轼顿首再拜。

【解题】

本书作于元丰四年（1081）。文中称赞陈师仲的品德、诗文皆有过人之处，并感叹“诗能穷人”，建议对所编《超然》、《黄楼》二集，“删去不合道理者”，即除去那些不合时宜或讥讽新法等作品，以远罪避祸。

与滕达道

辄有少恳，甚属率易，惟宽恕。自得罪以来，不敢作诗文字。近有成都僧惟简者，本一族兄，甚有道行，坚来要作《经藏碑》，却之不可。遂与变格都作迦语，贵无可笺注。今录本拜呈，欲求公真迹作十大字，以耀碑首。况蜀中未有公笔迹，亦是一缺。若幸赐许，真是一段奇事。可否，俟命。见有一蜀僧在此，旦夕归去，若获，便可付也。

【解题】

本书作于元丰四年（1081）十一月。僧人惟简（宝月大师）求做《胜相院经藏碑》文，撰成，苏轼写信请滕达道题字。

与宝月大师三首

一

某启。近递中两奉书，必达。新岁，远想法体康胜。无缘会集，怅望可量。

屡要经藏碑，本以近日断作文字，不欲作。既来书丁宁，又悟清日夜煎督，遂与作得寄去。如不嫌罪废，即请入石。碑额见令悟清持书往安州干滕元发大字，不知得否？其碑不用花草栏界，只镌书字一味，已有大字额，向下小字，但直写文词，更不须写大藏经碑一行及书撰人写人姓名，即古雅不俗，切祝！切祝！又有小字行书一本，若有工夫，更入一小横石，亦佳。

黄州无一物可为信。建茶一角子，勿讶尘浼。余惟万万保练。适冗中，清师行，奉启草草。

二

此间诸事，请问清师即详也。清久游外方，练事多能，可喜！可喜！海惠及隆大师，各惟安胜。每念乡舍，神爽飞去，然近来颇常斋居养气，日觉神凝身轻，他日天恩放停，幅巾杖履，尚可放浪于岷峨间也。知吾兄亦清健，发不白，更请自爱，晚岁为道侣也。余附清师口陈，此不覼缕。

三

某有吴道子绢上画释迦佛一轴，虽颇损烂，然妙迹如生，意欲送院中供养。如欲得之，请示一书，即为作记，并求的便附去。可装在板子上，仍作一龛子。此画与前来菩萨天王无异，但人物小而多尔。

【解题】

前三书作于元丰五年（1082）正月。信中报已撰成胜相院经藏碑文，并嘱刻石样式。后书亦作于此时或稍后。

与滕达道

某再启。蜀僧遂获大字以归，不肖增重矣。感怍之至。萧相楼诗固见之，子由又说楼之雄杰，称公之风烈。记文固愿挂名，岂复以鄙拙为解。但得罪以来，未尝敢作文字。《经藏记》皆迦语，想酝酿无由，故敢出之。若此文，当更俟年载间为之，如何？仲殊气诀，必得其详，许传授，莫大之赐也。此道人久欲游庐山，不知有行期未？若蒙他一见过，又望外之喜也。数年来，觉衰，不免回向此道矣。不一一。

【解题】

本书作于元丰五年（1082）正月。

与朱鄂州书

轼启。近递中奉书，必达。比日春寒，起居何似。昨日武昌寄居王殿直天麟见过，偶说一事，闻之酸辛，为食不下。念非吾康叔之贤，莫足告语，故专遣此人。俗人区区，了眼前事，救过不暇，岂有余力及此度外事乎？

天麟言：岳鄂间田野小人，例只养二男一女，过此辄杀之；尤讳养女，以故民间少女，多鳏夫。初生，辄以冷水浸杀，其父母亦不忍，率常闭目背面，以手按之水盆中，咿嘤良久乃死。有神山乡百姓石揆者，连杀两子，去岁夏中，其妻一产四子，楚毒不可堪忍，母子皆毙。报应如此，而愚人不知创艾。天麟每闻其侧近有此，辄驰救之，量与衣服饮食，全活者非一。既旬日，有无子息人欲乞其子者，辄亦不肯。以此知其父子之爱，天性故在，特牵于习俗耳。闻鄂人有秦光亨者，今已及第，为安州司法。方其在母也，其舅陈遵，梦一小儿挽其衣，若有所诉。比两夕，辄见之，其状甚急。遵独念其姊有娠将产，而意不乐多子，岂其应是乎？驰往省之，则儿已在水盆中矣，救之得免。鄂人户知之。

准律，故杀子孙，徒二年。此长吏所得按举。愿公明以告诸邑令佐，使召诸保正，告以法律，谕以祸福，约以必行，使归转以相语。仍录条粉壁晓示，且立赏召人告官，赏钱以犯人及邻保家财充，若客户则及其地主。妇人怀孕，经涉岁月，邻保地主，无不知者。若后杀之，其势足相举觉，容而不告，使出赏固宜。若依律行遣数人，此风便革。公更使令佐各以至意诱谕地主豪户，若实贫甚不能举子者，薄有以赒之。人非木石，亦必乐从。但得初生数日不杀，后虽劝之使杀，亦不肯矣。自今以往，缘公而得活者，岂可胜计哉!

佛言杀生之罪，以杀胎卵为最重。六畜犹尔，而况于人。俗谓小儿病为无辜，此真可谓无辜矣。悼耄杀人犹不死，况无罪而杀之乎？公能生之于万死中，其阴德十倍于雪活壮夫也。昔王濬为巴郡太守，巴人生子皆不举。浚严其科条，宽其徭役，所活数千人。及后伐吴，所活者皆堪为兵。其父母戒之曰："王府君生汝，汝必死之。"古之循吏，如此类者非一。居今之世，而有古循吏之风者，非公而谁。此事特未知耳。

轼向在密州，遇饥年，民多弃子，因盘量劝诱米，得出剩数百石别储之，专以收养弃儿，月给六斗。比期年，养者与儿，皆有父母之爱，遂不失所，所活亦数千人。此等事，在公如反手耳。恃深契，故不自外。不罪！不罪！此外，惟为民自重。不宣。轼再顿首。

【解题】

本书作于元丰五年（1082）正月。文中谈及鄂州农村有溺杀婴儿的恶俗，因此希望朱寿昌能下令革除陋习，并给以赈济，以全人伦。朱鄂州，即朱康叔，时知鄂州，故称。

答李昭玘书

轼启。向得王子中兄弟书，具道足下每相见，语辄见及，意相予甚厚。即欲作书以道区区，又念方以罪垢废放，平生不相识，而相向如此，此人必有以不肖欺左右者。轼所以得罪，正坐名过实耳。年大以来，平日所好恶忧畏皆衰矣，独畏过实之名，如畏虎也。以此未敢相闻。

今获来书累幅，首尾句句皆所畏者，谨再拜辞避不敢当。然少年好文字，虽自不能工，喜诵他人之工者。今虽老，余习尚在。得所示书，反复不知厌，所称道虽不然，然观其笔势俯仰，亦足以粗得足下为人之一二也。幸甚！幸甚！比日履兹春和，起居何似？

轼蒙庇粗遣，每念处世穷困，所向辄值墙谷，无一遂者。独于文人胜士，多获所欲，如黄庭坚鲁直、晁补之无咎、秦观太虚、张耒文潜之流，皆世未之知，而轼独先知之。今足下又不见鄙，欲相从游。岂造物者专欲以此乐见厚也耶？然此数子者，挟其有余之资，而骛于无涯之知，必极其所如往而后已，则亦将安所归宿哉？惟明者念有以反之。

鲁直既丧妻，绝嗜好，蔬食饮水，此最勇决。舍弟子由亦云："学道三十余年，今始粗闻道。"考其言行，则信与昔者有间矣，独轼伥伥焉未有所得也。徐守莘老每有书来，亦以此见教。想时相从，有以发明。王子中兄弟得相依，甚幸。子敏虽失解，乃得久处左右，想遂磨琢成其妙质也。

徐州城外有王陵母、刘子歧二坟，向欲为作祠堂，竟不暇，此为遗恨。近以告莘老，不知有意作否？若果作，当有记文。莘老若不自作者，足下当为作也。无由面言，临书惘惘。惟顺时自爱。谨奉手启为谢，不宣。

【解题】

本书作于元丰五年（1082）二月。苏轼自乌台诗案后，畏名如虎，又好论佛道，皆为避世远害。而苏轼颇为自得的，就是门下多一时之杰。苏轼能领袖群伦，不仅与他的学识有关，也得益于他的虚心接纳，本文即其例。李昭玘，字季成，号乐静先生，文名与晁补之齐，时为徐州教授，后为苏轼拔居馆职。

与李公择

某再拜。谕养生之法，虽壮年好访问此术，更何所得。然比年流落瘴地，苦无他疾，似亦得其力尔。大约安心调气，节食少欲，思过半矣，余不足言。某见在东坡，作陂种稻，劳苦之中，亦自有乐事。有屋五间，果菜十数畦，桑百余本，身耕妻蚕，聊以卒岁也。

【解题】

本书作于元丰五年二月。

与李通叔四首

一

某启。向承宠访，教语甚厚，因循未获裁谢。复枉专使辱书累幅，意愈勤重。且获所著《通言》二篇，及新诗碑刻，废学之人，徒知爱其文之工妙，而不能究极其意之所未至，钦味反覆，不能释手，幸甚！幸甚！比日起居何如？窃恐著书讲道，驰骋百氏，而游于艺学，有以自娱，忘其穷约也。未由面言，万万以时自重。人还，奉启，不宣。

二

某启。《通言》略获披味，所发明者多矣。谨且借留，得为究观。他日成书，尽以见借，尤幸。篆书《心经》，字小而体完，尤为奇妙。君为亲书，岂敢辄留。他日别为小字，写百十字见惠，不必《心经》，乃大赐也。要跋尾，谩写数字，不称妙笔。愧愧。

三

某启。叠辱从者推与甚厚，患难多畏，又废笔砚，无以少答来贶，愧恨深矣。颁示篆字，笔势茂美，深得二李本意。虽已捧领，当为箧笥之华。无缘诣谢，惟万万慎夏自爱。匆匆，不宣。

四

某启。久不奉书，为愧。春物妍丽，奉思无穷。比日起居佳否？中间蒙寄示雪堂篆字，笔势茂美，足为郊薮之光。不即裁谢，未见罪否？会合未由，万万以时自重。不宣。

【解题】

此数书皆在黄州作，末篇作于元丰五年（1082）二月。李通叔，名元直，当时书法家，曾以篆字为苏轼书雪堂榜，深得苏轼赞赏。

与陈季常二首

一

柴炭已领，感怍！感怍！东坡昨日立木，殊耽耽也。

二

近因往螺师店看田，既至境上，潘尉与庞医来相会。因视臂肿，云非风气，乃药石毒也。非针去之，恐作疮乃已。遂相率往麻桥庞家，住数日，针疗。寻如其言，得愈矣。归家，领所惠书及药，并荷忧爱之深至，仍审比来起居佳安。曾青老翁须《传灯录》皆已领，一一感佩。《五代史》亦收得。所看田乃不甚佳，且罢之。蕲水溪山，乃尔秀邃耶？庞医熟接之，乃奇士。知新屋近撰《本草尔雅》（谓一物而多名也）。见刘颂具说，深欲走观。近得公择书云，四月中乃到此。想季常未遽北行，当与之偕往耳。非久，太守处借人遣赍家传去，别细奉书，

【解题】

此二书当作于元丰五年（1082）二、三月间。前信“立木”或指二月筑“东坡雪堂”事；后信言得臂疾并请庞医治疗，则在三月初。

与朱康叔

阁名久思，未获佳者，更乞详示阁之所向及侧近故事故迹，为幸。董义夫相聚多日，甚欢，未尝一日不谈公美也。旧好诵陶潜《归去来》，常患其不入音律，近辄微加增损，作《般涉调哨遍》，虽微改其词，而不改其意，请以《文选》及本传考之，方知字字皆非创入也。谨作小楷一本寄上，却求为书，抛砖之谓也。亦请录一本与郭元弼，为病倦，不及别作书也。数日前，饮醉后作得顽石乱筱一纸，私甚惜之。念公笃好，故以奉献，幸检至。

【解题】

本书作于元丰五年（1082）三月。

黄州上文潞公书

轼再拜。孟夏渐热，恭惟留守太尉执事台候万福。承以元

功，正位兵府，备物典册，首冠三公。虽曾孙之遇，绝口不言；而金縢之书，因事自显。真古今之异事，圣朝之光华也。有自京师来转示所赐书教一通，行草烂然，使破甑敝帚，复增九鼎之重。

轼始得罪，仓皇出狱，死生未分，六亲不相保。然私心所念，不暇及他，但顾平生所存，名义至重，不知今日所犯，为已见绝于圣贤，不得复为君子乎？抑虽有罪不可赦，而犹可改也？伏念五六日，至于旬时，终莫能决。辄复强颜忍耻，饰鄙陋之词，道畴昔之眷，以卜于左右。遽辱还答，恩礼有加。岂非察其无他，而恕其不及，亦如圣天子所以贷而不杀之意乎？伏读洒然，知其不肖之躯，未死之间，犹可以洗濯磨治，复入于道德之场，追申徒而谢子产也。

轼始就逮赴狱，有一子稍长，徒步相随。其余守舍，皆妇女幼稚。至宿州，御史符下，就家取文书。州郡望风，遣吏发卒，围船搜取，老幼几怖死。既去，妇女恚骂曰："是好著书，书成何所得，而怖我如此！"悉取烧之。比事定，重复寻理，十亡其七八矣。到黄州，无所用心，辄复覃思于《易》、《论语》，端居深念，若有所得，遂因先子之学，作《易传》九卷。又自以意作《论语说》五卷。穷苦多难，寿命不可期。恐此书一旦复沦没不传，意欲写数本留人间。念新以文字得罪，人必以为凶衰不祥之书，莫肯收藏。又自非一代伟人不足托以必传者，莫若献之明公。而《易传》文多，未有力装写，独致《论语说》五卷。公退闲暇，一为读之，就使无取，亦足见其穷不忘道，老而能学也。

轼在徐州时，见诸郡盗贼为患，而察其人多凶侠不逊，因之以饥馑，恐其忧不止于窃攘剽杀也。辄草具其事上之。会有旨移湖州而止。家所藏书，既多亡轶，而此书本以为故纸糊笼篋，独得不烧，笼破见之，不觉惘然如梦中事，辄录其本以献。轼废逐至此，岂敢复言天下事，但惜此事粗有益于世，既不复施行，犹欲公知之，此则宿昔之心扫除未尽者也。公一读讫，即烧之而已。

黄州食物贱，风土稍可安，既未得去，去亦无所归，必老于此。拜见无期，临纸于邑。惟冀以时为国自重。

【解题】

本书作于元丰五年（1082）四月。苏轼于信中一方面表达了对自己前途的关心和忧虑，一方面表示了仍不放弃写作，希望能有益于世的信念。可见他仍不能忘怀政治。文潞公，即文彦博，因封潞国公，故称。

与　佛　印

收得美石数百枚，戏作《怪石供》一篇，以发一笑。开却此例，山中斋粥今后何忧，想复大笑也。更有野人于墓中得铜盆一枚，买得以盛怪石，并送上结缘也。

【解题】

本书作于元丰五年（1082）五月。佛印，金山寺和尚。

与子明兄二首

一

兄才气何适不可，而数滞留蜀中。此回必免冲替。何似一人来，寄家荆南，单骑入京，因带少物来，遂谋江淮一住计，亦是一策。试思之，他日子孙应举宦游，皆便也。弟亦欲如是，但先人坟墓无人照管，又不忍与子由作两处。兄自有三哥一房乡居，莫可作此策否？又只恐亦不忍与三哥作两处也。

吾兄弟俱老矣，当以时自娱。世事万端，皆不足介意。所谓自娱者，亦非世俗之乐，但胸中廓然无一物，即天壤之内，山川草木虫鱼之类，皆是供吾家乐事也。如何！如何！

记得应举时，见兄能讴歌，甚妙。弟虽不会，然常令人唱，为作词。近作得《归去来引》一首，寄呈，请歌之。送长安君一盏，呵呵。醉中，不罪。

二

轼启。久不奉状，无便故也。递中又恐浮沉，皆不审尊体何如。大哥奄逝，忽已一年，近念不忘。承示大葬，不得临圹一诀，此恨无穷。今因王家夫力还乡，附奠文一首，托杨有甫具奠。仍告兄取次差儿姪一人，因正初拜坟时，与读过。

轼此凡百如常，但江淮不熟，难食贫困耳。余无可念。递中曾用皮角，附李信甫书一角，必到。见说！见说！且在和州，四娘甚安也。乍冷，万万以时自重。谨奉状，不备。

弟轼再拜子明通直二哥、县君二嫂左右。九月一日。

【解题】

此二书作于元丰五年（1082）。前书作于六月或稍后。

与蔡景繁二首

一

自闻车马出使，私幸得托迹部中，欲少布区区，又念以重罪废斥，不敢复自比数于士友间，但愧缩而已。岂意仁人矜闵，尚赐记录，手书存问，不替畴昔，感悚不可言也。比日履兹烦暑，尊体何如？无缘少奉教诲，临书怅惘，尚冀以时保颐，少慰拳拳。

二

某谪居幽陋，每辱存问，漂落之余，恃以少安。今者又遂一见，慰幸多矣。冲涉薄寒，起居何如？区区之素，即获面既。

【解题】

蔡景繁，名承禧，苏轼同年，元丰五年（1082）正月任淮南转运使，十月至临皋与苏轼相见。此二书当作于此年十月前后。

与范子丰二首

一

黄州少西山麓，斗入江中，石室如丹。《传》云“曹公败所”，所谓赤壁者。或曰：非也。时曹公败归华容路，路多泥泞，使老弱先行，践之而过。曰：“刘备智过人而见事迟，华容夹道皆葭苇，使纵火，则吾无遗类矣。”今赤壁少西对岸，即华容镇，庶几是也。然岳州复有华容县，竟不知孰是？今日李委秀才来相别，因以小舟载酒饮赤壁下。李善吹笛，酒酣作数弄，风起水涌，大鱼皆出。山上有栖鹘，亦惊起。坐念孟德、公瑾，如昨日耳。适会范子丰兄弟来求书字，遂书以与之。

二

临皋亭下不数十步，便是大江，其半是峨眉雪水，吾饮食沐浴皆取焉，何必归乡哉！江山风月，本无常主，闲者便是主人。

问范子丰新第园池，与此孰胜？所不如者，上无两税及助役钱耳。

【解题】

此两书作于黄州。元丰五年（1082）十二月，苏轼与李委初游赤壁，并作《李委吹笛》诗，前信则言再游赤壁时事，亦在此月；后信言临皋亭景色优美，颇堪怡情。

与李昭玘

某启。无便，久不奉书。王子中来，且出所惠书，益知动止之详，为慰无量。比日尊体何如？既拜赐雪堂新诗，又获观负日轩诸诗文，耳目眩骇，不能窥其浅深矣。老病废学已久，而此心犹在，观足下新制，及鲁直、无咎、明略等诸人唱和，于拙者便可阁笔，不复措词。近有李豸者，阳翟人，虽狂气未除，而笔势澜翻，已有漂砂走石之势，常识之否？子中殊长进，皆左右之赐也。何时一笑？未间，惟万万自重。徐人还，匆匆奉启，不宣。

【解题】

本书于元丰五年（1082）在黄州作。信中极言称赞李昭玘、黄庭坚等人的诗作，多有鼓励，足见其爱才之心。

与杜子师

某启。辱书，承晚来起居佳胜。示及画图，览之愧汗。不惟犯孟子、柳宗元之禁，又使多言者得造风波，甚非相爱之道也。谨却封纳。从者已多日离亲侧，唯以早还为宜。进道外，千万倍加爱养。入夜，草草。不宣。

【解题】

本书约作于元丰五年（1082）。杜子师，名舆。

与子安兄

近于城中得荒地十数亩，躬耕其中。作草屋数间，谓之东坡雪堂。种蔬接果，聊以忘老。有一大曲寄呈，为一笑。为书角大，远路，恐被拆，更不作四小哥、二哥及诸亲知书，各为致下恳。

巢三见在东坡安下，依旧似虎，风节愈坚。师授某两小儿极严。常亲自煮猪头，灌血睛，作姜豉菜羹，宛有太安滋味。

此书到日，相次，岁猪鸣矣。老兄嫂团坐火炉头，环列儿女，坟墓咫尺，亲眷满目，便是人间第一等好事，更何所羡。可转此纸呈子明也。

近购获先伯父亲写《谢蒋希鲁及第启》一通，躬亲褾背题跋，寄与念二，令寄还二哥。因书问取。

【解题】

本书作于元丰六年（1083）正月或稍后。信中对居家天伦之乐表示艳羡之情，反映出“久客倦游”的羁旅情怀。子安，名不危，苏轼伯父苏涣第三子，居家不仕，有隐者风。

与巢元修

日日望归，今日得文甫书，乃云昨日始与君瑞成行。东坡荒废，春笋渐老，饼饺已入末限，闻此，当俟驾耶？老兄别后想健。某五七日来，苦壅嗽殊甚，饮食语言殆废，矧有乐事！今日渐佳。近日牢城失火，烧荡十九，雪堂亦危，潘家皆奔避，堂中飞焰已燎檐矣。幸而先生两瓢无恙，四柏亦吐芽矣。

【解题】

本书作于元丰六年（1083）二月。巢元修，名谷，于年初自蜀中来从苏轼学。后苏轼贬至海南时，巢元修不顾年暮，千里往海南探视，病死于途中。苏轼、苏辙皆有文悼之。

与陈朝请

某启。每辱不遗，时枉书问，感怍深矣。比日起居佳胜。某自窜逐以来，不复作诗与文字。所谕四望起废，固宿志所愿，但多难畏人，遂不敢尔。其中虽无所云，而好事者巧以酝酿，便生出无穷事也。切望怜察。

示谕学琴，足以自娱，私亦欲尔。但老懒不能复劳心尔。有庐山崔闲者，极能此，远来见客，且留之，时令作一弄也。

江倅递中辱书，此人回，深欲裁谢。适寒，苦嗽，而此人又告去甚急，故未果，且为道此。其子文格甚高，议论与世俗异矣。可畏。刘宗古近过此，甚安健，绝无迁谪意。江之亲亦可与言过。

【解题】

本书作于元丰六年（1083）二月。苏轼自因诗获罪贬黄州后，曾誓不作诗，虽没有坚持下来，但他还是不断感到了“好事者”的锋芒，心有所忌。陈朝请，名章，时在濠州。

与子由弟

任性逍遥，随缘放旷，但尽凡心，无别胜解。以我观之，凡心尽处，胜解卓然。但此胜解，不属有无，不通言语，故祖师教人，到此便住。如眼翳尽，眼自有明，医只有除翳药，何曾有求明方？明若可求，即还是翳。固不可于翳中求明，即不可言翳外无明。

而世之昧者，便将颓然无知，认作佛地。若如此是佛，猫儿狗子，得饱熟睡，腹摇鼻息，与土木同，当恁么时，可谓无一毫思念，岂可谓猫儿狗子已入佛地？故凡学者，但当观心除爱，自粗及细，念念不忘，会作一日，得无所除，弟以教我者是如此否？

因见二偈警策，孔君不觉悚然，更以问之。书至此，墙外有悍妇与夫相殴，詈声飞灰火，如猪嘶狗嗥。因念他一点圆明，正在猪嘶狗嗥里面。譬如江河鉴物之性，长在飞沙走石之中，寻常静中推求，常患不见。今日闹里忽捉得些子，如何！如何！元丰六年三月二十五日夜，已封书讫，复以此寄子由。

【解题】

本书元丰六年（1083）三月作。信中阐发随缘尽心的禅理。苏轼于吵闹声中悟得此理，心中颇为欣喜。子由，即苏轼弟苏辙，亦好佛道。

答君瑞殿直

春来未尝一日闲，欲去奉谒，遂成食言，愧愧。辱书，承起居佳胜，为慰。君猷知四月末乃行，犹可一见否？乍暄，惟万万自重。

【解题】

本书当作于元丰六年（1083）四月。君瑞，即王天麟。殿直为官名。

与蔡景繁二首

一

承爱女微疾，今必已全安矣。某病咳逾月不已，虽无可忧之状，而无憀甚矣。临皋南畔，竟添却屋三间，极虚敞便夏，蒙赐不浅。朐山临海石室，信如所谕。前某尝携家一游，时家有胡琴婢，就室中作《濩索凉州》，凛然有冰车铁马之声。婢去久矣，因公复起一念，果若游此，当有新篇。果尔者，亦当破戒奉和也。呵呵。

二

黄陂新令李吁到未几，其声蔼然，与之语，格韵殊高。比来所见，纵小有才，多俗吏。侪辈如此人殆难得。公好人物，故辄不自外耳。近葺小屋，强名南堂，暑月少舒。蒙德殊厚，小诗五绝，乞不示人。

【解题】

此二书作于元丰六年（1083）五月。苏轼在临皋之南堂筑成，此屋乃蔡景繁使人为其营造，故苏轼致信感谢。

与杨元素三首

一

某启。忽闻舟驭至鄂，喜不自胜。想见笑语，发于寤寐。寻遣人驰书，未达间，令弟庆基来，闻已往安州，怅然失望，至今情况不佳。想公爱我之深，亦自悔之也。比日起居佳胜。与元法相聚之乐，独不得与樽俎之间，想孜孜见说而已。然领手教累幅，及见和新词，差以喜慰。乍寒冲涉，保练为祷。不宣。

二

承令弟见访，岸下无泊处，又苦风雨，匆匆别去，至今不足。示谕田事，方忧见罪，乃蒙留念如此，感幸不可言。某都不知彼中事，但公意所可，无不便者。军屯之东三百石者便，为下状，甚佳。李教授之兄又云：官务相近有一庄，大佳。此彭寺丞见报。亦闲与问看。今日章质夫之子过此，已托于舟中载二百千省上纳。到，乞与留下。果蒙公见念，令有归老之资，异日公为苍生复起，当却为公葺治田园，以报今日之赐也。适新旧守到、发，冗甚，不一一。

三

承示谕，定襄胡家田，公与唐彦议之，必无遗策。小子坐享成熟，知幸！知幸！近答唐君书，并和红字韵诗，必皆达矣。胡田先佃后买，所谓抱桥澡浴，把揽放船也。呵呵。凡事既不免干渎左右，乞一面裁之，不须问某也。尚有二百千省，若须使，乞示谕，求便附去。

见陈季常慥，云，京师见任郎中其孚之子，欲卖荆南头湖庄子，去府五六十里，有田五百来石，厥直六百千，先只要二百来千，余可迤逦还，不知信否？又见乐宣德，言此田甚好，但税稍重。告为问看。彭寺丞之流，近日更不敢托他也。浼乱尊听，负荆不了也。

【解题】

此三书皆作于元丰六年（1083）五月。杨元素，名绘，汉州绵竹人，官至翰林学士，反对王安石变法。信中商论与杨元素合买田园事，后不遂。

与蹇授之

某启。得李常书，知公有闺门之戚，内外枳庆，淑德著闻，乃遽尔耶？公去亲远，动以贻忧为念，千万麾遣，无令生疾。此区区至意，惟聪明察之。季常悲恨甚矣，亦常以书痛解之。适苦目疾，上问极草草，不罪！不罪！舍弟每有书来，甚荷德庇。尊丈待制，必频得信，因家书为道区区。

【解题】

本书作于元丰六年（1083）六月。因子由时监筠州盐酒税，在蹇授之辖下，故云“甚荷德庇”。

与蔡景繁

近奉书，想必达。比日，不审履兹隆暑，尊体何如？某卧病半年，终未清快。近复以风毒攻右目，几至失明，信是罪重责轻，召灾未已。杜门僧斋，百想灰灭，登览游从之适，一切罢矣。知爱之深，辄以布闻。何日少获，瞻望前尘，惟万万为时自重。

与杨元素二首

一

某启。近两辱手教，以多病不即裁谢。愧悚殊深。比日伏惟履兹溽暑，台候清胜。轼病后百事灰心，虽无复世乐，然内外廓然，稍获轻安。何时瞻奉，略道所以然者。未间，伏惟为时自重。谨奉手启，不宣。

二

涉暑疲倦，书问稍缺，愧仰无量。比日起居胜常，近领手诲，承小疾尽去，体力加健，此大庆也。更望倍加保啬，侧听严召，以慰舆论。

与李公择

某启。春夏多苦疮疖、赤目，因此杜门省事。而传者遂云病甚者，至云已死，实无甚恙。今已颇健，然犹欲谢客，恐传者复云云以为公忧，故详之。郑公虽已逾八旬，然耆旧凋丧，想当为国凄怆。公择、莘老进用，皆可喜，然亦汇征之渐，殆恐未尔知首，料台阁殊不闻，果尔，甚可喜，元素若能力止其行，极佳，亦当走书道此也。所要新诗，实无一字，小词、墨竹之类，皆不复措思，惟于饱食甘寝中得少三昧，一笑！一笑！文编一阅，洒然目失，濯喧埃而起衰思也。

与范蜀公

李成伯长官至，辱书，承起居佳胜，甚慰驰仰。新居已成，池圃胜绝，朋旧子舍皆在，人间之乐，复有过此者乎？某凡百粗遣，春夏间，多患疮及赤目，杜门谢客，而传者遂云物故，以为左右忧。闻李长官说，以为一笑，平生所得毁誉，殆皆此类也。何时获奉几杖，临书惘惘。

【解题】

上数书皆作于元丰六年（1083）六月。时苏轼因右眼患疮及赤眼病，几乎失明，乃杜门食斋，心情极为抑郁。

与陈朝请

某启。钱塘一别，如梦中事。尔后契阔，何所不有。置之不足道也。独中间述古捐馆，有识相吊，矧故人僚吏相爱之深者。然中无一字以解左右，盖罪废穷奇，动辄累人，故往还杜绝。至今思之，惭负无量。

昨远辱书问，便欲裁谢，而春夏以来，卧病几百日，今尚苦目疾。再枉手教，喜知尊体康胜，贵眷各佳安。罪废屏居，交游皆断绝，纵复通问，不过相劳慰而已，孰能如公远发药石以振吾过者哉？已往者布出，不可复掩矣，期于不复作而已。无缘一见，临纸耿耿，万万以时自重。不宣。

【解题】

本书作于元丰六年（1083）六月。苏轼因罪获贬，恐连累他人，故断绝与很多友人的交往。而陈朝请能主动致书存问，确使苏轼很高兴。述古，即陈朝请之兄陈襄。

与张安道

轼顿首再拜少师先生丈丈执事。秋冷，窃惟道体胜常。轼蒙免如昨，穷约愈久，念道渐熟，常佩至言，不敢失坠。今年春夏微疾，遂杜门谢客，而传者过实，以为左右忧。入秋来殊佳健，于道虽未有得，而异时浮念杂好，殆灰灭矣。先生丈丈愍其有意于此，当时发药乎？

王郎北归，慰喜可量，恨不得助举一觞耳。忧喜过人，何翅电露，欲寻王郎初别时意味，岂复有丝毫在者。则今日会合之喜，又与造物皆逝矣。近者孙馨宣德赴偃师，托寄带拜二簟去，不审达未？已令儿子往荆南买一官庄，若得之，遂为楚郢间人矣。每念违去几杖，瞻奉无期，未尝不临风嗟惋。万一天恩放停逐，便当不远千里见先生也。今有少恳干求，不罪！不罪！

轼于门下至厚，先生有金丹奇药，而不以数粒见分，实未免耿耿。若遂其请，谨藏之耳，未敢服也。舍弟在筠甚安，望其牵复解去，得相聚少时。近以公事为一倅所怒，捃摭百端，虽未见可以害渠者，然已滞牵复矣。行止饮啄，非复人事，亦不能念之也。

厚之奉议，且在左右否？先生迩来复有几孙？岁行晚，江淮风物凄紧，坐念斋阁萧然，黄花白酒，有与共者乎？乍冷，惟乞万万为国自重。闲居乏人，止用手启，信笔不觉满纸，惶悚！惶悚！谨附承动静，不宣。

从表侄苏轼顿首再拜少师先生丈丈执事。八月二十二日。

【解题】

本书作于元丰六年（1083）八月。张安道，名方平，号乐全先生，于轼有知遇之恩。轼因乌台诗案下狱，张曾上书营救。

与滕达道四首

一

某启。专人复来，承已过信阳，跋涉风雨，从者劳矣。比日起居何如？某比谓公有境上之约，必由黄陂遂径来此，拙于筹量，遂失一见，愧恨可知。然所言者，岂有他哉，徒欲望见颜色，以慰区区，且欲劝公屏黜浮幻，厚自辅养而已。想必深照此诚。人还，匆匆，不宣。

二

某启。公忠义皎然，天日共照，又旧德重望，举动当为世法，不宜以小事纷然自辨。若如来喻，引罪而乞宽司僚，于义甚善，卑意如此。

三

某到黄陂，闻公初五日便发，由信阳路赴阙，然数日如有所失也。欲便归黄州，又雨雪间作。向僧房中明窗下，拥数块熟炭，读《前汉书·戾太子传赞》，深爱之。反复数过，知班孟坚非庸人也。方感叹中，而公书适至，意思豁然。稍晴暖，当阳罗江上放舟还黄也。

四

公解印入觐，当过岐亭故县，预以书见约，轻骑走见，极不难。慎勿枉道见过，想深识此意。乍冷，万乞自重。

【解题】

此四书作于元丰六年（1083）十一月。

与徐得之二首

一

某启。始谪黄州，举目无亲。君猷一见，相待如骨肉，此意岂可忘哉！恨谪籍所縻，不克千里会葬。诸令侄皆少年，未甚更事。得之既手足之爱，事事处置令合宜，若有分毫不如法者，人不责之诸子，而责得之也。幸深留意，切不可惜人情，顾形迹，而有所不尽也。十三、十四皆可，俊性，不宜令失学。闻其舅仲谟户部君之雅望久矣，但未相见，不敢致书。欲望得之致恳。若候葬毕，迎君猷阁中，与其三子置之左右，而教以学，则君猷为不死矣。士契之深，不避僭易，悚息之至。

二

某启，不意君猷文止于此，伤痛不可言。丧过此，行路挥涕，况于亲知如仆与君者。见其诸子，益复伤心。然其弟六秀才，虽骤面，颇似佳士。郡人赙之百余千，已附秀才收掌，专用办葬事也。志文已是杨元素许作，专为干致次，公仪必来会葬，幸与六秀才者商议，令如法也。既葬之后，邑君与十三、十四等，可暂归张家，为长策，幸更与详议。闲人不当僭管，但平昔蒙君猷相待如骨肉，不可不尽所怀。书不可尽谈，想深照此意也。不一一。

【解题】

此二书作于元丰六年（1083）十一月。徐大受（君猷）四月罢黄州太守任，十一月卒于道，丧过黄州时，苏轼曾为文祭之。此二信是给徐大受之弟徐大正的。信中满怀深情叙述了徐大受对自己的情谊，并对大受的丧事安排提出了一些建议。

与杨元素四首

一

示谕，秀才唐君许为留念，兼令干人久远干之，幸甚！幸甚！某未能去，此间更无人可以往干，必须至奉烦唐君也。未尝相识，便蒙开许，必以元素之故也。深欲作书为谢，适冗甚，非久，别附问，且乞道区区。天觉、彭寺丞，皆蒙书示，亦未及奉启，乞致下恳。

二

某启。递中领手教，伏审台候佳胜，为慰。某凡百如旧，近又大霈，庶几得归农乎？公决起典郡，无疑也。近嘉州魏秀才兄弟行，附手问，不审得达否？岁行尽，伏惟顺时为人自重。不宣。

三

笔冻，写不成字，不罪！不罪！舍弟近得书，无恙，不知相去几里，但递中书须半月乃至也。奇方承录示，感戴不可言，固当珍秘也。近一相识，录得明公所编《本事曲子》，足广奇闻，以为闲居之鼓吹也。然切谓宜更广之，但嘱知识间令各记所闻，既所载日益广矣。辄献三事，更乞拣择，传到百四十许曲，不知传得足否？

四

近于城中葺一荒园，手种菜果以自娱。陈季常者，近在州界百四十里住，时复来往。伯诚亲弟，近问之，云不曾参拜。其人甚奇伟，得其一词，以助《本事》。

【解题】

此四书皆作于元丰六年（1083）下半年。

与钦之

轼去岁作此赋，未尝轻出以示人，见者盖一二人而已。钦之有使至，求近文，遂亲书以寄。多难畏事，钦之爱我，必深藏之不出也。又有《后亦壁赋》，笔倦未能写，当俟后信。轼白。

【解题】

本书作于元丰六年（1083）。钦之，生平不详。或为苏轼友人傅尧俞（字钦之）。

与岩老

船中弯卧一日，便言闷杀，不知如何净瓶里澡洗去。某在东坡，深欲一往。示疾未瘳，聊致一问而已，法鱼一瓶，恐欲下饭。

【解题】

本书作于元丰六年（1083）。岩老名李樵，黄州隐者。

与钱济明

某启。久不奉书，盖无便，亦懒怠之故，未深讶否？比日起居何如？某与贱累如昔，曾托施宣德附书及《遗教经》跋尾，必达也。吴江宦况如何？僚佐有佳士否？垂虹闻已复旧，信否？旅寓，不觉岁复尽。江上久居益可乐，但终未有少田，生事漂游无根尔。儿子明年二月赴德兴，人口渐少，当稍息肩。余无可虑。会合何时，万万自爱。不宣。因便往三衢，奉启。

【解题】

本书作于元丰六年（1083）。时苏轼贬在黄州，颇感生事艰难。

与蔡景繁九首

一

颁示新词，此古人长短句诗也。得之惊喜，试勉继之，晚即面呈。

二

违阔数日，凄恋不去心。切惟顾爱之厚，想时亦反顾也。比来跋履之暇，起居何如？某蒙庇如昨，度公能复来，当在明年秋矣。某杜门谢客，以寂嘿为乐耳。乍远，万乞为国自重。

三

凡百如常。至后杜门壁观，虽妻子无几见，况他人乎？然云蓝小袖者，近辄生一子，想闻之，一拊掌也。惠及人参，感感。海上奇观，恨不与公同游。东海县一帆可到，闻益奇伟，曩恨不一往也。公尝往否？大篇或可追赋，果寄示，幸甚！幸甚！

四

前日亲见许少张暴卒，数日间，又闻董义夫化去。人命脆促，真在呼吸间耶？益令人厌薄世故也。少张徒步奔丧，死之日，囊橐罄然，殆无以敛。其弟麻城令尤贫，云无寸垅可归，想公闻之凄恻也。料朝廷亦怜之。如公言重，可为一言否？辄此僭言，不深谴否？

五

特承寄惠奇篇，伏读惊耸。李白自言“名章俊语，络绎间起”，正如此耳。谨已和一首，并藏笥中，为不肖光宠，异日当奉呈也。坐废以来，不惟人嫌，私亦自鄙。不谓公顾待如此，当何以为报。冬至后，便杜门谢客，斋居小室，气味深美。坐念公行役之劳，以增永叹。春间行部若果至此，当有少要事面闻。近见一僧甚异，其所得深远矣。非书所能一一。

六

近专人还，奉状必达。忽复中夏，永日杜门，无如思渴仰何！不审履兹薄热，起居何似？向须画扇，比已绝笔。昨日忽饮数酌，醉甚，正如公传舍中见饮时状也。不觉书画十扇皆遍，笔迹粗略，大不佳，真坏却也。适会人便寄去，为一笑耳。

七

辱书，伏承尊体佳胜。惊闻爱女遽弃左右，切惟悲悼之切，痛割难堪，奈何！奈何！情爱著人如黐胶油腻。急手解雪，尚为沾染，若又反覆寻绎，便缠绕人矣。区区，愿公深照，一付维摩、庄周令处置为佳也。劣弟久病，终未甚清快。或传已物故，故人皆有书惊问，真尔犹不恤，况谩传耶？无由面谈，为耿耿耳。何时当复迎谒？未间，惟万万为国自重。

八

近来颇佳健。一病半年，无所不有，今又一时失去，无分毫在者。足明忧喜浮幻，举非真实，因此颇知卫生之经，平日妄念杂好，扫地尽矣。公比来诸况何如？刬刷之来，不少劳乎？思渴之至，非笔墨所能尽也。

九

《西阁》诗不敢不作，然未敢便写板上也。阁名亦思之，未有佳者。蔡谟、蔡廓，名父子也，晋、宋间第一流，辄以仰比公家，不知可否？徐秀才前曾面闻，留此书，令请见。此人有心胆，重气义，试收录之，异日或有用也。公许密石砚，若有余者可辍，即付徐可也。

【解题】

此组信皆于元丰五、六年（1082～1083）前后在黄州作。

与程彝仲二首

一

某启。阔别永久，多难流落，百事废弛，不复通问。独吾兄不忘畴昔，时枉远书，感怍不可言。仍审比来起居佳胜。又读别纸所记园亭山水之胜，废卷闭目，如到其间。幸甚！幸甚！吾兄潜德晚遇，当遂光大。惟厚自爱，慰朋友之望。

二

轼与幼累皆安。子由频得书无恙。元修去已久矣，今必还家。所要亭记，岂敢于吾兄有所惜，但多难畏人，不复作文字，惟时作僧佛语耳。千万体察，非推辞也。远书不欲尽言。所示自是一篇高文，大似把饭叫饥，聊发千里一笑。会合无期，临书凄然也。轼上。

【解题】

此二书作于黄州。后信中元修，即巢谷，其归眉山在元丰六年（1083）十二月，信当在此后作。

与司马温公

谪居穷陋，如在井底，杳不知京洛之耗，不审迩日寝食何如？某以愚昧获罪，咎自己招，无足言者。但波及左右，为恨殊深，虽高风伟度，非此细故所能尘垢，然某思之，不啻芒背尔。寓居去江无十步，风涛烟雨，晓夕百变，江南诸山，在几席下，此幸未始有也。虽有窘乏之忧，顾亦布褐藜藿而已。瞻晤无期，临书惘然，伏乞以时善加调护。

【解题】

本书作于元丰七年（1084）二月。文中颇有幽怨之情，虽欲寄情山水，但终难以豁然自解。此文言辞婉转，述景优美，情致深远。

与滕达道

某启。所示文字，辄以意裁减其冗，别录一本，因公之成，又稍加节略尔。不知如何？漕司根鞫捃摭微琐，于公尤为便也。缘此圣主皎然，知公无过矣。非特不足恤，乃可喜也。但静以待命，如乞养疾之类。亦恐不宜。荷异眷，不敢不尽。璋师《罗汉堂记》，俟试思量仍作伽语，莫不妨否？然废人之文章，未必喜之。如何？

【解题】

本书作于元丰七年（1084）二月。

与杨耆秀才醵钱贴

杨耆秀才，谋学未成，行橐已竭，欲率昌宗、兴宗、公颐及何、韩二君，各赠五百，如何？

【解题】

本书作于元丰七年（1084）三月。杨耆，西蜀人，来谒苏轼。苏轼因其贫甚，赠与旧作《扶风驿遇贫者》诗，并赠醵钱贴及众人所捐之钱。

与王文甫

数日，不审尊候何如？前蒙恩量移汝州，比欲乞依旧黄州住，细思罪大责轻，君恩至厚，不可不奔赴。数日念之，行计决矣。见已讨得一舟，不出此月下旬起发，沿流入淮，溯汴至雍丘、陈留间，出陆，至汝。劳费百端，势不得已。本意终老江湖，与公扁舟往来，而事与心违，何胜慨叹。计公闻之，亦凄然也。甚有事欲面话，治行殊未集，冗迫之甚，公能两三日间特一见访乎？至望！至望！元弼药并书，乞便与送达。三五日间，买得瓷器，更烦差人得否？

【解题】

本书作于元丰七年（1084）三月。时告下迁苏轼移汝州，苏轼特约王文甫来会，信中多抒惜别之情。王齐愈，字文甫，四川犍为人。苏轼贬黄州时，王齐愈兄弟亦寓居于此，三人在四年中结下了深厚的友谊。

与苏子容

向来罪谴皆自取，今此量移之命，已出望外。重承示谕，感愧增剧。以久困累重，无由陆去，见作舟行，沂洛夏末可到也。公所苦，想亦不深，但庸医不识，故用药不应耳。蕲水人庞安时者，脉药皆精，博学多识，已试之验，不减古人。度其艺，未可邀致，然详录得疾之因，进退之候，见今形状，使之评论处方，亦十得五六。可遣人与书，庶几有益。此人操行高雅，不志于利，某颇与之熟，已与书令候公书至，即为详处也。更乞裁之，仍恕造次。

【解题】

本书作于元丰七年（1084）迁汝州团练副使告下后。苏子容，即苏颂。

答吴子野四首

一

济南境上为别，便至今矣。其间何所不有，置之不足道也。专人来，忽得手书，且喜居乡安稳，尊体康健。某到黄已一年半，处穷约，故是夙昔所能，比来又加便习。自惟罪大罚轻，余生所得，君父之赐也。躬耕渔樵，真有余乐。承故人千里问讯，忧恤之深，故详言之。何时会合，临纸惘惘。

二

承三年庐墓，葬事周尽；又以余力葺治园沼，教养子弟，此皆古人之事，仆素所望于子野也。复览诸公诗文，益增慨叹。介夫素不识，其笔力乃尔奇逸耶？仆所恨近日不复作诗文，无缘少述高致，但梦想其处而已。子由不住得书，无恙。所问数人，亦不甚得其详。冯在河阳，滕在安州，沈在延州，王在京。寄示墓铭及诸刻，珍感！珍感！虞直讲一帖，不类近世笔迹，可爱！可爱！近日始解闭口畏事，虽已迟，犹胜不悛也。奉寄书简，且告勿入石，至恳！至恳！某再拜。

三

寄惠建茗数品，皆佳绝。彼土自难得茶。更蒙辍惠，惭悚！惭悚！沙鱼、赤鲤皆珍物，感怍不可言。扶劣膏不识其为何物，但珍藏之，莫测所用，因书幸详示谕也。

近有李明者，画山水，新有名，颇用墨不俗，辄求得一横卷，甚长，可用大床上绕屏，附来人纳上。江郡乃无一物为回信，惭悚之至。儿子无恙，承问及。

四

每念李六丈之死，使人不复有处世意。复一览其诗，为涕下也。黄州风物可乐，供家之物，亦易致。所居江上，俯临断岸，几席之下，风涛掀天。对岸即武昌诸山，时时扁舟独往。若子野北行，能迂路一两程，即可相见也。

【解题】

上四书皆作于黄州。吴子野，名复古，潮阳人，后出家为道士。吴子野钦慕苏轼的才学，终生与其保持着亲密的关系。苏轼谪居黄州时，吴子野居丧在家，两人仍不断书信往来、赠与物品，体现了深厚的友谊。

与吴君采二首

一

惠花已领，影灯未尝见，与其见此，何如一阅《三国志》耶?

二

近日黄州捕私酒甚急，犯者门户，立木以表之。临皋之东有犯者，独不立木，怪之。以问酒友，曰："为贤者讳。"吾何尝为此，但作蜜酒尔。

【解题】

此二书作于黄州。苏轼虽不善饮，然性喜酒，亦喜人豪饮。后信言已作蜜酒事，语极诙谐。

与王定国九首

一

某启。罪大责轻，得此甚幸，未尝戚戚。但知识数十人，缘我得罪，而定国为某所累尤深，流落荒服，亲爱隔阔。每念至此，觉心肺间便有汤火芒刺。今得来教，既不见弃绝，而能以道自遣，无丝发蒂芥，然后知定国为可人，而不肖他日犹得以衰颜白发厕宾客之末也。甚幸！甚幸！恐从者不由此过，故专遣人致区区。惟愿定国深自爱重，仍以戒我者自戒而已。临书悒悒，不知此人到江，犹及见仙舟否？匆匆，不宣。

二

某启。宾州必薄有瘴气，非有道者处之，安能心体泰健以俟否亨耶？定国必不以流落为戚戚，仆不复忧此。但恐风情不节，或能使腠理虚怯以感外邪。此语甚蠢而情到，愿君深思先构付属之重，痛自爱身啬气。旧既勤于道引服食，今宜倍加功，不知有的便可留桂府否？

三

某启。君本无罪，为仆所累尔，想非久，必渐移善地也。仆甚顽健，居处食物皆不恶。但平生不营生计，贱累即至，何所仰给。须至远迹颜渊、原宪，以度余生。命分如此，亦何复忧虑！在彭城作黄楼，今得黄州；欲换武，遂作团练。皆先谶。因来书及之，又得一笑也。子由不住得书，必已出大江，食口如林，五女未嫁，比仆又是不易人也。奈何！奈何！惠京法二壶，感愧之至。欲求土物为信，仆既索然，而黄又陋甚，竟无可持去，好笑！好笑！儿子迈亦在此，不敢令拜状，恐烦渎也。承新诗甚多，无缘得见，耿耿。仆不复作，此时复看诗而已。

四

某作书了，欲遣人至江州。李奉职言，定国必已从江西行，必不及矣。故复写此纸，递中发去。闻得此中次第，人皆言西江渐近上水，石湍激，崄恶不可名，大不如衡、潭之善安。然业已至彼，不可复回也。若于临江军出陆，乃长策也。贵眷不多，不可谓山溪之崄而避陆行之劳也。众议如此，切请子细问人，毋以不赀之躯，轻犯忧患也。前书所忧，惟恐定国不能爱身啬色，愿常置此书于座右。如君美材多文，忠孝天禀，但得不死，必有用于时。虽贤者明了，不待鄙言。但目前日见可欲而不动心，大是难事。又寻常人失意无聊中，多以声色自遣。定国奇特之人，勿袭此态。相知之深，不觉言语直突，恐欲知。他日不讶也。

五

某受张公知遇至深。罪废，叠辱其门下，独不复摈绝否？如何！如何！想时得安问，贵眷在彼必安。

六

桂砂如不难得，致十余两尤佳。如费力，一两不须致也。

七

某启。如闻晋卿已召还都，月给百千，其女泣诉，圣主为恻然也。恐要知。来诗愈奇，欲和，又不欲频频破戒。自到此，惟以书史为乐，比从仕废学，少免荒唐也。近于侧左得荒地数十亩，买牛一具，躬耕其中。今岁旱，米贵甚。近日方得雨，日夜垦辟，欲种麦，虽劳苦却亦有味。邻曲相逢欣欣，欲自号鏖糟陂里陶靖节，如何？君数书，笔法渐逼晋人，吾笔法亦少进耶？画不能皆好，醉后画得一二十纸中，时有一纸可观，然多为人持去，于君岂复有爱，但卒急画不成也。今后当有醉笔，嘉者聚之，以须的信寄去也。

八

《耕荒田》诗有云："家童烧枯草，走报暗井出。一饱未敢期，瓢饮已可必。"又有云："刮毛龟背上，何日得成毡。"此句可以发万里一笑也。故以填此空纸。

九

某启。昨日递中得子由书，封示定国手简，承已到江西，尊体佳健。忠信之心，天日所照，既遂生还，晚途际遇，未可量也。容采老少比旧不带黄茅气色否？呵呵。前此发书，并令子由转去，必达。来教云，此月五六可到九江，而子由书十一月方达。今且谩遣人，不知犹及见否？无缘一的为贺。引领神驰，惟万万自爱。速遣此人，书不能尽言，递中续上问也。不宣。

【解题】

上九书皆作于黄州，当时王定国亦贬在宾州。苏轼对牵连王定国深抱歉意，对其生活出处皆万分关心，并时时致书鼓励、劝慰，谈论诗画，相濡以沫，颇见真情。

与文叔先辈二首

一

某启。叠辱顾访，皆未及款语。辱教，且审尊候佳胜。新诗绝佳，足认标裁，但恐竹不如肉，如何？所示前议更不移，十五日当与得之同往也。

二

某启。闻公数日不安，既为忧悬，又恐甲嫂见骂，牵率冲冒之过，闻已渐安，不胜喜慰。得之亦安矣。大黄丸方录去，可常服也。惠示子鹅，感服厚意，惭悚不已。入夜，草草，不宣。

【解题】

此二书作于黄州。文叔乃李格非之子，李清照兄弟。后一书或为与李格非者。先辈是当时对晚辈男子的称呼。

与吴秀才

某启。相闻久矣，独未得披写相尽，常若有所负。罪废沦落，屏迹郊野，初不意舟从便道，有失修敬。不谓过予，冲冒大热，间关榛莽，曲赐临顾，一见洒然，遂若平生之欢。典刑所钟，既深叹仰，而大篇璀璨，健论抑扬，盖自去中州，未始得此胜侣也。钦佩不已，俯求衰晚，何以为对。送别堤下，恍然如梦，觉陈迹具存，岂有所遇而然耶？留示珠玉，正快如九鼎之珍，徒咀嚼一脔，宛转而不忍下咽也。未知舟从定作几日计。早晚过金陵，当得款奉。

【解题】

本书作于黄州。从信中看来，此吴秀才与苏轼在惠州所作书之吴秀才非一人。

与杨康功

某启。浙右之别，遂失上问，至今想必察其情也。特枉书问，感愧兼集。比日起居何如？众论翕然，知忠信之可恃，名实之相副也。雅故之末，欣慰可量。未缘趋奉，惟冀顺时为国自重。不宣。

【解题】

本书作于黄州。杨康功，名景略，华阴人，曾知扬州、苏州等地，元祐元年卒。

答毕仲举

轼启。奉别忽十余年，愚瞽顿仆，不复自比于朋友。不谓故人尚尔记录，远枉手教，存问甚厚，且审比来起居佳胜，感慰不可言。罗山素号善地，不应有瘴疠，岂岁时适尔。既无所失亡，而有得于齐宠辱、忘得丧者，是天相子也。

仆既以任意直前，不用长者所教，以触罪罟，然祸福要不可推避，初不论巧拙也。黄州滨江带山，既适耳目之好，而生事百须，亦不难致；早寝晚起，又不知所谓祸福果安在哉？偶读《战国策》，见处士颜蠋之语"晚食以当肉"，欣然而笑。若蠋者，可谓巧于居贫者也。菜羹菽黍，差饥而食，其味与八珍等；而既饱之余，刍豢满前，惟恐其不持去也。美恶在我，何与于物。

所云读佛书及合药救人二事，以为闲居之赐甚厚。佛书旧亦尝看，但暗塞不能通其妙，独时取其粗浅假说以自洗濯，若农夫之去草，旋去旋生，虽若无益，然终愈于不去也。若世之君子，所谓超然玄悟者，仆不识也。往时陈述古好论禅，自以为至矣，而鄙仆所言为浅陋。仆尝语述古：公之所谈，譬之饮食龙肉也；而仆之所学，猪肉也。猪之与龙，则有间矣，然公终日说龙肉，不如仆之食猪肉实美而真饱也。不知君所得于佛书者果何耶？为出生死、超三乘，遂作佛乎？抑尚与仆辈俯仰也？学佛老者，本期于静而达。静似懒，达似放，学者或未至其所期，而先得其所似，不为无害。仆常以此自疑，故亦以为献。

来书云：处世得安稳无病，粗衣饱饭，不造冤业，乃为至足。三复斯言，感叹无穷。世人所作，举足动念，无非是业。不必刑杀无罪，取非其有，然后为冤业也。无缘面论，以当一笑而已。

【解题】

本书作于黄州。毕仲举，当为毕仲游之兄弟，其时毕仲游任罗山令。信中论居贫与学佛，求其通达而可行，而不愿故作玄虚。文中比喻生动，诙谐有趣，颇能体现苏文的特色。

与蒲传正

千乘侄屡言大舅全不作活计，多买书画奇物，常典钱使，欲老弟苦劝公。卑意亦深以为然。归老之计，不可不及今办治。退居之后，决不能食淡衣粗，杜门绝客；贫亲知相干，决不能不应副。此数事岂可无备？不可但言我有好儿子，不消与营产业也。书画奇物，老弟近年视之，不啻如粪土也。纵不以鄙言为然，且看公亡甥面，少留意也。

【解题】

本书在黄州作。苏轼应其侄苏千乘之请，劝蒲传正少买书画奇物，以积蓄产业，为归老后的生活作准备。此信反映了苏轼性格中精于世故，为人谨慎的一面。千乘，苏轼同祖兄苏不欺长子，其母为蒲传正之姊。

与千乘侄

念二秀才。别来又复春深，相念不去心。迈自北还，得手书，及见数诗，慰喜不可言。日月不居，奄已除服，哀念忽忽，如何可言。久不得乡书，想诸叔已下各安。子明微累想免矣。因书略报，大舅书中甚相称，更在勉力副尊长意。家门凋落，逝者不可复，如老叔固已无望，而子明、子由亦已潦倒头颅，可知正望侄辈振起耳。念此，不可不加意。未由会合，千万自爱。

【解题】

本书作于黄州。

答李琮书

轼启。奉别忽然半年，思仰无穷。近闻公有闺门之戚，即欲作书奉慰，既罕遇的便，又以为书未必能开释左右，往往更益凄怅，用是稍缓。今辱手教，惭负不已。窃计高怀远度，必已超然。此等情累，随手扫灭，犹恐不脱，若更反覆寻绎，便缠绕人矣。望深以明识照之。轼凡百如昨，愚暗少虑，辄复随缘自娱。自夏至后，杜门不出，恶热不可过，所居又向西，多劝迁居，迁居非月余不能定，而热向衰矣。亦复不果。如闻公以职事当须一赴阙，不知果然否？

承问及王天常奉职所言边事。天常父齐雄，结发与西南夷战，夷人信畏之。天常幼随其父入夷中，近岁王中正入蜀，亦令天常招抚近界诸夷。夷人以其齐雄子，亦信用其言。向尝与轼言泸州事，所以致甫望乞弟作过如此者，皆有条理可听。然皆已往之事，虽知之无补。又似言人长短，故不复录呈。

独论今日事势。揣量夷人情伪，似有本末。天常正月中与轼言："播州首领杨贵迁者，俗谓之杨通判，最近乌蛮，而枭武可用。又有宋大郎者，乞弟之死党，凶猾有谋略。若官中见委说杨贵迁令杀宋大郎，必可得也。"数日前，有从蜀中来者，言贵迁已杀宋大郎，纳其首级，与银三千两。以此推之，天常之言，殆不妄也。天常言：晏州六县水路十二村诸夷，世与乞弟为仇。向者熊察访诱杀十二村首领，及近岁韩存宝讨杀罗狗姓诸夷，皆有唇齿之忧，貌畏而心贰。去年乞弟领兵至罗介牟屯，杀害兵官王宣等十二人。其地去宁远安夷寨至近，涉历诸夷族帐不少，自来自去，殊无留难。若诸夷不心与之，其势必不能如此也。今欲讨乞弟，必先有以怀结近界诸夷，得其心腹而后可。今韩存宝等诸军，既不敢与乞弟战，但翱翔于近界百余里间，多杀不作过熟户老弱，而厚以金帛遗乞弟，且遣四人为质，然后得乞弟遣人送一封空降书，便与约誓，即日班师，与运司诸君皆上表称贺。上深照其实，已降手诏械存宝狱中，远人无不欢快。以谓虽汉光武、唐太宗料敌察情于万里之外，不能过也。今虽已械存宝，而后来者亦未见有精巧必胜之术，但言乞弟不过有兵三千，而官军无虑三万，何往而不克。此正如千钧车弩，可以洞犀象，而不可以得鼠耳。今粮运止于江安县，自江安至乞弟住坐处，犹须十二三程，吏士以糗饵行，其势不能过一月。乞弟但能深自避匿四五十日，则免矣。而山谷幽崄，林木沮洳，贼于溪谷间，依丛木自蔽，以药箭射人，血濡缕立死。战士数万人知深入未为万全，而将吏不敢复稽留，此间事不可不深虑。

天常言："国之用兵，正如私家之造屋。凡屋若干，材石之费，谷米之用，为钱若干，布算而定，无所赢缩矣。工徒入门，斧斤之声铿然，而百用毛起，不可复计，此虑不素定之过也。既作而复聚粮，既斫而复求材，其费必十倍，其工必不坚。故王者之兵，当如富人之造屋。其虑周，其规摹素定，其取材积粮皆有方，故其经营之常迟，而其作之常速，计日而成，不愆于素，费半他人，而功必倍之。今日之策，可且罢诸将兵，独精选一转运使及一泸州知州，许法外行事，与二年限，令经画处置，他人更不得与。多出钱物茶彩，于沿边博买夷人粮米，其费必减仓卒夫运之半。使辩士招说十州五团晏州六县水路十二村罗氏鬼主播州杨贵迁之类，作五六头项，更番出兵，以蹂践乞弟族帐，使春不得耕，秋不得获。又嘉、戎、泸、渝四州，皆有土豪为把截将，自来雇一私兵入界，用银七两，每得一蕃人头，用银三十两买之，把截将自以为功。今可召募此四州人，每得二十级，即与补一三班差使。如不及二十级，即每级官与绢三十匹。出入山谷，耐辛苦瘴毒，见利则云合，败则鸟兽散，此本蛮夷之所长，而中原之所无奈何也。今若召募诸夷及四州把截将私兵，使更出迭入，则蛮夷之所长，我反用之，但能积日累月，戕杀其丁壮，且使终年释耒而操兵，不及二年，其族帐必杀乞弟以降。如其未也，则乞朝廷差三五千人将下选兵三路入界。西路自江安县进兵，先积粮于宁远寨，以十州五团等诸夷为先锋，以施、黔、戎、泸四州药箭弩手继之。中路自纳溪寨进兵，先积粮于本寨，亦以诸夷为先锋，以将下兵马继之。三路中惟此路稍平，可以用官军。东路自合江县进兵，先积粮于安溪寨，亦以诸夷为先锋，以嘉、戎、泸、渝四州召募人继之，可以一举而荡灭也。

天常此策，虽若不快，以蕞尔小丑，二年而后定！然王者之兵，必出于万全，不可以侥幸。淮南王安有言："厮舆之卒，有一不备而归者，虽得越王之首，臣犹窃为大汉羞之。"今乞弟譬犹蚤虱也。克之未足以威四夷，万一不克，岂不为卿大夫之辱也哉？赵充国征先零，邓训征羌及月支胡，皆以计磨之，数年乃克。唐明皇欲取名堡城，王忠嗣不奉诏，以谓非杀二万人不可取。方唐之盛，二万人岂足道哉？而贤将谋国，终不肯出此者，图万全也。又后汉永和中，交趾反，议者欲发荆、扬、兖、豫四万人讨之。独李固以谓：“四州之人，远赴万里，无有还期，诏书迫促，必致叛亡；南州瘟瘴，死者必多；士卒疲劳，比至岭南，不复堪斗。前中郎将尹就讨益州叛羌。益州谚曰：‘虏来尚可，尹来杀我。’后以兵付刺史张乔，因其将吏，旬月之间，破殄寇虏。此发将无益，州郡可任之明效也。今可募蛮夷使自相攻，转输金帛，以为其资。有能反间致头首者，许以封侯之赏。”因举祝良为九真太守，张乔为交趾刺史，由此岭外悉平。今观其说，乃与天常之言，若合符节。但天常不学，言不能起意耳。

天常又言：“乌蛮药箭，中者立死无脱理。然不能及远，非三十步内不发，发无不中。今与乌蛮战，当于百步以下、五六十步以上强弓劲弩射之。若稍近，则短兵径进，于五七步内相格，则其长技皆废。”今乞弟亦未是正乌蛮也，诸如此巧便非一，不能尽录。略举一二，以见天常之练习，疑可驱使耳。又有一图子，虽不甚详密，然大略具是矣。按图以考其说，差若易了，故以奉呈，看讫可却付去人见还也。此非公职事，然孜孜寻访如此，以见忠臣体国知无不为之义也。轼其可以罪废不当言而止乎？虽然，亦不可使不知我者见以为诟病也。

知荆公见称经藏文，是未离妄语也，便蒙印可，何哉？《圆觉经》纸示及，得暇为写下卷，令公择写上卷。秦太虚维扬胜士，固知公喜之，无乃亦可令荆公一见之欤？子骏初见报，夺一官耳，不知其罢郡能不郁郁否？有一书，不知其今安在，敢烦左右达之。江水比去年甚大，郡中不为患。见说沙湖镇颇浸居民，亦江淮间常事耳。临皋港既开，往来蒙利无穷，而居民贸易之人亦不赀，但不免少有淤填，议者谓岁发少春，夫淘之甚易。承问，辄及之。未缘展奉，惟冀以时自重。谨奉手启起居。热甚，幸恕不谨。轼顿首再拜。

【解题】

本书作于黄州，文中推述王天常的为人及其平定蛮夷反叛的策略，事虽繁杂而极有条理，颇能显示苏轼的见识和军事才能。李琮，生平不详。

与子由弟三首

一

或为予言，草木之长，常在昧明间。早起伺之，乃见其拔起数寸，竹笋尤甚。夏秋之交，稻方含秀，黄昏月出，露珠起于其根，累累然忽自腾上，若推之者，或缀于茎心，或缀于叶端。稻乃秀实，验之信然。此二事，与子由养生之说契，故以此为寄。

二

子由为人，心不异口，口不异心，心即是口，口即是心。近日忽作禅语，岂世之自欺者耶？欲移之于老兄而不可得。如人饮水，冷暖自知，死生可以相代，祸福可以相共，惟此一事，对面相分付不得。珍重！珍重！

三

某近绝少过从，宾客知其衰懒，不能与人为轻重，见顾者渐少，殊可自幸。昨旦偶见子华，叹老弟之远外久之。蒙见嘱，闻过必相告。近者举刘太守一事，体面极生，不免有议论。吾弟大节过人，而小事或不经意，正如作诗高处可以追配古人，而失处或受嗤于拙目。薄俗正好点检人，小疵，不可不留意也。

【解题】

此三书作于黄州。首信阐明养生当重昧夜之时，文中以草木生长作例，语极奇绝，读之有味。

上韩枢密书

轼顿首上枢密侍郎阁下。轼受知门下，似稍异于寻常人。盖尝深言不讳矣，明公不以为过。其在钱塘时，亦蒙以书见及，语意亲甚。自尔不复通问者，七年于兹矣。顷闻明公入西府，门前书生为作贺启数百言。轼辄裂去，曰："明公岂少此哉！要当有辅于左右者。"昔侯霸为司徒，其故人严子陵以书遗之曰："君房足下，位至台鼎，甚善。怀仁辅义天下悦，阿谀顺旨要领绝。"世以子陵为狂，以轼观之，非狂也。方是时，光武以布衣取天下，功成志满，有轻人臣之心，躬亲吏事，所以待三公者甚薄。霸为司徒，奉法循职而已，故子陵有以感发之。今陛下之圣，不止光武；而明公之贤，亦远过侯霸。轼虽不用，然有位于朝，未若子陵之独善也。其得尽言于右右，良不为过。

今者，贪功侥幸之臣，劝上用兵于西北。使斯言无有，则天下之幸，孰大于此；不幸有之，大臣所宜必争也。古今兵不可用，明者计之详矣，明公亦必然之，轼不敢复言。独有一事，以为臣子之忠孝，莫大于爱君。爱君之深者，饮食必祝之，曰："使吾君子孙多，长有天下。"此岂非臣子之愿欤？古之人君，好用兵者多矣。出而无功，与有功而君不贤者，皆不足道也。其贤而有功者，莫若汉武帝、唐太宗。武帝建元元年，蚩尤旗见，其长亘天。后遂命将出师，略取河南地，建置朔方。其春，戾太子生。自是之后，师行盖十余年，兵所诛夷屠灭死者不可胜数。巫蛊事起，京师流血，僵尸数万，太子父子皆败。故班固以为太子生长于兵，与之终始。唐太宗既平海内，破灭突厥、高昌、吐谷浑等，且犹未厌，亲驾征辽东。当时大臣房、魏辈皆力争，不从，使无辜之民，身膏草野于万里之外。其后太子承乾、齐王祐、吴王恪，皆相继诛死。其余遭武氏之祸，残杀殆尽。武帝好古崇儒，求贤如不及，号称世宗。太宗克己求治，几致刑措，而其子孙遭罹如此。岂为善之报也哉？由此言之，好兵始祸者，既足以为后嗣之累，则凡忍耻含垢以全人命，其为子孙之福，审矣。

轼既无状，窃谓人主宜闻此言，而明公宜言此。此言一闻，岂惟朝廷无疆之福，将明公子孙，实世享其报。轼怀此欲陈久矣，恐未信而谏，则以为谤。不胜区区之忠，故移致之明公。虽以此获罪，不愧不悔。皇天后土，实闻此言。

【解题】

韩枢密，似指韩绛，本书作于黄州。信中持儒家王道观点，反对轻启边衅，主动发动战争。对宋代形势而言，这种观点无疑是过于保守的。

与章子厚二首

一

某启。仆居东坡，作陂种稻，有田五十亩，身耕妻蚕，聊以卒岁。昨日一牛病几死，牛医不识其状，而老妻识之，曰：“此牛发豆斑疮也，法当以青蒿粥啖之。”用其言而效。勿谓仆谪居之后，一向便作村舍翁。老妻犹解接黑牡丹也。言此，发公千里一笑。

二

某启。闲居无人写得公状及圆封，又且不便于邮筒，不以为简慢也。丈丈尊候，闻愈康健，不敢拜书。江淮间岁丰物贱，百须易致，但贫窭所迫，营干自费力耳。舍弟自南都来，挈贱累缭绕江淮，百日至此，相聚旬日，即赴任到筠。不数日，丧一女，情怀可知。碎累满眼，比某尤为贫困也。荷公忧念，聊复及之耳。其余，非尺书所能尽也。

【解题】

此二书作于黄州。前书中津津乐道于农事，勾勒出一幅与世无争的田园生活图景，极有趣味。后书言弟子由近况。

与任德翁

自蒲老行后，一向冗懒，不作书。子侄来，领手教，感愧无量。仍审尊体佳胜为慰。昆仲首捷，闻之欣快，起我衰病矣。当遂冠天下士，蔡州未足云也。陈季常归，又得动止之详，小四乃能尔，师中不死矣。此间凡事可问小大，更不覼缕。未期会晤，万万自爱。

【解题】

本书作于黄州。任德翁，名伯雨，眉山人，登进士除左正言，性刚鲠，曾上疏论章惇、蔡卞等人之罪。

与石幼安

某启。近日连得书札，具审起居佳胜。春夏服药，且喜平复。某近缘多病，遂获警戒持养之方，今极精健。而刚强无病者，或有不测之患。乃知羸疾，未必非长生之本也，惟在多方调适。病后须不少白乎？形体外物，何足计较，但勿令打坏《画苑记》尔。呵呵。因王承制行，奉启，不宣。

【解题】

本书作于黄州。信中论长生之本在于“警戒持养”，而不在于有病无病。所论颇有辩证色彩。石幼安，名康伯，眉山人，于苏轼有亲戚之谊。苏轼在元丰三年（1080）十二月曾为作《石氏画苑记》，可参看。

与赵晦之四首

一

某性喜写字，而怕作书，亲知书问，动盈篋笥，而终岁不答，对之太息而已。乃知剖符南徼，贤者处之，固不择远近剧易，矧风土旧谙习。而兵兴多事，适足以发明利器，但恨愚暗，何时复得攀接尔。

二

南事方殷，计贵郡亦非静处，长者固自有以处之矣。闻庙略必欲郡县荒服，就使必克，正是添一熙河，屯守馈饷，中原无复宁岁。况其不然，忧患未易言也。履险涉难，可以济者，其惟迈德寡怨之君子乎？

三

示谕，处患难不戚戚，只是愚人无心肝尔，与鹿豕木石何异！所谓道者，何曾梦见。旧收得蜀人蒲永升山水四轴，亦近岁名笔，其人已亡矣，聊致斋阁，不罪浼渎。藤既美风土，又少诉讼，优游卒岁，又复何求。某谪居既久，安土忘怀，一如本是黄州人，元不出仕而已。王定国近得书，亦甚泰然，今有一书与之，告早为转达。张安道近得书，无恙。只是丧却儿妇，亦稍烦恼。公后来已有子未？因书略示及。

四

久木奉状，懒慢之过。远辱信使，惭愧交怀。比日履兹余热，尊体何如？承被命再任，远徼不足久留贤者，然彼人受赐多矣。晦之风绩素闻，使者交章，伫闻进擢，以为交游故人宠光。未期会见。万万以时自重。不宣。

【解题】

此四书作于黄州。信中关心国家边事，并提出了自己的意见，流露出用世的热情。这在苏轼的黄州文字中是不多见的。南事，当指川东南部的少数民族叛乱。而对辽夏，苏轼一贯主张不要轻启边衅，持保守态度。

答刁景纯二首

一

因循不奉书，不觉岁月乃尔久耶？过辱不遗，远赐存问，感激不可言也。比日，窃惟镇抚多暇，起居胜常。吴兴风物，梦想见之，啸咏之乐，恨不得相陪，但闻风谣蔼然，足慰所望。夏暄，万万自重。

二

旧诗过烦镌刻，及墨竹桥字，并蒙寄惠，感愧兼集。吴兴自晋以来，贤守风流相望，而不肖独以罪去，垢累溪山。景纯相爱之深，特与洗饰，此意何可忘耶？在郡虽不久，亦作诗数十首，久皆忘之。独忆四首，录呈，为一笑。耘老病而贫，必赐清顾，幸甚。

【解题】

此二书作于黄州，信中流露出对湖州风物和故人的怀念之情。刁景纯，名约，丹徒人，曾出知扬州，后辞官居润州。刁景纯是欧阳修老友，苏轼在密州、湖州任官时与之多有交往。

与上官彝三首

一

某启。专人至，辱书及诗文二册。捧领惊喜，莫知所从得。伏观书辞，博雅纯健，有味其言；次观古律诗，用意深妙，有意于古作者；卒读《庄子论》，笔势浩然，所寄深矣，非浅学所能到。自惟无状，罪戾汩没，不缘半面，获此三贶，幸甚！幸甚！老谬荒废，不近笔砚，忽已数年，顾视索然，无以为报，但藏之巾笥，永以为好而已。适病中，人还，草率奉谢。不宣。

二

某再启。闻名久矣，谪居幸获相近，而不相通问。先辱教诲，感愧不可言。比来起居佳否？足下雄文妙论，当与作者并驱。过求不肖，莫晓所谓，凡所称道，举不敢当，悚息不已。闲居，阙人修写，又病中，亲书不周谨，望一一恕之。

三

某启。诗篇多写洞庭君山景物，读之超然神往于彼矣。见教作诗，既才思拙陋，又多难畏人，不作一字者，已三年矣。所居临大江，望武昌诸山咫尺，时复叶舟纵游其间，风雨雪月，阴晴早暮，态状千万，恨无一语略写其彷佛耳。会面未由，惟千万以时珍重。何时得美解，当一过我耶？

【解题】

此三书作于黄州。上官慕苏轼文名，奉诗文求教，并劝其为文作诗。苏轼因诗获罪，常称不作诗文，而信中描景述情，诗兴遄飞，固诗人之作也。

与庞安常

轼启。适恰遣人奉启，辱教，且审起居佳胜。召食固当依命，为章宪在武昌见候，轼来日又斋素，必难趋赴，且望恕察。晚当拜见，匆匆奉启，不一。轼再拜安常处士足下。

【解题】

本书作于黄州。庞安常，黄州医生。元丰五年（1082）三月，苏轼在黄州得臂疾，曾在庞安常家寄居数日，并得以治愈。庞安常不仅医术过人，且博物通古今，与苏轼多有交往。

与程怀立

某启。昨日辱访，感怍不已。经宿起居佳胜。蒙借示子明传神，笔势精妙，仿佛莫辨，恐更有别本，愿得一轴，使观者动心骇目也。专此致叙，灭裂，不一。

【解题】

本书作于黄州。程怀立，南都人，当时有名画家，曾为苏轼作像，苏轼作有《书程怀立传神》一文赞扬其画技。

与江惇礼五首

一

罪废屏居，忽辱示问，累幅粲然，览之茫然自失。比日侍奉外，起居无恙。仆虽晚生，犹及见君之王父也。追想一时风流贤达，岂可复梦见哉！得所惠书，词章温雅，指趣近道，庶几昔人，三复喜甚。独恨所称道过当，举非其实，想由相爱之深，不觉云耳。自是可略之也。久不得贡父翁书，因家信略为道意。无缘面言，临纸惘惘。

二

向示《非国语》之论，鄙意素不然之，但未暇为书尔。所示甚善。柳子之学，大率以礼乐为虚器，以天人为不相知云云。虽多，皆此类耳。此所谓小人无忌惮者，君正之大善。至于《时令》、《断刑》、《贞符》、《四维》之类皆非是，前书论之稍详。今冗迫，粗陈其略，须面见乃尽言。然迂学违世，不敢自是，因君意合，偶复云尔。

三

所示徐君，为朝中知之者益众。不肖固尝爱仰，然老朽无状，岂能为之增重。向者亦或从诸公之后，时挂一名，以发扬遗士，而近者不许连名，此事便不继。然所示亦当在心，有问焉固当以此告也。

四

叠辱临顾，感怍无量。录示神告，得闻前人伟迹，固后生之幸。然事体不小，未敢辄作文字，非面莫究也。

五

十论、十二说已一再读矣，不独叹文辞之美，亦以见尽诚求道之至也。科举数不利，想各有时。穮蓘不废，三年可必也。曾过江游寒溪西山否？见邑人王文甫兄弟，为致意。近有书，必达矣。

【解题】

上数书皆作于黄州。江惇礼，蜀人，生平不详，于苏轼为后学。信中对江惇礼的才学多有鼓励，并悉心指点剖析，言辞却极为谦抑，有长者之风。

与章质夫二首

一

某启。承喻慎静以处忧患。非心爱我之深，何以及此，谨置之座右也。

《柳花》词妙绝，使来者何以措词。本不敢继作，又思公正柳花飞时出巡按，坐想四子，闭门愁断，故写其意，次韵一首寄去，亦告不以示人也。《七夕》词亦录呈。

药方付徐令去，惟细辨。覆盆子若不真，即无效。前者路傍摘者，此土人谓之插秧莓，三四月花，五六月熟，其子酸甜可食，当阴干其子用之。今市人卖者，乃是花鸦莓，九月熟，与《本草》所说不同，不可妄用。想篭子已寄君猷矣。

二

某启。伏承被召，移漕六路，舆论所期，虽未厌满，而脱屣炎州，归觐阙庭，兹可庆也。比日启途之暇，起居佳胜。某谪籍所拘，未由攀饯，北望旌驭，此怀可知。伏冀若时为国保重而已。谨奉手启代违，不宣。

【解题】

此二书作于黄州。章质夫，名楶，历官京东转运判官、提点湖北刑狱，擢至大中大夫、同知枢密院事，并有词名。信中所言次韵和作，今题作《水龙吟·次韵章质夫杨花词》，为古今传诵之佳作，可参看。

与滕达道十六首

一

缺人写公状，乞矜恕。示谕邸报下京东保明，此初不见，乞录示可否。所问未狎字，亦不得其详，但云为吴兴典田千余缗，田主欲卖，不许为人所言耳，亦不知的否？契璋亦自与之熟，罗汉堂壮丽之极，或与旁作四字记之，亦无害，但副团衔位，不称其意，如何？如何？此书到后，乞递中略示数字，贵知达耳。

二

某启。别来忽复中夏。永日杜门，思仰无穷。比来起居何如？张奉议来，稍获闻问，甚慰所望。府第已成，雄冠荆楚，足使来者想见公之风度。无缘一寓目，但有企想。乍热，惟冀顺时为国自重。因杨道士行，奉启上问。不宣。

三

某启。冗迫，不时上状。伏想台候胜常。某蒙庇如昨，未还老哲，舆论缺然。更冀为国顺时自重。区区，不宣。

四

某启。乍冷，共惟台候万福。近因还使，拜状必达。某蒙庇如昨，废放虽久，忧畏不衰，见且杜门以全衰拙，诸不烦垂念。何时展奉，临纸菀结，尚冀以时自重，少慰区区。奉启上问。不宣。

五

某启。孟震亨之朝散，与之黄州故人，相得极欢。今致仕在部下，且乞照管，其人真君子也。

六

某启。专使，辱示手书。且审比日台候康胜，甚慰下情。某蒙庇如昨，但旬日来亲客数人相过，又李公择在此，不免往还纷纷，裁谢少稽，谅未深讶。未缘展奉，惟冀顺时为国自重。谨奉手启上问，不宣。

七

某恃旧眷，辄复少恳。本州倅孟承议震，老成佳士。有一子应武举，未有举主，欲出门下，辄纳其家状，幸许其进，特为收录。孟倅以未尝拜见，不敢便上状。其子颇有学行，更乞详酌。

累有干渎，悚息不可言，不一一。

八

某启。孟生还，领书教，并赐大字二墨，喜出望外。从游不厌，而不得公大字，以为阙典，故辄见意始望数字耳，岂敢觊许大卷乎？张君又有假虎之说，每不敢当。公若不嫌，有何不可。比日台候何如？李婴长官乞告改葬，过府欲求防护数人，乞不阻。乍暄，万乞为国自重。冗中，不宣。

九

某启。近专人还，奉状必达。比日台候何如？连月阴雨，旅怀索寞，望德驰情，如何可言。尚冀保练，以慰微愿。因孟生行，少奉区区。不宣。

十

某启。示喻夏中微恙，即日想全清快。近闻元素开阁放出四人，此最卫生之妙策。其一姓郭者，见在野夫处。元素欲醒，而野夫方醉尔。颁示二小团皆新奇。苏合酒亦佳绝。每蒙辍惠，惭感可量。今日见报蒲传正般出天寿院，何耶？张梦得尝见之，佳士！佳士！

十一

某启。知前事尚未已，言既非实，终当别白，但目前纷纷，众所共叹也。然平生学道，专以待外物之变，非意之来，正须理遣耳。若缘此得暂休逸，乃公之雅意也。黄当江路，过往不绝，语言之间，人情难测，不若称病不见为良计。二年不知出此，今始行之耳。西事得其详乎？虽废弃，未忘为国家虑也。此的信，可示其略否？书不能尽区区。

十　二

某启。专使至，远辱手诲累幅，伏读感慰。所喜比来起居康胜，不足云也。某凡百如常，杜门谢客已旬日矣。承见教，益务闭藏而已。近得筠州舍弟书，教以省事，若能省之又省，使终日无一语一事，则其中自有至乐，殆不可名。此法奇秘，惟不肖与公共之，不可广也。画本亦可摹，为省事故，亦纳去耳。今却付来使，不罪。吴画谩附去。冬至后，斋居四十九日，亦无所行运，聊自反照而已。愿公深自爱养。区区难尽言，想识此意也。

十　三

某近张寔处，蒙寄贶四壶，今又拜赐，虽知不违条，然屡为烦费，已不惶矣。酒味极佳，此间不可仿佛也。

十　四

某启。近日人还，奉状必达。雪后寒苦，伏想起居佳胜。岁复行尽，展奉何时，旅怀索然，但有倾系。尚冀为时自重，别膺新祉。

十　五

某再拜。见戒不为外境所夺，佩此至言，何时忘乎？王经臣者，观其语论微似飒飒，然其言未足全信也。所传小词，为伪托者，察之。然自此亦不可不密也。回文比来甚奇，尝恨其主不称。若归吾人，真可喜，可谓得其所哉，亦须出也。元素若果来，一段奇事，当预以书约之。今携俊生来，一夔足矣。冗迫，久不上状。伏想台候胜常。某蒙庇如昨，未还老哲，舆望缺然。更冀顺时为国自重。

十　六

屡枉专使，感愧无量。兼审比来尊体胜常，以慰下情。某近绝佳健。见教如元素黜罢，薄有所悟，遂绝此事，仍不复念。方知此中有无量乐，回顾未绝，乃无量苦。辱公厚念，故尽以奉闻也。晚景若不打叠此事，则大错，虽二十四州铁打不就矣。既欲发一笑，且欲少补左右耳。不罪！不罪！

答刘巨济书

轼启。人来辱书累幅，承起居无恙。审比来忧患相仍，情怀牢落，此诚难堪。然君在侍下，加以少年美才，当深计远虑，不应戚戚徇无已之悲。贤兄文格奇拔，诚如所云，不幸早世，其不朽当以累足下。见其手书旧文，不觉出涕。

诗及新文，爱玩不已。都下相知，惟司马君实、刘贡父，当以示之。恨仆声势低弱，不能力为发扬。然足下岂待人者哉！《与吴秀才书》论佛大善。近时士人多学谈理空性，以追世好，然不足深取。时以此取之，不得不尔耳。

仆老拙百无堪，向在科场时，不得已作应用文，不幸为人传写，深可羞愧，以此得虚名。天下近世进人以名，平居虽孔孟无异，一经试用，鲜不为笑。以此益羞为文。自一二年来，绝不复为。今足下不察，犹以所羞者誉之，过矣。

舍弟差入贡院，更月余方出。家孟侯虽不得解，却用往年衣服，不赴南省，得免解。其兄安国亦然。勤国亦捷州解，皆在此。因风时惠问，以慰饥渴。何时会合，临纸怅然。惟强饭自重。

与范蜀公三首

一

某□启。去岁附张生书，谓甚的而不达，何也？某颠仆罪戾，世所鄙远，而丈丈独赐收录。欲令撰先府君墓碑，至为荣幸，复何可否之间；而不肖平生不作墓志及碑者，非特执守私意，盖有先戒也。反覆计虑，愧汗而已。仁明洞照，必深识其意。所赐五体书，谨为子孙之藏，幸甚！幸甚！无缘躬伏门下道所以然者，皇恐之至。

二

蒙示谕，欲为卜邻，此平生之至愿也。寄身函丈之侧，旦夕闻道，又况忝姻戚之末，而风物之美，足以终老，幸甚！幸甚！但囊中止有数百千，已令儿子持往荆渚，买一小庄子矣。恨闻命之后。然京师尚有少房缗，若果许为指挥从者干当，卖此业，可得八百余千，不识可纳左右否？所赐手书，小字如芒，知公目益明，此大庆也。某早衰多病，近日亦能屏去百事，澹泊自持，亦便佳健，异日必能陪从也。

三

承别纸示谕："麴蘖有毒，平地生出醉乡；土偶作祟，眼前妄见佛国。"公欲哀而救之，问所以救者。小子何人，顾不敢不对。公方立仁义以为城池，操诗书以为干橹，则舟中之人，尽为敌国，虽公盛德，小子亦未知胜负所在。愿公宴坐静室，常作是念，观彼能惑之性，安所从生，又观公欲救之心，作何形段。此犹不立，彼复何依，虽黄面瞿昙，亦当敛衽，而况学之者耶！聊复信笔，以发公千里一笑而已。

与李公择四首

一

某顿首。知治行窘用不易。仆行年五十，始知作活。大要是悭尔，而文以美名，谓之俭素。然吾侪为之，则不类俗人，真可谓淡而有味者。又《诗》云：“不戢不难，受福不那。”口体之欲，何穷之有，每加节俭，亦是惜福延寿之道。此似鄙俗，且出于不得已。然自谓长策，不敢独用，故献之左右。住京师，尤宜用此策也。一笑！一笑！

二

某启。近领手教，极慰想念。比日起居何如？秋色佳哉，想有以为乐。人生唯寒食、重九，慎不可虚掷，四时之美，无如此节者矣。寄示妙药刀鞘，并已领。近有潮州人寄一物，其上云扶劣膏，不言所用。状如羊脂而颇坚，盛竹筒中，公识此物否？味其名，必佳物也。若识之，当详以示，可分去，或为问习南海物者。料公亦不久有别命。如未，冬间又得一见，孤旅之幸。乍冷，万万自摄。

三

某启。杜门谢客，甚安适。气术又近得其简妙者，早来此面传，不可独不死也。子由无恙，十月丧其小女，三岁矣。屡有此戚，固难为情，须能自解尔。所谕曹光州亲情，与卑意会，已作书问子由，次第必成也。皀膵纳少许去，然终未知其实，不知所谕果然否，犹赖不曾经服食也。效刘十五体，作回文《菩萨蛮》四首寄去，为一笑。不知公曾见刘十五词否？刘造此样见寄，今失之矣。得渠消息否？莘老必时得书，在徐乐乎？

四

某启。累获来教，佩戴至意。比日起居佳胜。雪屡作，足慰劝耕之怀。昨日船到，送惠木奴人瓮，算已作三百匹绢看矣。新岁不及奉觞，唯祝晚途遇合，使退耕穷士与民物并受其赐也。寒苦，万万自重。

与陈季常十一首

一

早来宿酒殊昏倦，得佳篇一洗，幸甚。昨日醉中口占，忘之矣。写一首为笑。

二

稍不奉书，渴仰殊深。辱书，承起居佳胜。新居渐毕工，甚慰想望。数日得君字韵诗。茫然不知醉中拜书道何等语也。老媳妇云"一绝乞秀英君"，大为愧悚，真所谓醉时是醒时语也。蒙不深罪，甚幸。

虽知来篇非实语，犹且收执，庶几万一。莫更要写眘记否？呵呵。柳簿云某奉讶者，不知得之于谁，安有此理。来书雄冠之语，亦无人见。但有答柳二书云，陈季常要写眘记，欲与写云。文武寀寮，常居禄位，亦如与季常书作戏耳，何名为讶哉！想公必不以介意，不答最妙。日夜望季常入州。但可惜公择将至，若不争数日，而吾三人者不一相聚剧饮数日，为可惜耳。有人往舒，五七日必回，可见其的。若不来，续以书布闻。茶臼更留作样几日。近者新阕甚多，篇篇皆奇。迟公来此，口以传授。余惟万万自爱。

三

叠辱来贶，且喜尊体已全康复。然不受尽言，遂欲闻公，何也？公养生之效，岁有成绩，今又示病弥月，虽使皋陶听之，未易平反。公之养生，正如小子之圆觉，可谓“害脚法师鹦鹉禅，五通气球黄门妾”也。至祷。

四

孙巨源之侄，甚佳士，兼甚仰盛德，云当去请见。某告以季常不蓄乌巾十余年矣，又不欲便裹帽奉谒，他必自去见公也。镇中得一好官人，亦非细事。叔亶书已附去。西方多事，此君却了得，莫遂奋起否？见报，赵二罢相州取勘，他称病乞不下狱，不知为何事，私甚忧之，公闻其详否？又报舒亶乞郡。闲知之。

五

侯马铺行，奉书未达。间领来诲，具审起居佳胜，至慰！至慰！答京洛书，过当！过当！此何足称。先生笃于风义，至自割瘦胫以啖我，可谓至矣。然以化不为鹭鸶者，则恐未能也。彼不相知者，视仆之饥饱，如观越人之肥瘠耳，虽象亦未易化也。乡谚有云“缺口镊子”者，公识之乎？想当拊掌绝倒。知过节入州，甚幸。未间，万万自重。缺口镊子者，取一毛不拔。恐未常闻，故及。

六

别后凡四辱书，一一领厚意。具审起居佳胜，为慰。又惠新词，句句警拔，诗人之雄，非小词也。但豪放太过，恐造物者不容人如此快活，一枕无碍睡，辄亦得之耳。公无多奈我何，呵呵。所要谢章寄去。闻车马早晚北来，恐此书到日，已在道矣。故不覙缕。

七

置中叠辱手示，并惠果羞，感愧增剧。《酒隐堂诗》，当涂中抒思，不敢草草作。公是大檀越，岂容复换牌也。一笑。

八

一夜寻黄居宷龙，不获。方悟半月前是曹光州借去摹拓，更须一两月方取得，恐王君疑是翻悔，且告子细说与，才取得即纳去也。却寄团茶一饼与之，旌其好事也。

轼白季常。廿三日。

九

轼启。新岁未获展庆，祝颂无穷。稍晴，起居何如？数日起造必有涯，何日果可入城？昨日得公择书，过上元乃行，计月末间到此。公亦于此时来，如何？如何？窃计上元起造尚未毕工。轼亦自不出，无缘奉陪夜游也。沙枋画笼，旦夕附陈隆船去次。今先附扶劣膏去。此中有一铸铜匠，所借所收建州木茶臼子并椎，试令依朴造看，兼适有闽中人便，或令看过，因往彼买一副也。乞暂付去人专爱护，便纳上。余寒，更乞保重。冗中，恕不谨。轼再拜季常先生丈人阁下。正月二日。

十

轼启。人来，得书。不意伯诚遽至于此，哀愕不已。宏才令德，百未一报，而止于是耶？季常笃于兄弟，而于伯诚尤相知照想，闻之无复生意。若不上念门户付嘱之重，下思三子皆未成立，任情所至，不自知返，则朋友之忧，盖未可量。伏惟深照死生聚散之常理，悟忧哀之无益，释然自勉，以就远业。轼蒙交照之厚，故吐不讳之言，必深察也。本欲便往面慰，又恐悲哀中反更挠乱。进退不皇，惟万万宽怀，毋忽鄙言也。不一一。轼再拜。

十一

知廿九日举挂，不能一哭其灵，愧负千万千万。酒一担，告为一酹之。苦痛！苦痛！

与欧阳晦夫

某启。辱答教，感服。风月之约，敢不敬诺。庾公南楼所谓老子于此兴复不浅，便当携被往也。

与何圣可

辱示朱先生所著书诗，词义深矣，浅学曾不足以窥其万一。结发求道，笃老不衰，世间有几人而匏系于此，不得一望其履綦，慨叹不已。久废笔砚，无以报此嘉贶，益增愧赧。

答李方叔四首

一

某启。久不奉书问为愧。递中辱手书，劳慰益厚。无状何以致足下拳拳之不忘如此。比日起居何如？今岁暑毒十倍常年。雨昼夜不止者十余日，门外水天相接，今虽已晴，下潦上烝，病夫气息而已。想足下闭门著述，自有乐事。间从诸英唱和谈论，此又可羡也。何时得会合，惟万万自重。不宣。

二

秋试时，不审已从吉未？若可下文字，须望鼎甲之捷也。暑中既不饮酒，无缘作字，时有一二，辄为人取去，无以塞好事之意，亦不愿足下如此癖好也。近获一铜镜，如漆色，光明冷彻。背有铭云："汉有善铜出白阳，取为镜，清如明，左龙右虎辅之。"字体杂篆隶，真汉时字也。白阳不知所在，岂南阳白水阳乎？"如"字应作"而"字使耳。"左龙右虎"，皆未甚晓，更闲，为考之。

三

侄婿王适子立，近过此，往彭城取解，或场屋相见。其人可与讲论，词学德性，皆过人也。其弟名遹，字子敏，亦不甚相远。承问及儿子，属令干事，未及奉书，王文甫已与简，令持前所留奉纳矣。

四

某启。辱书累数百言，反复寻味，词气甚伟，虽不肖，亦已粗识。君子志义所在，然仆以愚不闻过，故至黜辱如此。若犹哀怜之，当痛加责让，以感厉其意，庶几改往修来，以尽余年。今乃粉饰刻画，是益其疾也，愧悚！愧悚！承持制甚苦，哀慕良深。便欲走诣，而自谪官以来，不复与往还庆吊，杜门省愆而已。谨遣小儿问左右，当以亮察。不宣。

与陈大夫八首

一

某启，秋暑尚尔，不敢造门。伏想起居清胜。借示丞相手简，又承弥勒偈，笔势峻秀，实为奇观。手简谨却驰纳，偈必有别本，辄留箱箧之珍，且欲诵味以洗从来罪垢业障，幸甚！幸甚！旦夕当得造谢。人还，不一一。

二

某启。辱简，伏承起居清胜。召往山间陪清游，夙昔所愿也。但晚来儿妇病颇加，须且留家中与斟酌药饵。小儿辈不历事，未可委付。不免有违尊命，当蒙仁者情恕也。匆匆布谢。不一一。

三

某启。递中奉状，不审已达否？比日起居何如？奉违如宿昔尔，遂两改岁。浮幻变化，念念异观，闲居静照，想已超然。某蒙庇粗遣，遂为黄人矣。何时握手一笑，临书怅然，惟万万珍重。因周宣德行，奉状上问。周令行速，殊草略，乞恕之。比虽不作诗，小词不碍，辄作一首，今录呈，为一笑。九郎不及奉启。

四

某启。闲居阙人修写，每用手简通问，甚为率易，想不深责。见报，公遂乞还事，不知信否？然不待引手，脱屣世路，此固烈丈夫之事；回视鄙懦，增愧叹也。园宅日益葺，子孙满前，此乐岂易得哉！唐守常相见否？九郎淹滞，盖其举术之未精富尔。

五

某启。近人从南丰来，获手教累幅。存念之厚，不替夙昔，感服深矣。比日伏惟履兹隆暑，起居胜常。某凡百如昨，贱累俱无恙。子由亦时得安讯，皆托余庇也。公微疾，闻已除，且当指射湖外一郡，胡为遂入宫观也？未缘瞻奉，万万以时自重。谨奉启上问。不宣。

六

某启。闲居阙人写启，必以情恕。公去愈久矣，贫羸之民，思公益深，真古人在官无赫赫之誉者也。九郎别来计安。今岁科诏，当就何处下文字。明伟已被恩命，欣贺殊深。日望渠过此，不闻来耗，何也？儿子蒙问及，无事，不敢令拜状，恐烦清览。知生事渐缉，仍用画叉藏瓶之法否？此法至要妙。非其人，不可妄传，非复戏言，乃真实语也。

七

某启。蒙惠竹簟、剪刀等，仰服眷厚。欧阳文忠公云“凉竹簟之暑风”，遂得此味。近日尤复省事少出。去岁冬至，斋居四十九日，息命归根，似有所得。旦夕复夏至，当复闭关却扫。古人云："化国之日舒以长。"妄想既绝，颓然如葛天氏之民，道家所谓延年却老者，殆谓此乎？若终日汲汲随物上下者，虽享耄期之寿，忽然如白驹之过隙尔。不敢独享此福，辄用分献，想当领纳也。呵呵。

八

某启。多日不获请见。伏惟尊候康胜。借示绣佛，奇妙之极，当由天工神俊，非特寻常女工之精丽者也。凡目瞻礼，一洗尘障，幸矣。谨却驰纳，少暇诣谢次。谨奉启，不宣。

与王佐才二首

一

某启。前日蒙惠雄文，伏读钦耸，且使为诗，固愿托附。近来绝不作文，如忏赞引、藏经碑，皆专为佛教，以为无嫌，故偶作之，其他无一字也。君辞力益老，字画益精，老拙亦自不敢出手也。今复枉专人辱书，并新诗小篆石画，览味欣然，忘疾之在体。示谕《维摩题跋》，无害。偶患一疮，腿上甚痛，行坐皆废，强起写赞，已拓然疲劳，以是未果。奉书亦不复覙缕。严寒，万万自重。不宣。

二

某启。自岁初附书及《维摩赞》，尔后不领音耗，不知达否？今蒙遣人惠书，并不言及，料必中间曾赐教，不达也。

与朱康叔十二首

一

某启。暑毒不可过，百事堕废，稍疏上问，想不深讶。比日伏想尊履佳胜。别乘过郡，承赐教及惠新酒。到此，如新出瓮，极为珍奇，感愧不可言。因与二三佳士会饮，同感德也。秋热，更望保练，行膺峻陟。

二

胡掾与语，如公之言，佳士！佳士！渠方寄家齐安，时得与之相见也。令子必且盘桓侍下。中前示谕姻亲事，可留示年月日，恐求亲者欲知之，造次！造次！

三

某启。因循，稍疏上问，不审近日尊候何如？某蒙庇如昨。秋色益佳，郡事稀少，有以为乐耶？无缘展奉，但积思仰。乍冷，万冀以时自重。

郭寺丞一书，乞指挥送与。其人甚有文雅，必蒙青顾也。闻其坠马伤手，不至甚乎？

四

某启。近附黄冈县递拜书，必达。专人过此，领手教，具审起居佳胜，勿复凄冷。此岁行尽，会合何时，以增怅然，唯祈善保。

五

敷文，他计此月末方离陈。南河浅涩，想五六月间方到此。荷公忧恤之深，其家固贫甚，然乡中亦有一小庄子，且随分过也。归老之说，恐未能如雅志。又闻理积弊，已就伦次，监司朝廷，岂有遽令放闲耶？问及物食，天渐热，难久停，恐空烦费也。海味亦不苦食。既忝雅契，自当一一奉白。

六

示谕亲事，专在下怀。然此中殊少士族，若有所得，当立上闻也。要字，俟少闲，续上纳。墨竹如可尊意，当取次致左右，画者在此不远，必可求也。呵呵。

七

某启。近王察推至，辱书，承起居佳胜。方欲裁谢，又枉教墨，益增感愧。数日来，偶伤风，百事皆废。今日微减，尚未有力，区区之怀，未能详尽也。乍暄，惟冀以时珍摄，稍健，当上问次。

八

与可船旦夕到此，为之泫然，想公亦尔也。子由到此，须留他住五七日，恐知之。前曾录《国史补》一纸，不知到否？因书，略示谕。蒙寄惠生煮酒四器，正济所乏，极为珍感。生酒，暑中不易调停，极佳。然闵仲叔不以口腹累人。某每蒙公眷念，远致珍物，劳人重费，岂不肖所安耶！所问菱翠，至今虚位，云乃权发遣耳，何足挂齿牙！呵呵。冯君方想如所谕，极烦留念。又蒙传示秘诀，何以当此。寒月得暇，当试之。天觉亦不得书。此君信意简率，乃其常态，未可以疏数为厚薄也。酒法，是用绿豆为曲者耶？亦曾见说来。不曾录得方，如果佳，录示为幸。鲟鲊，极珍！极珍！

九

叠蒙寄惠酒、醋、面等，一一收检，愧荷不可言。不得即时裁谢，想仁明必能恕察。老媳妇得疾，初不轻，今已安矣。不烦留念。食隔已纳武昌吴尉处矣。适少冗，不敢稽留来使。少间，别奉状次。

十

见元章书中言，当世之兄冯君处，有一学服朱砂法，甚奇。惟康叔可以得之，不知曾得未？若果得，不知能见传否？想于不肖不惜也。

十 一

近日随例纷冗，有疏上问，不审起居何如？两日来武昌，如闻公在告，何也？岂尊候小不佳乎？无由躬问左右，但有驰系。冬深寒涩，尤宜慎护。

十 二

章质夫求琵琶歌词，不敢不寄呈。安行言，有一既济鼎样在公处，若铸造时，幸一见，为作一枚，不用甚大者，不罪！不罪！前日人还，曾附古木丛竹两纸，必已到。今已写得经藏碑附上。令子推官侍下计安胜，何时赴任，未敢拜书也。

与张天觉二首

一

轼启。一向多病，不时奉书，思仰甚矣。比日履兹畏暑，起居佳胜。向蒙示谕“铁牛老鼠”之说，实不晓此谜。但废放之中，病患相仍，默坐观者，虽无所得，而向之浮念杂好，尽脱落矣。永日杜门，游从登览，举觉无味，此下根钝器，所守如此，不足为达者言也。久望公还，何故至今，何时复得把臂一笑。未间，惟万万以时自重。轼再拜天觉学士阁下。六月五日。

二

轼比来多病少出，向时浮念杂好，扫地尽矣。天觉比来诸况何如？已有儿子未？因书略相报。漫令小儿往荆渚求少田，不知遂否？甚欲与公晚岁为邻翁，然公岂此间人哉。轼白。

答李寺丞二首

一

久别渴咏，递中辱书，且审起居清胜，至慰！至慰！某谪居粗遣，废弃之人，每自嫌鄙，况于他人。君独收恤，有加平素，风义之厚，足以愧激颓靡也。未缘会见，万万以时自爱。

二

远蒙分辍清俸二千，极愧厚意。然长者清贫，仆所知也。此不敢请，又重违至意，辄请至年终、来春，即纳上，感愧不可言也。仆虽遭忧患狼狈，然譬如当初不及第，即诸事易了，荷忧念之深，故以解悬虑。

与乐推官

叠辱临访，欲少款奉，多事因循，继以卧病，愧负深矣。数日起居佳否？知明日启行，无缘面别，尚冀保练，慰此区区。

与徐司封

适辱车骑宠存，感怍无穷。晚来尊体佳胜。某与陈君略出至安国，遂觉拙疾稍作。欲告明日少休，后日恭与盛集，可否？无状惭负多矣。幸甚。

答舒尧文

轼启。午睡昏昏，使者及门，授教及诗，振衣起观，顿尔醒快，若清风之来得当之也。大抵词律庄重，叙事精致，要非嚣浮之作。昔先零侵汉西疆，而赵充国请行；吐谷浑不贡于唐，而文皇临朝叹息，思起李靖为将，乃知老将自不同也。晋师一胜城濮，则屹然而霸，虽齐、陈大国，莫不服焉。今日鲁直之于诗是已。公自于彼乞盟可也，奈何欲为两属之国，则牺牲玉帛焉得而给诸？不敢当！不敢当！即承来命，少资嗢噱。

与周主簿

罪废衰朽，过辱临顾，增愧汗也。晚来起居佳胜。甚欲诣谢，巾褐草野，不敢造门，幸加矜恕。

与刘器之

辱书，极论内外丹事，劣弟初不及此，受赐多矣。辄拜呈《方丈铭》一首，更告与敲琢。看唐彦道处，亦有一赞，并为看过。因家兄黾年行，奉启。半醉中，书字不谨。

与胡道师

庞安常为医，不志于利，得法书古画，辄喜不自胜。九江胡道士，颇得其术，与余用药，无以酬之，为作行草数纸而已。且告之曰："此安常故事，不可废也。"参寥子病，求医于胡，自度无钱，且不善书画，求余甚急。余戏之曰："子粲、可、皎、彻之徒，何不与下转语作两首诗乎？"庞胡二君常与吾辈游，不日索我于枯鱼之肆矣。

与徐得之六首

一

某启。适辱手简，且审起居佳胜。知尚留雪堂，所须文字，得款曲为之也。兴国书附去，可便遣人。适已遣人，来简必达。要记昨日事，适会沐浴，困甚，信笔无伦次。

二

某启。数日得相从，遽别，情悰惘然。晚来起居佳胜。后会未可期，惟万万顺时自重。

三

十一郎昆仲不及再别，惟节哀慎重为祷。葬期不远，想途中不复滞留。凡事禀议大阮为佳也。

四

作此书讫，得二月二十八日所惠书，知仙舟靠阁滞留，不易！不易！即日想已离岸。天色稍旱，江水殊未甚长，奈何。更冀勉力。李乐道篆字等不来，恐妨使，且纳志文去，可就近别求也。

五

得之晚得子，闻之，喜慰可知。不敢以俗物为贺，所用石砚一枚，送上，须是学书时与之。似太早计，然俯仰间，便自见其成立，但催迫吾侪，日益潦倒尔。恐得之惜别，又复前去，家中阙人抱孩儿，深为不皇。呵呵。

六

定省之下，稍葺闲轩，箪瓢鸡黍，有以自娱，想无所慕于外也。闽中多异人，隐屠钓，得之不为簪组所縻，倘得见斯人乎？仆亦衰老，强颜少留，如传舍尔。因风，时惠问。

答开元明座主二首

一

久别，思企不忘。辱书，具审法履安胜，为慰。贤上人前年来此，寻往金山，多时不得消息，不知今安在也？石桥用工，初不灭裂，云何一水，便尔败坏，无乃亦是不肖穷蹇所累耶？何时复相见，千万保爱。

二

开元大殿，非吾师学行，人神响应，安能便成，可喜！可喜！此书附圣传，涂中更不封，勿讶！勿讶！

与参寥子二首

一

知非久往四明，琏老且为致区区。欲写一书，为来人告还，写书多，故懒倦，容后便也。仆有舍罗汉一堂在育王山，禅月笔也，可一观。

二

聪师相别五六年，不谓便尔长进。诗语笔踪皆可畏，遂为名僧法足，非特巧慧而已。又闻今年剃度，可喜。太虚只在高邮，近舍弟过彼相见，亦有书来。题名绝奇，辩才要书其后，复寄一纸去，然不须入石也。黄州绝无所产，又窘乏殊甚，好便不能寄信物去，只有布一匹作卧单。怀悚！怀悚！

与　佛　印

归宗化主来，辱书，方欲裁谢，栖贤迁师处又领手字，眷与益勤，感怍无量。数日大热，缅想山间方适清和，法体安稳。云居事迹已领，冠世绝境，大士所庐，已难下笔，而龙君笔势，已自超然，老拙何以加之。幸少宽假，使得款曲抒思也。昔人一涉世事，便为山灵勒回俗驾，今仆蒙犯尘垢，垂三十年，困而后知返，岂敢便点涴名山！而山中高人皆未相识，而迎许之，何以得此，岂非宿缘也哉。向热，顺时自爱。

与大别才老三首

一

专人来，辱书，伏承法体清胜，甚慰想望。山门虚寂，长夏安隐，燕坐湛然，得无所得？无缘面话，惟万万自重。

二

昨日辱访，冗迫，未遑诣谢。领手教，具审法履胜常，为慰。语录蒙借，开发蒙鄙，为惠甚厚。

三

衰疾无状，众所鄙远。禅师超然绝俗，乃肯惠顾，此意之厚，如何可忘。还山以来，道体何如，相见杳未有期。日深驰仰，寒凝，为众自重。

与圆通禅师四首

一

某闻名已久，而得公之详，莫如鲁直，亦如所谕也。自惟潦倒迟暮，年垂五十，终不闻道，区区持其所有，欲以求合于世，且不可得，而况世外之人，想望而不之见者耶？不谓远枉音问，推誉过当，岂非医门多疾，息黥补劓，恃有良药乎？未脱罪籍，身非我有，无缘顶谒山门，异日圣恩或许归田，当毕此意也。

二

屏居亦久，亲识断绝，故人不弃，眷予加厚。每辱书问，感愧不可胜言。仆凡百如旧，学道无所得，但觉从前却是错尔。如何！如何！

三

某启。别后蒙五惠书，三遣化人，不肖何以当此。热毒殊甚，且喜素履清胜。某尚以少事留城中数日，然度不能往见矣。瞻望山门，临纸惋怅，惟千万为道自重而已。挥汗走谢，幸恕不谨。

四

某启。谪居穷僻，懒且无便，书问旷绝，故人不遗。两辱手教，具审比来法体甚轻安，感慰深至。仆晚闻道，照物不明，陷于吏议，愧我道友。所幸圣恩宽大，不即诛殛，想亦大善知识法力冥助也。自绝禄廪，因而布衣蔬食，于穷苦寂淡之中，却粗有所得，未必不是晚节微福。两书开谕周至，常置坐右也。未缘展谒，万万以时自重。因便人还，附启起居。

与无择老师

吾师要写大字，特为饮酒数杯，只用寻常小笔作二额，八字者可入石，六字可上碑，两旁刻年月日及官位姓名，字小不称大伽蓝。示及大笔，皆市人用者，不足使也。惠及奇菽，感服之至。

代夫人与福应真大师

久不闻法音，驰仰殊深，即日远想起居安隐。儿从夫远谪，百念灰灭，持诵之余，幸无恙。何时复见，一洗岭瘴。春寒，千万为法自重。不宣。旌德县君王氏儿再拜。

与清隐老师二首

一

黄长生人来，辱书，承起居佳胜为慰。示及黄君佳篇及山中图刻，欲令有所记述，结缘净境，此宿所愿也。但多病久废笔砚，里中故人，屡有求诗文者，皆未能副其请也。千万勿讶。

二

净因之会，茫然如隔生矣。名言绝境，寤寐不忘。何日得脱缨绊，一闻笑语，思渴！思渴！

与　友　人

令子今年何处取解？贵眷各想安胜。舍弟不住得信，无恙，恐闲知。轼再拜。

泸南不闻耗，乡中所系不小，不能无虑也。

黄人闻任师中死，相率作斋，然皆以轼为主，亦一段佳事。恐要知。

与李先辈

某启。辱示，感怍。此石一经题目，遂恐为世用，便有戕山竭泽之忧。为石谋之，殆非所乐也。愿密勿语。世所少者，岂此石哉。临行匆匆，不果奉别。幸自爱。

与高梦得

某启。人来，领教，开谕累幅，足见相属之厚。然称述过当，皆非所敢当。仆举动疏谬，龃龉于世，既忝相知，惟当教语其所不逮，反更称誉如此，是重不肖之罪也，悚息！悚息！新阕尤增咏叹，然柏舟之讽，何敢当此诸事，幸且慎默于事，既无补，益增嫉尔。

与孟亨之

某启。今日斋素，食麦饭笋脯有余味，意谓不减刍豢。念非吾亨之，莫识此味，故饷一合，并建茶两片，食已，可与道媪对啜也。

答苏子平先辈二首

一

某启。违别滋久，思咏不忘。中间累辱书教，久不答，知罪。远烦专使手书劳问，且审比日起居安佳，感慰殊甚。书词华润，字法精美，以见穷居笃学，日有得也。某凡百粗遣，厄困既久，遂能安之。昔时浮念杂好，扫地尽矣。何时会合，慰此惘惘。未间，惟万万自重。不宣。

二

远烦遣仆手书足矣，更蒙厚惠，足下困约中何力致此，愧灼不可言已。一一依数领讫，感怍而已。儿子令往荆南干少事，未还，还即令答教也。所要先丈哀词，去岁因梦见，作一篇，无便寄去。今以奉呈，无令不相知者见。若入石，则切不可也。至祝。

与吴将秀才二首

一

某启。某少时在册府，尚及接奉先侍讲下风，死生契阔，俯仰一世。与君相遇江湖，感叹不已。辱访山中，愧不能款。数日，起居佳否？以拙疾畏风，不果上谒。解去渐远，万万自重。

二

令子秀才，辱长笺之赐，辞旨清婉，家法凛然，钦味不已。老拙何以为谢，但有愧负。

与 徐 十 二

今日食荠极美。念君卧病，面、酒、醋皆不可近，唯有天然之珍，虽不甘于五味，而有味外之美。《本草》：荠和肝气，明目。凡人，夜则血归于肝，肝为宿血之脏。过三更不睡，则朝旦面色黄燥，意思荒浪，以血不得归故也。若肝气和，则血脉通流，津液畅润，疮疥于何有。

君今患疮，故宜食荠。其法，取荠一二升许，净择，入淘了米三合，冷水三升，生姜不去皮，捶两指大，同入釜中，浇生油一蚬壳多于羹面上，不得触，触则生油气，不可食，不得入盐、醋。君若知此味，则陆海八珍，皆可鄙厌也。天生此物，以为幽人山居之禄，辄以奉传，不可忽也。朝奉公昨奉状，且为致意。区区遣此，不一一。羹以物覆则易熟，而羹极烂乃佳也。

与蹇授之四首

一

某慰疏言。不意变故，令阁盛年遽至倾殒，闻问悲愕，如何可言。窃惟感悼之深，触物增恸。日月逝矣，追想无及，奈何！奈何！未缘诣慰，但增哽塞。谨奉启少布区区。不宣。

二

某欲一奉见，岂徒然哉，深有所欲陈者，而竟不遂，可胜叹耶！子由在部下，甚幸，但去替不远耳。辄有一书及少信，烦从吏，甚不当尔。恃眷故，必不深责。季常可劝之一起，深欲图其见坐处也。一噱。

三

某启。前日已奉书。昨日食后，垂欲上马赴约，忽儿妇眩倒，不省人者久之，救疗至今，虽稍愈，尚昏昏也。小儿辈未更事，议难舍之远去，遂成失言。想仁心必恕其不得已也，然愧负深矣。乍暖，起居何如？闲废之人，径往一见，谓必得之，乃尔龃龉，人事真不可必也。后会何可复期，惟万万为国自重。谨奉手启，不宣。

四

不得一见而别，私意甚不足。人常蔽于安逸，而达于忧患，愿深照此理。况美材令问，岂久弃者耶?

黄州与人五首

一

辱书，承起居佳胜。奇墨吾侪共宝，并蒙辍惠，惭悚之甚，敬佩厚意也。

二

示谕《燕子楼记》。某于公契义如此，岂复有所惜。况得托附老兄与此胜境，岂非不肖之幸。但困踬之甚，出口落笔，为见憎者所笺注。儿子自京师归，言之详矣，意谓不如牢闭口，莫把笔，庶几免矣。虽托云向前所作，好事者岂论前后。即异日稍出灾厄，不甚为人所憎，当为公作耳。千万哀察。

三

两日疮痛殊甚，不果见。辱简，且喜起居佳胜。二诗高妙，读之喜慰，幸甚。病中，裁谢草草。

四

两日疮痛不出，思渴！思渴！今犹楚痛未已。钟乳丸更求数服，吐血者复作也。不罪！不罪！

五

久不奉书，叠承枉教字，慰感良深。比日起居佳胜。汝郡务简，儒师清闲，于此相从，岂非甚幸。区区，非面莫究。令兄不敢别状，乞道恳。

与几宣义

某启。久放江湖，务自屏远，书问之废，无足深讶。比日侍奉之暇，起居何如？某凡百如旧。向者以公择在舒，时蒙相过，既去，索然无复往还，每思槛泉之游，宛在目前。闻河决阳武，历下得无有曩日之患乎？得暇，遣数字慰此穷独。乍冷，万万保爱。不宣。

与沈睿达二首

一

某启。近辱书，伏承退居安隐，尊候康健，甚慰所望。某去岁不记日月，递中奉书，并封公择小简去，谓必达。今承示谕，岂浮沉耶？某今年一春卧病，近又得时疾，逾月方安。浮念灰灭无余，颓然闭户，又非复相见时意思矣。临纸惘惘，乍热，惟万万自重不宣。

二

某启。公所须拙文记云巢，向书中具道矣，恐不达，故再云云。某自得罪，不复作诗文，公所知也。不惟笔砚荒废，实以多难畏人。虽知无所寄意，然好事者不肯见置，开口得罪，不如且已。不惟自守如此，亦愿公已之。百种巧辨，均是绮语，如去尘垢，勿复措意为佳也。令子今在何许？渐就迁擢，足慰迟暮。小儿亦授德兴尉，且令分房减口而已。孙运判行，病起乏力，未能详尽。

与杜道源二首

一

某启。谪寄穷陋，首见故人，释然无复有流落之叹。衰病迂拙，所向累人，自非卓然独见，不以进退为意者，谁肯辱与往还。每惟此意，何时可忘。别来又复初夏，思企不可言。远想，即日尊候佳胜。两辱手书，懒不即答，计已获罪左右，然惟故人能知其性气，盖懒作书者有素矣，中实无他也，更望宽之。知到官，又复对换，想高怀处之，无适而不可。江令竟不肯少留，健决非庸人所及也。无由面言，以时自重。谨奉启，不宣。

二

某无人写得启状，即用手简，甚属简慢，想恕其不逮也。令子孟坚，必已得县。向者小累，固知无事，然非君相之明，不照其情也。可贺！可贺！九郎兄弟为学益精，犹复记老朽否？爱孙想亦长进，每想三人旅进折旋俯仰之状，未尝不怅然独笑也。此中凡事如昨，其详，托江令口陈。必须作数日聚会于京口，奉羡！奉羡！儿子蒙批问，感感。

江令处甚有竹石可取，看比旧何如。

与杜孟坚三首

一

某启。前日方欲饮茶道话，少顷，忽然疾作，殊不可堪忍。欲勉强出见，竟不能而止，惭悚不可言。辱手教，重增反侧。稍凉，起居何如？承明日解舟，病躯尚未能走别，非久当渡江奉见也。不一一。

二

某乏人写大状，必不深罪。郡中凡百如旧，每见同僚及游从题壁处，未尝不怅然怀想也。侍下无事，必多著述，无缘请观，为恨尔。今岁亲知相过，人事纷纷，殊不如去年块处闲寂也。

三

朱守饷笋，云潭州来，岂所谓猫头之稚者乎？留之，必为庖僧所坏，尽致之左右，馔成，分一盘足矣。

【解题】

以上一百二十二书信皆作于黄州。《与吴将秀才二首》又见于《答吴子野》，存于此。

与王文玉三首

一

榜下一别，遂至今矣。辱书，感叹。且喜尊体佳胜。到岸，即上谒。可假数卒否？余当面既，不宣。

二

昨辱教，不即答，悚息！悚息！经宿尊体佳胜，见召，敢不如命。然疮疖大作，殆难久坐，告作一肉饭，竟日移舟池口矣。山妇更烦致名剂，某感戴不可言。谨奉启布谢，不宣。

三

久留治下，以道旧为乐，而烦乱为愧。数日，尊体如何？漕车即至，不少劳乎！永日如年，念公盛德不去心。所要作字，为疮肿大作，坐卧楚痛，容前路续寄也。不罪！不罪！郑令清苦无援，非公谁复成就之。某造次！造次！疮病无聊，不尽意，惟万万以时自重。

【解题】

本书作于元丰七年（1084）六月。时苏轼授汝州团练副使，就任途中经过池州。王文玉为池州太守。

与王文玉

昨辱惠书，伏承别后起居佳胜。某到金陵，疮毒不解，今日服下痢药，羸乏殊甚，又不敢久留来人，极愧草略。余热，万万为时自重。

与袁真州四首

一

某罪废流落，不复自比数缙绅间。公盛德雅望，乃肯屈赐书问，愧感不可言也。比日履兹新凉，尊体佳胜。某更三五日离此，瞻望不远，踊跃于怀。更乞以时保练，区区之祷。人还，布谢。不宣。

二

某到金陵一月矣，以贱累更卧病，竟卒一乳母。劳苦悲恼，殆不堪怀。渴见风采，恨不飞去。公仁厚愍恻，劳问加等，无状，何以获此，悚息！悚息！无人写谢书裁谢，多不如礼。惟加察。

三

某启。叠辱手教，具审比来起居佳胜，感慰兼怀。某虽已达长芦，然江流湍驶，犹当相风而行。瞻奉不远，欣抃可量。人还，复谢。不宣。

四

某再启。承示谕，胜之少驻，恨不飞驰，然须风熟乃敢行尔。太虚书已领，却有一书，乞送与太虚，不在金山，即在润州也。不罪。频烦不一。

【解题】

此五书作于元丰七年（1084）七、八月间。袁真州，即袁陟，字世弼，进士出身，官至太常博士，时在真州为官。苏轼在离黄州途中，应邀于八月中旬往访袁陟，并寄居于真州学舍，得其热情帮助。

与滕达道四首

一

某启。久不奉状，愧仰日深。辱专人手书，具审比来台候胜常，感慰兼集。自闻公得吴兴，日望一见于中涂。而所至以贱累不安，迟留就医，竟失一婴儿。又老境所迫，归计茫然，故所至求田问舍，然卒无成。十四日决当离此，真州更不敢住。恐真守坚留，当住一日。不知公犹能少留，以须一见否？死罪！死罪！若到扬，闻公犹在，亦须当轻舟往见也。若又失此期，则遂远别矣。渐凉，惟顺时为国自重。人还，谨奉状布谢。不宣。

二

某启。叠蒙遣人赐书，忧爱厚甚，感怍不已。比日履兹新凉，台候胜常，深慰下情。丧子之戚，寻已忘之矣。此身如电泡，况其余乎？闻今日渡江，恨不飞去。风逆不敢渡，又与一人期于真州，有少急切之干，度非十九日不可离真。早发暮可见，公以二十日行，犹可趁上官日也。不知能少留否？若得略见，喜幸不可言也。余冀为时自重。

三

某再启。近在扬州入一文字，乞常州住，如向所面议。若未有报，至南都再当一入也。承郡事颇繁齐整，想亦期月之劳尔。

微疾虽无大患，然愿公无忽之，常作猛兽毒药血盆脓囊观，乃可，勿孤吾党之望而快群小之志也。情切言尽，必恕其拙，幸甚。

四

某到此，时见荆公，甚喜，时诵诗说佛也。公莫略往一见和甫否？余非面莫能尽。某近到筠见子由，他亦得旨指射近地差遣，想今已得替矣。吴兴风物，足慰雅怀。郡人有贾收耘老者，有行义，极能诗，公择、子厚皆礼异之，某尤与之熟，愿公时一顾，慰其牢落也。近过文肃公楼，徘徊怀想风度，不能去。某至楚、泗间，欲入一文字，乞于常州住。若幸得请，得扁舟谒公有期矣。

【解题】

此四书皆约作于元丰七年（1084）八月。信中表达了隐居常州的愿望。

与王荆公二首

一

某启。某游门下久矣，然未尝得如此行，朝夕闻所未闻，慰幸之极。已别经宿，怅仰不可言。伏惟台候康胜，不敢重上谒。伏冀顺时为国自重。不宣。

二

某顿首再拜特进大观文相公执事。某近者经由，屡获请见，存抚教诲，恩意甚厚。别来切计台候万福。某始欲买田金陵，庶几得陪杖屦，老于钟山之下。既已不遂，今仪真一住，又已二十日，日以求田为事，然成否未可知也。若幸而成，扁舟往来，见公不难矣。向屡言高邮进士秦观太虚，公亦粗知其人，今得其诗文数十首，拜呈。词格高下，固无以逃于左右，独其行义修饬，才敏过人，有志于忠义者，某请以身任之。此外，博综史传，通晓佛书，讲习医药，明练法律，若此类，未易以一二数也。才难之叹，古今共之，如观等辈，实不易得。愿公少借齿牙，使增重于世，其他无所望也。秋气日佳，微恙颇已失去否？伏冀自重。不宣。

【解题】

王荆公即王安石。元丰七年（1084），苏轼自黄州谪移汝州，七月抵金陵，见王安石于蒋山，并在此后两个月中多次晤谈。苏轼与王安石虽然政见迥异，而二人不以此废私交，互相倾慕，显示了开阔的胸襟；后信此年九月作。

与滕达道

某启。仆买田阳羡，当告圣主哀怜余生，许于此安置。幸而许者，遂筑室荆溪之上而老矣。仆当闭户不出，君当扁舟过我。醉甚，书不成字。

【解题】

本书作于元丰七年（1084）十月。

与王定国

某启。今日景繁到泗州，转示十月二十三日所惠书并新诗六首、妙曲一首，大慰所怀。河冻胶舟，咫尺千里，意思牢落可知。得此佳作，终日喜快，滞懑冰释，幸甚！幸甚！

某往扬州，入一文字，乞常州住。得耗，奏邸拘微文，不肯投进，已别作一状，遣人入京投下。近在常州宜兴，买得一小庄子，岁可得百余硕，似可足食。非不知扬州之美，穷猿投林，不暇择木也。

黄师是遣人往南都，故急作此书，仍和得一诗为谢，他未暇也。新济甚浅，冻不可行，旦夕水到即起，恐须至正初方有水也。不知至时公在宋否？某若得请，或附宣献公舟尾南来，不尔，遂溯水至西都，出陆赴汝也。然欲葬却乳母（子由乳母）乃行。即南都亦须住一月。入夜，倦迫，不尽意。惟万万自重。

【解题】

本书作于元丰七年（1084）十二月，信中言已求田问舍，欲久住常州。

与潘彦明

别来思念不去心，远想起居佳安，眷爱各无恙。不见黄榜，未敢驰贺，想必高捷也。某两曾奉书，达否？屡梦东坡笑语，觉后惘然也。已买得宜兴一小庄，且乞居彼，遂为常人矣。公必已赴省试。慢发此书，不复覼缕。惟千万保爱。

【解题】

本书约作于元丰七年（1084）底。潘彦明，名丙，苏轼在黄州时友人。苏轼离黄州后，东坡及乳母之坟仍托其照看。

与李廷评

某启。经由特辱枉访，适以卧病数日，及连日会集，殊无少暇。治行匆遽，不及诣谢，明日解维，遂尔违阔，岂胜愧负。

答开元明座主五首

一

奉别累年，舟过境上，怀想不忘。遣人惠书，具知法体安稳，感慰兼集。咫尺无由往见，惟万万自爱。

二

石桥之坏，每为怅然。吾师经营，非不坚尽，当由穷蹇之人，所向无成，累此桥耶？知尚未有涯，但勿废此志，岁丰人纾，会当成耳。仆巨得请居常州，暂至南京，即还南也。知之。

三

中前经过，幸闻清论，深欲还日再上谒，以数相知约在楼贤，且自德安径赴之，遂成食言，悚息不已。比日法体何如？拙诗一首，聊以记一时之事耳，不须示人。切祝！切祝！

四

久复一见，甚以为慰。泥雨远烦瓶锡，不克款语，但有感怍。乍远，千万保爱。

五

近过南都，见致政太保张公。公以所藏禅月罗汉十六轴见授，云："衰老无复玩好，而私家畜画像，乏香灯供养，可择名蓝高僧施之。"今吾师远来相别，岂此罗汉契缘在彼乎？敬以奉赠，亦太保公之本意也。

与胡道师三首

一

昨日起离，中途逆风吹往北岸，几葬鱼腹，知之。二诗录寄。到后，幸一两字附递至池州贵知达。玉芝善守护，无为有力者所取。余惟保爱。

二

乍别，远枉专使手书，且审已还旧隐，起居胜常。明日解舟，愈远，万万以时自重。

三

某启。再过庐阜，俯仰十有八年，陵谷草木，皆失故态，栖贤、开先之胜，殆亡其半。幻景虚妄，理固当尔。独山中道友契好如昔，道在世外，良非虚语。道师又不远数百里负笈相从，秉烛相对，恍如梦寐。秋声宿云，了然在吾目前矣。幸甚！幸甚！

与 王 定 国

某启。张公瘇嗽，经月未已，虽饮食不退，然亦微瘦。数日来亦渐损，想必无虑。然有书宜令劝固胃气，勿服疏利药，仆屡以劝之。仍劝夏秋间，先多作善事斋僧、施贫之类，然后开眼。公后日相见时，亦可以此劝之。旦夕遂与之别，情味极不佳。公得暇早来，与之相聚，若得此间一差遣，亦非小补也。留意！留意！

与佛印四首

一

辱书，伏承道体安佳，甚慰驰仰。见约游山，固所愿也。方迫往筠州，未即走见。还日如约，匆匆布谢。

二

专人来，辱书累幅，劳问备至，感怍不已。腊雪应时，山中苦寒，法体清康。一水之隔，无缘躬诣道场，少闻謦欬，但深驰仰。

三

梦想高风，忽复披奉，欣慰可知。但累日烦扰为愧耳。重承人船相送，益用感怍。别来法体何如？后会不远，万万保练。

四

专人来，复书教并偈，捧读慰喜。且审比日法体安稳，幸甚！幸甚！今闻秀老赴召，为众望，公来长芦，如何！如何！某方议买刘氏田，成否未可知。须更留数日，携家入山，决矣。殇子之戚，亦不复经营，惟感觉老，忧爱之深也。太虚已去，知之。

与苏子容二首

一

某顿首。违去左右，已逾周岁矣，怀仰之心，惟日深剧。比来伏计机务多暇，台候胜常。向闻登擢，常附启事，少致区区，想获闻彻。未由趋侍，伏望为国保重。不宣。

二

某顿首。广陵令侄出所赐教，劳问备至，感戴无量。兼闻比来台候康胜，以慰下情。某欲径往毗陵，而河水未通，留家仪真，轻舟独行耳。未即伏谒门下，岂胜驰仰。乍热，伏冀为道自重。谨奉手启。不宣。

与王庆源

穷僻少便，久不上状。窃惟退居以来，尊体胜常。黑头谢事，古今所共贤。二疏师傅，渊明县令，均为高退，昔人初不为优劣也。谨以此为贺。

二子学术成就，瑞草桥果木成阴，卧想数年出仕，无一可愧者，此又有余味矣。除却虚名外物，不知文太师何以加此，想当一笑也。

某蒙恩量移汝州。回念坟墓，心目断绝。方作舟行，何时得到汝，到后又须营办生事。此身漂然，奉羡何及。乍热，惟万万顺候自重。

答秦太虚

某启。别后欲奉书，纷纷无暇，且谓即见，无所事书，而日复一日，遂以至今。叠辱手教，具闻动止，甚慰。其宜兴已得少田，至扬附递，乞居常，仍遣一侄孙子赍钱往宜兴纳官，盖官田也。须其还，乃行。而至今未来，计亦无他，特其子母难别尔。见舣舟竹西待之，不过更三两日必至，必能于冬至前及见公也。小儿子不历事，亦微忧，故不欲舍之前去。迟见之意，殆以日为岁也。传神奇妙之极。赞若思得之，当奉呈也。余非面不尽。不一一。

【解题】

上十七书皆作于离黄州至常州时作。

与千之侄

必强侄近在泗州，得书，喜知安乐。房眷子孙各无恙。秋试又不利，老叔甚失望。然慎勿动心，益务积学而已。人苟知道，无适而不可，初不计得失也。

闻侄欲暂还乡，信否？叔舟行几一年，近于阳羡买得少田，意欲老焉。寻奏乞居常，见邸报，已许。文字必在南都。此行略到彼葬却老妳二姨。子由乾妳也。住二十来日，却乘舟还阳羡。侄能来南都一相见否？叔甚欲一往见传正，自惟罪废之余，动辄累人，故不果尔。甚有欲与侄言者，非面莫尽，想不惮数舍之远也。寒暖不定，惟万万自爱。

【解题】

本书作于元丰八年（1085）初。千之，苏轼堂兄苏不欺之子。

与王定国

某顿首。先帝升遐，天下所共哀慕，而不肖与公，蒙恩尤深，固宜作挽，少陈万一，然有所不敢者尔。必深悉此意。无状坐废，众欲置之死，而先帝独哀之，而今而后，谁复出我于沟渎者。已矣，归耕没齿而已。

【解题】

本书作于元丰八年（1085）三月，时神宗去世，苏轼身在罪中，欲哭不敢，并对自己的前途深表忧虑，显示了较为复杂的心绪。

与滕达道十一首

一

某晚生，蒙公不鄙与游，又令与立字，似涉僭易，愿公自命，却示及作《字说》，乃宠幸也。

二

某再拜。承示喻盛字，见耘老，云改作达道，不知尚未定耶？欲令重议。此朋友之事，某于公为晚辈，岂敢当此。然公有命不敢违，当徐思之。先以书布闻左右，然后敢作说也。惶恐！惶恐！

三

某去岁所买田，已旱损一半，更十日不雨，则已矣。奇穷所向如此，可笑！可笑！耘老远去，此意岂可忘。老病憔悴，得公厚顾，翘然增气也。

四

某启。别后，不意遽闻国故，哀号追慕，迨今未已。惟公忠孝体国，受恩尤异，悲苦之怀，必万常人。比日起居何如？某旦夕过江，径往毗陵，相去益近，时得上问也。为时自重。不宣。

五

某再启。承差人送到定国书，所报未必是实也。都下喜妄传事，而此君又不审。乃四月十七日发来邸报，至今不说，是可疑也。一夫进退何足道，所喜保马户导洛堆垛皆罢，茶盐之类，亦有的耗矣。二圣之德日新，可贺！可贺！令子各安胜，未及报状也。

六

某启。耘老至，又辱手书，及耘老道起居之详，感慰不可言。某留家仪真，独来常，以河未通，致公见思之深。又有旧约，便当往见，而家无壮子弟，须却还般挈，定居后，一日可到也。惟深察。近日京口时有差除，或云当时亦未是实计。当先起老镐，仆或得连茹耶？惠贶三十壶，携归饷妇矣。余耘老能道，不宣。某顿首。

七

闻张郎已授得发勾，春中赴上，安道必与之俱来。某若得旨，当与之联舟而南，穷困之中，一段乐事，古今罕有也。不知遂此意否？秦太虚言，公有意拆却逍遥堂横廊，切谓宜且留之，想未必尔，聊且言之。明年见公，当馆于此。公雅度宏伟，欲其轩豁，卑意又欲其窈窕深密也。如何？不罪造次。

四声可罢之，万一浮沉，反为患也。幸深思之。不罪。

八

某启。入春来，连日雨，今日忽晴快。所居江山爽秀，怅然怀公，不知颇作乐否？近得安道公及张郎书，甚安健。子由想已过矣。青州资深，相见极欢。今日赴其盛会也。闲恐要知。

九

某启。一别四年，流离契阔，不谓复得见公。执手恍然，不觉涕下。风俗日恶，忠义寂寥，见公使人差增气也。别来情怀不佳，忽得来教，甚解郁郁。且审起居佳胜为慰。某以少事，更数日，方北去。宜兴田已问去。若得稍佳者，当扁舟径往视之，遂一至湖。见公固所愿，然事有可虑者，恐未能往也。若得请居常，则固当至治下，搅扰公数月也。未间，惟万万为时自重。

十

某再启。别谕，具感知爱之深，一一佩刻。董田已遣人去问，宜兴亲情若果尔，当乘舟径往成之。然公欲某到吴兴，则恐难为，不欲尽谈，唯深察之。到南都，欲一状申礼曹。凡刊行文字，皆先毁板，如所教也。有监酒高侍禁永康者，与之外姻，闻亦甚谨干，望略照庇，如察其可以剪拂，又幸也。

十一

某欲面见一言者，盖谓吾侪新法之初，辄守偏见，至有异同之论。虽此心耿耿，归于忧国，而所言差谬，少有中理者。今圣德日新，众化大成，回视向之所执，益觉疏矣。若变志易守以求进取，固所不敢，若哓哓不已，则忧患愈深。公此行尚深示知，非静退意，但以老病衰晚，旧臣之心，欲一望清光而已。如此，恐必获一对。公之至意，无乃出于此乎？辄恃深眷，信笔直突，千万恕之。死罪。

安道公殆是一代异人。示谕，极慰喜！慰喜！

【解题】

此十一书皆作于元丰八年（1085）上半年，苏轼在自黄州至常州途中。苏轼于谪居流放中，深感凄凉，对滕达道的情谊倍加珍惜，然感于“风俗日恶”，失意仕途，常思求田问舍，颇露消极情绪。末信对自己当初过分偏激地反对新法有所反省，显示了较为客观的态度。

与佛印禅师

轼启。人至，辱书，承法体佳胜。离扬州日忙迫，不复知公在郡也，但略见焦山耳。今承示喻，知世外尚劫劫如此，吾辈何足道耶！妙高诗，聊应命耳。仆不知大颠如何人，若果出世间，岂一退之能轻重哉！今日过召伯埭，自此入尘土侠猾之乡矣。回望山水间，麈麈妙谈，岂可复得。惟千万为众自重，不一一。轼再拜佛印禅师足下，八月廿九日。

【解题】

本书作于元丰八年（1085）八月。

答贾耘老四首

一

久不奉书，尚蒙记录。远枉手教，且闻比日动止佳胜，感慰兼集。寄示石刻，足见故人风气之深，且与世异趣也。新诗不蒙录示数篇，何也？贫固诗人之常，齿落目昏，当是为两荷叶所困，未可专咎诗也。某发少加白耳，余如故。未由一见，万万自重。

二

仆已买田阳羡，当告圣主哀怜余生，许于此安置。幸而许者，遂筑室于荆溪之上而老矣。仆当闭户不出，公当扁舟过我也。醉甚不成字，不罪。见滕公，且告为卑末送相子来扬州。

三

久放江湖，不见伟人，前在金山，滕元发乘小舟破巨浪来相见。出船，巍然使人神耸。好个没兴底张镐相公。见时，且为我致意。别后酒狂，甚长进也。老杜云："张公一生江海客，身长九尺须眉苍。"谓张镐也。萧嵩荐之云："用之则为帝王师，不用则穷谷一病叟耳。"

四

今日舟中无他事，十指如悬槌，适有人致嘉酒，遂独饮一杯，醺然径醉。念贾处士贫甚，无以慰其意，乃为作怪石古木一纸，每遇饥时，辄一开看，还能饱人否？若吴兴有好事者，能为君月致米三石酒三斗终君之世者，便以赠之。不尔者，可令双荷叶收掌，须添丁长，以付之也。

【解题】

上四书皆离黄州时作，末书作于元丰八年（1085）九月。贾耘老，名收，吴兴人，能诗文，有行义，而生活穷困。苏轼屡有诗文相赠，并曾嘱李公择、滕元发予以照顾。末信言为贾耘老作《怪石古木》图，语多风趣，颇能见苏轼乐观之性格。

与滕达道

杜甫诗云："张公一生江海客，身长九尺须眉苍。"谓张镐也。萧嵩荐之云："用之则为帝王师，不用则穷谷一叟耳。"

【解题】

本书与《答贾耘老四首》第三信后部相同。

与枢密

轼启。孟冬，薄寒。伏惟枢密正议台候万福。轼即日蒙恩，罪戾之余，宠命逾分，区区尺书，不足上谢。又不敢辄废此礼，进退恐栗。未缘趋侍，伏冀上为庙朝精调寝味，下情祝颂之至。谨奉启起居，不宣。

轼顿首再拜枢密正议执事。十月十七日。

与司马温公二首

一

某顿首。孟冬，薄寒。伏惟门下侍郎台候万福。某即日蒙恩，罪戾之余，宠命逾分，区区尺书，岂足上谢。又不敢废此小礼，进退恐慄。未缘趋侍，伏冀上为宗社精调寝兴，下情祝颂之至。谨奉启，不宣。

二

某启。去岁临去黄州，尝奉短启，尔后行役无定，因循至今，闻公登庸，特与小民同增鼓舞而已。亦不敢上问，想识此意。

【解题】

此三书作于元丰八年（1085）十月。此年六月，苏轼由司马光举荐，复朝奉郎，起知登州军国事；又闻司马光入门下省，故作此二书致司马光。

与杨元素二首

一

陈主簿人还，领手教。伏承比日台候万福，深慰驰仰。人物丰盛，池馆清丽，足供啸咏之乐。数日来，人皆云公移徐州，虽未是实语，然理当如此，惟汲汲行复迁擢矣。某本欲秋间往见，而汝州之行，度不可免。见治装舟行，自洛阳出陆百八十里至汝，虽缭绕邅回，然久困，资用殆尽，决不能陆行耳。无缘诣别，惟望顺时为国自重。

二

专人至，辱长笺为贶，礼意两过。契故不浅，乃尔见疏。悚息！悚息！比日起居何如？登州谢章未上，不敢致启事，近所传，盖非实也。未由合并，千万顺时保爱。人还，适在瓜州道中。裁谢不如礼。

【解题】

本书作于元丰八年（1085），时苏轼谪移汝州，后由司马光举荐，起知登州军国事，将往赴任。

与徐得之四首

一

某启。昨日已别，情悰惘然。辱教，且审起居佳胜。风雨如此，淮浪如山，舟中摇撼，不可存济，亦无由上岸，但阖户拥衾尔。想来日未能行，若再访，幸甚。

二

某启。逾年相从，情均骨肉，乍此远别，怅恋可知。辱书，承起居佳胜，为慰。来日离此，水甚悭涩，不知趁得十五日上否？得之亦宜早发，勉此岁月间，早遂定居为佳也。余万万自重。

三

某启。承舟御不远数百里相从，风义之重，感慰何极。经宿起居何如？郡中虽留数日，竟少暇陪接，又不得一候馆舍，遂尔远别，可量怅惘。

四

某启。别后所辱手书，一一皆领，罕遇信便，不克裁谢，甚愧负也。再到旧游，不见故人，深为惘惘。然喜久客牢落，得遂归计也。比日已还。侍下起居佳胜。会合何时，临书怅然，惟千万自爱。

【解题】

前三书作于元丰八年（1085）九月。时苏轼赴登州，徐大正追送于淮上，遂同行数百里，别后苏轼作书感其情义。末信亦作于此后不久。

与王定国

领书，所以教谕之者备矣。感佩之意，非书可尽，谨当遵用。然所云“领发谢章，不待到任”，私意不欲尔也。谢章有过无功，而礼不可缺，到任一章足矣。空言不足上报，万一徒为纷纷耳。诸公启事，自到后一发，亦备数而已。谪居六年，无一日不乐，今复促令作郡，坐生百忧。正如农夫小人，日耕百亩，负担百斤，初无难色，一日坐之堂上，与相宾飨，便是一厄。公之意可复劝令周旋委曲以求售乎？子由赴阙之命，亦是虚传耳。

【解题】

本书作于元丰八年（1085）。

登州谢两府启

右轼启。蒙恩授前件官，已于今月十五日到任上讫者。迂愚之守，没齿不移。废逐之余，归田已幸。岂谓承宣之寄，忽为枯朽之荣。眷此东州，下临北徼。俗习齐鲁之厚，迹皆秦汉之陈。宾出日于丽谯，山川炳焕；传夕烽于海峤，鼓角清闲。顾静乐之难名，笑妄庸之窃据。此盖伏遇某官，股肱元圣，师保万民。才全而德不形，任重而道愈远。谓使功不如使过，而观过足以知仁。特借齿牙，曲成羽翼。轼敢不服勤簿领，祗畏简书。策蹇磨铅，少答非常之遇；息黥补劓，渐收无用之身。过此以还，未知所措。

罢登州谢杜宿州启

桑榆晚景，忽蒙收录之恩；山海名邦，得窃须臾之乐。自非明哲，少借余光。内自顾其空疏，必难逃于旷败。此盖某官高风肃物，雅望应时。既恺悌以宜民，亦儒雅而饰吏。每假齿牙之论，曲成羽翼之私。感佩良深，敷述奚既。

【解题】

此二书作于元丰八年（1085）十月。苏轼至登州日才五日，旋被召还朝。

与姚君三首

一

某启。过苏，首辱垂访；到官，又枉教字，皆未克陈谢。又烦专使惠问，勤厚如此，可量感愧。比日起居何如？寄示诗编石刻，良为珍玩，足见好事之深笃也。溽暑未解，万万以时珍重。人还，草草奉谢。不宣。

二

昨惠及千文，荷雅意之厚，法书固人所共好，而某方欲省缘，除长物旧有者，犹欲去之，又况复收耶！谨却封纳，不讶！不讶！

三

近专人还，奉书必达。入秋差凉，体中佳否？咫尺披奉无由，尚冀保练，慰此想念。

【解题】

此三书于元丰八年（1085）到登州前后作。姚君，生平不详。

与曾子宣

某启。流落江湖，晚获叨遇，惟公照知，如一日也。孤愚寡与，日亲高谊，谓得永久，不谓尚烦藩翰之寄。违阔以来，思仰日深。特辱书教，伏承履兹初凉，台候万福，欣慰之极。二圣思治，求人如不及，公岂久外。惟千万顺时为国自爱。不宣。

【解题】

本书作于元丰八年（1085）十一月前后。曾子宣，名布，曾巩之弟，官至宰相。

与米元章

某启。人至，辱书累幅，承孝履无恙，甚慰想念。某自登赴都，已达青社，衰病之余，乃始入闹，忧畏而已。复思东坡相从之适，何可复得。适人事百冗，裁谢极草草。惟千万节哀自重。

【解题】

本书作于元丰八年（1085）十一月。米元章，即米芾，号鹿门居士，宋代著名书法家，与苏轼、黄庭坚、蔡襄并称四大家。米芾行为多怪异，人称米颠。累官礼部员外郎，知淮阳军，终生与苏轼保持亲密的友谊。

与子安兄二首

一

拜违十八年，终未有省侍之期。岁行尽，但有怀仰。即日履兹寒凝，尊体康胜。侄男女各长成。东莹每烦照管，感涕不可言。某到不旬日，又有起居舍人之命。方力辞免。年岁间，当请一乡郡归去，渐谋退省耳。未即瞻奉，万乞以时自重。

二

子由亦有司谏之命，想不久到京。东茔茇松，甚烦照管。如更合茇，间告兄与杨五哥略往觑，当分明点数根槎，交付佃户，免致接便偷砍也。不然，与出榜立赏，召人告偷斫者，亦佳。一切告留意相度。阿胶半斤，真阿井水煮者。青州贡枣五斤，充信而已。京师有干，乞示及。

【解题】

此二书作于元丰八年（1085）十二月。时苏轼兄弟陆续进京任职，开始了他们官宦生涯的黄金时代。

与滕达道十四首

一

某启。前者使还，醉中裁谢，极于散慢，至今恐愧。不审比日台候何似？某已被命，实奖借之素。已奏候远接人，计不过七月中下旬行。伏恐知之。士论望公入觐，久未闻，何也？想亦不远。无由面别，瞻望惋怅，溽暑方炽，万冀顺时为国自重。不宣。

二

某启。专使至，辱手诲，伏承起居佳胜，大慰驰仰。某受命已一月，甚欲速去，而远接人未至，船亦未足，督之矣。向虽有十日之约，势不可住，愧负无限。区区之学，顷亦试之矣。竟无丝毫之补，复此强颜，归于无成，徒为纷纷，益可愧也。心之伊郁，非面莫能道，想识此意。唯万万为人自重。人还，奉启上谢。不宣。

三

某启。前蒙惠建茗，甚荷。醉中裁谢不及，愧悚之极。登州见阙，不敢久住，远接人到，便行。会合邈未有期，不免怅惘。舍弟召命，盖虚传耳。君实恩礼既异，责望又重，不易！不易！某旧有《独乐园》诗云："儿童诵君实，走卒称司马。持此将安归，造物不我舍。"今日类诗谶矣。见报，中宪言玉汝右揆，当世见在告，必知之。京东有干，幸示喻。

四

许为置朱红累子，不知曾令作否？若得之，携以北行，幸甚。如不及已，亦非急务。不罪。

五

某启。承专人借示李成《十幅图》，遂得纵观，幸甚！幸甚！且暂借留，令李明者用公所教法试摹看，只恐多累笔耳。此本真奇绝，须当爱护也。月十日后，当于徐守处，借人赍纳。

六

某再拜。自承哀疚，日欲拜疏，以不审知从者所至，以故至今。日月如昨，忽复徂暑。伏惟追慕摧切，触物增恸，奈何！奈何！即日伏料孝履支福。明公声望隐然，虽未柄用，坐镇一方，犹足以携持人心。今兹退归，有识所共叹，而孤拙无状，尤为失巨庇也。唯冀节哀自重，少慰区区。谨奉手启上问。不次。

七

某启。少恳布闻，不罪！不罪！某好携具野饮，欲问公求朱红累子两卓二十四隔者，极为左右费，然遂成藉草之兴，为赐亦不浅也。有便望颁示，悚息。

八

某本作此书，托一同人带去，既而其人却留滞淮南，近复带还，岂胜惭悚。今复附上前疏，贵察其非懈怠也。忽然秋尽，起居何似？向承示谕斤斧鄙词，非见爱之深，岂能尔耶？向示自有一本，云“且斗尊前见在身”，恐闲知之。东方有干，乞示下。

九

某干求累子，已蒙佳惠，又为别造朱红，尤为奇妙。物意两重，何以克当。捧领讫，感愧无量。旧者昨寄在常州，令子由带入京。俟到，不日便持上也。

十

鳆鱼三百枚，黑金棋子一副，天麻煎一篰，聊为土物。不罪浼触。令子思渴，冗中，不及别启。

十　一

某感时气，卧疾逾月，今已全安。但幼累更卧，尚纷纷也。杨道人名世昌，绵竹人，多艺。然可闲考验，亦足以遣滞也。留此几一年，与之稍熟，恐要知。

十　二

所有二赋，稍晴，写得寄上。次只有近寄潘谷求墨一诗，录呈，可以发笑也。衲衣寻得，不用更寻。累卓感留意，悚怍之甚。甘子已拜赐矣。北方有干，幸示谕。

十　　三

某屏居如昨，舍弟子由得安问，此外不烦远念。久不朝觐，缘此得望见清光，想足慰公至意。其他无足云者。贵眷令子，各计安胜。月中前，急足远寄，必已收得，略示谕。

十　　四

某启。此去见有方药可以起公之微疾者，专为访之，如所谕也。四月中所报及却罢之由，未闻其实，到都下当驰白也。

【解题】

上十四书皆作于元丰八年（1085）下半年。

与杨康功二首

一

某启。自闻国恤，哀慕摧殒，不知所措。惟公忠孝体国，想同此情。某无状，自取大戾，非先帝哀矜，岂有今日矣。谁复知我者，公知之深，故及此耳。嗣皇继圣，圣化日新，勉就功业，遂康斯民，知识之望也。

二

两日大风，孤舟掀舞雪浪中，但阖户拥衾，瞑目块坐耳。杨次公惠酝一壶，少酌径醉。醉中与公作得《醉道士石诗》，托楚守寄去，一笑。某有三儿，其次者十六岁矣，颇知作诗，今日忽吟《淮口遇风》一篇，粗可观，戏为和之，并以奉呈。子由过彼，可出示之，令发一笑也。

【解题】

此二书皆元丰八年（1085）作。宋神宗卒于此年三月。

与王文玉三首

一

书已领，跋尾剪去，极不妨，然何足取也。愧！愧！通判大夫甚欲写一书，乏力不果，乞道区区。

二

去岁人还，奉状必达。尔后行役无定，遂缺驰问。比日，不审起处何如？某忝命过优，非许予之素，何以及此。无缘而谢，重增反侧。酷暑，更祈顺时为国自重。谨奉手启，不宣。

三

寓白沙，须接人而行，会合未可期。临书惘惘。见张公翊，出《清溪图》，甚佳。谢生殊可赏，想亦由公指示也。曾与公翊作《清溪词》，热甚，文多，未暇录去，后信寄呈也。睿达化去，极可哀，虽末路蹭蹬，使人耿耿，然求此才韵，岂易得哉！云巢遂成茂草，言之辛酸。后事想公必一一照管也。匆匆，挥汗，不复尽意耳。

【解题】

此三书作于元丰八年（1085）。

答张文潜县丞书

轼顿首，文潜县丞张君足下。久别思仰。到京公私纷然，未暇奉书。忽辱手教，且审起居佳胜，至慰！至慰！

惠示文编，三复感叹。甚矣，君之似子由也。子由之文实胜仆，而世俗不知，乃以为不如。其为人深不愿人知之，其文如其为人，故汪洋澹泊，有一唱三叹之声，而其秀杰之气，终不可没。作《黄楼赋》，乃稍自振厉，若欲以警发愦愦者。而或者便谓仆代作，此尤可笑。是殆见吾善者机也。

文字之衰，未有如今日者也。其源实出于王氏。王氏之文，未必不善也，而患在于好使人同己。自孔子不能使人同，颜渊之仁，子路之勇，不能以相移。而王氏欲以其学同天下！地之美者，同于生物，不同于所生。惟荒瘠斥卤之地，弥望皆黄茅白苇，此则王氏之同也。近见章子厚言，先帝晚年甚患文字之陋，欲稍变取士法，特未暇耳。议者欲稍复诗赋，立《春秋》学官，甚美。

仆老矣，使后生犹得见古人之大全者，正赖黄鲁直、秦少游、晁无咎、陈履常与君等数人耳。如闻君作太学博士，愿益勉之。“德輶如毛，民鲜克举之。我仪图之，爱莫助之”。此外千万善爱。偶饮卯酒，醉。来人求书，不能复觌缕。

【解题】

本书作于元祐元年（1086）初。文中批评了当时的文风，认为王安石规范天下学术思想、好使人文风与己相同，是导致文风衰败的主要原因。苏轼还把振兴文坛的希望寄托在黄庭坚、张耒等身上。张文潜，即张耒，苏门四学士之一。

除起居舍人谢启

比者误被圣恩，轸及弃物。起于贬所，付以名藩。牧养疲民，曾未施于薄效；跻攀近侍，已再被于宠光。禄既多则功不可微，职既崇而责犹为重。顾恳辞之莫获，念图报之未能。方以为忧，敢辱见庆。此盖某官德惟乐善，志务达人。重缘姻好之私，贲以文词之美。捧读数四，退增愧惭。属春候之向和，宜福禄之益固。未遂披奉，但切倾怀。

【解题】

本谢启作于元祐元年（1086）三月。时苏轼升为起居舍人。

与王文玉

冗迫，久不上问。辱教，承起居佳胜，感慰兼集。违去忽两岁，思仰不忘。每惟高才令望，尚滞江湖，岂胜怅惘。不肖忝冒过分，重承笺教，礼当占词布谢。数日，以病在告，使者告回甚速，故未暇也。不罪！不罪！酷暑方炽，千万为时自重。

【解题】

本书作于元祐元年六、七月间。

除翰林学士谢启

叨奉宠恩，擢居禁近。任逾器表，忧与愧并。内自顾于衰迟，宜退安于冗散。岂期晚节，复与英游。此盖伏遇某官，德配先民，望隆多士。至诚乐与，共推人物之评；雅量兼容，曲借齿牙之末。致兹朽钝，亦践高华。方脩问之未皇，遽移书之见及。其为感佩，难尽敷陈。

【解题】

本谢启作于元祐元年（1086）八月，时苏轼被召入学士院，为翰林学士、知制诰。

与王文甫

多时不奉书，思仰不去心。比日履兹酷暑，体中佳胜。数日，以伏暑下府，初安乏力，而潘二丈速行，略奉此数字，殊不尽意。《西山》诗一册，当今能文之士，多在其间。并拙诗亲写与邓圣求诗同纳上。或能为入石安溪，亦佳，不然，写放壁中可也。

【解题】

本书作于元祐元年（1086）十月。

黄州还回大守毕仲远启

五年严谴，已甘鱼鸟之乡；一舸生还，复与缙绅之末。屡将通问，辄复自疑。方兹入境之初，遽已诲音之辱。披缄惊眩，抚己汗惶。恭惟某官，师帅斯民，表仪多士。道德龚、黄之右，牢圄坐空；风流王、谢之间，啸歌自得。岂特居人之安堵，固将迁客之忘归。路转湖阴，益听风谣之美；神驰铃下，如闻謦欬之音。瞻咏实劳，敷宣罔既。

【解题】

本书约作于元祐元年（1086）。

与钱穆父

朝会疏阔，遂不获际见，企渴可量。岁律既尽，殊无以为乐，甚惘惘也。比日起居何如？中前云今日当见过。若果耳，人回略谕，当不出也。或未暇，亦不敢固屈。匆匆，不宣。

【解题】

本书作于元祐二年（1087）前后。时钱穆父知开封。钱穆父，名勰。

与范子丰

轼启。别来新岁庆侍多暇，日集休福。轼百凡如昨，然方求郡，累削不允，终当坚请，以息烦言耳。蜀公丈以节下人事略无少暇，未果上问，乞道下怀。新春，万万以时保练，冗中不谨。

轼再拜子丰承事亲家翁执事。正月六日。

【解题】

本书作于元祐二年（1087）正月。

与张太保安道

某以不善俯仰，屡致纷纷，想已闻其详。近者凡四请郡，杜门待命，几二十日。文母英圣，深照情伪，德音琅然，中外耸服，几至有所行遣，而诸公爕和之。数日有旨，与言者数君皆促供职，明日皆当见。盖不敢坚卧，嫌若复伸前请尔。蒙知爱之深，不敢不尽，幸为察之。褊浅多忤，有愧教诲之素，临书悒悒。

【解题】

本信作于元祐二年（1087）正月，时苏轼在京为翰林学士，因屡受政敌攻击，多次请求出京到州郡任职。此信颇透露出苏轼郁闷不平的心情。张安道即张方平。

与杨元素

某近数章请郡，未允。数日来，杜门待命，期于必得耳。公必闻其略，盖为台谏所不容也。昔之君子，惟荆是师；今之君子，惟温是随。所随不同，其为随一也。老弟与温相知至深，始终无间，然多不随耳。致此烦言，盖始于此。然进退得丧，齐之久矣，皆不足道。老兄相知之深，恐愿闻之，不须为人言也。令子必得信，计安。

【解题】

本书于元祐二年（1087）正月作。信中“荆”指王安石，“温”指司马光。苏轼为人正直而不党，他反对新法却不以王安石为敌，他被人目为司马光一派却不随从附合，因此遭到两派的夹击，难以在朝立身。苏轼不愿投机取进，其刚直不阿的品德令人敬佩。

与家退翁

轼启。昨日先纳送行诗，必达。经宿起居何如，来日定成行否？卑体尚畏风，不果往别。千万顺候自爱。细簟一领，暑途恐须用。鱼胶四片，鹿顶合子一枚，赐墨三丸，纳上。不讶浼渎，不宣。

轼再拜退翁朝奉使君兄。十一日。

【解题】

本书作于元祐二年（1087）。家退翁，名定国，是苏轼同年。送行诗指苏轼《次韵子由送家退翁知怀安军》一诗。

与潘彦明

东坡甚烦葺治，乳媪坟亦蒙留意，感戴不可言。令子各计安，宝儿想见颀然矣。郭兴宗旧疾，必全平愈，酒坊果如意否？韩氏园亭，曾与葺乎？若果有亭榭佳者，可以小图示及，当为作名写牌，然非华事者，则不足名也。张医博计安胜。一场灾患，且喜无事。风颠不少减否？何亲必安，竹园复增葺否？以上诸人，各为再三申意。仆暂出苟禄耳，终不久客尘间，东坡不可令荒芜，终当作主，与诸君游，如昔日也。愿遍致此意。

【解题】

本书作于元祐二年（1087）十二月。时苏轼在京为翰林学士，然在朝不乐，颇思故地、故人。信中询及黄州近况，不辞繁细，面面俱到，并表示要再作东坡主人。可见贬在黄州的生活给苏轼留下了极为美好的怀念。

与友人

轼再拜。近承范子丰倾丧，亲契之深，伏想同增悲悼。蜀公笃老，有此戚戚，赖公过从时相开晓也。轼再拜。

【解题】

本书作于元祐二年（1087）或三年（1088）。

答试馆职人启

伏承射策玉堂，方观笔阵；校文天禄，遂秀儒林。党友增华，缙绅共庆。国家求贤之道，必于闲暇无事之时；贤者报国之功，乃在缓急有为之际。养之无素，则一旦欲用而何由；待以非常，则临事欲辞而不可。故纳之于英俊相从之地，观之以世俗不见之书。非独使之业广而材成，抑将待其资深而望重。

某官学优而仕，行浮于名。词令从容，议论慷慨。追还正始，文章为之一新；传写都城，纸墨几于骤贵。得士之喜，非我敢私。

轼衰病侵寻，文思荒落。职在翰苑，当发策而莫辞；识匪通儒，惧品藻之不称。过烦临贶，宠以书词。永为巾笥之珍，愧乏琼瑶之报。

【解题】

本文似作于元祐三年（1088）。是年正月，苏轼以翰林学士知制诰权知礼部贡举，二月试礼部进士。试馆职人，当指参详、点检试卷等官。

与钱穆父六首

一

两日不奉接，思仰不可言。既无缘往见，空致手启，以为无益而烦还答，故不复讲。日闻府中僚佐，知小疾渐复常，又得手教，有作诗兴，甚慰喜也。诗纳去，如蒙和，何幸如之！诸公诗无他本，却乞封示。旦夕朝会，必遂款话。不一。

二

两日不果诣见，倾仰不可言。乍凉，台候胜常。承已拜命，正得所欲，想惬雅怀。但朋友怀公之去，不能无惘惘然。似闻明主知照极深，其他想不复计较也。明日、后日皆休务，可以往谒。而魏邸将出，不可远去，过此，虽非假日，亦可以因访僧郊外，得邂逅也。想公行李亦不即办，当少留耶？冗中奉启，不宣。

三

会稽平日欲乞，岂易得哉。小生奉羡之意，殆不可言，然亦行当继公也。舍弟差阙下试官，不及奉启，计其出，公未行也。余非面莫悉。倩仲、蒙仲昆仲，不克一别，意甚不足。侍奉外，千万珍爱。蒙仲更砺赋笔，遂取魁甲，至望。旦夕入文字乞郡。江湖之东，行亦得之，但恨会稽为君家所夺耳。呵！呵！

四

令子至，出答教，感慰良极。乍冷，且喜台候康胜。此行知适所愿，但有一事，当在意者。梅月宜颇居高燥，郡中常所偃息处，皆宜易新甃也。余具令子口白。某意在沿流扬、楚，不可得，潭、洪亦所乐也。

五

川公服一段，茶两团，酒二壶，蜀纸三百幅，聊相区区，恕其浼渎。

六

子由试院来日出，或能一见子容诸公，欲二十日出饯，公已出城，莫须少留否?

【解题】

以上书信作于元祐三年（1088）。此年九月，钱穆父出知会稽（今浙江绍兴）。

谢贾朝奉启

右轼启。自蜀徂京，几四千里；携孥去国，盖二十年。侧闻松楸，已中梁柱。过而下马，空瞻董相之陵；酹以只鸡，谁副桥公之约。宦游岁晚，坐念涕流。未报不赀之恩，敢怀盍归之意。常恐樵牧不禁，行有雍门之悲；雨露既濡，空引太行之望。岂谓通判某官，政先慈孝，义笃友朋。首隆学校之师儒，次访里閭之耆旧。自嗟来暮，不闻拔薤之规；尚意神交，特致生刍之奠。父老感叹，桑梓光华。深衣练冠，莫克垂演于墓道；昔襦今袴，尚能鼓舞于民谣。仰佩之深，力占难尽。

【解题】

元祐三年（1088）十二月，苏轼在京城闻眉州通判贾讷往祭东茔，作此文谢之。

与王庆源四首

一

近辱书，并寄新诗，伏读感慰不已。属多事，未及继和。不审比来尊体何如，贵眷各均安？某凡百如昨。梦想归路，如痿人之不忘起也。溽暑向隆，万乞以时保啬。

二

令子两先辈，必大富学术，非久腾踔矣。五五哥、五七哥及十六郎，临行冗迫，不果拜书，因见，道意。登州下临涨海，枕簟之下，天水相连，蓬莱三山，仿佛可见。春夏间常见海市，状如烟云，为楼观人物之象。数日前偶见之，有一诗录呈为笑也。史三儒长老近蒙惠书，冗中未及答，因见，乞道区区。《海市》诗可转呈也。京师有干，乞示下。

三

久不奉状，愧仰增积。即日，远想起居佳胜。叔丈脱屣缙绅，放怀田里，绝人远矣。某罪废流落，今复强颜周行，有愧而已。若圣恩怜其老钝，年岁间，乞与一乡郡，归陪杖屦，复讲昔日江上携壶藉草之乐，只是不得拽脚相送，先发遣酒壶归瑞草桥，于义俭矣。记得否？呵呵。何幸如之。未间，惟望厚自颐养，以享无疆之寿。

四

远沐寄示，老手高风，咏叹不已。甚欲和谢，公私纷纷，少暇，竟未果，悚悚。七八两秀才，各计安。为学想日益，早奋场屋，慰亲意也。知宅酝甚奇，日与蔡子华、杨君素聚会，每念此，即致仕之兴愈浓也。示谕要画，酒后信手，岂能复佳。寄一扇一小轴去，作笑耳。

【解题】

此四书于元祐初年在京城作。信中归乡之念甚浓，言之动情。

与辩才禅师三首

一

久不奉书，愧仰增深。比日，切惟法履佳休。某忝冒过分，碌碌无补。日望东南一郡，庶几临老复闻法音。尚冀以时为众自爱。

二

某向与儿子竺僧名迨于观音前剃落，权寄缁褐。去岁明堂恩，已奏授承务郎，谨与买得度牒一道，以赎此子。今附赵君赍纳，取老师意，剃度一人，仍告于观音前，略祝愿过，悚息！悚息！

三

某有少微愿，须至仰烦，切料慈照必不见罪。某与舍弟某舍绢一百匹，奉为先君霸州文安县主簿累赠中大夫、先妣武昌郡太君程氏，造地藏菩萨一尊，并座及侍者二人。菩萨身之大小，如中形人，所费尽以此绢而已。若钱少，即省镂刻之工可也。乞为指挥选匠便造，造成示及，专求便船迎取，欲京师寺中供养也。烦劳神用，愧悚不已。

【解题】

此三书元祐初年在京城作。辩才，杭州天竺寺僧人，苏轼通判杭州时与相识。

与曾子宣十一首

一

某启。日欲作《塔记》，未尝忘也。而别后纷纷，实无少暇。既请宽限而自违之，惭悚无地。数日来，方免得详定役法，自此庶有少闲，得应命也。屡烦诲谕，知罪深矣。

二

某启。上党、雁门出一草药，名长松，治大风，气味芳烈。亦可作汤常服。近岁河东人多以为饷，若不甚难致，乞为求一斤许。仍恕造次。

三

某再拜启。张倅损其父应之名谷者，欧阳文忠公之友也。文行清修，有古人风，而仕不遂。损亦守家法，令子弟也。与之久故，幸得在左右，想蒙顾眄。适有少冗，而张倅行速，不尽区区。非久，别奉状。不宣。

四

某启。涉暑疲病，久阙上问，曲蒙存录。远赐手教，感怍深至。比日镇抚多暇，起居清胜。某托庇粗如，直舍块处，游从稀少，西望旌棨，临书惘惘。伏暑尚炽，伏惟顺序保练，少慰下情。不宣。

五

某蒙庇如昨，幸与子开同省，孤拙当有依赖，幸甚！幸甚！

衮衮过日，无毫发之补，甚不自安。又未敢乞郡。何时款奉，少尽所怀，临书惘惘。寄惠长松、榛实、天花菜，皆珍异之品，捧当感怍。

六

某启。辱教，伏承台候万福，为慰。《塔记》非敢慢，盖供职数日，职事如麻，归即为词头所迫，率常以半夜乃息，五更复起，实未有余力。乞限一月，所敢食言者有如河，愿公一笑而恕之。旦夕当卜一邂逅而别。

七

某启。昨日又辱宠顾，感幸殊深。仍审台候康胜，为慰。《塔记》重承来谕，敢不禀命。承借发愿文，幸得敬阅。人还，迫夜奉谢。

八

某启。昨日辱台旆临顾，不及拜迎，方欲裁谢不敏，遽枉手教，感悚无地。且审比日起居佳胜。启行有日，终当卜一邂逅，续驰问次。人还，草草，不宣。

九

某再启。退辱示谕，读之汗流洽背，非所以全芘不肖也。《塔记》如河之誓，岂敢复渝，惟深察之。

十

某深欲往会，属以约数相知在净因矣，不罪！不罪！后旬更不敢有所如，谨俟命耳。来日必获望见，并留面谢，悚息！悚息！

十　一

某再启。自公之西，有识日望诏还，岂独契爱之末。边落宁肃，公岂久外哉！示谕《塔记》，久不驰纳，愧悚之极。乞少宽之，秋凉下笔也。亲家柳子良宣德赴潞幕，获在属城，知幸！知幸！谨奉手启，冗迫，不尽区区。

与范蜀公六首

一

日望旌旆之至，不敢复上问，不谓高怀超然，不屑世故，坚卧莫致，有识怅惘。然孤风凛然，足以下激颓靡，虽非落落可指之功，其于二圣忠厚之治，所补多矣。比日履兹寒凝，台候何如，未由瞻奉，伏冀万万为国自重。

二

某碌碌无补，久窃非据，又舍弟继进，皆以疏愚处必争之地。公议未厌，岂可久安。非远，当乞一郡以自效，或得过谒，少闻诲语，大幸也。始者，窃意丈丈绝意轩冕，然犹当强到阙，一见嗣圣，今乃确然如此，殊乖素望，然士大夫甚高此举也。冗中，不尽区区。

三

伏承归政得请，恩礼优异，伏惟庆慰。公孤风亮节，久信天下，而有识今日，尤复归心。勉强暂起，以慰二圣之望，幡然复退，以安无穷之福。出处之间，雍容自得，真可以为后世法矣。

官守所縻，不获躬诣，谨奉手启，区区万一。

四

今晚忽得报，承子丰承事遽至大故，闻之悲痛，殆不可言。美才懿行，期之远到，今乃止此，士友所共痛惜。而况姻戚之厚，悲惋可量！丈丈高年，罹此苦毒，有识忧悬。伏惟高明，痛以理遣，割难忍之爱，上为朝廷，下为子孙亲友自重。不胜缕缕。

五

近者，子丰携长子承务见过，见其风骨秀整，闻向下二子益奇。死生寿夭皆常事，惟有后可以少慰。丈丈意幸以此自遣也。

六

子功、淳父皆欲谒告省觐，某恨不同往，晓解左右。临书凄怆。

与黄鲁直

某启。前日文潜、无咎见临，卧病久之，闻欲牵公见过，所深愿也。便欲作书奉屈，而两日坐处苦一疮极痛，至今未穴，殊无聊赖。得教并诗，慰喜不已。疮两日当穴，又数日可无苦。诸公自可准法来问疾，然欲来，当先见语。公择舅作宪，甚可喜，因见，为道区区。君实尝言，破题当似“日五色”，莫作“运启元圣天临兆民”也。余非面不尽。

答庞安常二首

一

久不为问，思企日深。过辱存记，远枉书教。具闻起居佳胜，感慰兼集。惠示《伤寒论》，真得古圣贤救人之意，岂独为传世不朽之资，盖已义贯幽明矣。谨当为作题首一篇寄去。方苦多事，故未能便付去人，然亦不久作也。老倦甚矣，秋初决当求去，未知何日会见。临书惘惘，惟万万以时自爱。

二

人生浮脆，何者为可恃，如君能著书传后有几。念此，便当为作数百字，仍欲送杭州开板也。知之。

与乡人

某去乡十八年，老人半去，后生皆不识面，坟墓手种木已径尺矣，此心岂尝一日忘归哉！久放山泽，乍入朝市，张皇失次，触目非所好也。但久与子由别，乍得一处，不无喜幸。然此郎君乃作谏官，岂敢望久留者。相知之深，故详及一二。

与人二首

一

辱教，伏承尊体康胜。某以拘文，不克造请，初不知微恙，今闻已安愈，甚慰驰仰。然犹当倍加保爱也。

二

违阔，忽复周岁，思仰日深。冲涉薄冷，起居清胜。即获瞻奉，下情欣跃，区区，并遂面尽。

与黄洞秀才二首

一

某启。寄示石刻，感愧雅意。求书字固不惜，但寻常因事点笔，随即为人取去。今却于此中相识处觅得三纸付去，蓬仙因降，为致区区之意。

二

某启。经过，幸一再见。人来，辱书，甚荷存记，兼审比来起居佳胜，为慰。未由款奉，千万保啬。

与运判应之

多日不接奉，渴仰殊深。大热，伏想起居佳胜。承旦夕启行，无缘往别，乡里何幸，被蒙岂弟之政，但贤者远去，有识所叹也。冲犯酷暑，千万自爱。

与范子功二首

一

违阔岁月，书问不继，自咎之深，殆无所容。伏惟盛德雅度，有以容之。比日窃计镇抚之暇，台候万福。某蒙庇粗遣，骤迁过分，备员无补，惟雅眷有以教督之，乃幸。毒热，伏冀顺时为国自重。

二

久疏上问，愧仰增剧。承轩旆将至，起居佳胜，欣慰不已。暂还旧席，即膺柄用，舆议所属，小子得少托余庇，尤为厚幸。区区即遂面究。

【解题】

上二十八书皆元祐初年在京城作。

与家退翁

轼启。人来，辱手书，具审起居胜常，甚慰想望。轼连岁乞补外，请越得杭，恩出望外。不独少便衰疾，亦遂安蠢拙矣。但去口日远，归扫坟墓何日，不能无惘惘也。乍热，千万以时保爱，治行，冗中布谢，草略，不宣。

轼再拜退翁朝散年兄。四月十三日。

手启上退翁朝散家。轼谨封。

【解题】

本书作于元祐四年（1089）。本年三月，苏轼以龙图阁学士出知杭州。

与钱穆父

前日作《米元章山砚铭》。此砚甚奇，得之于湖口石钟山之侧。有盗不御，探奇发瑰。攘于彭蠡，斫钟取追。有米楚狂，即盗之隐。因山作砚，其理如云。过扬且伸意元章，求此砚一观也。

【解题】

本书作于元祐四年（1089）六月。时苏轼作《米元章石钟山砚铭》。

与米元章三首

一

某以疾请郡，遂得余杭，荣宠过分，方深愧恐，重辱新诗为送，词韵高雅，行色增光，感服不可言也。无缘面谢，益用悚息。

二

某启。示法书一轴，已作两诗跋尾封纳，请批一二字，贵知达也。诗皆戏语，不讶。

三

某启。昨日远烦追饯，此意之厚，如何可忘。冒热还城，且喜尊体佳胜。玳簪甚奇，岂公子宾客之遗物耶？佳篇辱贶，以不作诗故，无由攀和。山研奇甚，便当割新得之好为润笔也。呵呵。今晚不渡江，即来辰当济。益远，惟万万保爱。

【解题】

此三书于元祐四年（1089）六月，在赴杭州途中作。

杭州谢执政启

右轼启。小器易盈，宜处不争之地；大恩难报，终为有愧之人。到郡浃旬，汗颜数四。湖山如旧，鱼鸟亦怪其衰残；争讼稍稀，吏民习知其迟钝。虽尚婴于宠剧，庶渐即于安闲。顾此蠢愚，亦蒙侥幸。此盖伏遇某官，辅世以德，事君以仁，嘉善而矜不能，与人不求其备。故令狂直，得保始终。指步武于夷途，收桑榆之暮景。轼敢不钦承令德，推本上心。政拙催科，自占阳城之考；奸容狱市，敢师齐相之言。庶寡悔尤，少偿知遇。

【解题】

本文于元祐四年（1089）七月到杭州后作。

与钱穆父

别后书问简废，到官百冗，未皇上状，先枉教墨，得闻比日起居佳胜，感慰兼集。闻坐啸竟日，孟公绰岂可屈在滕、薛，而衰病坐苦烦剧，当易地而后安。又天官司徒皆阙人，当令公厌事矣。

大热不可出，初到略须锄治纷纷，湖山咫尺，尚未见也。思企谈笑，起望西兴蔼蔼，若闻謦欬。尚冀珍卫，少慰区区。不宣。

【解题】

本书作于元祐四年（1089）刚到杭州时。

与章子平

某启。咫尺不时上问，特枉手书，愧汗不已。比日起居何如？某老病日增，殊厌繁剧，方艰食中，未敢乞闲郡，日俟谴逐尔。未由面言，临纸惘惘。千万为国自爱。不宣。

【解题】

本书作于元祐四年（1089）十月。章子平，名衡，浦城人。是苏轼同年进士之一。

与范纯夫

某衰病日侵，而使客旁午，高丽复至，公私劳弊，殆不能堪。但以连岁灾伤，不敢别乞小郡。然来年阙食之忧，未知攸济，日俟罪谴而已。李唐夫一宅甚安，沉酣江山，旬日忘归，非久赴任也。

【解题】

本书作于元祐四年（1089）。时苏轼知杭州，正逢灾荒，信中颇有忧民之意。

与千之侄

独立不惧者，惟司马君实与叔兄弟耳。万事委命，直道而行，纵以此窜逐，所获多矣。因风寄书。此外勤学自爱。近来史学凋废，去岁作试官，问史传中事，无一两人详者。可读史书，为益不少也。

【解题】

本书当作于元祐四年（1089）。信中勉励千之勤学读史，一以救时弊，一以益自身。

与章子平四首

一

某启。久阔，幸经过一见，殊慰瞻仰。违去未几，复深驰系。比日，伏惟起居佳胜。到官数月，公私衮衮，殆非衰病所堪。然湖山风物依然，足慰迟暮也。未由接奉，千万为国自重。不宣。

二

某再启。前日曲蒙厚待，感怍兼至，辄有小恳拜闻。本州于潜县柳豫，极有文行，近丁忧贫甚，食口至众，无所归，可代曾君管秀学否？闻曾君不久服阕入京，如未有人，幸留此阙也。此人词学甚富，而内行过人，诚可以表帅学者。率易干闻，必不深讶。可否略示谕。

三

某少事试干闻。京口有陈辅之秀才，学行甚高，诗文皆过人，与王荆公最雅素。荆公用事，他绝不自通。及公退居金陵，日与之唱和，孤介寡合，不娶不仕，近古独行。然贫甚，薪水不给。窃恐贵郡未有学官，可请此人否，如何？乞示及。月给几何，度其可足，即当发书邀之。如已有人，或别有所碍，即已。哀其孤高穷苦，故谩为之一言。不罪！不罪！

四

某启。昨日远烦从者，感愧之极。辱书，承起居佳胜。渡江非今晚即来晨，岂可再烦枉顾。贶鹅肉，极济所乏，遂与安国、几先同飧。乍远，千万保爱不宣。

【解题】

此四书皆作于元祐四年（1089）。中二书向章子平举荐贫穷文士柳豫和陈辅之，颇显示其急切爱才之心。

与潘彦明

久不奉书，切惟起居佳胜。老拙凡百如旧。出守旧治，颇得湖山之乐。但岁灾伤，拯救劳弊，无复齐安放怀自得之娱也。彦明与故人诸公颇见念否？何时会合，临纸惘惘。新春，万万自重。

【解题】

本书于元祐五年（1090）正月在杭州作。

回苏州黄龙图启

伏审政成京口，诏徙吴都。眷惟疆境之邻，首被风声之美。亟蒙音诲，良慰望思。

伏惟某官，赋才敏明，秉德仁厚。践扬台省，既久简于上心；偃息江湖，尚历试以民事。仰膺殊用，以协群言。欣颂之诚，口占难尽。

【解题】

本文作于元祐五年（1090）四月。黄龙图，即龙图阁学士黄履，字安中，时由润州移知苏州。

与王定国

有一事拜托，杭人欲开葑田，盖五六十年矣。但有志于民者，无不经营，亦有数公下手开凿，终于不成。惟不肖偶得其要。开之月余，有必成之势，吏民欢快，如目去翳。近奏乞度牒五十道，终成之，一奏状，一申三省，皆详尽利害。告公为一见莘老，痛致此意。仍求此二状一观之。近奏事多蒙开允，想必莘老之力。更乞应副此一事，使西湖一旦尽复有唐之旧，际山为界，公他日出守此邦，亦享其乐，切望痛与留意。近说与子由，令为老兄力言，而此人懒慢谬悠，恐不尽力，故以托定国，彼此非为身事，力言何嫌也。

【解题】

本书作于元祐五年（1090）。苏轼多次上疏朝廷，请求疏浚西湖，利国利民。此书请王定国帮忙促成此事。

与章子平二首

一

某启。公见劝开西湖，今已下手成伦理矣，想不惜见助。赃罚船子，告为尽数划刷，多多益佳，约用四百只也。仍告差人驾来，本州诸般，全然阙兵也。至恳！至恳！

二

葑脔初无用，近以湖心叠出一路，长八百八十丈，阔五丈，颇消散此物，相次开。路西葑田想有余可为田者，当如教揭榜示之。

【解题】

此二书皆作于元祐五年（1090）五月。时苏轼着手疏浚西湖，因工程浩大，请章子平调集秀州人船助役。信中所言长路，后人称为“苏公堤”，以纪念苏轼开浚西湖之功。

与胡深父

某启。乍到整葺，想劳神用。自浙西数郡，例被霪雨飓风之患，而秀之官吏，独以为无灾，以故纷纷至此。想公下车倍加抚绥，不惜优价广籴，以为嗣岁之备。宪司移文，欲收糙米，此最良策，而攉户专斟所不乐，故妄造言语，聪明所照，必不摇也。病中，手字不谨。

【解题】

本书作于元祐五年（1090）七月，信中对胡深父广籴备灾之举极为赞赏，并批评了那些隐灾不报的官员。胡深父，时为秀州太守。

上吕仆射论浙西灾伤书

轼顿首上书门下仆射相公阁下。轼近上章，论浙西淫雨飓风之灾。伏蒙恩旨，使与监司诸人议所以为来岁之备者。谨已条上二事。轼才术浅短，御灾无策，但知叫号朝廷，乞宽减额米，截赐上供。言狂计拙，死罪！死罪！

然三吴风俗，自古浮薄，而钱塘为甚。虽室宇华好，被服粲然，而家无宿舂之储者，盖十室而九。自经熙宁饥疫之灾，与新法聚敛之害，平时富民残破略尽，家家有市易之欠，人人有盐酒之债，田宅在官，房廊倾倒，商贾不行，市井萧然。譬如衰羸久病之人，平时仅自支持，更遭风寒暑湿之变，便自委顿。仁人君子，当与意外将护，未可以壮夫常理期也。今年，钱塘卖常平米十八万石，得米者皆叩头诵佛云："官家将十八万石米，于乌鸢狐狸口中，夺出数十万人，此恩不可忘也。"夫以区区战国公子，尚知焚券市义，今以十八万石米易钱九万九千缗，而能活数十万人，此岂下策也哉』窃惟仁圣在上，辅以贤哲，一闻此言，理无不行。但恐世俗谄薄成风，揣所乐闻与所忌讳，不以仁人君子期左右，争言无灾，或言有灾而不甚，积众口之验，以惑聪明，此轼之所私忧过虑也。八月之末，秀州数千人诉风灾，吏以为法有诉水旱而无诉风灾，拒闭不纳。老幼相腾践死者十一人，方按其事。由此言之，吏不喜言灾者，盖十人而九，不可不察也。

轼既条上二事，且以关白漕、宪两司，官吏皆来见轼，曰："此固当今之至计也，然恐朝廷疑公为漕司地，奈何?"轼曰："吾为数十万人性命言也，岂恤此小小悔吝哉?"去年秋冬，诸郡闭粜，商贾不行。轼既劾奏通之，又举行灾伤法，约束本路，不得收五谷力胜钱。三郡米大至，施及浙东。而漕司官吏，缘此愠怒，几不见容。文符往来，僚吏恐悚，以轼之私意，其不为漕司地也审矣。力胜之免，去岁已有成法，然今岁未敢举行者，实恐再忤漕司，怨咎愈深。此则轼之疲懦畏人，不免小有回屈之罪也。伏望明公一言，检举成法，自朝廷行下，使五谷通流，公私皆济，上以明君相之恩，下以安孤危之迹，不胜幸甚。去岁朝旨，免力胜钱，止于四月。浙中无麦，须七月初乃见新谷，故自五月以来，米价复增。轼亦曾奏乞展限至六月，终不报。今者若蒙施行，则乞以六月为限。去岁恩旨，宽减上供额米三分之一，而户部必欲得见钱，浙中遂有钱荒之忧。轼奏乞以钱和买银绢上供，三请而后可。今者若蒙施行，即乞一时行下。

轼窃度事势，若不且用愚计，来岁恐有流殍盗贼之忧。或以其狂浅过计，事难施用，即乞别除一小郡，仍选才术有余可以坐消灾沴者，使任一路之责。幸甚！幸甚！干冒台重，伏纸慄战。不宣。

【解题】

本书作于元祐五年（1090）七、八、九月间。因浙西灾害，苏轼曾一再上书请求朝廷宽减额米，停收五谷力胜钱，以救流殍之民。本文亦论此事，并抨击了那些不顾百姓死活，报喜不报忧的劣官。吕仆射，当为吕大防，时为太中大夫守尚书左仆射兼门下侍郎。

与赵德麟二首

一

候吏来，特承书教，礼意兼重，感怍不已。比日起居何如？养疴便郡，得亲宗彦，幸甚。行役迫遽，裁谢草略，想蒙恕察。

二

明守一书，托为致之。育王大觉禅师，仁庙旧所礼遇。尝见御笔赐偈颂，其略云“伏睹大觉禅师”，其敬之如此。今闻其困于小人之言，几不安其居，可叹！可叹！太守聪明老成，必能安全之。愿公因语款曲一言。正使凡僧，犹当以仁庙之故加礼，而况其人道德文采雅重一时乎？此老今年八十二，若不安全，当使何往，恐朝廷闻之，亦未必喜也。某方与撰《宸奎阁记》，旦夕附去，公若见此老，且为致意。

【解题】

此二书皆作于元祐五年（1090）。时赵令畤任官明州，苏轼嘱咐其照料大觉禅师。赵令畤，初字景贶，又字德麟，宋宗室，有文采，苏轼曾多次向朝廷具表推荐。

与大觉禅师二首

一

某启。奉别二十五年，几一世矣，会见无时，此怀可知。到此日欲奉书，因循至今。辱书，具审起居安稳。南方耆旧凋落，惟明有老师，杭有辩才，道俗所共依仰，盖一时盛事。比来，时得从辩才游，老病昏塞，颇有所警发，恨不得一见老师，更与钻磨也。岁暮，山中苦寒，千万为众自重。不宣。轼再拜大觉器之禅师侍者。十二月二十日。

二

要作《宸奎阁碑》，谨已撰成。衰朽废学，不知堪上石否？见参寥说，禅师出京日，英庙赐手诏，其略云“任性住持”者，不知果有否？如有，却请录示全文，欲添入此一节，切望仔细录到，即便添入。仍大字写一本付侍者赍归上石也。惟速为妙。碑上别作一碑首，如唐以前制度。刻字额十五字，仍刻二龙夹之。碑身上更不写题，古制如此。最后方写年月撰人衔位姓名，更不用著立石人及在任人名衔。此乃近世俗气，极不典也。下为龟趺承之。请令知事僧依此。

【解题】

此二书作于元祐五年（1090）十二月。

上执政乞度牒赈济因修廨宇书

十二月二十七日，龙图阁学士朝奉郎知杭州军州事充两浙西路兵马钤辖苏轼谨顿首百拜上书门下仆射相公阁下。去年浙中，冬雷发洪，太湖水溢，春又积雨，苏、湖、常、秀皆水，民就高田秧稻，以待水退。及五六月，稍稍分种，十不及四五，而又继之以旱，以故早晚皆伤，高下并损。自元丰以来，民之艰食，未有如今岁者也。轼已三奏其事，至今未报。盖人微言轻，理自当尔。然亦恐监司诸郡，不尽以实奏。而庙堂所访问往来之人，或揣所乐闻，不尽以实告，故朝廷以轼言为过耳。不然，岂有仁圣在上，群贤并用，而肯恬不为意乎？

入冬以来，缘诸郡闭粜，而税务用例违条，收五谷力胜钱，故米价斗至八九十；衢、睦等州至百余钱，皆足钱，炎炎可畏。轼用印板出榜千余道，止绝此两事。自半月来，米谷通流，价亦稍平。然浙中无麦，青黄之交，当在来秋，而熟不熟，又未可知。民惩熙宁流殍之祸，上户有米者，皆靳惜不肯出，其势非大出官米，不能救此患。自正月至七月，本州里外九县，日粜官米千五百石，乃可以平价救饥，计当用米三十一万五千石。今本州常平除兑充军粮外，止有十七万石，漕司许于邻郡运致三万石，尚少十一万五千石。计穷理迫，须至控告。

轼近以本州廨宇弊坏，奏乞度牒二百道修完，未蒙开允。意欲以此度牒募人于诸县纳米，度可得二万五千石。然后减价出卖，每斗六十，度可得钱万五千贯。且以此钱修完廨宇。虽不及元计料钱数，且修完紧要处，亦粗可足用。则是此度牒一出而两利也。伏望相公，深念本州廨宇弊坏已甚，不可不修，及今完葺，所费尚少，后日大坏，其费必倍，又因以募人纳米出粜救饥。设使不因修完廨宇，朝廷以饥民之故，特出圣恩，乞与二百道度牒，犹不为过，而况救饥修屋两用而并济乎？

轼愚蠢少虑，仰恃庙堂诸公仁贤恤民，必不忍拒此请。意此度牒可以必得，以此不候回降指挥，辄已一面告谕商旅，令储峙米斛，具水陆脚乘，以须度牒之至。深望果断不疑，于一两日内，降付急递。日与吏民延颈企踵，虽大旱望云，执热思濯，未喻其急也。若不蒙哀察，则是使轼失信商旅，坐视流殍，其为惭惶狼狈，未易遽言。至时朝廷虽加诛殛，何补于事。

兼轼近者奏为本路转运司今年合起年额米斛百六十万，乞特许且起一半或三分之二，其余候丰熟日随年额起发，未蒙恩许。今年漕司窘迫，实倍常岁。异时预买绸绢钱，常于岁前散绝，今尚阙太半，划刷之急，盖不遗余力矣。若非朝廷少加矜察，则督迫之极，害必及民。近蒙朝廷许辍上供二十万石出粜，此大惠也。然望更辍留三十万石。若无米可粜，只乞以此钱收买银绢上供，虽无补于饥民，而散币在民，少解钱荒之患，亦良策也。

此外只有劝诱富民出谷助官赈贷，及用常平钱米募民工役二事，然皆难行。劝诱之利，未及贫民，而诛求之祸，先及上户。浙中富民欠官钱者，十人而九，决无可劝诱之理。至于募民工役，亦非实惠。若散募饥贫，不堪工役，鸟兽聚散，得钱便走。熙宁中，尝行此事，名为召募，其实不免于等第上差科，官支钱米尽入役夫，而本户又须贴钱雇人，凶年人户，重有此扰，皆虚名无实，利少害多。惟有多粜官米一事，简而易行。米价既低，民无贫富，均享其利。惟望相公留意，则一路幸甚。

轼拙于言语，不能尽写忧危之状，以晓左右。惟有发书之日，西向再拜，扣头默祷。庶几区区丹诚，可以感动万一也。不宣。

【解题】

本书作于元祐五年（1090）底。文中请求朝廷发放二百道度牒，募饥民修整廨宇，以工代赈，解救饥荒。文辞极为迫切，亦可行，显示了苏轼的爱民之心和吏治才干。

与欧阳亲家母

迨既忝荐赴省试，遂可就亲。虽叔弼尚在疚，想可别令人主婚，已令子由咨禀。彼此欲及时了当，想蒙开许也。轼再拜。老妻不敢拜书县君亲家母，不殊此恳也。

【解题】

本书约作于元祐五年（1090）。欧阳亲家母即欧阳奕夫人，苏轼次子迨娶欧阳奕女为妻。

舍　幡　帖

祖母蓬莱县太君史氏绣幡二，其文曰“长寿王菩萨”、“消灾障菩萨”。祖母没三十余年，而先君中大夫孝友之慕，至老不衰，每至忌日，必捧而泣。今先君之没，复二十四年矣。某以谓宝藏于家，虽先君之遗意；而归诚于佛，盖祖母之本愿。乃舍之金山以资冥福。

【解题】

本文作于元祐五年（1090）。

与范纯夫

奉书不数，愧仰可知。辱手教，且审起居佳胜为慰。某凡百粗遣，闻天官之除，老病有加，那复堪此。即当力辞，乞闲郡尔。侧聆大用，以快群望。未间，千万以时自重。不宣。

【解题】

本文作于元祐六年（1091）正月。时苏轼任杭州太守，闻有吏部尚书之命，作书言已当力辞不就。

答杭州交代林待制启二首

一

伏审知府钤辖待制。新易节旄，光临督府。旧政已孚于千里，先声坐振于七州。轼偶以庸虚，适相前后。愧无毫发之善，可纪斯民；惟有痌瘝之余，以遗君子。即谐瞻奉，尤切咏思。

二

右轼启。罢直禁中，本缘衰病；分符浙右，更窃宠荣。既寻少壮之旧游，复继老成之前躅。养疴卧治之所，蒙成坐啸之余。顾此钝顽，实为忝昧。伏惟知府待制，宏才纬俗，雅望镇浮。神驰方切于望尘，心照已先于倾盖。借之余润，成此虚名。滕大夫之才，岂堪治剧；楚令尹之政，或许告新。望见有期，瞻依愈切。

【解题】

此二文当作于元祐六年（1091）二月。时苏轼罢杭州任，以翰林学士承旨召还京城。林希来杭州代之，苏轼作此二文酬答。林待制，即林希。

与净慈明老五首

一

某启。近辱临访，纷冗不遂款接，愧企无量。比日道体何如？法涌赴阙，道俗一意，皆欲公嗣此道场。缘契已定，想便临屈，副此诚仰。余非面莫究。不宣。

二

某启。人还，承书，蒙峻拒，不识道眼有何拣择，深所未谕也。众意甚坚，虽百却不已。幸早戒途。比日起居何如？即见，不复覼缕。

三

众诣漕台敦请，已许为行下。相次新太守过此，当力求之，想亦必劝行，吾师岂能尽违之耶？至时，不免来此，不如今日赴衰病之请，却非世情也。

四

法涌始者甚不欲赴法云，而张尉之请既坚，遂不能违，亦云缘契在彼，非力辞之可免。法涌既不得免，则吾师今者亦必无缘辞避。幸便副众心，毋烦再三也。钦企！钦企！

五

某启。适辱书，知不违众，愿即当西渡，喜慰之至。比日法履康胜。某虽被旨去郡，犹能少留，及见升堂闻第一义也。谨奉手启攀迎。不宣。

【解题】

此五书作于元祐六年（1091）初。苏轼欲荐楚明主持净慈寺，故作书敦劝之。净慈寺在杭州。

答陈传道

某启。久不接奉，思仰不可言。辱专人以书为贶，礼意兼重，捧领惕然。且审比来起居佳胜，少慰驰想。某以衰病，难于供职，故坚乞一闲郡，不谓更得烦剧。然已得请，不敢更有所择，但有废旷不治之忧尔。而来书乃有遇不遇之说，甚非所以安全不肖也。某凡百无取，入为侍从，出为方面，此而不遇，复以何者为遇乎？舟中倦暑无聊，来使立告回，区区百不尽一。乍远，唯千万自爱。不宣。

【解题】

本书作于杭州太守任上。信中对自己的处境表示满意，而陈传道认为自己不遇则易授人以柄。可见苏轼对政敌仍然心有余悸。

与张君子五首

一

某启。别后公私纷冗，有阙上问，敢谓存记，远枉书教，奖与隆重，足为衰朽之光。比日履兹寒凝，起居佳胜。某凡百粗遣。但杭之烦剧，非抱病守拙者所堪。行丐闲散，以避纷纷耳。湖山虽胜游，而浙民饥歉，公帑窘迫，到郡但闭阁清坐而已，甚不为过往所悦。然老倦谋退，岂复以毁誉为怀。公知照之深，聊复及此。未由展会，尚冀为国自爱。不宣。

二

某春来多病，时复谒告，乞宣城，或一宫观差遣。盖拙者虽在远外，尚忝剧郡，故不为用事者所容。近者言陈师道，因复见及。又去年黥二凶人，一路为之肃然。今乃为其所讼，盖必有使之者。不然，顽民不知为此也。以此，不得不为求闲散以避其锋。素荷知照，聊复及之。亦恐都下相识，不知其由，以为无故复求退，欲公粗知其心耳。

三

某承欲令写先茔神道碑，如公家世，不肖以得附托为宠，更复何辞。但从来不写，除诏旨外，只写景仁一《志》，以尽先人研席之旧，义均兄弟，故不得免，其余皆辞之矣。今若为公家写，则见罪者必众，唯深察悚息。不肖为俗所憎，独公相视亲厚，岂复惜一运笔。但业已辞他人，嫌若有所择耳。千万见恕。惠贶小团佳酝，物意两重。捧领惭荷。

四

某守郡粗遣，去国稍久，矧怀家弟，老病岂不念归。但闻以眷知之深，颇为当路所忌，纵复归觐，不免侧目，忧患愈深，不若在外之安也。蒙念最深，故及此，幸密之。

五

某启。别纸示喻，爱念之深，欲其归阙。某之思念家弟，怀仰亲友，岂无归意。但在内实无丝毫补报。而为郡粗可及民。又自顾衰老，岂能复与人计较长短是非，招怒取谤耶？若缄口随众，又非平生本意。计之熟矣，以此不如且在外也。子由想亦不久须出，则归亦谁从。浙西灾伤殊甚，不减熙宁。然备御之方，亦粗设矣。俟到夏，流殍不大作，则别乞一小僻郡，少安衰拙也。蒙知照之深，故觇缕。因见晋卿道此，亦佳。冗懒殊甚，不别拜书，想不罪也。惠贶团茗御香，皆怕难得，感佩之至。

【解题】

上五书皆作于杭州太守任上。苏轼自元祐四年（1089）连章请得杭州，实为了远离新旧两党的攻击。然苏轼在杭法外处理颜章、颜益聚众闹事又为党人诟病，且遇连年灾荒，使苏轼颇感劳顿，但他自觉“为郡粗可及民”，仍不愿回朝任官。

与陈伯修二首

一

辱书，承孝履如宜。日月如昨，奄换新岁，追慕摧怛，愈远无及，奈何。未缘面慰，伏冀简哀自重。不宣。

二

盐官尉以阻节诉灾，致邑民纷然喧讼，不得不问。然已州罚讫，奏知而已。承谕及，幸悉！幸悉！

【解题】

此二书作于杭州太守任上。陈伯修，名师锡。苏轼遭乌台诗案入狱，独陈伯修出饯之，又为安顿其家。后官至殿中侍御史，因弹劾蔡京、蔡卞，被贬至郴州而卒。

与子由弟

明日，兄之生日。昨夜梦与弟同自眉入京，行利州峡，路见二僧。其一僧，须发皆深青，与同行。问其向去灾福，答云："向去甚好，无灾。"问其京师所须，"要好朱砂五六钱。"又手擎一小卵塔，云："中有舍利。"兄接得，卵塔自开，其中舍利粲然如花。兄与弟请吞之。僧遂分为三分。僧先吞，兄与弟继吞之，各一两掬，细大不等，皆明莹而白，亦有飞进空中者。僧言："本欲起塔，却吃了。"弟云："吾三人肩各置一小塔便了。"兄言："吾等三人，便是三所无缝塔。"僧笑，遂觉。觉后胸中噎噎然，微似含物。梦中甚明，故闲报为笑耳。

【解题】

本书作于杭州太守任上。苏轼晚年好佛，亦钻研佛理，常有心得。此梦即是苏轼自许佛性、佛理的表现。

与钱穆父十二首

一

某启。多日不上问，辱书，感慰之至。比日起居益佳，微疾已痊复。新诗妙曲，得于敲榜间，欣承加惠也。辄复一篇，惟不示人为望。雅奏已行遣，因毁所集也。知之。冬来，全少事，时复开樽湖上，但少佳客尔。未由会集，千万以时保卫。不宣。

二

承录示元之诗，旧虽曾见之，今得公亲书，甚喜。令跋尾。诗词如此，岂敢挂名其间。呵呵。惠示江瑶，极鲜，庶得大嚼，甚快。北方书问几绝，况有苞苴见及乎？昨日忽得两壶，谨分其一，不罪微浼。某再拜。

三

令子不及奉书，昨日与杨次公书，有少事托面白，必达。春夏之交，米价必大长，可畏。公必有以待之，幸预以教我。数郡闭籴，大为杭病，江东尤为害也。屡移不报，录得其榜，已削去。依条，灾伤免力胜。民甚悦，恐知。杭酥不佳，已督之矣。

四

今日得宪檄，亦以闽盗恐轶至衢、睦为戒，度亦未遽尔也。

惟浙西数郡，水潦既甚，而七月二十一、二、三三日大雨暴风，几至扫尽，灾伤既不减去岁，而常平之备已空。此忧在仆与中玉。事有当面议不可以尺书尽者，屡以此意招之，绝不蒙留意云。冬初方过，浙西虽子功旦夕到，然此大事，得聚议乃济。数舍之劳，譬如来一看潮，亦自佳事，试告公以此意劝之，勿云仆言也。如何？如何？吾侪作事，十分周备，仅可免过，小有不至，议者应不见置也。米方稍平，更一月必贵。日夜望中玉来。放脚手籴得十余万石，相次漕司争籴军粮及上供。必大翔涌。其他合行遣事，未易一一遽言。愿公因会，度可言即言之。幸甚！幸甚！此事，某已两削矣。诸公虽未必喜，然度无不行下之理。

五

某蒙令子寄示五赋，幸甚，且为矩范也。后举又预高等矣。近本州举子数百人来陈状，以习赋者多，乞发解各立分数，已为削去矣。闲知之。小儿差遣，蒙留意，以递中间之矣。非久得报，即驰白也。悚息！悚息！

六

迈拙而愿，既备门下人，又日夕左右，想蒙提诲如子侄，不在区区干祷也。乍到颍，不能无少冗。速遣此人，未能尽意。令子相见都下，不款曲，计今已赴任矣。

七

新刻特蒙颁惠，不胜珍感。竹萌亦佳贶，取笋簟菘心与鳜相对，清水煮熟，用姜芦服自然汁及酒三物等，入少盐，渐渐点洒之，过熟可食。不敢独味此，请依法作，与老嫂共之。呵呵。

八

蒙仲过此，以急欲省觐，不敢攀留，甚愧。闻试得甚佳，且夕驰贺也。两小儿本令闲看场屋，今日榜出皆捷，新学妨占解名，可愧也。

九

路中见三郎，甚安。渠道过瓜洲复来相见。江口恨不款曲，然亦被捉住写数纸。东来绝不作诗，公必富作，何不寄示。闻公今年造茶，奇甚，愿分绝品少许。子由遂作北扉，甚不皇，方辞免也。两小儿迨、过在此，迈此月当替，非久亦来此。承问及，感！感！四郎及诸季各安，未及书也。

十

久不奉书，忽辱教字并次公具道盛意，并增感怍。比日起居佳胜，两邦相望，衰拙自知，常有绝尘之叹。惟腰脚蹒跚，略不相让，可以一笑也。近亦渐平复，惟用温补药，颇觉宜人。闻公每用朴消、大黄，昼夜洞下乃愈，此岂卫生之计哉！愿于不发时，常进一温平药，令不发为佳。然已发，想亦非下不愈也。无由面尽，临纸惘惘。

十一

专人来，辱书，且审比日起居清胜。知暂在告，想无苦恙，聊欲闭阁宴坐耳。求紫雪，纳五两去。尚有数两，不欲多驰去。中年岂宜数进此药乎？相望虽咫尺，所欲言者，非笔舌可究。时登中和东庑望西兴，屋瓦可数，相思何穷。子由本欲请外觐得公处，今又北扉，此殆谬悠矣。公简上心岂能久外耶？余热，千万为国自重，不宣。

十二

日望来音，此怀可知。岁暮寒慄，起居何似？递筒既失，必降札子，岁前可得迎见否？未间，伏惟为国自重，冗中，不一。

与章子平五首

一

某启。稍疏上问，伏惟台候万福。积雨不少，害稼否？想极忧劳。杭虽多高原，已厌水矣。未缘瞻奉，惟剧思仰。毒暑，万万自重。挥汗，恕不谨。

二

某启。杨同年至，出所教赐，且审比日起居佳胜，感慰兼极。某百凡如昨。秋暑向衰，官事亦渐简，差有可乐。湖山之胜，恨不与老兄共之也。金鱼池上，数寺亦洁雅，未宜嫌弃，余非书所能究。

三

某再启。叠蒙示谕，但得吾兄不见罪，幸矣，岂复有他哉！某自是平生坎坷动致烦言者，吾兄不复云尔，读之不觉绝倒也。舍弟孤拙，岂堪居此官，但力辞不得免尔。承谕及，感怍！感怍！船子甚荷留念，已差人咨请。知之。

四

某疏拙多忤，吾兄知之旧矣。然中实无他，久亦自信。示谕别纸，读之甚惶恐。某接契末非一日，岂复以人上浮言为事，而况无有耶？此必告者过也。当路纷纷，易得瞋喜，愿彼此一切勿听而已。余非面不究。令子辱访，不尽款曲。悚息！悚息！

五

某启。久别，复此邂逅为喜。病疮，不果往见，只今解去，岂胜怅惘。子由寄今年赐茗，辄分一团，愧微少也。二陈恨不一见之，且为致区区。乍远，千万自爱。

与胡深父四首

一

某启。自闻下车，日欲作书，纷冗衰病，因循至今，叠辱书诲，感愧交集。比日起居佳胜。未缘瞻奉，伏冀以时保练。

二

某久与周知录兄弟游，其文行才气，实有过人，不幸遭丧，生计索然，未能东归九江。托迹治下，窃惟仁明必有以安之，不在多言。余托柳令咨白。冗中，不尽区区。

三

彦霖之政，光绝前后，君复为僚，可喜。船暂辍借，知之。

四

某以衰病纷冗，裁书不谨，惟恕察。王京兆因会，幸致区区。久不发都下朋旧书，必不罪也。

与闻复师

某启。辱书并诗，诵味不释手，感慰之极。比日起居何如？示谕欲以高文发明儒释，固所望于左右也。某数日病在告，今日颇快，来日欲出视事，然尚少力。粗和得来诗，未能尽意。花毯不难得，但去人已负重，后信当致也。诗中似欲之，故及。未相见间，万万自爱。

与程懿叔三首

一

稍不闻问，思企增剧。比日起居何如，贵眷各安胜。广东近亦得书，甚安。子由使虏亦还矣。某近忽苦腰痛，在假数日。今虽强出视事，尚未全健，已乞宣城或宫观去。此虽暂病，亦欲渐为退休之计耳。吾弟治绩远闻，当即召用，少慰公议。

二

承拜命，移漕巴峡，薄慰众望。方欲奉书，使至，辱教字，且审起居清胜。懿叔才地治状，当召还清近，此何足道。得一省坟墓，仍见亲知，为可贺耳。衰病疲厌，何时北趋归路，仰羡而已。知在江上，咫尺莫缘一见，临纸惘惘，

三

某启。长至，不获展庆。伏惟顺履初阳，百福来集。知浙中

人事简静，颇得溪山之乐，但有仰羡。全翁已得文字，吏民甚惜其去，江潮未应，速去无益，不如少留也。问及儿子，感怍，不敢令拜状。不宣。

与引伴高丽练承议三首

一

某启。辱回教，感服不已。数日极寒，徒御良苦，切惟起居佳胜。早潮不知应否？想不出今晚必渡，引领饥渴。专遣人候问。不宣。

二

来日若晚渡，酒五行已夜矣。本州旧例，虽夜已深，人使犹秉烛复谒，当夜下书，请次日大排，不知如何？又二十日正是国忌，若待二十一日大排，又过三日赦限，不知可打散不坐否？乞一一示谕，得以预备也。

三

某启。中使已到三十里，若高丽使只今来辞，酒罢却可迎中使。老业未尽，有如此仓忙，望公慈造一言，得只今上马为幸。

答刘元忠三首

一

专人辱书，承昆仲远寄诗文，读之喜慰，殆不可言，喜谏议公之有子也。比日雪寒，起居佳否？诗文皆大佳，然法曹君所制尤佳也。为之不已，何所不至，辄出一诗为谢，取笑！取笑！未由披奉，千万节哀自重。

二

闻爱弟倾逝，手足之痛，如何可言，奈何！奈何！盛德之后，何乃止此，寿夭默定，非追悼所及，千万宽中自爱而已。无由面慰，临纸哽塞。

三

先公《传》久欲作，以官事衮衮未暇，成，当即寄去也。所要“白云居士”字，不知足下自谓耶，抑为他人求也？既不识其人，不欲便写，若乃是自谓，则未愿足下为此名号也。必亮此言。黄素却写一绝句纳去。不讶。

与王元直

别久思咏，春深，不审起居佳否。眷爱各康胜。某与二十七娘甚安。小添、寄叔并无恙。新珠必甚长成，诸亲各安。旅宦寡悰，思归未由，岂胜恨恨。某为权幸所疾久矣，然捃摭无获，徒劳掀搅，取笑四方耳。不烦远忧，未缘会聚，惟冀以时珍卫。

与遵老三首

一

某启。前日壁间一见新偈，便向泥土上识君，今日复蒙古藤

奇句，益知前言之不妄也。幸甚！幸甚！然既传之诸祖师，何不自家留使。既已倒持，辄当逆化，呵呵。人还，匆匆，不一一。

二

某启。叠辱手教，具审法体佳胜。扇子妙句，开发良多，本欲攀和，恐久立大众。呵呵。人还，匆匆复谢。不宣。

三

某启。前日辱临屈，既已不出，无缘造谢。信宿，想惟法体佳胜。�州茶少许，谩纳上，并利心肺药方呈。范医昨呼与语，本学之外，又通历算，甚可佳也。谨具手启。不宣。

与宝觉禅老

明守一书，托为致之。育王大觉禅师，仁庙旧所礼遇。尝见御笔赐偈颂，其略云“伏睹大觉禅师”，其敬之如此。今闻其困于小人之言，几不安其居，可叹！可叹！太守聪明老成，必能安全之。愿因与款曲一言。正使凡僧，犹当以仁庙之故加礼，而况其人道德文采雅重一时乎？此老今年八十三，若不安全，当使何往，恐朝廷闻之，亦未必喜也。某方与撰《宸奎阁记》，旦夕附去，公若见此老，且与致意。千万！千万！

【解题】

上三十六书皆作于杭州太守任上。

与钱穆父

远接人未到，阙书吏，止用手状，达诚而已，亦幸仁明不深责也。久留吴越，谣颂蔼然，想不日召还密近，幸益为民自爱。迫行，冗甚，不尽区区。到官别上问也。

【解题】

本书作于元祐六年（1091）三月。此时苏轼以翰林学士召还回朝，行前作此书予钱穆父。

与马忠玉

轼启。别来期月，企仰增剧。比日履兹清和，起居佳胜。向因还人上问，必达。轼来日渡江，愈远左右。伏冀顺时为国自重，不宣。轼再拜忠玉提刑奉议执事。四月四日。

【解题】

本书作于元祐六年（1091）离杭州赴京师途中。

与王定国

张公所戒，深中吾病，虽甚顽狠，岂忍不听，愿为致此意也。公向令作《滕达道埋铭》，已诺之，其家作行状送至此矣。又欲作《孙公神道碑》，皆不敢违。只告密之，勿令人知是某作，仍勿令以润笔见遗，乃敢闻命。宋诗甚奇，真得冲替气力也。呵呵。故后诗未及和。朝夕别遣人，并致糟淮，白所欲宜兴田。某岂敢有爱于此等，然此田见元主昏赖。某见有公文在浙漕处理会，未见了绝，当亦申都省也。田在深山中，去市七十里，但便于亲情蒋君勾当尔。不知在公时，蒋能如此干否？更筹之。

【解题】

本书作于元祐六年（1091）四、五月间，时苏轼自杭州太守任上被召还京师，路过扬州作此书。张公，即张方平。

与马忠玉

轼启。属获教字，眷与隆厚，感服不已。此日履兹伏暑，起居清胜。轼数日卧病，今日稍痊，久稽来人，悚息！悚息！承旦夕东归，益深□仰。尚冀珍图，即膺严召，乏力，不谨。轼再拜忠玉提刑奉议阁下。六月十五日。

与通长老四首

一

人至，辱手书，感佩至意。且审比来法候佳胜。衰病，归兴日深。昨日忽召还禁林，殊异所怀，已辞免乞郡，然须至起发前路听命也。劳生纷纷，未知所归宿。临书慨叹，会合无时，千万为众自爱。迫行纷然，幸恕不谨。

二

示谕石刻，浙中好事者多为之，老人亦尔耶？呵呵。惠茶，感刻，仓卒中未有以报。此方有所须，可示及也。大觉正月一日迁化，必已闻之，同增怅悼。某却与作得《宸奎阁记》，此老亦及见之。事忙，未及录本寄去，想非久必自传到也。

三

某启。此来浙中逾年，不一展奉，岂胜怅惘。辱书，具审法履佳胜，感慰兼集。衰病日侵，百念灰冷，勉强岁月间，归安林下矣。闻老师住持安稳，遂可送老，甚喜！甚喜！会合无时，临书慨然，惟千万为众自爱。不宣。

四

惠茶极为精晶，感抃之至。长松近出五台，治风甚效。俗云文殊指示一僧，乃始识之。今纳少许，并人参四两，可以此二物相对入少甘草，不可多。并脑子作汤点，佳。送去御香五两，不讶浼渎。

答王圣美

昨日庭中望见，喜慰久渴。辱教，伏承尊体佳胜。无缘造门，尚冀邂逅，复少须臾。人还，布谢草草。

与辩才禅师

某启。法孙至，领手教累幅。伏承道体安康，以慰下情。前此所惠书信皆领。无状每荷存记，感怍亡已。真赞更烦刻石，甚愧不称，维摩赞近杜介刻，脱却数字，好笑！好笑！唯金山石本乃是也。信口妄语，便蒙印可，罪过！罪过！闻老师益健，更乞倍加爱重，且为东南道俗归依也。某衰病，不复有功名意，此去且勉岁月，才得个退缩方便，即归常州住也。更告法师，为祷诸圣，令早得归为幸。此是真切之意，勿令人知将为虚伪。迫行，冗中不宣。

与钱穆父二首

一

某在杭，虽少劳而意思自得。此来极安逸，然多忧愧，想识此心也。只在兴国浴室独居，大暑中殊清也。蒙仲在公翊所见之。公翊今得符离，不知当同往否？承辟召，小儿感戴不可言，得否犹未可知也？浙西水灾殊甚，已差岑、杨二君，朝论甚留意救恤也。知之。边上秋熟，可庆！可庆！

二

漕任虽非众望，然有一事有望于公。浙江流殍之忧，来年秋熟乃免。日月尚远，恐来年春夏间可忧，赈之则无还，贷之则难索，皆官力所不逮，惟多擘画，使数郡粜场不绝，则公私皆蒙利，事甚易知，但才不逮，且无是心，敢以累公，况枌榆所在，当留念也。

与某宣德书

蒙遣人致金五两、银一百五十两为赆。轼自黄迁汝，亦蒙公厚饷，当时邻于寒殍，尚且辞避，今忝近臣，尚有余沥，未即枯竭，岂可冒受。又恐数逆盛意，非朋友之义，辄已移杭州，作公意舍之病坊。此盖某在杭日所置，今已成伦理。岁收租米千斛，所活不赀，故用助买田，以养天民之穷者。此公家家法，故推而行之，以资公之福寿，某亦与有荣焉。想必不讶。至于感佩之意，与收之囊中，了无异也。

与孙正孺二首

一

数日前，因来人奉书必达。比日，伏想履兹余热，起居佳胜。某已八上章乞郡，旦夕必有指麾，且辍忙。为公作得送行诗跋尾，以先祖讳故，不欲作冠篇也。未由会合，千万保爱。

二

某顽健稍胜昔。老兄眠食不衰否？阔远无他嘱，惟倍万保啬而已。勿将作汎汎常语过耳也，千万！千万！入石时，莫用边花栏界之类。古碑惟石上有书字耳，少着花草栏界，便俗状也。不罪！不罪！偶与子由饮半盏酒，便大醉，不成字。

与李端伯三首

一

自附启河朔，尔后纷纷，不获继问左右。比日，伏审镇抚之暇，台候万福。蜀中本易治，而或者扰之，公既深识民情，而民亦素服公政。切想下车以来，谈笑无事，行春之乐，无由托后乘陪宾客之末，但深想望。舍弟锁宿殿庐，未及奉状。

二

张君房助教，陵井人。本治儒学，已而为医，有过人者。智识通变，而性极厚，恐欲知之。

某宠禄过分，碌碌无补。久以为愧。近屡请郡，未获，若得归扫坟墓，遂得望见，岂胜厚幸。但恐政成，促召在旦暮尔。冗中，不尽区区。

三

邑子每来，稔闻岂弟之政，西南泰然，不肖与受赐多矣。幸甚！幸甚！小侄千之初官，得在麾下，想蒙教诲成就也。曾拜闻眉士程遵诲者，文词气节，皆有可取。不知曾请见否？

答青州张秘校一首

承携长笺下访，不克迎奉为愧，经宿，伏惟尊履佳胜。示谕，乃宰物者之事，非不肖所能致也。幸赐深亮。

【解题】

以上书信作于元祐六年（1091）在京城任职期间。

颍州到任谢执政启

入参两禁，每玷北扉之荣；出典二邦，辄为西湖之长。皆缘天幸，岂复人谋。惟汝水之名邦，乃裕陵之故国。人醇事简，地沃泉甘。岂惟暂养于不才，抑亦此生之可老。恭惟某官，嘉猷经世，茂德范时。元老庙堂，自有权衡之信；余生江海，得同品物之安。感佩之私，笔舌难既。

【解题】

本谢启作于元祐六年（1091）八月。时苏轼知颍州。

与辩才禅师二首

一

某启。别来思仰日深，比来道体何如？某幸于闹中抽头，得此闲郡，虽未能超然远引，亦退老之渐也。思企吴越诸道友及江山之胜，不去心。或更送老请会稽一次，老师必能为此一郡道俗少留山中，勿便归安养，不肖更得少接清游，何幸如之。惟千万保重。不宣。

二

近日百事懒废，寝食之外，颓然而已。写此数纸书，一似小儿逃学。来人催迫，日推一日，相知惠书，皆不能答，如相怪，且为道此意，老病不足责也。

【解题】

前书元祐六年（1091）九月作于颍州。

与王定国十三首

一

某启。久不奉状，辱书，感慰之至。比日起居何如？谤焰已息，端居委命，甚善。然所云百念灰灭，万事懒作，则亦过矣。丈夫功名在晚节者甚多，定国岂愧古人哉！某未尝求事，但事入手，即不以大小为之。在杭所施，亦何足道，但无所愧恨而已。

过蒙示谕，惭汗。若使定国居此，所为当更惊人，亦岂特止此而已。本州职官董华，密人也。能道公政事，叹服不已，但恨公命未通尔。但静以待之，勿令中涂龃龉，自然获济。如国手棋，不烦大段用意，终局便须赢也。未由会见，千万保重，不宣。

二

某启。近遣人奉书，未达间，领来诲，伏承起居佳胜。旋得厚之书，知从者入都，想已还宋矣。某见报移郓，老病岂堪此剧郡。方欲力辞而请越，不惟适江湖之思，又免过都纷纷，未知允否？老境欲少安，何时定乎？未由言面，菀结可知。乍暖，千万保练。不一。

三

某启。平生欲著一书，少自表见于来世，因循未成。两儿子粗有文章材性，未暇督教之。从来颇识长年养生妙理，亦未下手。三者皆大事，今得汝阴，无事，或可成，定国必贺我也。言此者，亦欲公从事于此尔。书至此，中心欣跃，如有所得。平生相知，不敢独飨，当领此意，不复念余事也。

四

公自此无忧患矣，不须复过虑。《砚铭》，到颍当寄上也。

五

某启。辱书，具审起居佳胜。诬罔已辩，有识稍慰。宠示二诗，读之耸然。醉翁有言，穷者后工，今公自将达而诗益工，何也？莫是作诗数篇以饷穷鬼耶？喜不寐。诗甚欲和，又碍亲嫌，皆可一笑也。张公今虽微瘦，然论古今益明，不惟识虑过人，定国亦可见矣。人事纷纷，书不尽言，非面莫究。

六

某甚欲赴乐全之约，请南都，而子开有书切戒不可。又侄女亦有书云，舅姑方安于彼，不可夺也，故不欲请。承乐全乃尔见望，读之极不皇，且为致此恳，余具公书矣。定国云有二诗，元不封示，何也？公平生不慎口，好面折人，别后深觉斯人极力奉挤。公临行时，亦自觉仆始信之可骇也。

七

某启。自公去后，事尤可骇。平生亲友，言语往还之间，动成坑阱，极纷纷也。不敢复形于纸笔，不过旬日，自闻之矣。得颍藏拙，余年之幸也。自是刳心钳口矣。此身于我稍切，须是安处，千万相信。日与乐全翁游，当熟讲此理也。某甚欲得南都，而侄女子在子开家，亦有书来，云子开欲之，故不请。想识此意。

八

某启。数辱书，一一收领。亦一上状，知已达。风俗恶甚，朋旧反眼，不可复测，故不欲奉书，畏浮沉尔。不罪！不罪！比日起居佳胜。公敝屣浮名，一寄之天，不过淮上上回文，以无为有尔。然亦未必如此，但恐流俗观望，复作两楹之说，皆不足道也。某所被谤，仁圣在上，不明而明，殊无分毫之损。但怜彼二子者，遂与舒亶、李定同传尔，亦不足云，可默勿语也。余惟千万保爱。不宣。

九

某启。别来纷纷，未即奉状。两辱手教，感愧深矣。且审比来起居佳胜，为慰！为慰！公失郡去国，士友所叹。然自是计少安，其他无足言者。某已得颍州，极慰所欲，但不副张公之意。盖旬日前得子开书，极来相祷，方安于彼，不欲移也。故不敢乞。闻张公已安，庆慰无量。会合未可期，惟千万保啬。不宣。

十

某启。前日欲附南京书，来人不告而去，因循至今。比日起居何如？张丈且喜少安。且令安乐几年，慰四方士大夫心，岂非好事。近日都下，又一场纷纷，何时定乎？颍虽闲僻，去都下近，亲知多特来相看者，殊倦于应接，更思远去而未能也。未缘言面，千万保啬。不一一。

十一

某启。人来，辱书，并三诗，伏读感慰。仍审起居佳胜。报张公卧疾，不胜忧悬。急要文集，不敢不付。在杭二年，到京数月，无顷刻暇时。公属我，文集当有所删润，虽不肖岂敢如此。然公知我之深，举世无比，安敢复存形迹，实欲仰副公意万一，故不敢草草编录。到颍，方有少暇，正欲编次，而遽索去，不敢不付。且乞定国一言，检阅既了，仍以相付，幸也。千万保爱。不宣。

十二

辱书，惊闻乐全先生薨背，悲恸不已。元老凋丧，举世所痛，岂独门下义旧。虽寿禄如此，而吾侪不复见此师范，奈何！奈何！方欲乞移南都，往见之，今复何及！尚赖定国在彼，差慰其临没之意。闻属纩之际，犹及某与舍弟，痛哉！仰惟宽怀，且助厚之、迷中干后事也。执笔，怆塞不次。

十三

专人来，辱书，且审起居佳胜。张公《行状》，读之感慨，内有数处，须至商量签贴。持去，乞细予批鉴。附来高文，固佳妙，无可指摘，但其间不免有愚意未安者，必是老谬不足晓，烦公开谕，仍不深讶。盖张公文，《志》又不可不尽心同虑也。惶悚！惶悚！仍须索便下笔也。未由瞻晤，千万加爱，不一。

【解题】

以上书信皆作于元祐六年（1091）八月至元祐七年（1092）初。苏轼自六月还京以来，再受洛党攻击，请得颍州，故信中既有愤世之意，又有解脱之感。张公、乐全先生皆指张方平。张方平亡于元祐六年八月，苏轼于十二月八日闻其死讯。

与赵德麟六首

一

人来，辱书。伏审履兹畏暑，起居佳胜，为慰。见念之深，正如怀仰之意。不肖独赖晁无咎在此，方忧其去，若果得德麟为代，真天假老拙也。既未欲来此寄居，常令为于高邮寻安下处，续当驰报也。未间，万万自重。

二

别后思仰不可言。窃计起居佳胜。得舍弟书，奉太夫人久服药，近已康复，伏惟欢庆。到郡两月，公私劳冗，有稽上问，想未深责。会合未期，惟冀侍奉外，千万保重。

三

昨日幸接笑语。今日知举挂，闻之后时，不及往慰，悚息！悚息！三日臂痛，今日幸减，录旧诗一篇奉呈。闻公亦欲借示诗稿，幸付去人。上清宫成而有德音，意谓守臣当有贺表，如何？如何？谋之于公，幸略垂示。

四

某启。数日不接，思渴之至。冲冒风雪，起居何如，端居者知愧矣。佛陀波利之虐，一至此耶？乃知退之排斥，不为无理也。呵呵。酒二壶迎劳，唯加鞭！加鞭！

五

《字说》改多，写了纳去。背时两叶，实糊合之，仍用皂绫夹褾纪之。仍请前后各着一空页。

六

某启。钦服下风，为日久矣。迟暮相从，倾盖如故。非独气类自然，抑亦夙昔缘契。人来，辱手教，得闻起居佳胜，堂上康福，感慰深矣。其凡百如昨。又得无咎相切磨之，幸德麟替后，想必有殊命。万一尚未，一来为无咎交承亦佳，又闻欲寄居此间，可先示谕也。万万自重。不宣。

【解题】

上六书作于颍州任上。赵令畤时任颍州签书，佐苏轼救民饥寒，开浚西湖，颇有事功。

与汪道济二首

一

专使至，辱书，感服存记。且审比来起居佳胜，甚慰驰仰。

未卜会见，惟祈保练。

二

某见报移汶上，而敕未下，老病不堪寄任，方欲力辞，未知得免否？令子日夕相见，甚安，知之。

答龟山长老四首

一

忽辱书，感慰无量。此日法履佳否？名为实宾，学者之意，师何用此。重烦示谕，过当。未缘展晤，千万为众自重。

二

张君予都尉，闻是旧檀越。为奏海照之号，今托林承议附纳敕牒，请作一书致君子，贵知到也。本欲为书海照堂大字，作牌纳去，屡写皆不佳，不可用。非久，待告文安国为作篆字也。

三

奉别忽半年，思仰无穷。比日履兹余寒，法体何如？侧闻居山渐久，道俗向服。新命既下，想慰众意。未瞻奉间，千万以时自重。

四

前者过谒，虽不款留，然开慰已多矣。辱书，审闻别后法履清胜。山门久堕，经始为劳，然龙象所在，淮山已自改观矣。未期会集，幸为众自爱。

与王庆源子

某自去岁闻宣义叔丈倾逝，寻递中奉慰疏，必已闻达。尔后纷冗少暇，继以行役不定，久阙书问，愧悚不已。叔丈平昔以文行著称乡闾，于场屋晚乃少遂，终不振显。惟望昆仲力学砥砺，以显扬不坠为心，乃末戚区区之望也。因信，惠一二字。

与参寥子二首

一

两得手书，具审法体佳胜。辩才遂化去，虽来去本无，而情钟我辈，不免悽怆也。今有奠文一首，并银二两，托为致茶果一奠之。颖师得书，且喜进道。纸尾待得闲写去。余惟万万自重。

二

某在颍，一味适其自得也。承惠家园新茗，珍感之至。紫衣脚色已付钱，今冬必得。已托王晋卿收附递至智果也。四公子亭他辈非吝，但近日人言尤可畏，薄恶之甚，故未可也，必深悉此。颖上人道业必进，托为传语。聪公病懒不写书，不讶！不讶！迈已赴河间，来书续附去次。少游近致一场闹，皆群小忌其超拔也。今且无事，闲知之。

【解题】

上数书皆作于颍州。

与范纯夫

到颍半年，始此上问，懒慢之罪，踧踖无地。中间辱书及承拜命贰卿，亦深庆慰。然公议望公在禁林，想即有此拜也。春暖，起居何如？某移广陵，甚幸。舍弟欲某一到都下乞见，而行路既稍迂，而老病务省事，且自颍入淮矣。不克一别，临书惘惘。

【解题】

本文作于元祐七年（1092）二月，时苏轼由颍州太守改知扬州。苏轼在信中透露了自己不愿赴京辞别，表达了对京城官场的厌弃之情。

与钱穆父

轼启。久不闻问，奉怀怅然。忽人来，辱手书，承比日起居佳胜，感慰无量。示谕欲令纪述新庙记，不敢以浅陋固违，但迫行，冗甚，不暇。俟到扬州，得少静息，当下笔，成，即递中寄去也。会合未缘，千万自重，不宣，轼启上穆父内翰执事。

【解题】

本书作于元祐七年（1092）到扬州之前。

与潮守王朝请涤二首

一

承寄示士民所投牒及韩公庙图，此古之贤守留意于教化者所为，非簿书俗吏之所及也。顾不肖何足以记此。公意既尔，众复过听，亦不敢固辞。但迫行冗甚，未暇成之，愿稍宽假，递中附往也。子野诚有过人，公能礼之，甚善。向蒙宠惠高文，钦味不已，但老懒废学，无以塞盛意，愧怍而已。

二

承谕欲撰韩公庙碑，万里远意，不敢复以浅陋为词。谨以撰成，付来价，其一已先遁矣。卷中者，乃某手书碑样，止令书史录去，请依碑样，止模刻手书。碑首既有大书十字，碑中不用再写题目，及碑中既有太守姓名，碑后更不用写诸官衔位。此古碑制度，不须徇流俗之意也。但一切依此样，仍不用周回及碑首花草栏界之类，只于净石上模字，不着一物为佳也。若公已替，即告封此简与吴道人勾当也。

【解题】

此二书作于元祐七年（1092）二、三月。潮州太守王涤专使来求苏轼作《韩文公庙碑》，苏轼对此事十分慎重，不仅认真考索事实、撰写碑文，还亲自规划碑样，体现了对韩愈的景仰之情。

与王定国二首

一

某启。高休至，辱书忧爱矣。比日起居何如？书意欲一相见，固鄙怀至愿，但不如彼此省事之为愈也。御瘴之术惟绝欲练气一事。本自衰晚当然，初不为御瘴而作也。某其余坦然无疑，鸡猪鱼蒜，遇着便吃；生病老死，符到便奉行，此法差似简要也。君实尝云："王定国瘴烟窟里三年，面如红玉。"不知道，能如此乎？老人知道，则不如公，顽愚即过之。朝夕离南都，别上状。愈远加爱。不宣。

二

某启。别来三辱书，劳问之厚，复过畴昔矣。衰缪日退，而公相好日加，所未谕也。又中间一书，引物连类，如见当世大贤。意谓是封题之误，必非见与者，而其后姓字则我也，尤所不谕。然三复其文，词韵甚美，正似苏州何充画真，虽不全似，而笔墨之精，已可奇也。谨当收藏，以俟讲此者而与之。如何？如何？公行复旧官矣，差遣亦必自如意。可喜！可喜！但此去不知会合何日，不能无耿耿也。真赞辄作得数句，如何？可用，即令一善写小字人代书绢上可也。张公《集引》、厚之《字说》皆未作。别后日纷纷，可厌！可厌！神膏方纳上，余勤勤自爱。

与明父权府提刑

到官半岁，依庇德宇，获遂解去，感服深矣。临行宠饯再三，益愧眷厚。别后，切想起居佳胜。某已达泗上，迎送人等谨遣还府。今日留一饭，晚遂发去。逾远左右，回望怅然。尚冀保练，以须显拜。

【解题】

此三书皆作于元祐七年（1092）离颍州途中。

扬州到任谢执政启

择地而安，本非臣子之达节；有求必获，足见庙堂之兼容。释汝、颍之清闲，当江、淮之冲要。旧游所乐，习俗相谙。已见吏民，具述朝廷之意；不为条教，自然狱市之清。此盖伏遇某官，师保斯民，蓍龟当代。折冲御侮，已获万人之英；补隙辅疏，更收一术之用。轼敢不益求民瘼，勉尽鄙才。但未归田之须臾，犹思报国之万一。

【解题】

本文作于元祐七年（1092）三月。

与蔡朝奉二首

一

某启。寄示士民所投牒，与韩公庙图，此古人贤守，留意于教化，非簿书俗吏所及也。顾不肖何以托此。公意既尔，众复过听，亦不敢固辞。但迫冗，未暇成之，幸稍宽假，途中寄上也。子野诚有过人，公能礼之，甚善。向蒙寄惠高文，钦味不已，但老懒废学，无以塞盛意，愧怍不已。

二

某启。示谕《韩公庙记》。辍忙为了之，已付来人。来人日饭之，以需此文。其一乃遁去。足下书中云，王守六月替，此二人乃云二月替，不知果如何？若万一已得替，即请足下与勾当摹刻，已于太守书中细言矣。初到扬州，冗迫，书不尽所怀。

【解题】

后一书约作于元祐七年（1092）三月。参见《与潮守王朝请涤二首》。

扬州上吕相公论税务书

轼再拜。伏蒙手书，见谓勇于为义，不当在外。奖饰过分，悚息之至。轼窃谓士在用不用，不在内外也。自揣所宜，在外，不惟身安耳静，至于束吏养民，亦粗似所便。又不自量，每有所建请，蒙相公主张施行，使轼常在外为朝廷采摭四方利病，而相公择其可行者行之，岂非学道者平生之至愿也哉！

顷者所论积欠，蒙示已有定议，此殆一洗天下疮痏也。

近复建言纲运折欠利害，乞申明《编敕》，严赐约束行下，而罢真、扬、楚、泗转般仓斗子仓法，必已关览。此事若行，不过岁失淮南商税万缗，而数年之后，所得必却过之。但纲梢饱暖，馈运办集，必无三十万石之欠；而能使六路运卒，保完背颊；使臣人员千百人，保完身计，此岂小事乎？其余纲运弊害，小小枝叶，亦不住讲求，续上其事。

又轼自入淮南界，闻二三年来，诸郡税务刻急日甚，行路咨怨，商贾几于不行。有税物者既无脱遗，其无税物及虽有不多者，皆不与点检，但多喝税钱，商旅不肯认纳，则苛留十日半月。人船既众，赀用坐竭，则所喝惟命。州郡转运司皆力主，此辈无所告诉。窃闻东南物货，全不通行，京师坐致枯涸。若不及相公在位，救解此患，恐遂滋长，至于不可救矣。只如扬州税额，已增不亏，而数小吏为虐不已。原其情，盖为有条许酒税监官分请增剩赏钱。此元丰中一小人建议，羞污士风，莫此为甚。如酒务行此法，虽士人所耻，犹无大害。若税务行之，则既增之外，刻剥不已，行路被其虐矣。轼旦夕欲上此奏，乞罢之。亦望相公留念。

轼已买田阳羡，归计已成。纷纷多言，深可悯笑。但贪及相公在位，求治绳墨之外，故时效区区，庶小有益于世耳。不宣。

【解题】

本书当作于元祐七年（1092）七月。苏轼外任州郡以来，曾多次请求朝廷减免百姓积欠。此信又论州郡税务刻剥商民，使得货物得不到流通，百姓日益穷困，因此请求吕大防设法解救。

与赵德麟四首

一

惠示二诗，伏读慰抃不可言。某途中及到此，绝少暇，止有数首，不佳。又未有工夫录去，容稍积多，并奉呈也。今且次韵二首，为一笑。

二

某启。宦游无定，得友君子，又复别去，怅惘可量。数日，窃想起居佳胜。到寿淮山，渐有佳思。懒不作诗，亦无人唱和也。乍远，万万自重。不宣。

三

淮南夏颇熟，然积欠为害，疾瘵殆未有安理。浙西疲甚，岁事亦未可知。余非书所能尽。德麟孤风超然，愿少贬以忍济为念。必亮此意。此中有干，幸示及。杭州买物人已回，内中所欠俞君钱，此有便，当先为寄还之。如遣还之，可速示，免重寄也。滑盏，得钱都正书，已琢磨，兼与钱讫。非久必寄来。即附上。

四

文广狱断敕下，可略示也。李尉推恩有耗否？尹遇案必已上。古人云：雷霆之下，恐难独当。愿挂一名。以今观之，此人真难得也，亦勿深怪之。知颍尾夏田损半，秋有望否？淮南东西秋夏皆大熟，亦一乐土也。狱官不惟庇为前勘，乃是深为不待结案而移司者周虑也。若勘作故出，则指挥移司官不得不问。上下欺罔，不得不令人愤愤，某亦无由入文字。亦有以论之，恐不济事，太息而已。

【解题】

上四首作于元祐七年（1092）二至八月间。时苏轼由颍州改知扬州，颇挂念颍州收成及故人。

与潘彦明

辱书，感慰无量。比日起居何如？别来不觉九年，衰病有加，归休何日？往来纷纷，徒有愧叹。知东坡甚葺治，故人仍复往还其间否？会合无期，临纸怅惘。

【解题】

本文作于元祐七年（1092）八月，时苏轼任扬州太守。文中颇思黄州故地，意在归隐。

谢交代赵祠部启

近审新命，屈领此邦。名实所加，吏民交庆。夫何驽蹇之步，偶兹糠粃之先。虽甚内惭，实为大幸。恭惟某官，清名肃物，雅望在人。以博学而济雄文，以高才而行直道。久试萧生于冯翊，犹烦长孺于淮阳。眷此东原，几为大泽。尚呻吟之未复，岂罢陋之所堪。望公之来，以日为岁。祝颂之素，写述难周。

【解题】

本文作于元祐七年（1092）八月。赵祠部，名不详，时奉诏来代替苏轼任扬州太守。苏轼则回京任兵部尚书兼差充南郊卤簿使。

与孔毅父四首

一

某启。递中复辱手教，感悚。比日起居佳安。明日便重九，每缘相对，耿耿也。来书推予过重，公欲避文人相轻之病，而不度不肖所不能任，甚无谓也。以瞰日之誓，故复不自隐，想当一笑也。近侄婿曹君行，曾奉状，必达。乍冷，惟万万自重。不一一。

二

子由信笼敢烦求便附与，内有系婿一带，乞指挥去人，勿令置润湿处也。烦渎，至悚！至悚！祖守便行否？因书，示谕。中前曾托购一碑石，不知得否？因见，乞试问看。

三

到扬吏事清暇，而人事十倍于杭，甚非老拙所堪也。熟观所历数路，民皆积欠为大患。仁圣抚养八年，而民未苏者，正坐此事耳。方欲出力理会，谁肯少助我者乎？此间去公咫尺耳，而过往妄造言语者，或云公欲括田而招兵，近闻得皆虚，想出于欲邀功赏而不愿公来者乎？事之济否，皆天也，君子尽心而已。无由面见，临纸惘惘。

四

到此得所赐书，即于递中上谢，岂不达耶？续蒙示谕《王景寻文集》，某犹及从其人游，当依所教。然近日士大夫以某不作铭志，故变文为集引耳。已屡辞之，今恐未可遽作也。不罪！不罪！前日得舍弟书报，志公婢偶伤火汤，初甚惊惋，连得书，已全安无痕矣。恐要知。在京数日，见其慧利长进，无病，后母抚之如己出也。除夜纷纷，奉启不谨。

【解题】

此四书元祐七年（1092）在扬州作。信中再一次论及百姓积欠事，并对当权者不顾百姓死活深感愤懑。孔毅父，名平仲，历任江东、江浙、京西转运使，有文名，且为人耿直，是苏轼好友。

与林子中五首

一

某启。近遣人奉书，必达。乍暖，台候佳胜。某被命维扬，差复相近，颇以为喜。召命过我，当为十日留也。未间，万万自重。不宣。

二

某启。以病在告，不与朝会，莫克望见，瞻企之极。前日辱手教，不即答，悚息！悚息！比来起居何如？二图奇妙绝世，辄作二绝句其后，答去。幸批一二字，要知达也。匆匆，不宣。

三

某启。惠贶二团，领意至厚，感怍无已。所要鸡肠草，未有生者。此有一惑炉火。人收得少许，纳去。老兄亦有此惑故耶？邦直耽此极深。仆有一方，遂为取去，可就问传取也。奇绝！奇绝！消硇，雌相伏者。写书至此，忽见报，当使高丽。方喜得人，又见辞免，何也？不知得请否？此本劣弟差遣，遂为老兄所挽，然比公之还，仆亦不患贫矣。呵呵。且寄数字，贵知此行果决如何？若不能免，遂浮沧海、观日出，使绝域知有林夫子，亦人生一段美事也。

四

某启。承别纸示喻，知大事虽已毕，而聚族至众，费用不赀。吾兄平时仅足衣食，况经此变故，窘迫可知，闻之但办得空忧，可量愧叹。昆仲才行，岂久困者。天下何尝有饥寒官人耶？惟宽怀顺变而已。故人勉强一慰，此乃世俗之常悲，何知之晚耶！所要元素方，本非亲授于元素。盖往岁得之于一道人，后以与单骧，骧以传与可。与可云试之有验，仍云元素，即此方也。某即不曾验，今纳元初传本去，恐未能有益，而先奉糜垂竭之囊也。又初传者，若非绝世隐沦之人为之，恐有灾患，不敢不纳去，又不敢不奉闻，慎之！慎之！某在京师，已断作诗，近日又却时复为之，盖无以遣怀耳。固未尝留本，今蒙见索，容少暇也。

五

某启。子中既忧居，情味可知。又加以贫乏。而值此时，百事难碍，奈何。近得正仲书，亦如此。此乃吾曹分限，殆不可逃也。某始到此，俸亦粗给，为欲聘一外生，亦忙窘。此事亦不足言，要亦不至饥寒。近日逐出数讲僧，别请长老，此亦小事，系何休戚。而文移问难如织。今差人请瑞光本师，见说，已有人向道此僧不赴，是何闲事，但欲沮此公耳。请子中缓颊，力为致之，有一别纸，或可示本也。其余，非面不悉。

【解题】

上五书皆元祐七年（1092）在扬州作。林子中，名希，闽人，时为杭州太守，与苏轼兄弟相与甚笃。后谄事章惇，竭力丑诋元祐诸臣，为世所鄙。苏轼晚年言其“遗臭无穷，哀哉哀哉”。

与吴子野

《文公庙碑》，近已寄去。潮州自文公未到，则已有文行之士如赵德者，盖风俗之美，久矣。先伯父与陈文惠公相知，公在政府，未尝一日忘潮也。云潮人虽小民，亦知礼义，信如子野言也，碑中已具论矣。然谓瓦屋始于文公者，则恐不然。尝见文惠公与伯父书云：岭外瓦屋，始于宋广平，自尔延及支郡，而潮尤盛，鱼鳞鸟翼，信如张燕公之言也。以文惠书考之，则文公前已有瓦屋矣。传莫若实，故碑中不欲书此也。察之。

【解题】

本书元祐七年（1092）在扬州作。苏轼在《韩文公庙碑》中推崇韩愈“匹夫而为百世师，一言而为天下法”。此信就两则具体材料对碑文有所补充。苏轼认为碑文不妨溢美，但亦要将事实考订清楚，流传于世。

答陈传道三首

一

某启。衰朽何所取，而传道昆仲过听，相厚如此。数日前，履常谒告，自徐来宋相别。王八子安偕来，方同舟东下，信宿而归。又承传道亦欲至灵壁，以部役沂上，不果。佩荷此意，何时可忘。又承以近诗一册为赐，笔老而思深，蕲配古人，非求合于世俗者也。幸甚！幸甚！钱唐诗皆率然信笔，一一烦收录，祇以暴其短尔。某方病市人逐于利，好刊某拙文，欲毁其板，矧欲更令人刊耶！当俟稍暇，尽取旧诗文，存其不甚恶者，为一集。以公过取其言，当令人录一本奉寄。今所示者，不唯有脱误，其间亦有他人文也。

二

某启。知日课一诗，甚善。此技虽高才，非甚习不能工也。

圣俞昔常如此。某近绝不作诗，盖有以，非面莫究。顷作神道碑、墓志数篇。碑盖被旨作，而志文以景仁丈世契不得辞。欲写呈，又未有暇，闻都下已开板，想即见之也。某顷伴虏使，颇能诵某文字，以知虏中皆有中原文字，故为此碑，谓富公碑也。欲使虏知通好用兵利害之所在也。昔年在南京，亦尝言此事，故终之。

李六丈文集引，得闲当作。向所示集，古文留子由处，有书令检送也。

三

某启。久不上问，愧负深矣。忽枉手讯，劳来勤甚。夙昔之好，不替有加。兼审比来起居佳胜，感慰兼集。诸新旧诗，幸得竟览，不意余生复见斯作。古人日远，俗学衰陋，作者风气，犹存君家伯仲间。见近报，履常作正字，伯仲介特之操，处穷益励，时流孰知之者？用是占之，知公议少伸也耶！传道岂久淹筦库者。未由面谈，惟冀厚自爱重而已。

【解题】

此三文约作于扬州太守任上。信中建议有选择地结集自己的诗文，并鼓励陈传道努力作诗。从信中可以看出，苏轼的诗文在当时已经流传甚广，为人所爱。

与钱穆父

某启。示谕丽使裁减事，既不出船，何用借买许多什物。已令本州一一依仿裁定矣，幸甚！幸甚！条式指定事，即未敢擅减，知之。稍暇，别奉状。不罪。

与刘仲冯

某拜违期岁，衰病疲曳，书问不继，愧负深矣。到扬数病在告，出辄困于迎送，犹幸岁得半熟，公私省力，可以少安，皆德庇所逮也。

与陆秘校

某再启。颍州人回，曲蒙书示，感作不已。窃惟才美过人，晚乃少达，勿致毁灭，以就显扬之报，区区之祷也。

与鞠持正二首

一

两日薄有秋气，伏想起居佳胜。蜀人蒲永升临孙知微《水图》，四面颇为雄爽。杜子美所谓“白波吹素壁”者，愿挂公斋中，真可以一洗残暑也。近晚，上谒次。

二

知腹疾微作，想即平愈。文登虽稍远，百事可乐。岛中出一药名白石芝者，香味初若嚼茶，久之甚美，闻甚益人，不可不白公知也。白石芝状如石耳，而有香味，惟此为辩，秘之！秘之！

与人三首

一

钦服下风，为日久矣，迟暮相从，倾盖如故。非气类自然，抑宿昔缘契也。人来，辱手教。得闻起居胜常，堂上康福，感慰深矣。某凡百如故。又得无咎切磨，知幸。

二

久别，思咏日深，衰疾多故，人事弛废。过蒙手书存录，益用愧负。比日起居佳胜。如闻已有召命，想即超用，以慰公论。未间，万万为国自重。

三

出守幸获相聚，每得见，翛然忘怀，为益多矣。别来起居何如？到扬，人事纷纷，坐想清游，可复得哉！乍热，千万保重。

与邓圣求一首

衰病日加，得此便郡，萧然乃无一事。平生守官，未有如今之适也。旧过颍州亦乐土，但恐民事不如颍之绝少尔。啸咏之乐，谁陪公者？计不负风月。余非面莫究，匆匆。

【解题】

以上书信皆作于元祐七年（1092）扬州太守任上。

与赵德麟五首

一

某启。鲁直寄书来，甚安，并得少双井，今附纳上。蒙惠奇茗，绝妙。因见太守，为致意。为适病在告，数日未果。奉书，要《临淄堂记》，秋凉稍暇，可作也。月老亦致意。热甚，又多病，未暇作《法施堂铭》。不一一。

二

某启。近承专使手书，为使者云，往西洛还，当取书，故未答。辱教字，具审起居佳胜，感慰兼集。公未即解去，与俗子久处，良不易。然有忍乃济，愿以不见不同无尽待之。某到此半月，无可乐者。过大礼，即重乞会稽尔。无缘面谢，幸恕草草。

三

累辱手教，感慰无量。比日起居佳胜。大礼日近，随分冗迫，未得即见贤者，深增怅惘也。乍寒，万万以时自重。

四

纷纷尚未暇往见，思企之极。阴寒，起居佳胜否？甘酿佳贶，辄践前言，作赋，可转呈安定否？无事见临，幸甚。

五

辱教，承台候佳胜。拙疾犹未退，尚潮热恶寒也。来日必赴盛会，未得，后日犹恐当谒告也。辱意甚宠，适会如此，非所愿，幸千万加恕。子由固当驰赴也。穆公且喜渐安。卧病，书此不谨。

【解题】

上五首作于元祐七年（1092）九月至京任兵部尚书期间。文中透露不乐在京、欲外任的意愿。大礼，指十一月十四日所举行的郊祀礼。

与子安兄四首

一

十九郎兄弟远至，特蒙手诲，恭审比来尊体佳胜，甚慰系望。骨肉久别，乍聚，问讯亲旧，但有感叹。知兄杜门守道，为乡里推爱。弟久客倦游，情怀常不佳。日望归扫坟墓，陪侍左右耳。方暑，敢冀以时自重。

二

往蒙示先伯父事迹，但有感涕，专在卑怀。重承诲谕，惶悚之至。正冗迫中，不敢久留来使。未暇写诸亲知书，乞为致意，非久遍发也。

三

墓表又于行状外寻访得好事，皆参验的实。石上除字外，幸不用花草及栏界之类。才著栏界，便不古，花草尤俗状也。唐以前碑文皆无。告照管模刻仔细为佳。不罪！不罪！

四

每闻乡人言，四九、五九两侄，为学勤谨，事举业尤有功，审如此，吾兄不亡矣。惟深念负荷之重，益自修饬，乃是颜、闵之孝，贤于毁顿远矣。此间五郎、六郎乍失母，毁痛难堪。亦以此戒之矣。吾兄清贫，遭此，固不易处。某亦为一年两丧，困于医药殡敛，未有以相助，且只令杨济甫送二千为一奠，余俟少暇也。

与圣用弟三首

一

圣用小二秀才弟。别后冗迫，不即奉书，想未讶也。比日体中佳安。今日榜出，且喜小十捷解，喜慰之极。此郎君为学勤至，文词成就，来春必殊等也。前贺无疑。向闻弟当复入来，想必成行也。小十甚安健，日夕相见，不用忧。未相会间，千万保爱。子由为朝陵去，未及奉书。

二

十郎司理不及别作书。初官，但事事遵禀小二叔教诲。官事勿苟简，公勤静恕，勿急求举主，曹事办集，上官必不汝遗。刘漕行父，叔与之契旧，因见，但道此意，俟到定州款曲作书也。余惟侍奉外多爱。夜中，目昏不成字，勿讶！勿讶！

三

方叔兄未及拜书，且为致意。子安三哥近有书，未及再上状，因见，亦为致恳。

答清凉长老

昨辱佳颂见贶，足为衰朽之光，未缘面谢。

与范子功四首

一

见舍弟说，知得雍信，幼孙夭逝，闻之怛然。便欲往见，从者已散去。窃想慈念之深，不能无动，然竟亦何益。惟千万以理照遣，旦夕面究。

二

辱教，承晚来起居佳胜，团茶及匣子香药夹等已领，珍感！珍感！珍感！栗子之求，不太廉乎？便不得更送一个饦离耶？呵呵。

三

宿来起居佳胜。已驰简邀伯扬，来日会启圣，公能枉辔，甚幸。子由明日奠酹后，便往启圣，公可到彼早食也。某略到押赐处，便往。

四

广严之会，谨如教，计必请陈四也。分惠佳茅，感感。独饮一杯，遂醉，书不成字。

与钱穆父十四首

一

某启。匿犀伏蜃之句，所不到也。钦羡！钦羡！

二

某启。多日不接奉，思企之深。伏计台候日就康复。欲往见，恐倦接客。乞此示数字。炷艾，必得力也。新诗想多有。不一一。

三

子功数日不相见，省中殊岑寂也。公何日可出乎？

四

某近蒙回教，令记新斋，恐必不堪用，然亦当试抒思也。曾干告丰令郭綎、支使孟易一京削。恐新年求者必多，略乞记录。令子必已到，温秀老成，真远器也。冗迫，不尽区区。

五

某启。多日不接奉，思企不可言。辱教字，承起居佳胜。浴会不得暇赴，盖除夜有婚会，两日纷纷也。嘉篇幸蒙录示，“愁人泪眼”之句，读之惘然。公达者，何用久尔戚戚。嘉节，且一笑为乐，区区之祝也。

六

某启。前日辱简，以妻孥皆病不即答，悚息！悚息！阴雨，起居何似？寄颖叔诗，和得，纳去。与公咫尺胡越，何论颖叔也。可叹！可叹！某一章未允，方再上也。不一一。

七

某启。伏承莅事之初，虽稍劳神，而吏民欣悚，实为盛事。无由诣贺，但有企渴。辱简，且审起居佳胜。余俟八日廷中可谈。

八

某启。辱示，承起居佳胜。熙帅，鄙意亦欲饯之。公用二日即当趋赴，元日殿门外更议之也。惠贶山芋柑梨，感刻之至。匆匆布谢，不谨。

九

某启。伏暑，伏想起居康胜。老妇病稍加，某亦自伤暑，殊无聊，遂且谒告免词事也。一诗谩呈。电扫庭讼，响答诗筒，亦数年来故事也。呵呵。草，不谨。

十

某启。知盛会早散，能过家庖煮菜夜话否？匆匆，不罪。

十一

某启。辱简，承起居佳胜。所约，敢不如教。绝早，到门惟少设食了两碑也。醵钱用二十四。谨诺。

十二

数日不接奉，渴仰之至。苦寒，起居佳胜。欲见近岁天下户口数，告为录示，早得为佳。不知几日与颖叔、仲至见临？匆匆，不宣。

十　三

今日早不免谒告，今已颇安，来晨幸同颖、至二公临访，早屈为佳，不能遍致简，恐烦回答，只告穆父转呈也。

十　四

经宿台候万福，十日之约，却为昨晚奉敕旬休致斋，翌日，定光行事，须至退日。惭悚不已。一会何微末，而艰故如此。乃知永叔“鼎彝”之句，真非虚语。公转呈颖、至二公，此简芭蕉之诮，不能逃也。呵！呵！

与王贤良

近辱临访，连日纷冗，不及款奉。窃惟起居佳胜。宠示新作，感服至意。

与人三首

一

吏役往还，得见风采，为幸已多。重承存录，延顾极厚，感佩无量。自别来，一向冗迫，不即裁谢，惭负可知。令子斋郎至，领手教，且审起居佳胜。乍此暌隔，翘想日深。尚冀珍调，少慰鄙愿。

二

辱示长笺，词旨过重。适少冗迫，来使不敢久稽，未及占词为答，想知照未甚讶也。惶恐！惶恐！叠蒙惠长松以扶老病，感佩不可言。天觉临别时，亦许寄来，因到彼，可为督之。药名品，方状精详之极，非故人留意之深，何以及此。未有以答厚意，但积悲感。都下委，示及，余面究。

三

叠辱临访，欲少款奉。多事因循，继以卧病，负愧深矣。知明日启行，无缘面别，尚冀保练。

与王仲志二首

一

雨凉，台候万福。景文奏状草子拜呈。如可用，即乞令人写净示下，同签发去。若有不稳便，一面改抹也。老妻病已革矣，忧懑，奈何！

二

多日不款奉，渴仰可量。辱简，承起居佳胜，为慰。㬅昼之会，固常接待，但老妇疾势，未分安危至今。若稍减，当趋赴也。人还，匆匆。

【解题】

以上三十二书皆为元祐七、八年（1092～1093）间在京师所作。

与张元明二首

一

数日，起居佳否？有一诠秘大师者，与之久故。患痢后，肠滑，甚困，欲烦一往视疗之，可否？在兴国寺戒坛院，此一高行僧也。便同作福田。呵呵。

二

数日，起居佳胜。适在院中，得王郎简帖如此。今封呈，切告辍忙一往，他必不敢苛留。且请周念，副此人友爱急难之心，切望！切望！

【解题】

此二书元祐初年在京城作。张元明，名君房，与苏轼自幼相交，曾任助教之职，时以医术行于都中。

与李方叔十二首

一

某启。承示新文，如子骏行状，丰容隽壮，甚可贵也。有文如此，何忧不达，相知之久，当与朋友共之。至于富贵，则有命矣，非绵力所能必致。姑务安贫守道，使志业益充，自当有获。鄙言拙直，久乃信尔。照察，幸甚。

二

某启。久别，音问缺然。忽承惠教，愧仰何胜。秋暑未过，起居何如？未由会见，万万顺时珍重。匆匆上谢，不宣。

三

某启。专人辱启事长书，及手简累幅，意贶甚厚，非所敢当。又蒙教以不逮，非君子直亮，期人之远，何以及此。然衰病之余，岂任此责，愧悚之极。比日起居佳胜。惠示狨皮等物，皆所不敢当，礼曹之传，盖妄也。信篭元不发，却付来人。盖近日亲知所寄惠，一切辞之，非独于左右也。千万恕察。知非久入京，见访，幸甚。未间，千万珍重。不宣。

四

某启。叠辱手教，愧荷不已。雪寒，起居佳胜。示谕，固识孝心深切。然某从来不独不书不作铭、志，但缘子孙欲追述祖考而作者，皆未尝措手也。近日与温公作行状书墓志者，独以公尝为先妣墓铭，不可不报尔。其他决不为，所辞者多矣，不可独应命。想必得罪左右，然公度某无他意，意尽于此矣。悚息！悚息！

五

某再启。承遂举十丧，哀劳极矣。此古人之事，复见于君，恨不能兼助尔。不易！不易！阡表既与墓志异名而同实，固难如教，不罪！不罪！某暮归困甚，来人又立行，不复覼缕，悚息！悚息！

六

某启。昨日辱书，不即答为愧。乍晴，孝履安稳。所示，反复思之，亦欲有以少慰孝子之心，而某所不敢作者，非独铭志而已。至于诗赋赞咏之类，但涉文字者，举不敢下笔也。忧患之余，畏怯弥甚，必望有以亮之。少选，更令儿子去面述。不一一。

七

前日所贶高文，极为奇丽。但过相粉饰，深非所望，殆是益其病尔。无由往谢，悚汗不已。

八

某启。近者虽获屡见，迫于多故，不尽区区。别来辱书，且喜体中佳胜。某方杜门请郡，章四上，未允，方更请尔。会见未可期，惟千万顺时自爱。不宣。

九

某以虚名过实，士大夫不察，责望逾涯，朽钝不能副其求，复致纷纷，欲自致省静寡过之地，以全余年，不知果得此愿否？故人见爱以德，不应更虚华粉饰以重其不幸。承示谕，但有愧汗尔。

十

某启。前日辱访，客众，不及款话，两三日又无缘接奉，思念不可言。手教为贶，惭感无量。苦寒，诸况如何？常日不独以禁令不得瞻奉，又以差馆伴，纷纷殊不暇也。衰病疲曳，欲脱而不可得，可胜叹耶？人还，不一一。

十一

某启。连日殿门祗候，不果致问。辱简，承起居佳胜。来日行香罢，又须一吊康公，晚乃归。方叔能枉访夜话为别，甚幸。余留面尽。

十　二

轼顿首方叔先辈足下。屡获来教，因循不一裁答，悚息不已。比日履兹秋暑，起居佳胜。录示《子骏行状》及数诗，辞意整暇，有加于前，得之极喜慰。

累书见责以不相荐引，读之甚愧。然其说不可不尽。君子之知人，务相勉于道，不务相引于利也。足下之文，过人处不少，如《李氏墓表》及《子骏行状》之类，笔势翩翩，有可以追古作者之道。至若前所示《兵鉴》，则读之终篇，莫知所谓。意者足下未甚有得于中而张其外者；不然，则老病昏惑，不识其趣也。以此，私意犹冀足下积学不倦，落其华而成其实。深愿足下为礼义君子，不愿足下丰于才而廉于德也。若进退之际，不甚慎静，则于定命不能有毫发增益，而于道德有丘山之损矣。

古之君子，贵贱相因，先后相援，固多矣。轼非敢废此道，平生相知，心所谓贤者则于稠人中誉之，或因其言以考其实，实至则名随之，名不可掩，其自为世用，理势固然，非力致也。陈履常居都下逾年，未尝一至贵人之门，章子厚欲一见，终不可得。中丞傅钦之、侍郎孙莘老荐之，轼亦挂名其间。会朝廷多知履常者，故得一官。

轼孤立言轻，未尝独荐人也。爵禄砥世，人主所专，宰相犹不敢必，而欲责于轼，可乎？东汉处士私相谥，非古也。殆似丘明为素臣，当得罪于孔门矣。孟生贞曜，盖亦蹈袭流弊，不足法，而况近相名字乎？甚不愿足下此等也。轼于足下非爱之深期之远，定不及此，犹能察其意否？近秦少游有书来，亦论足下近文益奇。明主求人如不及，岂有终汩没之理！足下但信道自守，当不求自至。若不深自重，恐丧失所有。言切而尽，临纸悚息。

未即会见，千万保爱。近夜眼昏，不一！不一！轼顿首。

【解题】

以上十二书皆于元祐初年在京时作。苏轼认为正是虚名给自己带来了灾祸，他坚持不轻易为人撰墓志碑铭，亦是基于名实相副与否的考虑，苏轼甚至为此拒绝过皇帝的圣旨。此外，苏轼还鼓励李方叔依靠才学获得官职，婉言辞谢了举荐他的要求。

与东林广惠禅师二首

一

示谕，臂痛，示与众生同病尔。然俗眼未免悬情，更望倍加保练。《王氏博济方》中有一虎骨散及威灵仙丸，此仙方也。仆屡用治臂病，其效如神，切望合吃。元用虎胫骨，误写作脑骨。千万相信，便合服必效。自余都下有干，望示及。惠及名茗，已捧领，感刻！感刻！东林寺碑，既获结缘三宝，业障稍除，可得托名大士，皆所深愿。但自别后，公私百冗，又无顷刻闲，不敢草草下笔。专在下怀，惟少宽限也。

二

古人字体，残缺处多。美恶真伪，全在模刻之妙，根寻气脉之通，形势之所宜，然后运笔，亏者补之，余者削之，隐者明之，断者引之。秋毫之地，失其所体，遂无可观者。昔王朗文采、梁鹄书、钟繇镌，谓之三绝。要必能书然后刻，况复摹哉！三者常相为利害，则吾文犹有望焉尔。

【解题】

东林寺，在江西庐山。后书论文章、书法、镌刻三者的关系，颇为精妙。此二书于元祐初年在京城作。

答吕元钧三首

一

适辱教，值局中，不即答，悚息！悚息！热甚，尊体佳安。隆暑冲冒，何不少待秋凉。必亮此意，非面莫尽。香不欲附去，恐损其人之高节。纷纷之议，未闻其详。可否示谕，余俟朝中可既。

二

中间承进职，虽少慰人望，然公当在庙堂，此岂足贺也。此间语言纷纷，比来尤甚，士大夫相顾避罪而已，何暇及中外利害大计乎？示谕，但闵然而已。非久，季常人行，当尽区区。

三

屡与令子语，钦爱才美，但尚屈大官，未厌公论耳。季常近得书，亦见黄州人言体气颇安壮，但口眼微动耳。来求药物，已寄去。余具令子口白。

【解题】

此三书约作于元祐后期。吕元钧，名陶，成都人，为官正直敢言，反对王安石变法。当贾易等攻击苏轼时，吕陶屡为苏轼辩护。元祐八年（1093），吕陶自奉使契丹还，提议整修边防，升为给事中。此即第二书所言“进职”事。

与潘彦明六首

一

行役无定，久不奉书。至登州，领所惠书。承起居佳胜，甚慰思企。到郡席不暖，复蒙诏追，勉强奔走，愧叹不已。缅怀旧游，殆不胜情。承太夫人尊候如昨。昌言令兄亦蒙惠书，冗甚，未及答。且申意毅甫、兴宗、公颐，各为致区区。余万万自重。

二

少事奉闻，吴待制谪居于彼，想不免牢落，望诸君一往见之，诸事与照管。某向者流落，非诸君相伴，何以度日。雪堂如要偃息，且与打揲相伴，使忘迁谪之意，亦诸君风义也。不罪！不罪！

三

辱书，喜承起居佳胜，眷聚各佳。某老病还朝，不为久计，已乞郡矣。何时扁舟还乡，一过旧楼，溷乱故人，旬日而去，言之怅然。大热，千万保爱。

四

久不闻问，方增渴仰。忽领手字，方知丈丈倾逝，闻之，悲怛不可言。比日追慕之余，孝履且支持否？某衰病怀归，梦想江上，又闻耆旧凋丧，可胜悽惋。未由往慰，惟冀节哀自重，以毕后事。

五

近附黄兵书必达。比日孝履何如？刘全父来，颇闻动止，殊慰想念。京尘衮衮无佳思，缅怀昔游，怅惘而已。昌言及诸故人皆未及书，必察其少暇，伸意！伸意！乍暄，千万节哀自重。

六

两儿子新妇，各为老乳母任氏作烧化衣服几件，敢烦长者丁嘱一干人，令剩买纸钱数束，仍厚铺薪刍于坟前，一酹而烧之，勿触动为佳。恃眷念之深，必不罪。干浼，悚息！悚息！

答毛泽民二首

一

轼启。比日酷暑，不审起居何如？顷承示长笺及诗文一轴，日欲裁谢，因循至今，悚息。今时为文者至多，可喜者亦众，然求如足下闲暇自得，清美可口者，实少也。敬佩厚赐，不敢独飨，当出之知者。世间唯名实不可欺。文章如金玉，各有定价，先后进相汲引，因其言以信于世，则有之矣。至其品目高下，盖付之众口，决非一夫所能抑扬。轼于黄鲁直、张文潜辈数子，特先识之耳。始诵其文，盖疑信者相半，久乃自定，翕然称之，轼岂能为之轻重哉！非独轼如此，虽向之前辈，亦不过如此也，而况外物之进退。此在造物者，非轼事。辱见贶之重，不敢不尽。承不久出都，尚得一见否？

二

再辱示手教，伏审酷热起居清胜。见谕，某何敢当，徐思之，当不尔。非足下相期之远，某安得闻此言，感愧深矣。体中微不佳，奉答草草。

与滕达道五首

一

某启。迫冗，稍疏上问，愧仰增极。切想下车以来，静治多暇，有以自适。即日履兹酷暑，台候何似。某忝冒过分，非提奖有素，何以及此。明公旧德伟望，尚在外服，舆论未允。伏冀以时倍加保啬，以慰区区。不宣。

二

某启。近数奉状，一一闻达。比日切惟镇莅多暇，台候万福。某蒙庇粗遣，但躐次骤进，处必争之地，非久安计，但脱去无由，公必念之。蒙惠地黄煎，扶衰之要药。若续寄，尤幸。

三

某再启。瀛州之命，既以先讳为辞，想当易地耶？所云杭，已除元素。计必闻之矣。佳梦，岂特公爱我之深，发于想念尔。批示党人，甚堪一笑而已。子由除户侍，方欲辞免也。闲恐知之。孔经甫外制，顾将军夕拜，张仲举待制，皆恐要知。广大格岂敢望李憨子耶？然亦有一长从来，不敢使幸及赖耳，想当一笑。寄惠地黄煎，感服厚念。

四

某启。部民董迁，笃学能文，下笔不凡，非复世俗气韵。如请见，愿加奖励，遂成就之。其兄复溱，学道屏居，不与俗交，其文亦秀迈可观。皆公所欲知者，故敢以闻。近因亲情王承议行，托附书信，必达。某衰病短才，任用过量，论议疏阔，所向难合，日俟汰遣而已。辱知之厚，故粗及之。

五

某启。辄有少事奉白。向在密州，有都巡检王述崇班者，以逾滥体量致仕，不得荫子。述乃庆历名将王仲宝之孙，咸之子。咸为盐贼李小三所杀，述不肯发丧，手擒此贼，刳心祭其父，乃肯成服。仆具以此奏，其略云："忠孝，臣子之大节；逾滥，武夫之小过。舍小录大，先王之政也。"先帝为特官其子璋。璋有武干，慷慨有父风，而颇畏法。今闻其在公部内巡盐，料未有人知之。愿公呼来与语，若果可采，望特与提拔剪拂，异日必亦一快辣将官也。想知我之深，不罪造次。

与刘贡父三首

一

久阔暂聚，复此违异，怅惘至今。公私纷纷，有失驰问，辱书，感怍无量。字画妍紧，及问来使，云，尊貌比初下车时皙且泽矣，闻之喜甚。比来起居想益佳。何日归觐，慰士大夫之望。未间，万万为时自重，不宣。

二

某忝冒过甚，出于素奖。然迂拙多忤，而处争地，不敢作久安计，兄当有以教督之。血指汗颜，旁观之诮，奈何！奈何！举官之事，有司逃失行之罪，归咎于兄。清明在上，岂可容此，小子何与焉。茯苓、松脂虽乏近效，而岁计有余，未可弃也。默坐反照，瞑目数息，当记别时语耶？

三

某江湖之人，久留辇下，如在樊笼，岂复有佳思也。人情责望百端，而衰病不能应副，动是罪戾，故人知我，想复见怜耶？后会未可期，临书怅惘，禅理气术，比来加进否？世间关身事，特有此耳，愿更着鞭，区区之祷也。

与王定国二首

一

某启，数日闻舟驭入城，适患疮，未溃，坐起无聊，不克修问，不审起居何如？既无由往见，而公又未朝觐，企渴不可言。当以酒洗泥，而久在告，酒尽，只有大小团密云五饼，双井一饼，亦为高人无泥可洗尔。呵呵。病中，不尽区区。

二

数日卧病在告。不审起居佳否？知今日会两婿，清虚阴森，正好剧饮，坐无狂客，冰玉相对，得无少澹否？扶病暂起，见与子由简大骂，书尺往还，正是扰人可憎之物，公乃以此为喜怒乎？仙人王远云，得此书，当复剧口大骂之，固应尔。然而不可以徒骂也。知公澹甚，往发一笑。张十七必在坐，幸伸意。

与钱穆父六首

一

某启。前日辱书及次公到，颇闻动止之详，慰浣无量。微疾想由不忌口所致，果尔，幸深戒之。某亦病寒嗽，逾月不除，衰老有疾难愈，岂复如昔时耶？承和揉菊词，次公处幸见之。未由会合，千万顺候自重。匆匆，奉启。

二

某启。辱书，伏承比来尊体安佳，甚慰所望。毒暑不可过，使客纷纷然，殆不能堪。数日以热毒发疮数处，且告谒休养，以备坤成终日之劳也。奉羡清闲，独无此福。惠茶既丰且精，除寄与子由外，不敢妄以饮客，如来教也。然细思之，子由既作台官，亦不合与吃。薛能所谓“赖有诗情”尔。呵呵。公久外，召还当在旦夕，扫榻奉候矣。不宣。

三

某启。长至祝颂之意则深矣，不敢上状，惧烦回答。辱手简，甚荷知照。比日起居佳胜。河间之命，料必难辞，日企来音，少慰久阔。未间，万乞为国自重。不宣。

四

某近得家报，王郎子立暴卒于奉符，为之数日悲恸，在告亦缘此也。此君受知于公，想亦为之悽惋。子由远使归来，闻之，烦恼可知。子立只一女子，竟无儿，可伤！可伤！冗中，来使告回。不一一。

五

某启。两日台候何如？知药力已行，必遂轻安。饮食不减否？何日可出，告令郎写一二字示下。不宣。

六

某启。辱示雄篇，古人所谓味无穷而炙逾出者，不肖何敢庶几乎？然三五日间，当试和谢也。入夜布启，草略，不宣。

与范纯夫

三辱示谕，鄙意不移。公休之馈，人子之心也。不肖之辞，夙昔之分也。某已领其意而辞其物，物有齐量，意岂有穷哉！昔人已聘还圭璋，庶几此义。

答李端叔

辱书，并示伯时所画地藏。某本无此学，安能知其所得于古者为谁何，但知其为轶妙而造神，能于道子之外，探顾、陆古意耳。公与伯时想皆期我于度数之表，故特相示耶？有近评吴画百十字，辄封呈，并画纳上。

与黄州故人

某宠禄过分，忧责至重，颜衰鬓秃，不复江上形容也。屡乞郡未得，但怀想曩游，发于梦想也。洗眼、揩牙药，得之甚幸。切望挂意。覆盆子必已采得，望多寄也。都下有干，示及。十二、十三两先辈，各致区区。忙甚，未及书。艾清臣亦然。京师冗迫，殊不款曲也。

与杨元素五首

一

城南有亚父冢，然非也。冢在居巢。城北有刘子政墓，昔欲为起一祠堂，以水大不果。公若有余力，为成之，亦佳。城西有楚元王墓，曾出猎，至其下。石佛山，亦佳观。

二

奉别忽将二载，未尝定居。到阙以来，人事衮衮，不皇上问，愧仰深矣。比日切想起居佳胜。近闻小人辄黩左右，此何品类也，乃敢如此。信知囷中，无种不有。想以道眼观之，何啻蚊虻，一笑可也。知故旧皆已还朝，坐念老兄独在江湖，未免慨叹也。更冀顺时为国自重。冗迫，不详及。

三

忝命过分，皆出素奖，碌碌无补，日忧愧耳。舍弟适患赤目，未能上状，又适得乡信，堂兄承议名不疑。丧亡，悲痛中，不能尽区区，恕之！恕之！都下有干，示及。

四

陈佥主簿，闻公已荐之，感戴之怀，如亲受赐也。幸为始终成之。此人实无他肠，可保信也。不罪。

五

向驰贺缄，及因李教授行附问，各已达否？比日履兹微凉，台候何似？某蒙庇粗遣，如闻公欲一谒元老，果否？不若遂游庐阜，况职当按行，他日世事，一复奉诿，欲为此行，岂可得哉？余惟万万为人自重。

与程懿叔

人来，辱书，喜知起居佳胜，眷爱各万福。郡政清暇，稍有乐事，处以无心，强梗自服，甚善！甚善！所望于吾弟也。某凡百如昨，但碎累各病，医人不离门，劳费百端，日有外补之兴。行先尚未到，亦不闻远近之耗。未缘会合，新春保练，别膺殊渥。

与王庆源四首

一

久不奉状，愧仰增积。即日退居多暇，尊体胜常。某进职北扉，皆出奖庇。自顷流落江湖，日欲还乡，追陪杖屦，为江路藉草之游，梦想见之。今日国恩深重，忧责殊大，报塞愈难，退归何日，西望惋怅，殆不胜怀。想叔丈与丈人及诸侄，岁时相遇，乐不可名，虽清贫难堪，然熬波之余，必及鸰原，应不甚寂寞也。岁晚苦寒，伏乞保重。

二

近奉慰疏，必达。比日尊体何如？某与幼弱，凡百粗遣。人生悲乐，过眼如梦幻，不足追，惟以时自娱为上策也。某名位过分，日负忧责，惟得幅巾还乡，平生之愿足矣。幸公千万保爱，得为江边携壶藉草之游，乐如之何。

三

向要红带，今寄一条去。却是小儿子辈，闻翁要此，颇尽功勾当钉造，不知称尊意否？拙诗一首，并黄、秦二君，皆当今以诗文名世者，各赋一首。写作《黄素经》一卷，并托孙子发宣德寄上。京师有所须，但请示及。

四

久不奉书，愧仰兼极。令侄元直远访，首出教字，感慰之怀，未易尽陈。比日履兹春和，尊体何如？某为郡粗遣，衰病怀归，日欲致仕。既忝侍从，理难骤去，须自藩镇乞小郡，自小郡乞宫观，然后可得也。自数年日夜营此，近已乞越，虽未可知，而经营不已，会当得之。致仕有期，则拜见不远矣。惟望倍加保啬，庶归乡日犹能陪侍杖屦上下山谷间也。楮冠、玳簪，聊表远意。玳簪已七八十年物，阅数名公矣，幸服用之。

与范纯夫三首

一

轼启。别后不一奉书，懒慢之罪，未有以自解，然别时亦先自陈矣。比日履兹初冬，起居佳胜。中间屡闻进拜，喜抃无量。与子功同侍迩英，此最缙绅之所荣慕。又闻有旨许讲罢奏事，想日有补正也。未缘会合，千万为国自重。轼再拜醇夫给事侍讲阁下。九月二十七日。

二

《忠文公碑》，固所愿托附，但平生本不为此，中间数公盖不得已，不欲卒负初心。自出都后，更不作不写，已辞数家矣。如大观其一也。今不可复写，千万亮察。鲁直日会，且致区区。两辱书皆未答，直懒尔，别无说。然鲁直不容我，谁复能容我者？

三

前日见报，知新拜，即欲奉书为贺。又恐草草，念行役间迫猝，未能便如礼，故不免发数字，想不深讶。不寐之喜，岂独以乐正好善之故耶？更不必尽谈。公议所属，想公有以处之矣。私意但望公不力辞，若又力辞，乃似辞难矣。余亦见子由书中。乍热，起居如何？乍远，千万为道自爱。

与陈季常

某局事虽清简，而京辇之下，岂有闲人，不觉劫劫过日，劳而无补，颜发苍然，见必笑也。子由同省，日夕相对，此为厚幸。公小疾虽平，不可忽。“善言不离口，善药不离手。”此乃古人之要言，可书之座右也。药物有彼中难得须干置者，千万不外。如闻公有意入京，不知几时可来，如得一会，何幸如之。柳一已在此，一访，值出，未见也。僦居在蒲池寺，去此稍远。数日颇有新事。左揆已出陈州，君实代之，蹇老知和州，授之庐签，余不能尽报去。刘莘老中丞旦夕授也，黄安中龙直知越州。静庵不管闲事，最妙！最妙！

与知县十首

一

纷冗，久疏上问，辱书感愧。比日履兹春温，起居何如。未由展奉，徒深渴仰。尚冀保练，以慰区区。

二

近屡辱书，数裁谢，但苦冗中不尽意耳。比日起居何如？惠笋已拜赐，新味之味，远能分惠，感愧无已。

三

频示诲，感服勤眷。乍暄，伏计尊体佳胜。前去当入府，果尔否。

四

近者叠辱临访，纷冗中不尽所怀。枉手教，具审起居佳胜，感慰兼集。何日复入城，得少款聚？未间，万万自重。

五

近辱回教，感慰深矣。比日履兹伏暑，起居清胜。咫尺莫由会遇，引领来尘，庶几少尽区区。未间，万万自重。

六

人来，辱手教。承比日起居佳胜。思企高义，未缘款奉，临书怅惘。示谕书醉公石固佳，但目昏罢倦，每书过百十字，辄意阑，恐旦夕少暇耳。毒热，万万以时自重。

七

近日虽获一再见，终不尽区区。辱书告别，又不即裁答，可量愧悚。宿昔稍凉，起居胜常。景物渐嘉，邑事多暇，想有以为乐。此外，万万自重。

八

叠辱手教，感慰兼集。邑事清简，起居胜常。小儿蒙不鄙外，荷德殊深矣。未由接奉，千万以时自重。

九

儿子遂获托庇，知幸。鲁钝多不及事，惟痛与督励也。切祝！切祝！晋卿相见殿门外，惘然如梦中人也。人世何者非梦耶！亦不足多谈，但喜其容貌蔚然如故，非有过人，能如是耶？

十

昨日辱示佳篇，词韵高绝，非此句无以发扬醉公也。雨冷，起居佳否？二碑纳上。

与范梦得七首

一

某启。辱教字，审起居佳胜。郊外路远，不当更烦临屈，可且寝罢，有事以书垂谕可也。界纸望示及，来日自不出，只在舟中静坐。惠贶凤团，感意眷之厚。热甚，不谨。

二

某启。辱教，承台候康胜，为慰。得请知幸，以未谢尚稽谒见，悚息！悚息！子功复旧物，甚慰众望。来日方往浴室也。人还，匆匆。不宣。

三

某启。不肖所得寡薄，惟公爱念，以道义相期，眷予无穷。既别，感恋不可言。乍寒，不审起居安否？某已次陈桥，瞻望益远，惟万万以时自重。不宣。

四

某启。今日谒告，不克往见。辱教，伏承尊体佳胜。杨君举家服其药多效，亦觉其稳审。然近见王定国云，张安道书云，曾下疏药，数日不能食，又谢之，不满意，颇云云。然不知果尔否？有闻，不敢不尽。

五

某启。辱简，且审起居佳胜，为慰。和篇高绝，木与种者皆被光华矣。甚幸！甚幸！旧句奇伟，试当强勉继作。匆匆，不宣。

六

某启。违远二年，瞻仰为劳。辱书，承起居佳胜，慰喜可量。覲罢，当往造门，并道区区。不宣。

七

某启。昨日方叔处领手诲，今又辱书，备增感慰。乍冷，台候胜常。未由诣见，但有钦仰。匆匆，上启。

答蜀僧几演

几演大士。蒙惠《蟠龙集》，向已尽读数册，廼诗廼文，笔力奇健，深增叹服。仆尝观贯休、齐己诗，尤多凡陋，而遇知得名，赫奕如此。盖时文凋弊，故使此二僧为雄强。今吾师老于吟咏，精敏豪放，而汩没流俗，岂亦有幸不幸耶？然此道固亦澹泊寂寞，非以蕲人知而鼓誉也，但鸣一代之风雅而已。既承厚贶，聊奉广耳。

与浴室用公

去乡久，不复相闻知。得来示及退翁书，乃审公正信法子，而吾先友史彦辅十三丈之甥也。又承寄示正信偈颂塔铭，感叹不可言。比日法体胜常。知长讲《起信》，自讲入禅，把缆放船，甚善！甚善！辄题数句塔铭后，以补阙逸。未即相见，千万为法自重。大雪后，手冻不复成字。

与佛印六首

一

经年不闻法音，径术荒涩，无与锄治。忽领手教累幅，稍觉洒然。仍审比来起居佳胜。行役二年，水陆万里，近方弛担，老病不复往日，而都下人事，十倍于外。吁，可畏也。复欲如去年相对溪上，闻八万四千偈，岂可得哉！南望山门，临书悽断。苦寒，为众珍重。

二

阻阔，忽复岁暮。忽枉教翰，具审法履佳胜。久不至京，只衰疾倦于游从，无有会晤之日，惟冀良食自爱。烦置台挂，甚愧厚意。赐茶五角，聊以将意。余冀倍万保练。

三

人至，承诲示，知俶装取道，会见不远，岂胜欣慰。向冷，跋涉自爱。

四

治行草草，不复上问，忽奉手笔，旷若发蒙。且审比日戒体轻安，又承退席云卧，尤仰高风也。未缘展晤，引跂尤剧。

五

久不奉书，忽辱惠教，具审徂暑戒体轻安。承有金山之召，应便领徒东来，丛林法席，得公临之，与长芦对峙，名压淮右，岂不盛哉！渴闻至论，当复咨叩。惟早趣装，途中善爱。

六

尘劳衮衮，忽得来书，读之如蓬蒿藜藿之径而闻謦欬之音，可胜慰悦。且审即日法履轻安，又重以慰也。某蒙恩擢置词林，进陪经幄，是为儒者之极荣，实出禅师之善祷也。余热，千万自重。

答庞安常

端居静念，思五脏皆止一，而肾独有二，盖万物之所终始，生之所出，死之所入也。故《太玄》："罔、直、蒙、酋、冥。"罔为冬，直为春，蒙为夏，酋为秋，冥复为冬，则此理也。人之四肢九窍，凡两者，皆水属也。两肾、两足、两外肾、两手、两目、两鼻，皆水之所升降出入也。手、足、外肾，旧说固与肾相表里，而鼻与目，皆古未之言也，岂亦有之，而仆观书少不见耶？以理推之，此两者其液皆咸，非水而何？仆以为不得此理，则内丹不成，此又未易以笔墨究也。古人作明目方，皆先养肾水，而以心火暖之，以脾固之。脾气盛则水不下泄，心气下则水上行，水不下泄而上行，目安得不明哉。孙思邈用磁石为主，而以朱砂、神曲佐之，岂此理也夫。安常博极群书，又善穷物理，当为仆思之。是否？一报。某书。

与米元章十首

一

某启。示及数诗，皆超然奇逸，笔迹称是，置之怀袖，不能释手。异日为宝，今未尔者，特以公在尔。呵呵。临古帖尤奇，获之甚幸，灯下昏花不复成字，谨已降矣，余未能尽，俟少暇也。

二

书牌额用公名，岂不足耶？而必欲得仆名，此老阙败不小，可以此答之也。

三

自承至京，欲一见，每遇休沐，人客沓至，辄不敢出。公又不肯见过，思仰不可言。二小诗甚奇妙，稍闲，当和谢。三本皆妙迹，且暂留一两日，题跋了奉还。偶与客饮数杯，薄醉，书不成字。悚息！悚息！

四

元章想旦夕还县，竟不得一款话。某累请终不允，信湖山非有分者不能得也。

五

某恐不久出都，马梦得亦然。旦夕间一来相见否？乞为道区区。惠示殿堂二铭，词翰皆妙，叹玩不已。新著不惜频借示。

六

马髯且为道意，未及答书，十千修屋缗，更旬日寄去也。非久得郡，或当走寓邑中待水也。

七

昨日诗发一笑尔，慎勿刻石。太师雄篇已领，纸轴亦且留下。

八

某启。前在扬州领所惠书，当路日不暇给，不即裁答。人至，复枉手教，荷存记之厚，且审起居佳胜，感慰交集。梦得来谈新政不容口，甚慰所望。万万自重。

九

笺启过礼，深愧相疏。外人回速，未暇占词奉赞。不罪！不罪！

十

某启。辱书，承佳胜，甚慰想望。衰倦本欲远引，因得会见，竟未遂此心。何时到府，因复少款。未间，万万保重。不宣。

【解题】

以上书信皆于元祐年间在京城作。

与杨济甫

久以私挠不作书，累蒙惠问，且审起居佳胜，为慰。衰年责咎，移殃家室。此月一日以疾不起，痛悼之深，非老人所堪，奈何！奈何！又以受命出帅定武，累辞不获，须至勉强北行。家事寥落，怀抱可知。因见青神王十六秀才，亦为道此。会合何时，临书凄断。惟千万顺时自爱。

【解题】

本书作于元祐八年（1093）八月。时苏轼妻王闰之卒于京师，苏轼亦获命出知定州，心情颇为抑郁。

与参寥子二首

一

某启。吴子野至，出颖沙弥行草书，萧然有尘外意，决知不日颖脱而出，不可复没矣。可喜！可喜！近递中附吕丞相所奏妙总师号牒去，必已披受讫。即日起居何如？某来日出城赴定州，南北当又暌隔。然请会稽之意，终未已也。更当俟年岁间耳。未会见间，千万善爱。

二

又启。吴子野至，辱书，今又遣人示问，并增感佩。畏暑，伏惟法履清胜。惊闻上足素座主奄化，为之出涕。窃惟教育成就，义均天属，割慈忍爱，如何可言，奈何！奈何！追念此道人茹苦含辛，崎岖奉事，岂有他哉，求道故也。虽寡文，而守节疾邪，得师之一二，欲更求此，岂易得耶？又干蛊乏人，目前纷纷，便及老师，两日念此，为废饮食，奈何！奈何！达观之人，固有以处此，更望为道宽中自爱。不宣。

答开元明座主二首

一

辱简，并惠扇碑，及借示木石等，皆佳妙。但去长物为陆行计，无所置之，谨留笔一束，以领雅意。余回纳，不讶！不讶！

二

辱书，具审法履佳胜。且知从者尝至符离见待久之，感愧深矣。借示跋尾石刻，足见存诚笃至，却附来人纳上元本。未会集间，千万珍重。

与钱穆父

某启。昨日远勤从者，草草就别，慨怅不已。使至，又辱手诲，仍以高篇宠行，读之增恨怆也。欲和答，人客如织，当俟前路。惠茶，已戒儿曹别藏之矣，非良辰佳客，不轻啜也。令子昆仲，特烦远至，感怍不已。所欲言，非可以笔墨既，想已目击，自余惟若时自爱而已。不宣。

与范纯夫

所示连日入问圣候，极是！极是！见说执政逐日入问，宗室亦逐日问候也。已将简报钱尹，令府中差人遍报诸公矣。

【解题】

上数书皆作于元祐八年（1093）九月前后，时苏轼罢去礼部尚书职，将出知定州军州事。

与孙子发四首

一

专人来辱书，承近日尊体佳胜。蒙许就辟，慰浣深矣。奏检附呈已发讫。某行期不过九月半间，会见不远，更祈顺时自重。

二

贵眷各计安胜，公宇已令粗葺，什物粗陋，然亦粗足。更有干，示喻。涂中幸不滞留，早到慰勤迟，幸也。

三

人还，辱教，具审别后起居佳胜，贵眷各康宁，至慰！至慰！某到邢甚健。忝乡且亲，平时不为不知公，因此行，观公举措，方恨前此知公未尽，勉进此道为朋友光宠。余惟万万以时自爱。

四

子发以古人自期，信道深笃，虽穷达在天，未可前定，然必有闻于时而传于后也。幸益自爱重，以究远业。临行，不尽区区。

【解题】

此四书皆作于元祐八年（1093）九月前后。时苏轼将出知定州，辟孙子发为签判，故有“蒙许就辟”等语。孙子发，名敏行，蜀人，苏轼知贡举时曾荐其为试官。

与王定国五首

一

某启。示教，承起居佳胜。子由疾少间，惠药，感刻。二方谨秘之。五方续写得，纳上。祝鮀卫子鱼，贤者也，佞才也？以为佞人，盖流俗之误。山梁雌雉，子路以馈孔子。孔子知子路将不得其死，雉亦好斗，斗丧其生。故曰“色斯举矣，翔而后集”。若此雉，岂时之罪哉。其余义尽于文，初无注解焉，或留意少试。仆子不肯，已遣回，一面商量，可公意即可也。李希元已付一简与子中矣。某适与安国说，欲来早略到净因，今又头昏，去否未可知。旱疠将作，人多不安。将爱！将爱！

二

某启。近者崇庆大故，中外哀慕，想同此悲痛。某蒙被知遇，尤增殒灭。人来，领书，承起居无恙。某本自月初赴任，今须俟殿攒毕，乃敢朝辞。后会何时，临书怆恨。惟万万自重。

三

某启。疲曳之余，即困睡尔。寻酒对菊，岂复梦见。君真世外人也。诗亦奇，欲和而未暇。使事始欲辞免，又若无说，然衰病极畏此。后日未可预刻，至时驰问也。

四

某启。甘草，已如所谕削去矣。参四板，聊致远诚，并一诗为笑。雪浪斋亦求一篇，为塞上华宠。厚之本欲作书，适有少冗，又笔冻甚，俟稍和暇也。幸致意。

五

某启。辱教，承起居佳胜。昨夕黄昏径睡，五更马上赏嘉月尔。事已，一笑。出疆已有旨，完夫同行也。别纸已领。

【解题】

上数书作于元祐八年（1093），苏轼将赴定州任上时。九月，宣仁太皇太后崩，苏轼感其知遇之恩，深为悲切；而苏轼与哲宗又不甚相得，故其心情较为抑郁，文中颇有流露。

与米元章二首

一

某启。过治下得款奉，辱主礼之厚，愧幸兼极。出都纷冗，不即裁谢。辱书感怍，仍审起居佳胜，为慰。邑政日清简，想有以为适。新诗文寄示，幸甚。惟万万保练。不宣。

二

某启。辱临访，欲往谢，又蒙惠诗，欲和答，竟无顷刻暇，愧负可量。雨冷，起居佳胜。只今出城，无缘走谢，想公难得人仆，亦不烦出。千万保重，非远，北行矣。匆匆，不宣。

【解题】

前书作于元祐八年（1093）十月。时苏轼出知定州，路过雍邱，受到知县米芾的盛情接待。

与子由弟

某为迫行事冗，不及作孙子发书，乞为致意。近者奏辟，吏部胥子初妄执言，本官系合入远人，碍辟举条，及反覆诘之，乃始伏云。若今年九月二十七日本官成资后别无遗阙，即不该入远，可以奏辟。某寻有公文申部，乞会问本州，即见得成资已前有无遗阙。凡争数日，乃肯据状会问，请与孙子发言，略说与本州官员，言早与果决分明，回一成资无遗阙文字来，免为猾胥妄生枝节。或更孙宣德与一愿就及本州官员及所填替非有服亲一状，尤佳。京师，大抵官不事事而吏横也。

【解题】

本书作于元祐八年（1093）秋，信中言己为人攻讦，并请苏辙照料此事。

定州到任谢执政启

燕南赵北，昔称谋帅之难；尺短寸长，今以乏人而授。幸此四夷之守，忘其一障之乘。坐食何功，扪心知愧。伏念轼愚忠自信，朴学无华。孔融意广才疏，讫无成效；嵇康性褊伤物，频致怨憎。叨逢圣世之休明，未分昔人之忧患。故求散地，以养衰年。终成命之莫回，悼此心之未亮。伏惟某官，躬行周孔，力致唐虞。燮和天人，方遂万物之性；虚受海宇，固容一介之微。眷此余生，实无他望。老如安国，既倦北平之迁；蠢比方回，终有会稽之请。归依之至，笔舌奚周。

【解题】

本文作于元祐八年（1093）十月到定州后。

与孙知损运使书

文安北城，如涉无人之境，其渐可虞。庙堂已留意，兵久骄惰，自合警策之。数年乃见效。惟极边弓箭社射生极得力，虏所畏惮，公必旧知之矣。以数勾集一月，村堡几虚，公私惴惴。北贼亦多相时生心，社人亦苦勾集劳费。此出入守望，与虏长技同，亲戚坟墓所在，人自为战，不忧其不闲习也。宜与永免冬教，又当有以优异劝奖之。已条上其事，更月余可发。此事行之，边臣无赫赫之功，然经久实事无如此者。觇者多云可汗老疾，欲传雏，雏为人猜忌好兵，边人尽知之。此岂可不留意。愿公痛为一言。心之精，意所不能言，上书岂能尽也。虏涵浸德泽久矣，其势亦未遽渝盟，但恐雏儿鸷忍，其下必有不忠贪功好利之人谋之，必先使北贼小小盗边，托为不知。若不折其萌芽，狃于小利，张而不已，必开边隙。备御之策，惟安养弓箭社，及稍加优异，使当淬砺以待小寇，策无良于此者矣。所条上数事，亦甚稳帖，不至张皇。惟乞免人户折变，所费不多。及立闲名目，奖社人头首。又乞复回易收息，时遣机宜僚属，费少钱粮，就地头赏其高强者耳。

【解题】

本书作于元祐八年（1093）十一月。文中论边事，推言弓箭社之功，并建议给予优待。苏轼曾有数篇奏状论弓箭社事，可参看。

与刘仲冯四首

一

某启。近奉赐教，奖予过重，感怍不已。比日机务多暇，台候胜常。某蒙庇如昨，未缘接侍，但有驰仰。乍暄，伏冀为国自重。谨奉手启。不宣。

二

某再启。将官杜宗辅，讷于言词，而治军严整，有足观者。趋阙参见，幸略赐问，当备驱使也。

三

某启。近将官赴阙，附状，不审已开览否？比日履兹薄暑，台候何似。某蒙庇粗遣，民虽饥乏，盗窃衰止。若旦夕得一麦熟，遂大稔矣。未缘瞻望，伏冀为国自重，不宣。

四

某近奏弓箭社事，必已降下。旦夕又当奏乞修军营，频渎朝听，悚息待罪。利害具状中，此不缕陈。邻近诸路，皆时有北贼，小小不申报者尤多，民甚患之。惟武定一路绝无者，以有弓箭社人故也。近承指挥开禁山事，此正事，本司举察，方欲从长酌中处置奏闻次，走马者闻之，遂以为己见耳。此弊所从来远矣。起税为永业者，已数百家，若骤以法绳治，起遣其人，搔扰失业，有足虑者。自某到任后，斫伐开耕者四五火，无不依法编管。前此皆置而不问，纵有本县寨解到，亦平治小了耳。其人开耕已成业者，见别作擘画，旦夕回申次。

【解题】

上四书皆作于定州太守任上。末书作于元祐八年（1093）十一月，言加强弓箭社、整饬边防事。

与钱济明

某启。别后至今，遂不上问，想察其家私忧患也。远辱专使惠书，且审侍奉起居康胜，感慰兼集。老妻奄忽，遂已半年，衰病岂复以此汩缠。但晚景牢落，亦人情之不免。重烦慰谕，铭佩何言。然公亦自有爱女之戚而不知，奉疏后时，惭负不已。出守中山，谓有缓带之乐，而边政颓坏，不堪开眼，颇费锄治。近日逃军衰止，盗贼皆出疆矣。幕客得李端叔，极有助。闻两浙连熟，呻吟疮痍，遂一洗矣。何时会合，临书惘惘。惟倍加爱啬，以副所愿。

【解题】

本书作于元祐九年（1094）正月。苏轼妻王闰于前年八月卒于京师，至此已半年，且于朝政多有失望，故有“晚景牢落”之叹。

与参寥子

某启。纷纷，久不奉书。窃惟起居佳胜。吕丞相为公奏得妙总师号，见托，寄上。此公着意人物，至于山水世外之士，亦欲成就，使之显闻。近奏王子直处士之类。公虽无用，不可不领其意。初不相识而能相荐，此又古人之事也。秦少游作史官，亦稍见公议，亦吕公荐也。未由会合，千万自重。

与李端叔

某启。辱简，承起居佳胜。近读近稿，讽味达晨，辄附小诗。更蒙酬和，益深感叹，朝夕就局中会话也。

与钱济明

寄惠洞庭珍苞，穷塞所不识，分饷将吏，并戴佳贶也。无以为报，亲书《松醪》一赋为信，想发一笑也。近得单季隐书云：公有一痫药方，极神奇。某长孙有此疾，多年不痊，可见传否？如许，望递中示及。

【解题】

上数书作于定州太守任上。

与张元明二首

一

前日承追饯南都，又送子由至筠，风义之厚，益增感慨。比日，具审起居佳胜。万里之别，后会杳未有期。伏乞善加保练。

二

远辱专人惠书，辅以药物，极济所乏，衰疾有赖矣。感刻！

感刻！不知何时还蜀中，自此音问遂隔，曷胜惘惘。

【解题】

此二书作于绍圣元年（1094）四月。时苏轼以讥斥先朝的罪名被贬知英州，张元明为之送行，随即也离京还乡。

与米元章三首

一

某启。辱简，承存慰至厚，哀感不已。平生不知家事，老境乃有此苦。蒙仁考矜愍垂诲，奈何！奈何！入夜目昏，不谨。

二

出城固不烦到，复得一见，幸矣。微疾想不为患，余非面莫究。

三

某启。辱教，且审起居佳胜，并惠新诗，足为衰朽先荣，感慰之极。途中宾客纷然，裁答未能详谨，千万恕察。

【解题】

前二书作于绍圣元年（1094）闰四月。时苏轼贬往英州，米芾自雍邱专使来迎，苏轼作书答谢。后一首亦当作于此后不久。

与孙子发三首

一

轼启。别来思念不可言。比日尊体何如？某蒙庇粗遣，旦夕离南都，如闻言者尚纷纷，英州之命，未保无改也？凡百委顺而已。幸不深虑。愈远，万万以时自重。□□不谨。轼再拜子发通直□足下。

二

郡中诸公，未能一一奉状，因见，各为致意。过真定，见杨采朝议。此人有实学隐德，河朔似此老，以一二数矣。其子迪简亦善吏，轼已举之矣。欲告提刑大夫来年一京削，敢烦子发为道此恳，或持此简呈宪使，又幸。不罪！不罪！轼再启。

三

一起写书十六七封，不能复谨，勿罪！勿罪！

【解题】

此三书作于绍圣元年（1094）闰四月。时政敌异常活跃，苏轼对贬英州之命仍有担心，果不出其所料，苏轼尚未至英州，又再贬至惠州。

与杜子师

某启。辱书，因循不即裁谢。专人惠简，只增愧悚。比日起居佳胜。某今晚到泗州，来日随早晚行，不出十六七日到扬。如欲相见，可少留相待，或附客舟沿路邂逅也。若已由天长路奔还，即不及矣。惟千万保爱，更进学术以就远业。不宣。

【解题】

本书作于绍圣元年（1094）五月。时苏轼在自定州贬往英州、惠州途中，作此书与杜子师相别。

答刘无言

此行但有感恩知罪，省分绝欲。守此四言，行之终身，庶保余年得还田亩，但未知有无后命尔。

【解题】

本书作于绍圣元年（1094）五月。刘无言，名焘。

与徐仲车三首

一

某启。三辱手教，极荷忧念，孔子所谓“忠焉能勿诲乎”？当书诸绅，寝食不忘也。名方良药，亦已拜赐，幸甚！幸甚！来日，舟人借请或小留，但不敢往谒尔。占望怅惋。

二

某启。昨日既蒙言赠，今日又荷心送，盎然有得，载之而南矣。复启，不宣。

三

某启。伏辱奇篇，伏读惊叹，愧何以当之，以太守会上，不即裁谢。继枉手教，益深感怍。晚来起居佳胜。公穷约至老，居甚卑而节独高。某忝冒过分，实内自愧，相见不免踧踖，来示何谦损之过也。迫行不再诣，惟厚自爱。入夜，不宣。

【解题】

绍圣元年（1094）五月，苏轼过泗州后在山阳遇徐仲车，此三书或作于此时。徐仲车，名积，有《节孝先生集》传世。

与任德翁

某启。半月不面，思仰深剧。辱书，承孝履如宜。金陵虽久驻，奉伺不至，知亦滞留如此。某在慈湖夹阻风已累日，今日风亦苦不顺，且寸进前去，恐亦未能远也。不知德翁今晚能到此否？倾渴之至。谨遣人上问。不宣。

【解题】

绍圣元年（1094）六月，苏轼贬英州时，途经安徽当涂县北的慈湖夹，被风阻数日。时任德翁有母丧，曾与苏轼同舟至金陵。

与范梦得

某启。一别俯仰十五年，所喜君子渐用，足为吾道之庆。比日起居何如？某旦夕南迁，后会无期，不能无怅惘也。过扬，见东平公极安，行复见之矣。新著必多，无缘借观，为耿耿尔。乍暄，惟顺候自重。因李豸秀才行，附启上问。不宣。

与庄希仲四首

一

某启。山阳恨不得再见，留书告别。重烦遣人答教，具审弭节已还，起居佳胜。某少留仪真，旦夕出江，瞻企逾邈，怅焉永慨。尚冀顺时为国自重。不宣。

二

某辄有少烦，方深愧悚，遽承差借三卒，大济旅途风水之虞，感戴高谊，无以云谕。书信已领，人回日，别上状。适暑毒，不佳，布谢不详谨，悚息！悚息！仲光承非远赴阙，是否？因会，乞致区区。

三

某启。甬上奉违，忽已累月，思咏可量。比日窃惟履兹秋暑，起居佳胜。罪废之迹，曲荷存眷。差人津送，感愧无已。未期瞻奉，伏冀以时为国自重。不宣。

四

某启。罪大责薄，重罹窜逐，迁去海上，益远左右，但深依恋。涂次，裁谢草草，恕悉，幸甚。

与曾子宣

某本不敢通问，特承不鄙废放，手书存问，乃敢裁谢万一。《塔记》久草下，因循未曾附上。今不敢复寄，异时万一北归，或可录呈，为一笑也。旦夕离南郡，西望怅然，言不能尽意。

与滕兴公

向者假守，得依仁贤分光借润，为幸多矣。不谓纯孝罹此哀疚，匆遽别去，为恨可量。某罪大责轻，忧愧交集，狼狈南迁，岂敢复自比缙绅。尚蒙记录委曲存抚，感激深矣。旦夕出江，愈远詹奉，惟万万顺理自将，无致毁也。

与参寥子五首

一

弥陀像甚圆满，非妙总留意，安能及此，存没感荷也。公欲留施，如何不便留下！今既赍至此，长大，难得人肯附去。辄已带行，欲作一赞题记，舍庐山一大刹尔。

二

颖上人知学道长进，甚善！甚善！钟和尚奄忽，哀苦不易，不别书奉慰，惟节哀勉力，宽老和尚心。宜兴儿子处支米十石，请用钟和尚念佛追福也。

三

某垂老再被严谴，皆愚自取，无足言者。事皆已往，譬之坠甑，无可追。计从来奉养陋薄，廪入虽微，亦可供粗粝。及子由分俸七千，迈将家大半就食宜兴，既不失所外，何复挂心，实翛然此行也。已达江上，耳目清快，幸不深念。知识中有忧我者，以是语之，纱裹肚鞋，各一致区区而已。英州南北物皆有，某一饱之外，亦无所须。承问所干，感惧而已。

四

某启。辱书，感慰之极。目病已平复。某虽衰老远徙，亦且凡百如昨，不烦深念。但借誉过当，非所安全不肖者，勿遣异人闻此语也。呵呵。

五

参寥失钟师，如失左右手，不至大段烦恼否？且多方解之，仍众与善处院门事也。后会何日，千万自爱。写书多不谨。

【解题】

上十一书皆绍圣元年（1094）于赴惠州途中作。

与曹子方

某启。奉别忽三年，奔走南北，不暇奉书。中间子由附到天门冬煎，故人于我至矣。日夜服食，期月遂尽之。到惠州，又递中领手书，懒废益放，不即裁谢。死罪！死罪！

【解题】

本书作于绍圣元年（1094）十二月。曹子方，名辅。

与子由弟

惠州市井寥落，然犹日杀一羊，不敢与仕者争买，时嘱屠者买其脊骨耳。骨间亦有微肉，熟煮热漉出，不乘热出，则抱水不乾。渍酒中，点薄盐炙微燋食之。终日抉剔，得铢两于肯綮之间，意甚喜之。如食蟹螯，率数日辄一食，甚觉有补。子由三年食堂庖，所食刍豢，没齿而不得骨，岂复知此味乎？戏书此纸遗之，虽戏语，实可施用也。然此说行，则众狗不悦矣。

【解题】

本书作于绍圣元年（1094）十二月。信中以乐观、风趣的态度描绘了在惠州食羊骨之事，显示了苏轼于厄运中的旷达胸怀。

与吴秀才二首

一

轼启。远辱专人惠教，具审比来起居佳胜，感慰之至。与子野先生游，几二十年矣。始以李六丈待制师中之言，知其为人。李公人豪也，于世少所屈伏，独与子野书云：“白云在天，引领何及。”而子野一见仆，便谕出世间法，以长生不死为余事，而以练气服药为土苴也。仆虽未能行，然喜诵其言，尝作《论养生》一篇，为子野出也。

近者南迁，过真、扬间，见子野无一语及得丧休戚事，独谓仆曰：“邯郸之梦，犹足以破妄而归真，子今目见而身履之，亦可以少悟矣。”夫南方虽号为瘴疠地，然死生有命，初不由南北也。且许过我而归。自到此，日夜望之。忽得来教，乃知子野尚在北，不远当来赴约也。幸甚！幸甚！

长书称道过实，读之赧然，所论孟、杨、申、韩诸子，皆有理，词气翛然，又以喜子野之有佳子弟也。然昆仲以子野之故，虽未识面，悬相喜者，则附递一书足矣，何至使人茧足远来，又致酒、面、海物、荔子等。仆岂以口腹之故，千里劳人哉！感愧厚意，无以云喻。

过广州，买得檀香数斤，定居之后，杜门烧香，闭目清坐，深念五十九年之非耳。今分一半，非以为往复之礼，但欲昆仲知仆汛扫身心，澡瀹神气，兀然灰槁之大略也。有书与子野，更督其南归，相过少留，为仆印可其所已得，而诃策其所未至也。此外，万万自爱。

二

人来，领书，且喜尊体佳胜。并示《归凤赋》，兴寄远妙，词亦清丽，玩味爽然。然仆方杜门念咎，不愿相知过有粉饰，以重其罪。此赋自别有所寄，则善，不肖决不敢当，幸察之！察之！

【解题】

前书于绍圣元年（1094）十二月作。信中赞扬吴子野的为人和见识，行文层层推进，人物形象极为突出。吴秀才，即吴子野之子吴芘仲，亦有文才。

与程正辅三首

一

某启。近闻使旆少留番禺，方欲上问，侯长官来，伏承传诲，意旨甚厚，感怍深矣。比日履兹新春，起居佳胜。知车骑不久东按，傥获一见，慰幸可量。未间，伏冀万万以时自重。谨奉手启。不宣。

二

某再启。窜逐海上，诸况可知。闻老兄来，颇有佳思。昔人以三十年为一世，今吾老兄弟，不相从四十二年矣，念此，令人悽断。不知兄果能为弟一来否？然亦有少拜闻。某获谴至重，自到此旬日，便杜门自屏，虽本郡守，亦不往拜其辱，良以近臣得罪，省躬念咎，不得不尔。老兄到此，恐亦不敢出迎。若以骨肉之爱，不责末礼而屈临之，余生之幸，非所敢望也。其余区区，殆非纸墨所能尽。惟千万照悉而已。德孺、懿叔久不闻耗，想频得安问。八郎、九郎亦然。令子几人侍行？若巡按必同行，因得一见，又幸。舍弟近得书云，在湖口，见令子新妇，亦具道尊意，感服不可言。

三

某再启。承谕，感念至泣下，老弟亦免如此蕴结之怀，非一见，终不能解也。见劝作诗，本亦无固必，自懒作尔。如此候虫时鸣，自鸣而已，何所损益，不必作，不必不作也。吾兄作一两篇见寄，当次韵尔。兼寄佳酿川芎，大济所用，物意两重，增感激也。问所干，亦别无事，恐三四月间，告求一两般家人至筠及常州。至时，当拜书干扣也。

【解题】

此三书皆作于绍圣二年（1095）正月。程正辅，名程之才，苏轼表兄，亦是苏轼姊夫。苏轼姊八娘早年嫁与程正辅，因受程家虐待而死，自此二家绝交，至今达四十二年。此年程正辅任广州提刑，惠州是其辖地。程正辅欲修旧好，托侯晋叔先为达意。

苏轼因揆违多年，且身处僻远，良多感慨，亦思一见，并说明所以不敢出迎之原因。

与南华辩老三首

一

某启。窜逐流离，愧见方外之旧。达观一视，延馆加厚，洗心归依，得见祖师，幸甚！幸甚！人来，辱书，具审法体佳胜，感慰兼集。某到惠已百日，杜门养疴，凡百粗遣，不烦留念。蒙致子由往来书信，异乡隔绝，得闻近耗，皆法慈垂恤，知幸！知幸！未由面谢，惟冀千万为众保练。不宣。

二

某启。正月人还，曾上问，必达。比日法履何如？某到贬所已半年，凡百随缘，不失所也，毋虑！毋虑！何时会合，怅仰不已。乍暄，万万为众自重。不宣。

三

程宪近过此，往来皆款见。程六、程七皆得书，甚安。子由亦时得书，无恙。又迁居行衙，极安稳。有楼临大江，极轩豁也。知之。

【解题】

此三书皆绍圣二年（1095）初作。辩老，即僧人重辩。南华寺，在韶州曹溪。

与陆子厚

某启。别来岁月乃尔许也，涉世不已，再罹忧患，但知自哂尔。感君不遗，手书殷勤如此，且审道体安休，喜慰之极。

惠州百凡不恶，杜门养疴，所获多矣。念君弃家求道二十余年，不见异人，当得异书。见许今春相访，果能践言，何喜如之。旧过庐山，见蜀道士马希言，似有所知。今为何在，曾与之言否？黄君高人，与世相忘者，如某与舍弟，何足以致之。若得他一见子由，硫错其所未至，则某可以并受赐矣。因足下致恳，可得否？韩朴处士，多从傅同年游。近傅得广东漕幕，遂带得来此否？因见，亦道意。罗浮有邓道士名守安，专静有守，皆世外良友也。

世外之道，金丹为上，仪邻次之，服食草木又次之，而胎息三住为本，殆无出此者。嵇中散去：“守之以一，养之以和，和理日济，同乎大顺，然后蒸以灵芝，润以醴泉，晞以朝阳，绥以五弦。”仆今除五弦不用外，其他举以中散为师矣。适饮桂酒一杯，醺然径醉，作书奉答，真不勒字数矣。桂酒，乃仙方也，酿桂而成，盎然玉色，非人间物也。足下端为此酒一来，有何不可，但恐足下拘戒箓不饮尔。道家少饮和神，非破戒也。余惟善爱。不宣。

【解题】

本书作于绍圣二年（1095）二月。陆子厚，名惟忠，眉山人，道士，与苏轼相识于黄州，苏轼好友。

与钱济明

某启。近在吴子野处领来教，尚稽答谢，悚息之至。远蒙差人，固佩荷契义矣，而卓契顺者，又可奇也。无以答其意，与写数纸，公可取一阅也。寄惠白术，极所欲得也。笺格甚高，想见风裁，回信唯有紫团参一板，疑可以奉亲故，不以微鲜为愧也。两儿子曾拜见否？凡百想有以训之。幼子过相随，甚干事，且不废学。蒙令子惠书，回答简率，一一封内，必不罪也。岭南家家造酒，近得一桂香酒法，酿成不减王晋卿家碧香，亦谪居一喜事也。有一颂，亲作小字录呈。勿示人，千万！千万！

【解题】

本书作于绍圣二年（1095）三月。

与陈季常

轼启。惠兵还，辱得季常手书累幅，审知近日尊候安胜。择、括等三凤毛皆安，为学日益，喜慰无量。轼罪大责薄，圣恩不赀，知幸念咎之外，了无丝发挂心，置之不足笔复道也。自当涂闻命，便遣骨肉还阳羡，独与幼子过及老云并二老婢共吾过岭。

到惠将半年，风土食物不恶，吏民相待甚厚。孔子云："虽蛮貊之邦行矣。"岂欺我哉！自数年来，颇知内外丹要处。冒昧厚禄，负荷重寄，决无成理。自失官后，便觉三山跬步，云汉咫尺，此未易遽言也。所以云云者，欲季常安心家居，勿轻出入，老劣不烦过虑，决须幅巾草屦相从于林下也。亦莫遣人来，彼此须髯如戟，莫作儿女态也。在定日作《松醪赋》一首，今写寄择等，庶以发后生妙思，着鞭一跃，当撞破烟楼也。长子迈作吏，颇有父风。二子作诗骚殊胜，咄咄皆有跨灶之兴，想季常读此，捧腹绝倒也。

今日游白水佛迹山，山上布水悬三十仞，雷轰电散，未易名状，大略如项羽破章邯时也。自山中归，得来书，灯下裁答，信笔而书，纸尽乃已。托郡中作皮筒送去。想黄人见轼书，必不沉坠也。子由在筠，极安。处此者，与轼无异也。书云，老躯极健，度去死远在。读之三复，喜可知也。吾侪但断却少年时无状一事，诚是。然他未及。子由近见人说，颜状如四十岁人，信此事不辜负人也。不宣。轼再拜。

【解题】

本书作于绍圣二年（1095）三月。信中述已赴惠情况，并与友人相期于林下，讲论诗文，了无怨意，可见苏轼心境之宁静。信中以项羽破章邯喻白水山瀑布，取其气势相似，可谓想象奇绝。

与程正辅十一首

一

某启。专人至，承赐教累幅，感慰兼极。比日履兹春阳，尊体佳胜。知春夏间方按行此邦，岂胜系望。韶州风物甚美。园亭，德孺所治，殊可喜。但不知有可与为乐者否？未披奉间，更冀若时保练。不宣。

二

某启。老兄近日酒量如何？弟终日把盏，积计不过五银盏尔。然近得一酿法，绝奇，色香味皆疑于官法矣。使旆来此有期，当预酝也。向在中山，创作松醪，有一赋，闲录呈，以发一笑也。

三

某启。数日闻使旆来此，喜慰不可言。方欲遣人奉状，遽捧手教，感愧兼集。比日涉履风涛，起居佳胜。旦日瞻奉，并陈区区。人还，手状。不宣。

四

轼深欲出迎郊外，业已杜门，知兄知爱之深，必不责此，然愧悚甚矣。专令小儿去舟次也。知十秀才侍行，喜得会见，不及别奉书。轼再启。

五

某启。昨日辱临，款语倾尽，感慰深矣。经宿起居佳胜。所贶皆珍奇，物意两重，敢不拜赐。少顷面谢。人还，不宣。

六

轼启。别来三辱书教，眷抚愈重，感慰深矣。想已达韶，起居佳胜。《桃花源诗》，再蒙颁示，诵咏不能释手。“萱”字韵拙句，特蒙垂和，句句奇警，谨用降服，幸甚！幸甚！《一字》虽戏剧，亦人所不逮也。轼凡百如昨，十九日迁入行衙。再会未期，惟望顺时为国自重。因苏州卓行者奉问。不宣。轼再拜正辅提刑大夫兄执事。三月十七日。

七

某前日留博罗一日，再见邓道士，所闻别无异者，方欲邀来郡中款问也。续寄丹砂已领，感愧之极。某于大丹未明了，直欲以此砂试煮炼，万一伏火，亦恐成药尔。成否当续布闻。顷得七哥书，递中已附谢也。六郎、十郎各计安，未及别书。所要书字墨竹，固不惜，徐寄去也。外曾祖遗事录呈。不一一。

八

某别时饮过，数旧病酒，昏昏如梦中也。且速发此书，不周谨，恕恕。家酿，尝之微酸，不敢寄去。二诗，以发一笑。幸读讫，便毁之也。

九

某启。谪居穷寂，谁复顾者。兄不惜数舍之劳，以成十日之会，惟此恩意，如何可忘。别后不免数日牢落，窃惟尊怀亦怅然也。但痴望沛泽北归，将复会见尔。到广少留否？比日起居何如？某到家无恙，不烦念及。未参候间，万万若时自重。不宣。

十

蜜极佳，荔枝蒙颁赐，谨附谢悬。苏州钱倅，差一般家人，又借惠力院一行者契顺，来与宜兴通问，万里劳人，甚愧其意。因令附此书，或略赐照管，幸甚。卒子与借请少许，甚幸！甚幸！

十一

某近因宜兴回人卓契顺者奉状，想达视览。即日起居佳胜，老嫂诸侄各计康靖。某与幼子亦如昨。迁居已八日，坐享安便，知愧！知愧！非兄巨庇，何以得此。未由面谢，临纸怅仰。乍暄，万万为国自重。不宣。

【解题】

上十一书约作于绍圣二年（1095）三月。程正辅于三月七日来看望苏轼，相得甚欢，尽释前嫌，并有诗文往来。苏轼于十九日迁居合江楼，亦程正辅督成之，末信言及此。

与徐得之

某启。张君来，辱书存问周至，感激不已。即日哀慕之余，孝履如宜。某到惠已半年，凡百粗遣，既习其水土风气，绝欲息念之外，浩然无疑，殊觉安健也。儿子过颇了事。寝食之余，百不知管。亦颇力学长进也。子由频得书，甚安。一家今作四处，住惠、筠、许、常也，然皆无恙。得之见爱之深，故详及之，不须语人也。瞻企邈然，临书惘惘。乍热，惟万万节哀，顺变自重，千万！千万！

【解题】

本书作于绍圣二年（1095）四月，信中介绍了自己到惠州后的情状，事虽凄凉，而语态颇安详。

与萧世京二首

一

某启。春和，窃惟起居佳胜。某罪谴，得托迹麾下，幸甚。到惠即欲上问，杜门省咎，人事几废，以故后时，想不深讶。未缘瞻奉，伏冀为时自重。谨奉手启布闻，不宣。

二

某再启。伏审使旆巡按至惠，得遂际见，何幸如之。某始寓僧舍，凡百不便。近因正辅至郡，许假馆行衙，不及面禀，辄已迁入，悚仄不已。想仁念顾恤，不深讶也。

【解题】

后一书作于绍圣二年（1095）四月。萧世京，时为广东提举常平。苏轼于信中解释了迁居行衙乃出程之才意，可见其谨慎。

与程正辅三首

一

某启。老兄留意浮桥事，公私蒙利，未易遽数。本州申漕司，乞支阜民监买粪土钱，若蒙支与，则邓道士者可以力募缘成之矣。告与一言，某不当僭管。但目见冬有覆溺之忧，太守见祷，故不忍默也。但邓君肯管，其工必坚久也。不罪！不罪！仍乞密之，勿云出于老弟也。

二

某启。近因柯推行，奉状必达。示谕修桥事，问得才元，行牒已到本州，差官估所费，盖八九百千。除有不系省诸般钱外，犹少四五百千。除有不系省诸般外，于法当提、转分认。见说估得却是的确合用之数，若减省，即做不成，纵成，不坚久矣，体问是实。然老弟以卑见度之，恐不能成。何者？吏暗而孱、胥狡而横，若上司应副，破许多钱，必四六分入公私下头，做成一坐河楼桥也，必矣！必矣！才元必欲成之，选一健干吏令来权签判，专了此事。不宜，且勿应副此钱，但令只严切指挥，且令牢系添修竹浮桥也。竹贱易成，创新不过二十千，一两月修一次，每次不过费二千，惟频修为要。前日指挥使去时，曾拜闻营房事，后来思之，亦与此同，度官吏必了不得也。深不欲言，恐误老兄事。故冒言，千万密之。与才元言，但只作兄意也。至恳！至恳！

三

某启。本州近申乞支阜民监粪土钱用修桥，未蒙指挥。告与漕使一言，此桥不成，公私皆病，敢望留意。近又体问得一事，本州诸军，多阙营房，多二人共一间，极不聊生。其余即散居市井间，赁屋而已。不惟费耗，军人因此窘急作过，又本都无缘部辖，靡所不为。公私之害，可胜言哉。某得罪居此，岂敢僭管官事，但此事俗吏所忽，莫教生出一事，即悔无及也。兄弟之情不可隐，故具别纸冒闻，千万亮其本心恕罪，幸甚。此数十年积弊，难以责俗吏，非老兄才气，常欲追配古人，即劣弟亦不轻发也。然千万密之。若少漏泄，即劣弟居此不安矣。告老兄作一手书，说与二漕，但只云指使蓝生经过廉得，或更以一书与詹守，稍假借之，令尽力为妙。自兄过此，詹守亦知惧厉精也。

本州管六头项兵，却一半无营房。其间有营房者，皆两人住一间，颇不聊生。其余只在民间赁屋散住，每月出赁房钱百五十至三百。其间赁官屋者，即于月粮钱内刻。非宫中指挥，盖掠房钱者，自擅如此。不惟军人缘此贫乏，又都将上下，无繇部辖，饮博逾违，急即逃走作贼，民不安居。又军妻缘此犯奸者众，远方吏不得人，从来如此，非今官吏之过也。问得，数十年来如此矣。约度大略，少三百来间好屋。若与擘划砖瓦，官自烧，林木亦可下县采斫。只恐难为足用。又阜民废监，亦有木植，此外官买足之。度三百间瓦屋，每间可用三贯省钱，不过千缗，此事可了。愿兄与漕司商量，先行文字下本州作访。闻惠州自来军人阙少营房，多在民间赁居。又广州、泉州、信州三处，差来客军，各无营房。本州清化一指挥，虽有营房一二十间，又每年遭水，军人家累，难为存活，深为不便。令本州知州职官都监子细勘会，逐一指挥去处及少营房数目，子细画一开具。若干指挥全无营房，见今若干兵士赁屋，各具见今赁屋人数供申及相度。未有营房指挥，合于何处起造营房。及清化指挥，年年遭水，合与不合迁移，如合迁移，即今来已废阜民监地位可与不可迁就。仍约度合用砖瓦材料人工钱数，先将本州见有砖瓦材料豁除外，仍更具管下县分，有无可以采斫材木去处，兼见差是何人，如何采斫，及相度添置瓦窑，差兵匠烧变。本州皆荒茅地，虽有主，百姓自来不采茅，官若日差兵士数十人，专留充烧瓦之用，于公私并无妨害。此外只具合支官中见钱的确数目供申，仍于本州应系诸般钱物内划支拨，系提转提举司钱物具若干数目供申。若似此行遣，料得不过支转运司钱四五百贯，思量此事，若不稍处置，致稍有意外之患，则于监司诸公，岂得为稳便。

然此事积弊久矣，非今官吏之过。切告吾兄，勿怪责此中官吏，万告！万告！如以卑言为然，及漕司商量得行，即须专差一精干官吏来此，与权都监王约者（此子甚勤干）。同干之。今且体问得逐营事件如后。

一、本州管澄海两指挥，禁军皆有营房，不外住。然皆是废茅屋，常忧火烛，亦当为瓦屋。又本营逐年多有水患，亦当相度，合如何疏理沟渎或筑防，令军人安居。

一、清化指挥见管二百三十人，只有官屋二十间。见有五十五人兵级，在外赁屋住。及年年遭水，及地僻远，并无篱墙，不可不迁，若迁于废阜监，极为稳便。

一、牢城指挥见管二百六十人，只有官屋四十间，二人共一间。外有三十六人兵级，见赁屋住。

一、泉州客军一百五人，并无营房，只有官屋三间，余并赁屋住。

一、信州客军九十六人，见管营房七间。

一、广州客军九十人，元因岑探反后添差，不曾与置营房。

此等客军，多在知州都监及场务地分窠坐，故只于窠坐处宿食，以此不肯赁屋居住。然体访得客军既无营房，才有病患，易得失所，是致死损人众，不可不为动心。

江海之间，寇攘渊薮。近日盐贼，幸而皆已获，不尔岂细故哉。谪居之人，只愿安帖。如惠州兵卫单寡，了无城郭，奸盗所窥，又若营房不立，军政堕坏，安知无大奸生心乎？此孤旅之人，所以辄贡缕言也。与指使蓝生语，觉似了了，可令来此与王约者同干否？不揆僭言，非兄莫能容之。然此本乞一详览，便付火，虽二外甥，亦勿令见。若人知其自劣弟出，大不可不可。

【解题】

此三书约作于绍圣二年（1095）五月。苏轼虽在贬谪之中，仍关心着吏民的疾苦，表现出强烈的责任感。上三信力促程正辅修建浮桥和军兵营房，并提出了详尽可行的计划，言辞恳切，谋划细致，颇能显示苏轼的吏治才能。

与参寥子

某启。专人远来，辱手书，并示近诗，如获一笑之乐，数日慰喜忘味也。

某到贬所半年，凡百粗遣，更不能细说，大略只似灵隐天竺和尚退院后，却住一个小村院子，折足铛中，罨糙米饭便吃，便过一生也得。其余，瘴疠病人。北方何尝不病，是病皆死得人，何必瘴气。但苦无医药。京师国医手里死汉尤多。参寥闻此一笑，当不复忧我也。故人相知者，即以此语之，余人不足与道也。未会合间，千万为道自爱。

【解题】

本书当作于绍圣二年（1095）四、五月间。惠州湿热，人皆恶其瘴气，而苏轼却持一种超脱的态度，认为生死有命，不当以此自扰，随缘自适而已。

与南华辩老四首

一

某顿首。净人来，辱书，具审法体胜常，深慰驰仰。至此二年，再涉寒暑，粗免甚病。但行馆僧舍，皆非久居之地，已置圃筑室，为苟完之计，方斫木陶瓦，其成当在冬中也。九月中，儿子般挈南来，当一礼祖师，遂获瞻仰为幸也。伏暑中，万万为众自重。不宣。

二

远承差人寄示诸物等，一一荷厚意也。儿子被仁化，今想与南华相近也。谪居穷陋，无可为报，益不遑矣。

三

某再启。所要写柳碑，大是。山中阙典，不可不立石。已辍忙，挥汗写出，仍作一小记。成此一事，小生结缘于祖师不浅矣。荒州无一物可寄，只有桄榔杖一枚，木韧而坚，似可采，勿笑！勿笑！舍弟及聪师等书信领足。此自有去人，已发书矣。张惠蒙去岁为看船，不得礼拜祖师及衣钵，甚不足。今因来人，令相照管一往，不讶喧聒。此子多病，来时告令一得力庄客送回也。留住五七日可矣。

四

学佛者张惠蒙，从予南迁。予游南华，使惠蒙守船。明年六月，南华禅师使人于惠。惠蒙曰："去岁不得一礼祖师，参辩公，乃可恨。"欲与是人俱往，请留十日而还。予嘉其意，许之，且令持此请教诲于辩公，可痛与提耳也。绍圣二年六月十一日。

【解题】

前二书作于绍圣三年（1095）六月。

与程正辅四首

一

某启。近指使还左右，奉书必已闻达。比日履兹炎燠，尊体佳胜。某蒙庇如昨。筠州时得信，甚安。暑雨不常，蒸烧可厌，曲江想少清爽否？何时会合，少解驰结，尚冀保练，姑慰愿言。因柯推官行，奉启上问。不宣。

再启。桥钱必不足用，学钱且告老兄留取。切告！切告！前所问者，已得实状，本州必已申去，盖亦只止是矣。

二

某启。违别忽复数月，思仰日积。递中辱书，伏审尊体佳胜，甚慰驰想。示谕《碧落洞》诗，却未寄贶，必封书时忘之也。窃望寄示。老弟却曾有一诗，今录呈，乞勿示人也。惠贶新茶，极为佳品，感佩之至。未由会见，万万为国自重。

三

某启。伏暑，切惟起居清胜。某凡百如昨，近指使柯推及郡中买药兵士三次奉状，一一达否？十郎递中书未到。新什此篇尤有功，咄咄逼鲍、谢矣。不觉起予，故和一诗，以致钦叹之意，幸勿广示人也。未由瞻奉，万万以时保练，麾汗不谨。

四

德孺、懿叔近得耗否？子由频得安问，云亦有书至兄处，达否？邓道士州中住两月，已归山。究其所得，亦无他奇，但归根宁极，造次颠倒，心未尝离尔。此士信能力行，又笃信不欺，常欲损已济物，发于至诚也。知之！知之！

【解题】

上八书皆作于绍圣二年（1095）六月。

与林天和

某启。人来，辱手教，具审起居佳胜。吏民畏爱，谣颂布闻，甚慰所望。秧马聊助美政万一尔，何足云乎？承示喻，隗悚之。僧磨已成，秋凉当往观也。毒热，万万为民自爱。不宣。

【解题】

本书作于绍圣二年（1095）六月。林天和，名林抃，时任惠州博罗县令。苏轼所提倡之“秧马”得林抃在博罗推广，对当地农业生产颇有推进。

付龚行信

辩禅师与余善，常欲通书，而南华净人，皆争请行。或问其故。曰：“欲一见东坡翁，求数字，终身藏之。”余闻而笑曰：“此子轻千里求数字，其贤于蕺山姥远矣。固知辩公强将下无复老婆态也。乾明法煮诃梨勒，闻之旧矣，今乃始得尝，精妙之极，岂非中有曹溪一滴水故耶?”偶病不得出，见书此为谢。

【解题】

本书作于绍圣二年（1095）六月。其时苏轼书法名满天下，人皆以为宝，苏轼对此亦颇得意。

与王定国

某启。递中，忽领三月五日手教，喜知尊候佳胜，贵眷各康健，并解悬情，幸甚。一官为贫，更无可择。知生计渐有涯，可喜！可喜！某到此八月，独与幼子一人、三庖者来。凡百不失所。风土不甚恶。某既缘此绝弃世故，身心俱安，而小儿亦遂超然物外，非此父不生此子也。呵呵。书中所谕，甚感至意，不替畴昔而加厚也。幸甚！幸甚！子由不住得书，极自适，道气有成矣。余无足道者，南北去住定有命，此心亦不念归，明年买田筑室，作惠州人矣。伏暑中，万万加爱。不宣。

【解题】

本书作于绍圣二年（1095）六月。时苏轼贬在南荒，而能“超然物外”，甘心永作“惠州人”，其淡泊自守、乐观放旷的处穷之道，颇能给人以启迪。

与罗秘校

某启。专人至，承不鄙罪废，长笺见及，援证古今，陈义甚高，伏读感愧。仍审比来起居佳胜，至慰！至慰！守局海徼，屈淹才美，然仕无高下，但能随事及物，中无所愧，即为达也。伏暑，万万自重。

【解题】

本书作于绍圣二年（1095）六月。罗秘校，名无考，秘校为官名。苏轼认为官无高下，但求无愧于心，而他一辈子的任官实践也确是以此为准则的。所以苏轼既能受到各地百姓的称赞，又能求得心灵的宁静。

与程正辅七首

一

某启。专人辱书，感慰无量。比日履兹新凉，尊体何如？某一向苦痔疾，发歇未定，殊无聊也。所谕退闲之乐，固终身无厌，但道气未胜，宿疾尚缠，想亦灾数。或言冬深当出厄，傥尔时勿药乎？何时一迓来斾，少解羁困。万万以时自重。不宣。

二

某启。昨日附来使，上状，必达。稍凉，起居佳胜。见严推言，邑君尝服药，寻已平愈，今想益康健。秋色渐佳，惟冀倍加寝膳。不宣。

三

轼旧苦痔疾，盖二十一年矣。近日忽大作，百药不效，虽知不能为甚害，然痛楚无聊两月余，颇亦难当。出于无计，遂欲休粮以清净胜之，则又未能遽尔。但择其近似者，断酒断肉，断盐酢酱菜，凡有味物，皆断；又断粳米饭，惟食淡面一味。其间更食胡麻、茯苓麸少许取饱。胡麻，黑脂麻是也。去皮，九蒸曝白。茯苓去皮，捣罗入少白蜜，为麸，杂胡麻食之，甚美。如此服食已多日，气力不衰，而痔渐退。久不退转，辅以少气术，其效殆未易量也。此事极难忍，方勉力必行之。惟患无好白伏苓，不用赤者，告兄为于韶、英、南雄寻买得十来斤，乃足用，不足且旋致之，亦可。已一面于广州买去。此药时有伪者。柳子云尽老芋是也。若有松根贯之，却是伏神，亦与茯苓同，可用。惟乞辨其伪者。频有干烦，实为老病切要用者，敢望留意。幸甚！幸甚！轼再拜。

蜜，此中无有，亦多伪。如有真者，更求少许。既绝肉五味，只啖此麨及淡面，更不消别药，百病自去。此长年之真诀，但易知而难行尔。弟发得志愿甚坚，恐是因灾致福也。

四

某慰疏言。不意变故，表嫂寿安县君遽捐馆舍，闻讣悲怛，感涕并怀。切惟恩义深笃，追悼割裂，哀痛难堪。日月流速，奄毕七供，感动逾远，奈何。某限以谪居，莫缘奔诣吊问，愧恨千万。幸冀省节悲悼，强食自重，不胜区区。谨奉疏慰。不次，谨疏。

五

某启。不谓尊嫂忽罹此祸。惟兄四十年恩好，所谓老身长子者，此情岂易割舍。然万般追悼，于亡者了无丝毫之益，而于身有不赀之忧，不即拂除，譬之露电，殆非所望于明哲也。谴地不敢辄舍去，无缘面析此理，愿兄深照痛遣，勿留丝毫胸中也。惟有速作佛事，升济幽明，此不可不信也，惟速为妙。老弟前年悼亡，亦只汲汲于此事，亦不必尽之。佛僧拯贫苦尤佳，但发为亡者意，则俯仰之间，便贯幽显也。忝至眷，必不讶。草次。

六

某启。近奉慰必已达。比日悼念之余，起居如宜。吾兄学道久矣，必不使无益之悲，久留怀抱。但劣弟未克面论，不免悬情，惟深察此理。宽中强饭，不胜区区。再奉手启布闻。不宣。

七

某启。自闻尊嫂倾背，三发慰书矣。比日起居何如，怀抱渐开否？倾仰之至。辄有少意，不胜私忧过计之心，故复发此书，必加恕亮，余无异前恳也。不宣。

【解题】

上数书皆作于绍圣二年（1095）七月。信中言自己痔病复发，请程正辅代为购药；又闻表嫂去世，作书劝慰程正辅节哀。

与程正辅七首

一

近得柳仲远书，报妹子小二娘四月十九日有事于定州，柳见作定签也。远地闻此，情怀割裂，闲报之尔。

二

某辄附上绫刻丝各一匹，用与表嫂斋僧，表区区微意。不罪！不罪！淡面经月，疾不减，却稍肉食，近却颇安。天凉灾退，自然安适，茯苓亦不服食也。承寄遗并蜜已领，极佳。近严推官者，托口陈二事，曾道便人寄书画扇子去，必达。八十哥化去，感念畴昔，为之出涕。史嗣立宅表娣王县君亦有事。羁寓岭海，那堪时时闻此。知兄已出巡，千万勿惮远，一来游罗浮。弟候闻来耗，便去山下奉候。表侄必未到，且请决意一来。恐明年兄必北归，无由来也。

三

某启。知已登舟岁巡连州，切望不惜数日之劳，一游罗浮。家居悒悒，触物增怀，不如且徜徉山水间散此伊郁也。仍望先令人来约，径去山下伺候也。少事干告，此中太守已借数人白直，仅足使令，欲更告兄，辄借两人，如许，即乞彼中先减两白直，却牒州差两厢军借使也。不罪！不罪！

四

某今日伏读赦书，有责降官量移指挥，自惟无状，恐可该此恩命，庶几复得生见岭北江山矣。幸甚。

又见赦文云："访闻诸路转运司，有折科二税过重，致民间输纳倍费涉于掊克者，令提举司举察关提、转先次改正，依条折科讫奏。"此一节非常赦语，必是圣主新意。主上自躬听断以来，事从仁恕。如孙载不奏灾伤冲替，庐、寿等州罢配买茶之类，皆非有司所及。乃天衷英发，恤民之深意，恨远不尽闻。然亦得北方故人书，皆云仁圣日跻，兼有昭、裕二陵德美。某虽废弃，曾忝侍从，大恩未报，死不敢忘，闻此美政，不胜踊跃。正辅忠爱之深，想同此意。

然惠州近日科折秫米一事，正违着此赦文，甚可惧也。赦文云："访闻折科二税过重，致民间倍费，涉于掊克者，令觉察改正。"今惠州秋田大熟，米贱伤农，而秋米六万余硕，九分二厘以下纳人户卖米，（众人皆云今年米实无价，若官中价钱紧急，人户更不敢惜米，得钱便卖，下稍不过三十文足）二斗已上，方纳得一斗。岂非赦文所谓折科过重，使民倍费者乎？谓之掊克，显见圣意疾之甚矣。赦文榜在衢路，读者已有此谤，可不惧乎？

谨按《编敕》，支移折变，令转运司相视丰歉，务从民便。详此敕意，专务便民，丰则纳米，歉则纳钱。今乃返之，违条甚矣。某切谓提刑、提举司当依赦文检坐此条，改正施行。

昨日惠守詹君，申转运司乞指定第一等丁米二万九千余硕纳钱，其余第一等以下税米及第二等以下米三万余硕，并从民便，任纳米钱。（詹欲某与兄一言，时已致书具论矣）此虽少苏疲民，然亦未依得今来赦敕也。如赦敕意，第一等人户，岂可令倍费乎？某恃兄洞照，不避僭易，请兄与傅、萧二公面议共行下一文字云："所有今年折科秋米，并只依见在市卖实直估定。其第五等人户，并听情愿，任纳钱米，更不拘前来元科数目。"如此，方依得今来赦文外编赦指挥，而一路之民遂少纾也。

但闻得东路州郡，大率米多支少，故运司常有积滞腐败之忧，不可不为之深虑。若能权利害之轻重，取舍从宜，则拘多补少，固自有术，何至作此违条害民之事乎？（昨日书中所陈役人见钱，奏乞一半折米，此公私两利之策也）大凡人户，去州县远者，及下户税米零碎者，皆愿纳钱。只为州郡估得价高，（大抵官吏皆畏惧上司，但加三以上估价。滑胥俗吏，结为一片，靡不如此。须是上司痛加约束，则此风庶几或可革也）致人户只愿纳米。今运司既患米多支少，归于腐败，所损不小，即须权此利害。不知估价稍低，而常得见钱，以救运司阙乏，与空估高价，而令人户只愿纳米，积滞腐败，终为粪土者，得失孰多？若能痛加打骂郡中俗吏，令中平估价，则人户必有大半愿纳钱者。岂非运司大利乎？今惠州每年支米，不过九千，九千之外，累百钜万，虽未腐败，而无可支遣，与粪土何异。若上等人户，必欲纳又不失高价，则须是州县盲枷瞎棒，以膏血偿填，纵忍为之，奈赦文何。

某不避僭易，欲兄专为此，一到广州，与傅、萧面议，反覆究竟，权利害。二公皆仁人君子也，必商量得成。即愿三司连衔入一文字，专牒逐州知通，大略云：今年秋熟，恐米贱伤农，所以听从民便，任纳钱米。又缘逐州米多支少，恐有腐败积滞之忧，深虑仓专斗级等，意欲多纳正色，用幸计会司属及行人等高估估米价，令人户纳钱倍费，只愿纳米，致将来纳多支少，积滞腐败，不委逐官专切觉察须管。一依见在市卖中价，不得辄有丝毫加抬，仍具结罪保明申上。如牒来到日，已曾高估者，许改正裁减，务令便民讫，申其高估干系人，并与免罪。如经逐官保明后，却察探得知依旧高抬大估，比见卖直价有加分文，致人户不愿纳钱，将来积滞官米，即官吏并须勘奏，乞行朝典。若蒙采用刍荛，一路生灵受赐也。

恃眷知，如此率易，死罪！死罪！此事切勿令人知出不肖之言也。切告！切告！

五

某启。近因蜀使奉状，必达。惠新茶绝品，石耳异味，感荷之极也。扇二十柄，书画殆遍，然终不佳，病倦少思也。《遗事》更少凉写纳。懿叔近得书，甚安。德孺久不闻耗也，令子各计安，未及别书。小儿荷问及，宜兴两儿服阕后欲南来。又赦后痴望量移稍北，不知可望否？兄闻众议如何，有所闻批示也？报言者论寿州配买茶一事，已施行仁圣之意，亦可仰测万一也。

六

某目见之事，恐可以助仁政之万一，故敢僭言。不罪！不罪！今来秋大熟，米贱已伤农矣。所纳秋米六万三千余石，而漕府乃令五万以上折纳见钱，余纳正色，虽许卜户取使纳钱，然纳米不得过五千硕元科之数，则取便之说，乃空言尔。岭南钱荒久矣，今年又起纳役钱，见今质库皆闭，连车整船，载米入城，掉臂不顾，不知如何了得赋税役钱去。朝廷新行役法，监司宜共将傍人户令易为征催，准条支移折变，委转运司相视收成丰歉，务从民便。据此敕意，即是丰则约米，歉则约钱。今乃反之，岂为稳便。闻范君指挥，非傅同年意也。本州詹守，极有恤民之意，闻说申乞第二等以下人户纳钱与米，并从其便，不知元科米数。此实一州人户众愿，非詹守私意，及非专斗要计会多纳米也。望兄力赐一言，特从其请及乞提、转共行一条，戒约州县大估米价，以致百姓重困，须得依在市见卖实直。如牒到日，已估价太高者，许依实改正，庶几疲民尽沾实惠。切望兄留意，仍密之，勿令人知自弟出也，千万！千万！问得本州支米，每年不过九千，若五万全纳正色，则有积弊之忧，若以积滞之故，年年多纳钱，少纳米，则农民益困，岭南之大患也。（见说广东诸郡，皆患米多支少）请兄与诸公商量，具此利害，共入一奏，乞今后应役人、公人庸钱及重法钱并一半折米，却以见钱还运司，则公税皆便，免得税米积滞，年年抑勒，人户多纳见钱，此大利也。但当立条，常令提举、提刑司常切觉察转运司及州县大估米价及支恶弱米，免亏损役人、公人，则尽善矣。

本州申乞椿定第一等丁米，二万九千余硕，并须得纳见钱。其余第一等税米，及第二等以下丁税米，共约计三万四千余硕，任从民便，纳钱纳米。近下零碎者，多愿纳钱，且以少计之，三万四千硕中，必有一万以上硕纳见钱矣，与漕司元科数目不大相悬，而第二等以下户，皆得任便，不拘元科数目，人情必大悦。奈何！一年役钱及重法等钱，共计支一万三千四百余贯，若一半折支米，即是每年有六千七百贯钱折米，米每斗极贵时，不过折五十，约计折支，得一万三千余硕也。

大郎兄弟有来耗未？六郎、十郎侍下孝履如何？不及作书，且乞宽节哀思，强食自爱。宜兴一书，烦为入一皮角递。儿子辈开岁前皆入京授差遣，此书告为便发，庶速得达也。不罪！不罪！

七

广倅书报，近日飓风异常，公私屋倒二千余间，大木尽拔。

乾明诃子树已倒，此四百年物也。父老云："生平未见此异。"老兄莫缘此一到南海，拊视为佳，惠人亦望使车一到。若早来，民受赐多矣，必察此意，狱事辱老兄按正，远近心服，暗缪之人，亦缘兄免此冤债，当没齿荷戴，乃更恨耶？好笑！好笑！

【解题】

上七书皆作于绍圣二年（1095）八月。信中一再提醒程正辅丰年以防米贱伤农，应准许农民从便以米或钱纳赋税，并代为策划收缴方法。末信希望程正辅来惠抚视灾民。括号内为作者插语或注语。

与程正辅十首

一

某启。近两奉状，必相继尘闻。比来切惟尊候康安。闺门之戚，想已平遣。前云过重九启行，计已在涂，罗浮之游，果如约否？不胜颙望。余暑跋涉，惟冀若时自重。不宣。

二

某启。近四奉状，必一一达。比日起居何似？闻东行已决，但未闻离五羊的日，故未敢往迎。旦夕闻的耗，即轻舟径前也。区区，并俟面道。不宣。

三

某启。罗浮之游，不知先往而后入州耶？抑俟回日也？弟惟兄马首之视，无不可者。旦日乘舫，径至泊头以来也。匆匆，未能尽意。

四

某启。多日不上问，但积驰仰。不审比来尊候何似，眷聚各佳否？德孺、懿叔想时有安问。某蒙庇粗遣，子由亦安，秋凉使旆出按否？倘又一见，何幸如之。未间，万冀自重。不宣。

五

某启。漂泊海上，一笑之乐固不易得，况义兼亲友如公之重者乎？但治具过厚，惭悚不已。经宿，尊体佳胜。承即解舟，恨不克追饯。涉履慎重，早还为望。不宣。

六

《遗事》已用澄心纸、廷珪墨写成，纳去。尉掾子孙一句，不须出，彼自不知也。必欲去者，摹刻时落之。并有《江月》五首，录呈为一笑。吾侪老矣，不宜久郁，时以诗酒自娱为佳。亡者俯仰之间，知在何方世界，而吾方悲恋不已，岂非系风捕影之流哉！

七

某启。闻归艎到岸，喜不自胜。辱手教，承起居佳适。值夜乏人，未可前诣。新诗辄次韵，取笑！取笑！前本附纳，匆匆。

八

某启。两甥相聚多日，备见孝义之诚，深慰所望。未暇别书，悉之！悉之！儿子过令干少事，未及拜状。辄已和得《白水山》诗，录呈为笑。并乱做得《香积》数句，同附上。前本并纳去。“哑”字辄用“椏”字，盖攀例也。呵呵。

九

少恳冒闻。向所见海会长老，甚不易得。院子亦渐兴葺。已建法堂甚宏壮，某亦助三十缗足，令起寝堂，岁终当完备也。院旁有一陂，诘曲群山间，长一里有余。意欲买此陂，属百姓见说数十千可得。稍加葺筑，作一放生池。囊中已竭，辄欲缘化。老兄及子由齐出十五千足，某亦竭力共成此事。所活鳞介，岁有数万矣。老大没用处，犹欲作少有为功德，不知兄意如何？如可，便乞附至，不罪！不罪！

十

此中湖鱼之利，下塘常为启闭之所，岁终竟竭泽而取，略无脱者。今若作放生池，但牢筑下塘，永不开口，水涨溢，即听其自在出入，则所活不赀矣。

【解题】

上十书皆作于绍圣二年（1095）九、十月间。

与罗秘校

某启。衰病，裁答草草，不讶！不讶！知不久美解，即获会见，至喜！至喜！掩骼之事，知甚留意。旦夕再遣冯、何二士去面禀，亦有少钱在二士处。此不覼缕。增城荔子一篮，附去人驰上。不罪！不罪！

【解题】

本书作于绍圣二年（1095）十月。“掩骼之事”指收集暴露于野的尸骨，并予以掩埋。苏轼倡议了此事，并作有《祭枯骨文》。罗秘校参与其事。

与程正辅五首

一

某启。别后，因本州便人一次上状，并《香积》诗，必已达尊览。两辱赐教，具审起居佳胜，甚慰驰仰。某入冬，眠食甚佳，几席之下，澄江碧色，鸥鹭翔集，鱼虾出没，有足乐者。又时走湖上，观作新桥。掩骼之事，亦有条理，皆粗慰人意。盖优哉游哉，聊以卒岁，知之，免忧。药钱亦已如请。比来数事，皆蒙赐左右，此邦老稚，共荷戴也。乍寒，万万自重，不宣。轼再拜正辅提刑大夫兄阁下。十一月三日。

二

某睹近事，已绝北归之望。然中心甚安之。未说妙理达观，但譬如元是惠州秀才，累举不第，有何不可。知之免忧。诗屡和，韵崄又已更老手五赓，殆难措辞也，亦苦痔无情思尔。惠黄雀，感愧！感愧！子由一书，告早入皮筒，幸甚！幸甚！

三

某启。和示《香积》诗，真得渊明体也。某喜用陶韵作诗，前后盖有四五十首，不知老兄要录何者？稍间，编成一轴附上也，只告不示人尔。

四

某启。长至伊迩，不获称觞，祝颂之怀，难以言谕。比日起居增胜。宪掾顾君至，辱手书，感慰倍常。顾君信佳士，伯乐之厩，固无凡足也。老弟凡百如昨，但痔疾不免时作。自至杜门不见客，不看书，凡事皆废。但晓夕默坐作少乘定，虽非至道，亦且休息。平生劳弊，且尔少期百日。兄忧爱之深，故白其详，不须语人也。所谓以得为失者，梦幻颠倒，类皆如此尔。未由瞻奉，万万若时自重。不宣。轼再拜正辅提刑大夫兄。十一月十日。

五

某启。蒙惠冠簪甚奇，即日服之，但衰朽不称尔。全面极佳，感作之至。岑茶已领。杭人送到《表忠观碑》，装背作五大轴，辄送上。老兄请挂之高堂素壁，时一睨之，如与老弟相见也。附顾君的信，封角草草。不讶！不讶！升卿之问，已答之矣。已白顾君其详。轼再拜。

【解题】

此数书作于绍圣二年（1095）十一月。苏轼此时已绝北归之望，寄情山水，颇得其乐。苏轼此时作有大量的和陶渊明诗，即这种心境的体现。

与王定国

某一味绝学无忧，归根守一，乃无一可守。此外皆是幻。此道勿谓渺漫，信能如此，日有所得，更做没用处，亦须作地行仙，但屈滞从狗窦中过尔。勿说与人，但欲老弟知其略尔。问所欲干，实无可上烦者。必欲寄信，只多寄好干枣、人参为望。如无的便，亦不须差人，岂可以口腹万里劳人哉。所云作书自辩者，亦未敢便尔。“不怨天，不尤人，下学而上达，知我者，其天乎”？张十七绝不闻消耗，怀仰乐全之旧德，故欲其一箴之否？

【解题】

苏轼被贬惠州，奉持佛道思想以自适，不怨天尤人，亦不作书自辩，以对现实的超越而获得精神上的解脱。此书作于绍圣二年（1095）十一月。

答张文潜

某启。久不奉书，忽辱专人手教，伏读感叹。且审为郡多暇，起居佳胜，至慰！至慰！

疾久已扫除，但凡害生者无复有，则真气日滋骨髓，余益形神，卓然复壮，无三年之功也。某清净独居，一年有半尔。已有所觉，此理易晓无疑也。然绝欲，天下之难事也，殆似断肉。今使人一生食菜，必不肯。且断肉百日，似易听也，百日之后，复展百日，以及期年，几忘肉矣。但且立期展限，决有成也。已验之方思以奉传，想识此意也。

蒙远致儿子书信，感激不可言。子由在筠，甚自适，养气存神，几于有成，吾侪殆不如也。闻淳父、鲁直远贬，为之悽然。此等必皆有以处之也。某见寓监司行馆，下临二江，有楼，刘梦得《楚望赋》句句是也。瘴疠虽薄有，然不恶，与小儿不曾病也。过甚有干蛊之才，举业亦少进。侍其父亦然。恐欲知之，解忧尔。

会合未期，临书怅惘。惟万为道自重。不宣。

【解题】

本书作于绍圣二年（1095）十一月。时张耒遣使至惠州，苏轼始知张耒亦因自己牵连，被贬至宣州，作书安慰，并言己养生之道，以解张耒悬念之心。

与黄鲁直

某启。方惠州遣人致所惠书，承中涂相见，尊候甚安。即日想已达黔中，不审起居何如，土风何似？或云大率似长沙，审尔，亦不甚恶也。惠州已久安之矣。度黔，亦无不可处之道也。闻行橐无一钱，涂中颇有知义者，能相济否？某虽未至此，然亦近之矣。水到渠成，不须预虑。数日来苦痔疾，百药不效，遂断肉菜五味，日食淡面两碗，胡麻、茯苓麸数杯。其戒又严于鲁直。虽未能作自誓文，且日戒一日，庶几能终之。非特愈痔，所得多矣。子由得书，甚能有味于枯槁也，文潜在宣极安，少游谪居甚自得，淳父亦然，皆可喜。独元老奄忽，为之流涕。病剧久矣，想非由远谪也。隔绝，书问难继，惟倍祝保爱。不宣。

【解题】

本书作于绍圣二年（1095）十二月。黄庭坚于此年贬官涪州别驾、黔州安置；张耒贬谪宣州；秦少游贬为处州酒税。苏轼对他们的情况都极为关心。此信告知自己及张耒等近况，并劝慰黄庭坚，语颇亲切，平淡而有深情。

与南华辩老

某启。久不闻问，忽辱专使手书，具审比来法体佳胜。生日之饷，礼意兼重。庶缘道力，少安晚境乎？铭佩之意，非笔舌可究。披晤未期，惟万万为法自爱。不宣。

与程正辅四首

一

某近以痔疾，发歇不定，亦颇无聊，故未和近诗也。郡中急足，有书并顾掾寄碑文，达否？成都宝月大师孙法舟者，远来相看，过筠，带子由一书来，他由循州行，故不得面达。今附上。轼再拜。

二

某启。残腊只数日，感念聚散，不能无异乡之叹，不审兄诸况如何？子舍已到否？新年不获奉觞，惟祝早膺召命。未间，更乞为时自重。不宣。

三

某启。忽复残腊，会合无缘，不能无天末流离之念也。急足回，辱书，具审尊体康胜。仍示佳句五章，字字新奇，叹咏不已。老嫂奄隔，更此徂岁，想更凄断，然终无益，惟日远日忘，为得理也。某近苦痔，殊无聊，杜门谢客，兀坐尔。新春，为国自爱，早膺北归殊宠。不宣。

四

某启。近检法行奉书，未达间，伏蒙赐教，并寄惠柑子，此中虽有，似此佳者，即不识也。但十有一二坏尔。谨如教略尝，不多啖也。比日还府以来，起居佳胜。某与儿子如昨，不烦念及。大郎、三郎有近耗未？岁暮无缘会合，惟冀若时珍练。区区不宣。

【解题】

此五书作于绍圣二年（1095）十二月。

与曹子方

某启。专人至，教赐累幅，慰抚周尽。且审比来起居佳胜，感慰兼集。某得罪几二年矣，愚陋贪生，辄缘圣主宽贷之慈，灰心槁形，以尽天年，即日殊健也。

公别后，微疾尽去，想今亦康佳。养生亦无他术，独寝无念，神气自复。知吕公读《华严经》有得，固所望于斯人也。

居闲偶念一事，非吾子方莫可告者。故崇仪陈侯，忠勇绝世，死非其罪。庙食西路，威灵肃然，愿公与程之邵议之。或同一削，乞载祀典，使此侯英魄，少伸眉于地下。如何！如何！然慎勿令人知不肖有言也。陈侯有一子，在高邮，白身，颇知书。

蒙惠奇茗、丹砂、乌药，敬饵之矣。西路洞丁，足制交人，而近岁绥驭少方，殆不可用，愿为朝廷熟讲之，此外，万万保重。

【解题】

本书作于绍圣二年（1095）秋冬。曹子方于此年春任广西宪，曾枉道惠州来访。

与程全父

某启。去岁过治下，幸获接奉，别后有阙上问，过沐存记。远辱手教，且审起居佳安，感慰兼集。长笺见宠，礼意过当，非衰老者所宜承当。伏读，愧汗而已。未由会见，万万以时自重。不宜。

【解题】

程全父，名天侔，其时任广东路罗阳郡推官，绍圣元年（1094）苏轼往惠州时曾蒙其接待，此后多有往来馈赠，是苏轼患难之交。此书当作于绍圣二年（1095）。

与杜子师

某启。贬窜皆愚暗自取，罪大罚轻，感恩念咎之外，略不置胸中也。得丧常理，正如子师及第落解尔。如别纸所谕，甚非见爱之道。此等语切冀默之。余非面莫悉。

与程正辅十二首

一

河源事，上下缪悠而已。有一信篭并书，欲附至子由处，辄以上干，然不须专差人，但与寻便附达，或转托洪、吉间相识达之。其中乃是子由生日香合等。他是二月二十日生，得前此到为佳也。不罪！不罪。

二

河南兄弟已归左右，想哀慕之极，切希为亲自宽也。近有慰疏，未暇别纸。

三

广州多松脂，闳甫尝买，用桑皮灰炼得甚精，因话告求数斤。仍告正辅与买生者十斤，因便寄示。舶上硫黄如不难得，亦告为买通明者数斤，欲以合药散。铁炉熬，可作时罗夹子者，亦告为致一副中样者。三物，皆此中无有也。不罪。

四

正辅要墨竹，固不惜，为近年不画，笔生，往往画不成。候有佳者，当寄上也。

五

某近颇好丹药，不惟有意于却老，亦欲玩物之变，以自娱也。闻曲江诸场，亦有老翁须生银是也。甚贵，难得，兄试为体问，如可求，买得五六两，为佳。若费力难求即已，非急用也。不罪！不罪！

六

某启。承服温胃药，旧疾失去，伏惟庆慰。反复寻究，此至言也。拙恙亦当服温平行气药尔。德孺书信已领，尚未闻所授，岂到阙当留乎？兄亦归觐尔，何用更求外补。惠及佳面，感怍。适有河源干菌少许，并香篆一枚，颇大，谩纳去，作笑。有肉苁蓉，因便寄示少许，无即已也。侯晋叔，实佳士，颇有文采气节。恐兄不久归阙，此人疑不当遗也，故略为记之。不罪！不罪！

七

某启。往还接奉，其乐无量。既别，甚凄断，亦不可言也。

旦夕到广，想不留两日。尊候必佳健。十郎侍行不易，六郎甚渴一见也。某到家无恙，乞不赐念，惟万万为时自重。不宣。

八

某启。近苦痔疾逾旬，牢落可知，今渐安矣，不烦深念。荔枝正熟，就林恣食，亦一快也，恨不同尝。六郎、十郎昆仲各安。知六郎已拜恩命，深增庆忭。病倦，未及别启。兼十郎要字，尚未暇写，不讶！不讶！岐下、湖北，想频得信。

九

某启。柯推良吏，冠一郡也。兄许一纸乞济其垂成，他虽细满内太守一削，恐以他年及不使，若非兄特达，谁复成之。某不合僭言，实见其有风力廉干，可惜其去，故为一言也。切望！切望！若非公论以柯为可举，某亦不敢频烦，乞恕察。

十

近酿酒，甚酽白而醇美。或教入大麦蘖，而此中绝无大麦。如韶州有此物，因便人为置数斗。不罪！不罪！

十一

某启。严令清约，恤民之心，必蒙顾虑也。有两事托面闻，幸恕草次。

十二

三诗因感微物，以寄妙理，读之翛然自失。以病未和得，愧怍。执政小简，中近人之病，听不听在他，兄不可不言也。如闻前削监事，亦颇行，是否？寄惠大黄丸等、糟姜法、鱼麦蘖，并已捧领，感荷！感荷！

【解题】

上十三书皆作于绍圣二年（1095），月日不详。

与程正辅四首

一

某启。本州黄焘推官，实甚廉干，郡中殊赖之。不知今岁举削能及之否？孤进无缘自达，不免僭言，不罪！不罪！

博罗正月一日夜，忽失火，一邑皆为灰烬，公私荡然。林令在式假，高簿权县。飓风猛烈，人力不加，众所知也。百姓千人，皆露宿沙滩，可知！可知！盖屋固未能，茅竹皆不可得，一壶千金之时，黄焘擘划得竹三万竿往济之，极可佳。火后事极多，林令有心力，可委。他在式假，自不当坐此。愿兄专牒此子，令修复公宇、仓库之类，及存抚被灾之民，弹压寇贼，则小民受赐矣。

又，起造物料，若不依实价和买而行科配，则害民又甚于火矣。愿兄严切约束本州，或更关牒漕司，依实支破，或专委黄推官提举点检催促及觉察科配。幸恕僭易。黄焘有一申状，为催促广州检昙颖公案，附来人去此文字。盖广州不应副，非本官拖延也。

至孝通直蒙惠书，极于感慰，深欲裁答，为连与数书，灯下目昏，容后信也。不罪！不罪！六郎亦蒙问及，不殊此意。惟千万节哀自重。幸恕简略。

二

某启。人来，辱书。伏承履兹新春，起居佳胜。至孝通直已还左右。感慰良深。且闻有北辕之耗，尤副卑望。咏史诗等高绝，每篇乃是一论，屈滞他作绝句也。前后惠诗皆未和，非敢懒也。盖子由近有书，深戒作诗，其言切至，云当焚砚弃笔，不但作而不出也。不忍违其忧爱之意，故遂不作一字，惟深察。吾兄近诗益工，孟德有言：“老而能学，惟吾与袁伯业。”此事不独今人不能，古人亦自少也。未拜命间，频示数字，慰此牢落。余惟万万为时自重。不宣。

三

某启。寄贶酥梨、猫笋、五味煎、榴枣等北方珍奇，物意两重，感佩无穷。某近来眠食颇佳，痔疾亦渐去矣。兄去此后，恐寓行衙，亦非久安之计，意欲结茅水东山上，但未有佳处，当徐择尔。侄孙既丧母，当令长子迈来此指射差遣，因挈小儿子房下来。次子迨，且令试法赴举也，恐欲知之。今有一书与迈，辄已作兄封题，乞令本司邸吏分明付之，迈必已到都下也。不罪！不罪！轼再拜。

四

某启。近因人来，附状，必达。比日伏惟尊体佳胜，眷聚各康宁。某凡百如昨，北徙已绝望，作久计矣。宝月师孙法舟来，子由有书并刘朝奉书，今附舟去。宝月已化矣。舟甚佳士，语论通贯，可喜！可喜！开岁忽将一月，瞻奉无时，临书惘惘。兄北归，别得近耗否？惟万万自重。冗中奉启，不宣。

【解题】

上四书皆作于绍圣三年（1096）正月。信中向程正辅举荐黄焘，并说明自己不和诗之原因。苏轼此月闻程正辅受召还朝，恐其行后，自己当搬出官屋，意欲自建茅屋。

与程正辅

某启。近乡僧法舟行，奉状必达。惠州急足还，辱手教，且审起居佳胜，感慰交集。宠示诗域醉乡二首，格力益清茂。深欲继作，不惟高韵难攀，又子由及诸相识皆有书，痛戒作诗，有说不欲详言。其言甚切，不可不遵用。空被来贶，但惭汗而已。兄欲写陶体诗，不敢奉违，今写在扬州日二十首寄上，亦乞不示人也。未由会合，日听召音而已。余惟万万若时自重。

【解题】

本书作于绍圣三年（1096）二月，程正辅此后离开岭南，二人不再会面。

与徐得之

詹使君，仁厚君子也，极蒙他照管，仍不辍携具来相就。极与君猷相善，每言及，相对凄然。君猷诸子得耗否？十四郎后来修学如何？

【解题】

本书作于绍圣三年（1096）二月，信中深情地念及故人徐大受，并关心他的后人。

与文公大夫

轼再启。谪居已再经春，徒以知罪信命，故受之恬然。除旧苦痔外，亦无甚恙也。杜门少出，所云携青衣童步松下，好事者粉饰也。罗浮初过时，一至其下耳，后亦不复到。

叔弼亦久不得书。中间得书，报去年二月间，仲纯之子，临邑尉愻者有事，必已知之，所云病者，乃其阁中也。后闻已安矣。此中真井底，了不知北方事。风物却粗可，但无医药耳。轼再拜。

手启上文公大夫阁下。轼谨封。

【解题】

本书作于绍圣三年（1096）初。

与林天和

某启。比日蒸热，体中佳否？承惠杨梅，感佩之至。闻山姜花欲出，录梦得诗去，庶致此馈也。呵呵。丰乐桥数木匠请假暂归，多日不至，敢烦指挥勾押送来为幸。

【解题】

本书作于绍圣三年（1096）三月，时苏轼正营白鹤新居，故请其代为督促木匠出工。

与程全父二首

一

令子先辈辱访及，客众不及款语。少事干烦，过河源日，告仲意仙尉差一人押木匠作头王皋暂到郡外，令计料数间屋材，惟速为妙。为家私纷冗，不及写书，千万勿罪！勿罪！蒋生所斫木，亦告略督之。江君访别，本欲作书，醉熟手软，不能多书，独遣此纸而已。

二

令子先辈辱书及新诗，感慰弥甚，笔力益进，家有哲匠矣，何复下问乎？老病百事皆废，尤倦写书，故止附此纸尔，不别缄也。不罪！不罪！

【解题】

绍圣三年（1096）三、四月，苏轼使王皋于河源计料屋材，程全父之子于五月来访苏轼。上二书当作于四、五月间。

与周文之

某启。近蒙寄示画图及新堂面势，仍求榜铭。岭南无大寒甚暑，秋冬之交，勾萌盗发；春夏之际，柯叶潜改。四时之运默化，而人不知。民居其间，衣食之奉，终岁一律，寡求而易安，有足乐者。若吏治不烦，即其所安而与之俱化，岂非牧养之妙手乎？文之治循，似用此道，故以“默化”名此堂，如可用，便请题榜也。

【解题】

本书绍圣三年（1096）五月作。苏轼为政牧民之道，主张顺应自然，无为而治，故他既反对王安石变法，又反对一律更改王安石所制之法。他因此为周文之所建惠州府厅堂题名为“默化堂”。周文之，名彦质，时为循州太守。

与陈伯修二首

一

某启。久不通问，愧仰深矣。远辱专使手书，眷念之重，不减畴昔，幸甚！幸甚！比日履兹暑溽，起居佳胜。始闻出使畿甸，旋又移守解梁。伯修平生厄滞，得丧毫末，本不足云，但恨材用不展，有孤天授。今兹小试，已恨迟暮，惟勉之一日千里，副士友之望也，秋热，万万以时保重。不宣。

二

某谪居粗遣。筠州时得书甚安。长子已授仁化令，今挈家来矣。某以买地结茅，为终焉之计，独未瓮墓尔。行亦当作。杜门绝念，犹治少饮食，欲于适口。近又丧一庖婢，乃悟此事亦有分定，遂不复择。脱粟连毛，遇辄尽之尔。惠示佳茗，极感厚意，然亦安所施之。扇子极妙，奉养村陋，凡百不能称也。佩公高义，不忘于心。千里劳人，以致口腹之养，甚非所安也。

【解题】

此二书约作于绍圣三年（1096）六月。陈伯修千里之外遣使致信并物，苏轼十分感激。前信勉励其一展才华，不负众望；后信言己意在随遇而安，饮食不避粗陋。

与黄鲁直

某有侄婿王郎，名庠，荣州人。文行皆超然，笔力有余，出语不凡，可收为吾党也。自蜀遣人来惠，云："鲁直在黔，决当往见，求书为先容。"嘉其有奇志，故为作书。然旧闻其太夫人多病，未易远去，谩为一言。眉人有程遵诲者，亦奇士，文益老，王郎盖师之。此两人有致穷之具，而与不肖为亲，又欲往求黄鲁直，其穷殆未易瘳也。

【解题】

本书作于绍圣三年（1096）六月。信中为黄庭坚介绍了自己的侄婿王庠及程遵诲，并感叹文士困厄不已，意味尤为深长。

与王序

某启。忝姻戚之末，未尝修问左右，又方得罪屏居，敢望存记及之。专人远来，辱笺教累幅，称述过重，慰劳加等，幸甚。即日履兹秋暑，尊体何似。

某仕不知止，临老窜逐，罪垢增积，玷污亲友。足下昆仲，曲敦风义，万里遣人问安否，此意何可忘。书词雅健，陈义甚高，但非不肖所当也。蜀、粤相望天末，何时会合，临书惘惘，未审授任何地。来岁科诏，伫闻峻擢，以慰愿望。未间，更乞若时自重。人还奉启，少谢万一。不宣。

【解题】

本书似作于绍圣三年（1096）六月。王序，字商彦，当为王庠之弟。

与曹子方

某启。专人辱书，仰服眷厚。仍审比来起居佳胜，至慰！至慰！长子未得的耗，小儿数日前暂往河源，独干筑室，极为劳冗。承惠芽蕉数品，有未尝识者。幸得遍尝，感愧不已。匆匆奉谢。

与章质夫

某启。近承手书，以侍者化去，曲垂开喻，感佩深矣。比来皆已忘去。凡百粗遣。但方营新居，费用百端，独力干办，尤为疲勩，冬末乃毕工。尔时遂杜门默坐，虽邻不觌。荷公忧爱之深，恐欲知其略也。万一有南来便人，为致人参、干枣数斤，朝夕所须也。不罪！不罪！

【解题】

此二书作于绍圣三年（1096）六、七月。

与翟东玉

马，火也。故将火而梦马。火就燥，燥而不已则穷，故膏油所以为无穷也。药之膏油者，莫如地黄，以啖老马，皆复为驹。乐天《赠采地黄者》诗云："与君啖老马，可使照地光。"今人不复知此法。吾晚觉血气衰耗如老马矣，欲多食生地黄而不可常致。近见人言，循州兴宁令欧阳叔向于县圃中，多种此药。意欲

作书干求而未敢，君与叔向故人，可为致此意否？此药以二八月采者良。如许以此时寄惠，为幸，欲烹以为煎也。不罪！不罪！

【解题】

本书作于绍圣三年（1096）七月。苏轼晚年好道家养生之术，马、火之论即源于此。此信请翟东玉为己求生地黄。翟东玉，生平不详，曾向苏轼学习�马法，并加以推广。

与周文之二首

一

某启。昨暮已别，回策凄断，谨令小儿候违。来年春末，求般家二卒，送少信至子由，乞为选有家而愿者，至时当别奉书也。喧聒为愧，不罪。

二

惠栗极佳，梨，无则已，不烦远致也。惠米五硕，可得醇酒三十斗，日饮一胜，并旧有者，已足年计。既免东篱之叹，又无北海之忧，感怍可知也。食米已领足，今附纳二十千省还宅库足外，余缗尽用致此物，幸甚。来年食口稍众，又免在陈，不惟软饱，遂可硬饱矣。浙中谓饮酒为软饱。仆有诗云：三杯软饱后，一枕黑甜余。以代相对一笑。

【解题】

此二书作于惠州，后书绍圣三年（1096）十月作。

与王敏仲二首

一

某启。罗浮山道士邓守安，字道立。山野拙讷，然道行过人，广、惠间敬爱之，好为勤身济物之事。尝与某言，广州一城人，好饮咸苦水，春夏疾疫时，所损多矣。惟官员及有力者得饮刘王山井水，贫丁何由得。惟蒲涧山有滴水岩，水所从来高，可引入城，盖二十里以下尔。若于岩下作大石槽，比五管大竹续处，以麻缠之，漆涂之，随地高下，直入城中。又为一大石槽以受之，又以五管分引，散流城中，为小石槽以便汲者。不过用大竹万余竿，及二十里间，用葵茅苫盖，大约不过费数百千可成。然须于循州置少良田，令岁可得租课五七千者，令岁买大筋竹万竿，作筏下广州，以备不住抽换。又须于广州城中置少房钱，可以日掠二百，以备抽换之费。专差兵匠数人，巡觑修葺，则一城贫富同饮甘凉，其利更不在言也。

自有广州以来，以此为患，若人户知有此作，其欣愿可知。喜舍之心，料非复塔庙之比矣。然非道士至诚不欺，精力勤干，不能成也。敏仲见访及物之事，敢以此献，兼乞裁度。如可作，告差人持折简招之，可详陈也。此人洁廉，修行苦行，直望仙尔，世间贪爱无丝毫也，可以无疑。从来帅漕诸公，亦多请与语。某喜公济物之意，故密以告，可否更在熟筹，慎勿令人知出于不肖也。

二

闻遂作管引蒲涧水甚善。每竿上，须钻一小眼，如绿豆大，以小竹针窒之，以验通塞。道远，日久，无不塞之理。若无以验之，则一竿之塞，辄累百竿矣。仍愿公擘画少钱，令岁入五十余竿竹，不住抽换，永不废。僭言，必不讶也。

【解题】

此二书分别作于绍圣三年（1096）十一月、十二月。为解决广州人民饮咸苦水问题，苏轼向王敏仲介绍了邓道士的建议，并将工程之计划、修建、维修、筹资等问题表述得极为清晰、周详，便于实施。王敏仲，名古，此年十月来任广州知州。

与程全父

某启。龙眼晚实愈佳，特蒙分惠，感怍不已。钱数封呈，烦聒，增悚！增悚！白鹤峰新居成，当从天侔求数色果木。太大则难活，太小则老人不能待，当酌中者。又须土碪稍大不伤根者为佳。不罪！不罪！

柑　橘　柚　荔枝　杨梅　枇杷　松　柏　含笑　栀子

漫写此数品，不必皆有，仍告书记其东西。十二月七日。

【解题】

本书作于绍圣三年（1096）十二月，时苏轼于白鹤峰所筑新居欲成，遂向程全父求果树栽种。

与林天和

某启。近数奉书，想皆达。雨后晴和，起居佳胜。花木悉佳品，又根拨不伤，遂成幽居之趣。荷雅意无穷，未即面谢为愧。人还，匆匆。不宣。

与南华辩老

近日营一居止，苟完而已，盖不欲久留，占行衙，法不得久居，民间又无可僦赁，故须至作此。久忝侍从，囊中薄有余赀，深恐书生薄福，难蓄此物。到此已来，收葬暴骨，助修两桥，施药造屋，务散此物，以消尘障。今则索然，仅存朝暮，渐觉此身轻安矣。示谕，恐传者之过，材料工钱，皆分外供给，无毫发干挠官私者。知之，免忧。此言非道友相爱，谁肯出此，感服之至。岁尽，会合何日，临纸怅惘。

【解题】

此二书作于绍圣三年（1096）十二月。

与　王　庠

轼启。二卒远来，承手书累幅，问劳教诲，忧爱备尽。仍审侍奉多暇，起居万福，感慰深矣。轼罪责至重，上不忍诛，止窜岭海，感恩念咎之外，不知其他。来书开说过当，非亲朋相爱保全之道，悚息！悚息！

寄示高文新诗，词气比旧益见奇伟，粲然如珠贝溢目。非独乡闾世不乏人为喜，又幸珍材异产，近出姻戚，数日读不释手。每执以告人曰："此吾家王郎之文也。"老朽废学久矣，近日尤不近笔砚，见少时所作文，如隔世事、他人文也。足下犹欲使议论其间，是顾千里于伏枥也。

轼少时本欲逃窜山林，父兄不许，迫以婚宦，故汩没至今。南迁以来，便自处置生事，萧然无一物，大略似行脚僧也。近日又苦痔疾，呻吟几百日，缘此断荤血盐酪，日食淡面一斤而已。非独以愈疾，实务自枯槁，以求寂灭之乐耳。初欲独赴贬所，儿女辈涕泣求行，故与幼子过一人来，余分寓许下、浙中，散就衣食。既不在目前，便与之相忘，如本无有也。

足下过相爱，乃遣万里相问，无状自取，既为亲友忧及，又使此两人者蒙犯瘴雾，崎岖往来，吾罪大矣。寄遗药物并方，皆此中无有，芎尤奇味，得日食以御瘴也。轼为旧患痔，今颇发作，外无他故，不烦深念。会晤无期，惟万万以时保练。

【解题】

本书作于绍圣三年（1096）。信中自述近况，表达了“求寂灭之乐”的超然情怀，并对王庠的关心及二卒的劳累表示感激和歉疚。王庠，字周彦，苏辙女婿，攻经史百家书传注之学，屏居不仕，苏轼称其“文行皆超然”。

与王庠书

轼启。远蒙差人致书问安否，辅以药物，眷意甚厚。自二月二十五日，至七月十三日，凡一百三十余日乃至，水陆盖万余里矣。罪戾远黜，既为亲友忧，又使此两人者，跋涉万里，比其还家，几尽此岁，此君爱我之过而重其罪也。但喜比来侍奉多暇，起居佳胜。

轼罪大责薄，居此固宜，无足言者。瘴疠之邦，僵仆者相属于前，然亦皆有以取之。非寒暖失宜，则饥饱过度，苟不犯此者，亦未遽病也。若大期至，固不可逃，又非南北之故矣。以此居之泰然，不烦深念。

前后所示著述文字，皆有古作者风力，大略能道意所欲言者。孔子曰：“辞达而已矣。”辞至于达，止矣，不可以有加矣。

《经说》一篇，诚哉是言也。西汉以来，以文设科而文始衰，自贾谊、司马迁，其文已不逮先秦古书，况其下者？文章犹尔，况所谓道德者乎？若所论周勃，则恐不然。平、勃未尝一日忘汉，陆贾为之谋至矣。彼视禄、产犹几上肉，但将相和调，则大计自定。若如君言，先事经营，则吕后觉悟，诛两人，而汉亡矣。

轼少时好议论古人，既老，涉世更变，往往悔其言之过，故乐以此告君也。儒者之病，多空文而少实用。贾谊、陆贽之学，殆不传于世。老病且死，独欲以此教子弟，岂意姻亲中，乃有王郎乎？

三复来贶，喜抃不已。应举者志于得而已。今程试文字，千人一律，考官亦厌之，未必得也。如君自信不回，必不为时所弃也。又况得失有命，决不可移乎？勉守所学，以卒远业。相见无期，万万自重而已。人还，谨奉手启，少谢万一。

【解题】

本书作于绍圣三年（1096）。信中再一次提出“辞达”的观点，即文辞要能畅达地表现出思想，同时要言之有物，切于实用。在此基础上苏轼批评了“儒者之病”和“程式文字”，勉励王庠完成学业，体现了长辈的亲切关怀。

与王庠四首

一

轼启。前后所寄高文，无不达。日每见增叹，但恨老拙无以少答来贶。又流落海隅，不能少助声名于当时。然格力自天，要自有公论，虽欲不显扬，不可得也。程夫子尚困场屋，王贤良屈为州县，皆造物有不可晓者。

海隅风土不甚恶，亦有佳山水，而无佳寺院，无士人，无医药，杜门食淡，不饮酒，亦粗有味也。目昏倦，作书又此信发书极多，不能详尽，察之！察之！

二

承欲往黔南见黄鲁直。此古人所难，若果尔，真一段奇事也。然足下久违亲庭远适，更请熟虑。今谩写一书，若果行，即携去也。

三

念七娘远书，且喜侍奉外无恙。自十九郎迁逝，家门无空岁。三叔翁、大嫂继往，近日又闻柳家小姑凶讣，流落海隅，日有哀恸，此怀可知。兄与六郎却且安健，幸勿忧也。因侍立阿家，略与道恳，不敢拜状也。

四

别纸累幅，过当。老病废忘，岂堪英俊如此责望耶？少年应科目时，记录名数沿革及题目等，大略与近岁应举者同尔。亦有少节目，文字才尘忝后，便被举主取去，今日皆无有，然亦无用也，实无捷径必得之术。但如君高材强力，积学数年，自有可得之道，而其实皆命也。但卑意欲少年为学者，每一书，皆作数过尽之。书富如入海，百货皆有之，人之精力，不能兼收尽取，但得其所欲求者耳。故愿学者，每次作一意求之。如欲求古人兴亡治乱圣贤作用，但作此意求之，勿生余念。又别作一次求事迹故实典章文物之类，亦如之。他皆仿此。此虽迂钝，而他日学成，八面受敌，与涉猎者不可同日而语也。甚非速化之术，可笑！可笑！

【解题】

此四书皆作于绍圣三年（1096）或其后。信中对王庠的力学颇多鼓励，尤其是末信教以“八面受敌”的读书法，即以不同的主题为目的，对一部书进行多次的阅读、理解。此法为苏轼的独到心得，对读书人皆有裨益。

与王敏仲

某启。有二事，殊冗，未尝以干告，恃厚眷也。某为起宅子，用六七百千，囊为一空，旦夕之忧也。有一折支券，在市舶许节推处，托勘请。自前年五月请，不得，至今云未有折支物。此在漕司一指挥尔，告为一言于志康也。又有医人林枣彦者，技颇精，一郡赖之，欲得一博士助教名目，而本州无阙，不知经略司有阙可补否？如得之，皆谪居幸事也。不罪！不罪！

【.解题】

本书作于绍圣四年（1097）正月，信中嘱王敏仲请折支券，并荐林忠彦补阙。所谓折支券，即苏轼所任宁远军节度副史之俸料，此券尚须赴市变卖，仅能得原值十分之三，而苏轼却屡请不得，可想其生活之困乏。

与萧朝奉

近得见令兄提举，稍闻动止之详，为慰。少事辄冒闻，幸恕率易。儿子迈般挈数房贱累，自虔易小舟，由龙南江至方口出陆至循州，下水到惠。贱官重累，敢望矜恤。特为于郡中诸公，醵借白直数十人送至方口，计未远出州界，切望垂念。已于循州擘画得数十人至方口迎之也。流落困苦，想加愍察。

【解题】

本书当作于绍圣四年（1097）初。萧朝奉，似为萧世京之弟。

与林天和三首

一

小儿往循已数日矣，贱累闰月初可到此。新居旦夕毕工，承问及，感感。领书，及惠笋蕨，益用愧感。闻相度移邑，果否?

二

某启。辱手教，伏承起居佳胜，甚慰驰仰。承问贱累，正月末已到赣上矣，闰月上旬必到此也。考室劳费，乃老业也，旦夕迁入。未由会面，万万以时自重。

三

某启，辱书，承起居佳胜。示谕幼累已到，诚流寓中一喜事。然老稚纷纷，口众食贫，向之孤寂，未必不佳也。可以一笑。蒸郁未解，万万自重。

【解题】

此三书皆作于绍圣四年（1097）一、二月。时苏轼长子苏迈携诸孙往惠州而来，苏轼遣苏过往迎。

与王敏仲五首

一

某启。辱手教，荷戴深矣。仍审比日台候康胜，至慰！至慰！某凡百如昨。新屋旦夕毕工，即迁入。长子迈自浙中般挈，由循州径路来，闰月可至此。渐似无事，却可以扫室安居矣。新政恺悌，已穆然岭海间矣。更蒙下访，粗识仁人之用心也。欣慰之剧，未缘面尽，临书菀结。渐暖，万万为人自重。

二

某启。比闻政誉甚美，仁明之外，济之以勤，想日有及物之益。许录示丹元近事，幸早寄贶。此月十四日迁入新居。江山之观，杭、越胜处，但莫作万里外意，则真是，非独似也。又长子迈将家来，已到虔，近遣幼子过往循迎之，闰月初可到此。老幼复得相见，又一幸事也。迈到后，当遣入府参候。余非书所能究。不宣。

三

某再启。承谕津遣孤孀，救药疾疠，政无急于此者矣。非敏仲莫能行之，幸甚！幸甚！广州商旅所聚，疾疫之作，客先僵仆，因薰染居者，事与杭相类。莫可擘划一病院，要须有岁入课利供之，乃长久之利，试留意。来谕以此等为仕宦快意事，美哉此言，谁肯然者。循州周守，治状过人，议论甚可听，想蒙顾眄也。

四

某再启。林医遂蒙补授，于旅泊衰病，非小补也。又攻小儿、产科。幼累将至，且留调理，渠欲往谢，未令去也，乞不罪。治瘴止用姜、葱、豉三物浓煮热呷，无不效者。而土人不知作豉。又此州无黑豆，闻五羊颇有之，便乞为致三硕，得为作豉，散饮疾者。不罪！不罪！

五

某启。春候清穆，窃惟按驭多暇，起居百福，甘雨应期，远迩滋洽，助喜慰也。某凡百粗遣，适迁过新居，已浃旬日，小窗疏篱，颇有幽趣。贱累亦不久到矣。未期瞻奉，万万为国自重。不宣。

【解题】

上数书皆作于绍圣四年（1097）二月。是月苏轼白鹤新居建成，又长子苏迈被任命为韶州仁化令，携诸孙来探视，故文中多喜悦之情。

与曹子方二首

一

某启。数日，稍稍清冷。伏惟起居佳胜。构架之劳，殊少休暇，思企清论，日积滞念，尚冀保卫。区区之至。因吴子野行，附启，不宣。

二

某启。公劝仆不作诗，又却索近作。闲中习气不除，时有一二，然未尝传出也。今录三首奉呈，览毕便毁之，切祝！切祝！惠州风土差善，山水秀邃，食物粗有，但少药尔。近报有永不叙复指挥，正坐稳处，亦且任运也。子由频得书，甚安。某惟少子随侍，余皆在宜兴。见今全是一行脚僧，但吃些酒肉尔。此书此诗，只可令之邵一阅，余人勿示也。

【解题】

前书作于绍圣四年（1097）二月。

求 婚 启

结缡早岁，已联昆弟之姻亲；垂白南荒，尚念子孙之嫁娶。敢凭良妁，往款高闳。轼长子某之第二子符，天质下中，生有蓬麻之陋；祖风绵邈，庶几弓冶之余。伏承故令弟子立先辈之爱女第十四小娘子，禀粹德门，教成家庙。中郎坟典之付，岂在他人；太真姑舅之婚，复见今日。仰缘夙契，祗听俞音。

【解题】

本书作于绍圣四年（1097）三月。文中为自己孙子苏符，向王子立之女求婚。此文是写给王子立之兄王子开的。

与 陈 伯 修

某近日甚能刳心省事。不独省外事也，几于寂然无念矣。所谓诗文之类，皆不复经心，亦自不能措辞矣、辱示清风堂石刻，幸得荣观，仍传之好事以为美谈。然竟无一字少答来贶，公见知之深，必识鄙意也。新居在一峰上，父老云，古白鹤观基也。下临大江，见数百里间。柳子厚云："孰使予乐居夷而忘故土者，非兹丘也欤?"只此便是东坡新文也。谭文之，南方之瑚琏杞梓也，恨老尔，颇相欢否？毛泽民高文，恨知之者少，公能援达之乎？徐得之书信已领，当递中答谢也。

【解题】

本书作于绍圣四年（1097）闰二月，时苏轼筑成白鹤峰新居，心绪宁静，不复以世事为忧，故此信亦显得清旷、闲适。

答毛泽民二首

一

某寓居粗遣，本带一幼子来。今者长子又授韶州仁化令，冬中当挈家来。至此，某又已买得数亩地，在白鹤峰上，古白鹤观基也。已令斫木陶瓦，作屋二十间。今冬成，去七十无几，矧未能必至耶，更欲何之。以此神气粗定，他无足为故人念者。圣主方设科求宏词，傥有意乎？

二

新居在大江上，风云百变，足娱老人也。有一书斋名思无邪斋，闲知之。

【解题】

绍圣四年（1097）闰二月，苏轼白鹤峰新居筑成，中有思无邪斋。后书当作于此时。前书作于绍圣三年（1096）毛泽民，名滂，衢中江山人。

与范纯夫二首

一

某谪居瘴乡，惟尽绝欲念，为万金之良药。公久知之，不在多嘱也。子由极安常，燕坐胎息而已。有一书，附纳。长子迈自宜兴挈两房来，已到循州，一行并安。过近往迎之，得耗，旦夕到此。某见独守舍耳。次子迨在许下。子由长子名迟者，官满来筠省觐，亦不久到。恐要知。六郎妇与二孙并安健。过去日，留一书并数品药在此，今附何秀才去。如闻公目疾尚未平，幸勿过服凉药。暗室瞑坐数息，药功何缘及此。两承惠锡器，极荷意重。丹霞观张天师遗迹，傥有良药异事乎？令子不及别书，侍奉外多慰。子功之丧，忽已除祥，哀哉，奈何。诸子想各已之官，某孙妇甚长成，旦夕到此矣。

二

丁丑二月十四日，白鹤峰新居成，自嘉祐寺迁入。咏渊明《时运》诗曰："斯晨斯夕，言息其庐。"似为予发也。长子迈与予别三年，携诸孙万里远至，老朽忧患之余，不能无欣然，乃次其韵："我卜我居，居匪一朝。龟不吾欺，食此江郊。废井已塞，乔木干霄。昔我伊何，谁其裔苗。下有澄潭，可漱可濯。江山千里，供我遐瞩。木固无胫，瓦岂有足。陶匠自至，笑歌相乐。我视此邦，如洙如沂。邦人劝我，老我安归。自我幽独，倚门或麾。岂无亲友，云散莫追。旦朝丁丁，谁款我庐。子孙远至，笑语纷如。剪鬓垂结，覆此瓠壶。三年一梦，乃复见予。"予在都下，每谒范纯夫，子孙环绕，投纸笔求作字。每调之曰："诉旱乎？诉涝乎？"今皆在万里，欲复见此，岂可得乎？有来请纯夫书，因录此数纸寄之。丁丑闰三月五日。多难畏人，此诗慎勿示人也。

【解题】

此两书作于绍圣四年（1097）二、三月，时苏轼被贬在惠州，绝意官场，而对家庭、子孙则怀着深厚的感情，充分享受着天伦之乐。

与王敏仲二首

一

某启。自幼累到后，诸孙病患，纷纷少暇，不若向时之阒然也。小儿授仁化，又碍新制不得赴，盖惠、韶亦邻州也。食口猥多，不知所为计。数日，又见自五羊来者，录得近报，舍弟复贬西容州，诸公皆有命，本州亦报近贬黜者，料皆是实也。闻之，忧恐不已。必得其详，敢乞尽以示下。不知某犹得久安此乎否？若知之，可密录示，得作打叠擘划也。忧患之来，想皆前定，犹欲早知，少免狼狈。非公风义，岂敢控告，不罪！不罪！人回，乞数字。

二

某启。浮玉遂化去，殊不知异事，可闻其略乎？其母今安在？谤者之言，何足信也。丹元事亦告录示，决不示人也。起居之语未晓，亦告指示。近颇觉养生事绝不用求新奇，惟老生常谈，便是妙诀，咽津纳息，真是丹头，仍须用寻常所闻般运溯流法，令积久透彻乃效也。孟子曰：“事在易而求诸难，道在迩而求诸远。”董生云：“尊其所闻则高明，行其所知则光大。”不刊之语也。

【解题】

此二书作于绍圣四年（1097）三月。苏轼风闻将再贬，请王敏仲告示实情。后信论养生事。

与王敏仲八首

一

某启。儿子乏人，亦不相辞令嗣也。不罪！不罪！又有少恳，见人说舍弟赴容州，路自英、韶间，舟行由端、康等州而往，公能与监司诸公言，辍一舟与之否？今又有一家书，欲告差人，赍往岭上与之。罪大罚轻，数年行遣不已。屡当患祸，老矣，何以堪此。恃公旧眷，必能兴哀。恐悚！恐悚！

二

某虑患不周，向者竭囊起一小宅子。今者起揭，并无一物，狼狈前去，惟待折支变卖得二百余千，不知已请得未？告公一言，傅同年必蒙相哀也。如已请得，即告令许节推或监仓郑殿直，皆可为干卖。缘某过治下，亦不敢久留也。猥末干冒，恃仁者恕其途穷尔。死罪！死罪！

三

某启。儿子还，辱手书，具审起居佳胜，感慰兼剧。舟行至扶胥，急足示问，乃知有袁州之命，叹惋不已，行止孰非天者？复何言哉！道眼所照，知已平适，但治行迫遽，亦少劳神矣。不宣。

四

某启。得郡既谢，即辞不敢久留，故人事百不周一。方欲奉启告别，遽辱惠问，且审起居佳胜，宠谕过实，深荷奖借。旦夕遂行，益远，万万以时自重。人还，匆匆。不宣。

五

某垂老投荒，无复生还之望，昨与长子迈诀，已处置后事矣。今到海南，首当作棺，次便作墓。乃留手疏与诸子，死则葬于海外，庶几延陵季子嬴博之义，父既可施之子，子独不可施之父乎？生不挈棺，死不扶柩，此亦东坡之家风也。此外宴坐寂照而已。所云途中邂逅，意谓不如其已，所欲言者，岂有过此者乎？故覼缕此纸，以代面别尔。

六

某启。两蒙赐教，慰感深至。曾因周循州行，奉状，伏想已尘清览。即日台候何似？越人事嬉游，盛于春时，高怀俯就，想复与众同之，天色澄穆，亦惟此时也。莫缘陪后乘，西望增慨。尚冀保练，慰此区区。不宣。

七

某启。久以病倦，阙于上问。窃惟镇抚多暇，起居万福。春来雨旸调适，必善岁也。想慰勤恤之怀。莫由瞻奉，惟冀若时为国保练。不宣。

八

《富公碑词》其愧不工。公更加粉饰，岂至是哉！舟中病暑，疲倦不谨。恕罪！恕罪！

【解题】

前五书作于绍圣四年（1097）四月。时苏轼闻再贬儋州，自度无生还之望，又且贫困如洗，心情颇为抑郁。王敏仲此时也改任袁州。后三书为此年春所作，月日不详，系于此。

与孙志康二首

一

某慰言。不意变故，尊丈节推遽捐馆舍，士友悲恸，有识叹惋，奈何！奈何！伏惟至孝志康节推，纯诚笃至，罹此凶酷，哀慕摧裂，何以堪处。日月有时，已讫襄事，攀号逾远，触物增怆，孝思罔极，奈何！奈何！某以窜逐海上，莫由赴吊，临纸哽噎，言莫能谕。尚冀宽中以继志为大，以时节哀强食，庶全生理。谨奉疏，不次。

二

某启。自春末闻讣，悲愕不已。自惟不肖，得交公父子间有年矣。即欲奉疏，少道哀诚，不独海上无便，又闻志康往西路迎护，莫知往还的耗，故因循至今。遂辱专使，手书累幅，愧荷深矣。窃承已毕大事，营干勤苦，何以堪任。即日孝履支持，粗慰所望。志文实录，读之感噎。自闻变故，即欲撰一哀词，以表契义之万一，患不知爵里之详。今获观此文，旦夕即当下笔，然不敢传出，虽志康亦不相示。藏之家笥，须不肖启手足日乃出之也。自惟无状，百无所益于故友，惟文字庶几不与草木同腐，故决意为之，然决不以相示也。志康必识此意，千万勿来索看。师是此文甚奇，斯人亦可人也。

某谪居已逾年，诸况粗遣。祸福苦乐，念念迁逝，无足留胸中者。又自省罪戾久积，理应如此，实甘乐之。今北归无日，因遂自谓惠人，渐作久居计。正使终焉，亦有何不可。志康闻此，可以不深念也。玳瑁合见遗，乃吾介夫遗意。谨炷香拜受。志康所惠布蜜药果等，一一捧领，感怍无量。海上穷陋，又谪居贫病，无一物报谢，惭负无量。见戒勿轻与人诗文，谨佩至言。如见报出都日所闻，虚实不可知，慎勿以告人也。舍弟筠州甚安，时时得书。儿侄辈或在陈，或在许，两儿子在宜兴，某独与幼子过在此。明年长子迈，当挈他一房来此指射差遣，因般过房下来。见忧之深，恐欲知其详。示谕开岁来此相见，虽为厚幸，然窜逐中，惟欲亲故谢绝为孤寂可怜者，则孤危犹可粗安。若如志康，人所指目者，而乃不远千里相求，此重增某罪戾也。千万寝之，切告！切告！

李泰伯前辈不相交往，然敬爱其人，欲为作集引，然亦终不传出也。承谕乃世旧，可为集其前后文集，异日示及，当与志康商议，少加删定，乃传世也。斯人既无后，吾辈当与留意。李文叔书已领，会见无期，千万节哀自重。诸儿子为学颇长进，迨自吴兴寄诗来，文采甚可观。此等辱交游最旧，故辄以奉闻，然不敢令拜状，无益，徒烦报答也。某所答书，乞勿示人，切祝！切祝！

【解题】

此二书作于惠州。孙志康，名勰，少时曾从苏轼学习，苏轼知贡举时又擢其为第六名，曾官岳州太守。其父孙立节为苏轼好友，卒前遗言以玳瑁盒寄苏轼。苏轼闻此极为悲伤，并告志康勿来看视，免遭人注意。言辞间甚为凄凉。

答张文潜三首

一

某启。屏居荒服，真无一物为信。有桄榔方杖一枚，前此土人不知以为杖也。勿诮微陋，收其远意尔。荔枝正出林下，恣食亦一快也。罗浮曾一游，每出劳人，不如闭户之有味也。术不辍服。无咎竟坐修造，不肖累之也，愧怍。家有婢，能造酒，极佳，全似王晋卿家碧香，但乏可与饮者尔。罗浮有道士邓守安，虽朴野，养练有功，至行清苦，常欲济人，深可钦爱。见邀之在此，又颇集医药，极有益也。曾子开、陆农师俱不免，以知默定非智力所能避就也。小儿承问，不欲令拜状烦览也。

二

少游得信否？奉亲必不失所。

三

来兵王告者，极忠厚。方某流离道路时，告奉事无少懈，又不惮万里再来，非独走卒中无有也。愿公以某之故，少优假之，置一好科坐处。当时与同来者顾成，亦极小心。今来江海者，亦谨恪。远来极不易，可念，愧愧。

【解题】

此三书皆作于惠州。前信以亲切松快的笔致叙述自己的贬谪生活，安慰远方的门生。末文托咐张耒优待王告，以报答王告对自己的忠诚。

与泉老

某启。今日忽有老人来访，姓徐名中，须发如雪，云七十六岁矣。示两颂，虽非奇特，亦有可观。孑然一身，寄食江湖间，自伤身世，潸然出涕，不知当死谁手？老夫自是白首流落之人，何暇哀生，然亦为之出涕也。和尚慈悲普救，何妨辍丛林一席之地，日与破一分粥饭，养此天穷之士，尽其天年，使不僵仆道路，岂非教法之本意乎？请相度一报如何？即令人制衣物去。此人虽不审其性行，然决是读书应举之人。垂死穷途之士，百念灰冷，必无为恶之理。幸望慈悯摄受，不罪！不罪！

【解题】

本书作于惠州。信中充满同情地描述了一个穷途之士的窘状，并请与泉老共同搭救此人，流露出天涯沦落的悲哀。

答张嘉父

某启。久不奉书，过辱不遗，远枉教尺，且审起居佳胜，感慰交集。著述想日益富。

示谕治《春秋》学，此儒者本务，又何疑焉。然此书自有妙用，学者罕能领会，若求之绳约中，乃近法家者流。苛细缴绕，竟亦何用。惟丘明识其妙用，然不肯尽谈，微见端兆，欲使学者自求之。故仆以为难，未敢轻论也。

凡人为文，至老，多有所悔。仆尝悔其少作矣，若著成一家之言，则不容有所悔。当且博观而约取，如富人之筑大第，储其材用，既足而后成之，然后为得也。愚意如此，不知是否？夜寒，笔冻眼昏，不罪！不罪！春首，惟千万自重。不宣。

【解题】

本书作于惠州。信中指出后世《春秋》之学的弊端，并鼓励张嘉父“博观约取”，转益多师，而“成一家之言”。这是苏轼对前人及自己治学经验的总结，极有意义。张嘉父，名大亨，元丰八年进士，后任《春秋》博士、司勋郎。

与钱济明一首

某启。专人远辱书，存问加厚，感悚无已。比日，郡事余暇，起居何如？某到贬所，阖门省愆之外，无一事也。瘴乡风土，不问可知，少年或可久居，老者殊畏之。唯绝嗜欲、节饮食，可以不死，此言已书之绅矣。余则信命而已。近来亲旧书问已绝，理势应尔。济明独加于旧，高义凛然，固出天资。但愧不肖何以得此。会合无期，临纸怆恨，惟祝倍万保重。不宣。

【解题】

本书作于惠州。信中感叹亲旧绝交，而对钱济明的友情极为感激。

与朱振二首

一

某启。前日蒙示所藏诸书，使末学稍窥家传之秘，幸甚！幸甚！恕先所训，尤为近古。某方治此书，得之，颇有所开益。拜赐之重，如获珠贝，又重烦令子运笔，益深愧感。老拙不揆，辄立训传，尚未毕工，异日当以奉呈也。新说方炽，古学崩坏，言之伤心。区区所欲陈，未易究也。临纸慨然，不一一。

二

公于《春秋》发明固多矣，舍弟颇治此学，异日相见，当出其书互相考也。然此书近遭废锢，尚未蒙牵复，公尚敢言及耶？想当一笑。

【解题】

此二书作于惠州。苏轼晚年放逐，颇用心于学术，多有成就。前信批评“新说”，即表明了他的学术责任感。朱振，时任封川（在广东境内）守。

付　迈

古人有言，有若无，实若虚，况汝实无而虚者耶？使人谓汝庸人，实无所能，闻于吾者，乃吾之望也。慎言语，节饮食，晏寝早起，务安其形骸为善也。临书以是告汝。付迈。

【解题】

本书作于惠州。信中教导苏迈要不露锋芒，示人以虚，全身避祸。苏迈，苏轼长子。

与刘宜翁使君书

轼顿首宜翁使君先生阁下。秋暑，窃惟尊体起居万福。轼久别因循，不通问左右，死罪！死罪！愚暗刚褊，仕不知止，白首投荒，深愧朋友。然定命要不可逃，置之勿复道也，惟有一事，欲谒之先生，出于迫切，深可悯笑。

古之学者，不惮断臂刳眼以求道，今若但畏一笑而止，则过矣。轼龆龀好道，本不欲婚宦，为父兄所强，一落世网，不能自逭。然未尝一念忘此心也。今远窜荒服，负罪至重，无复归望。杜门屏居，寝饭之外，更无一事，胸中廓然，实无荆棘。窃谓可以受先生之道。故托里人任德公亲致此恳。古之至人，本不吝惜道术，但以人无受道之质，故不敢轻付之。轼虽不肖，窃自谓有受道之质三，谨令德公口陈其详。

伏料先生知之有素，今尤哀之，想见闻此，欣然拊掌，尽发其秘也。幸不惜辞费，详作一书付德公，以授程德孺表弟，令专遣人至惠州。路远，难于往返咨问，幸与轼尽载首尾，勿留后段以俟愤悱也。或有外丹已成，可助成梨枣者，亦望不惜分惠。迫切之诚，真可悯笑矣。夫心之精微，口不能尽，而况书乎？然先生笔端有口，足以形容难言之妙，而轼亦眼中无障，必能洞视不传之意也。但恨身在谪籍，不能千里踵门，北面抠衣耳。昔葛稚川以丹砂之故求句嵝令，先生傥有意乎？峤甫山水奇绝，多异人神药，先生不畏岚瘴，可复谈笑一游，则小人当奉杖屦以从矣。

昨夜梦人为作易卦，得《大有》上九，及觉而占之，乃郭景纯为许迈筮，有"元吉自天祐之"之语，遽作此书，庶几似之。其余非书所能尽，惟祝万万以时自重。不宣。

【解题】

本书作于惠州。信中请求刘宜翁传授道术和外丹，表明了自己的世外之意。

与林天和十七首

一

某启。近辱手书，冗中，不果即答，悚息。春寒，想体中佳胜。火后，凡百劳神，勤民之意，计不倦也。未由披奉，万万自重。不宣。

二

某启。专人辱书，具审起居佳胜，为慰。春物益妍，时复寻赏否？想亦以少雨轸怀也。未由往见，万万若时爱摄。不宣。

三

某启。多日不奉书，思仰之至。伏暑，尊候何如？惠贶荔子极佳，郡中极少得，与数客同食，幸甚！幸甚！未由会合，万万以时自重。

四

花木栽，感留意惠贶。鹿肉尤增惭荷。某又上。

五

某启。昨日辱访别，尤荷厚眷。老病龙钟，不果诣送，愧负多矣。经夕起居何如，果成行未？忘己为民，谁如君者。愿益进此道，譬如农夫不以水旱而废穮蓘也。此外，万万自重。

六

某启。辱教，承微恙已平，起居轻安，甚慰驰仰。暑雨不常，官事疲勚，摄卫为艰。惟加意节调，以时休息为佳也。匆匆。不宣。

七

某启。近辱过访，病中恨不款奉。人来，枉手教，具审起居佳胜，至慰！至慰！旦夕中秋，想复佳风月，莫由陪接，但增怅仰也。乍凉，千万自重。

八

某启。从者往还见过，皆不款奉，愧仰可胜。辱书，承起居佳胜。闻还邑以来，老稚鼓舞，数日调治，想复清暇矣。岁暮，万万自重。

九

某启。辱手教，承起居佳胜。久以冗率，有阙驰问，愧念深矣。承惠龙眼、牙蕉，皆郡中所乏，感怍之至。未由瞻奉，万万自重。

十

高君一卧遂不救，深可伤念，其家不失所否？瘴疫横流，僵仆者不可胜计，奈何！奈何！某亦旬浃之间，丧两女使，况味牢落，又有此狼狈，想闻之亦为怃然也。

十一

某启。人来，辱书，具审比日尊候佳胜，甚慰所望。加减秧马，曲尽其用，非抚字究心，何以得此。已具白太守矣。乍热，万以时加啬。不宣。

十二

某启。近日辱书，伏承别后起居佳胜，甚慰驰仰。数夕月色清绝，恨不对酌，想亦顾影独饮而已。未即披奉，万万自重。不宣。

十三

某启。人还，奉书必达。即候渐凉，起居佳否？叠烦颐旨，感怍交深，未缘面谢，惟祝若时自重。不宣。

十四

某启。秋高气爽，伏计尊候清胜。公宇已就，想日有佳思。

未缘披奉，万万以时珍啬。不宣。

十　五

某启。前日人回，裁谢必达。比日履兹薄冷，起居佳否？未缘展奉，但有翘想。尚冀保卫。区区之至，不宣。

十　六

某启。近奉状，知入山未还。即日想已还治，起居佳否？往来冲冒，然胜游计不为劳也。夫瞻奉间，更乞若时自重。不宣。

十　七

某启。昨日江干邂逅，未尽所怀。来日欲奉屈早膳，庶少款曲。阙人，不获躬诣。不罪。

与邓安道四首

一

某启。郡中久留鹤驭，时蒙道话，多所开益，幸甚！幸甚！到山，窃想尊体佳胜。未即款会，但深渴仰。伏暑，万万自重。不宣。

二

有人托寻一刘根道人者，本抚州秀才，今复安在？如知得去处，且速一报，切切。山中芥蓝种子，寄少许种之也。

三

某启。近奉言笑，甚慰怀企。别来道体何如？桥，想益督工，何日讫事？船桥尤不可缓，不知已呼得斫船人与商量未？惟早定却为妙。此事不当上烦物外高人，但君以济物为心，必不罪煎迫也。太守再三托致意，不敢不达也。未相会间，万万若时自重。不宣。

四

某启。一别便数月，思渴不可言。迩来道体何如？痔疾至今未除，亦且放任，不复服药，但却荤血、薄滋味而已。宝积行，无以为寄，潮州酒一瓶，建茶少许，不罪浼渎。乍凉，万万保练。不知鹤驭何时可以复来郡城，慰此士民渴仰之意？达观久，一喧静，何必拳拳山中也。八月内，且记为多采何首乌，雌雄相等，为妙。

与惠州都监

君南来，清节干誉，为有识所称，皆曰："此东坡弟子由门下客也。"两汉之士，多起于游徼卒史，至公卿者多矣。愿君益广问学，以期远对。

与欧阳知晦四首

一

某启。近日屡获教音。及林增城至，又得闻动止之详，并深感慰。桃、荔、米、醋诸信皆达矣，荷佩厚眷，难以言喻。今岁荔子不熟，土产早者，既酸且少，而增城晚者绝不至，方有空寓岭海之叹。忽信使至，坐有五客，人食百枚，饱外又以归遗。皆云，其香如陈家紫，但差小尔。二广未有此，异哉！异哉！又使人健行，八百枚无一损者，此尤异也。林令奇士，幸此少留，公所与者，故自不凡也。蒸暑异常，万万以时珍啬。不宣。

二

合药须鹅梨，岭外固无有，但得凡梨稍佳者，亦可用，此亦绝无。治下或有，为致数枚，无即已。栗子或蒙惠少许，亦幸。

三

闻公服何首乌，是否？此药温厚无毒，本习之传正尔，啖之。无炮制，今人用枣或黑豆之类蒸熟，皆损其力。仆亦服此，但采得阴干，便杵罗为末，枣肉或炼蜜和入木臼中，万杵乃丸，服，极有力，无毒。恐未得此法，故以奉白。

四

某乏人写先状，不罪！不罪！去思之声，喧于两郡，古人之事，复见于今矣。贵眷各惟安胜。

答毛泽民三首

一

某启。寄示奇茗，极精而丰，南来未始得也。亦时复有山僧逸民，可与同赏，此外但缄而藏之尔。佩荷厚意，永以为好。

二

秋兴之作，追配骚人矣，不肖何足以窥其粗。遇不遇固自有定数，向非厄穷无聊，何以发此奇思，以自表于世耶？敬佩来贶，传之知音，感愧之极。数日适苦壅嗽，殆不可堪，强作报，灭裂。死罪！死罪！

三

某启。公素人来，得书累幅。既闻起居之详，又获新诗一篇，及公素寄示《双石堂记》。居夷久矣，不意复闻韶濩之余音，喜慰之极，无以云喻。久废笔砚，不敢继和，必识此意。会合无期，临书惘惘。秋暑，万万以时自厚。不宣。

与程全父四首

一

某乏人写公状，幸恕简略，示谕固合如命，但罪废闲冷，众所鄙远，决无响应之理。近发书，多不答，未欲频渎也。幸矜察，愧愧。

二

新诗过蒙宠示，格律深妙，非浅学所能仿佛，叹诵不已。老拙无以答厚意，但藏之，永以为好尔。匆匆，不谨。

三

某启。新诗幸得熟览，至于钦诵。老病废学，无以少答重意，愧怍而已。

四

别纸示喻，具晓所示。田地问得，郡中犹取文字未了，切不可问也。感挂意，悚息！悚息！老拙慕道，空能诵《楞严》言语，而实无所得，见贤者得之，便能发明如此。颂语精妙，过辱开示，感怍不已。

与僧隆贤二首

一

某慰疏言。不意宝月大师宗古老兄捐众示化。切惟孝诚深至，攀慕涕泗，久而不忘。仍承已毕大事，忽复更岁，触物感恸，奈何！奈何！某谪居辽敻，无由往奠，追想宗契之深，悲怆不已。惟昆仲节哀自重，以副远诚。谨奉疏慰。不次，谨疏。正月日，赵郡苏某慰疏上。

二

舟、荣二大士远来，极感至意。舟又冒涉岭海，尤为愧荷也。宝月塔铭，本以罪废流落，恐玷高风，不敢辄作，而舟师哀请诚切，故勉为之也。海隅漂泊，无复归望，追怀畴昔，永望凄断。

与参寥子二首

一

海月真赞，许他二十余年矣，因循不作。因来谕，辄为之。不及作慧净书，幸付与此本也。《表忠观记》及辩才塔铭，后来不见入石，必是仆与舍弟得罪，人未敢便刻也。此真赞更请参寥相度，如未可，且与藏公处也。

二

慧净琳老及诸僧知，因见致恳。知为默祷于佛，令亟还中州，甚荷至意。自揣省事以来，亦粗为知道者。但道心屡起，数为世务所移夺，恐是诸佛知其难化，故以万里之行相调伏尔。少游不忧其不了此境，但得他老儿不动怀，则余不足云也。俞承务知为少游展力，此人不凡，可喜！可喜！今有一书与之，告专一人与转达。仍已有书，令儿子辈准备信物，令送去俞处，托求稳当舶主，附与黄州何道士也。见说自有斤重脚钱，数目体例甚熟。

与何德顺二首

一

某白道师何君足下。辱书，并《抱朴子》小神丹方，极感真意。此不难修制，当即服饵，然此终是外物，惟更加功静观也。何苓之更长进。后会无期，惟万万自重。不宣。

二

邓先生闻入山后回，如见，为致意。独往真长策也。惟早决计。

与程正辅三首

一

轼近得子由书报，近有旨，去岁贬逐十五人，永不叙复，恐赦书量移指麾，亦未该也。行止孰非命者？譬如元是惠州人，累举不第，虽欲不老于此邦，岂可得哉！私心如此，兄必亮之也。

添“蛙”字一韵，亦已添讫。

寄惠松子牛膝梨枣，一一珍佩。岩起茶芎如寻得，亦告，因便示及与邓师也。念五□未暇书，复信寄去次。轼再启。

朝云蒙颁赐牙梳，附百拜之恳。

二

“纵”字韵诗，和得尤奇，诵咏不已，兄尚少《香积》一首，想续示及也。轼又上。

轼诗于“霞”字韵下添入一联云：“岂无轩车驾熟鹿，亦有鼓吹号寒蛙。”更不别写去。

子由一书，告发一□角递。

三

十郎计别来安乐。博罗公人回，简帖已领矣。

与程六郎十首

六郎、十郎昆仲：节近，感慕愈深，奈何！奈何！惟千万节衣强饭，以慰亲意。大郎、三郎有消耗到未？复信附慰疏也。轼白。

与 友 人

子由在筠，甚安。此中只儿子过謦身相随，余皆在宜兴，子由诸子在许州也。法眷各安，不及一一奉书。轼又上。

与南华辩老四首

一

筠州书信已领足，兼蒙惠面粉瓜姜汤茶等，物意兼重，感怍不已。柳碑、庵铭，并佳贶也，《卓锡泉铭》已写得，并碑样并附去。钟铭，子由莫终当作，待更以书问之。紫菜石发少许，聊为芹献。陋邦乃无一物，愧怍。却有书一角，信篭三枚，竹筒一枚，封全，并寄子由。不免再烦差人送达，惭悚之至。

二

某启。人至，辱书，具审法履清胜。至慰！至慰！忽复岁尽，会合无期，自非道力深重，不能无异乡之感也。新春，惟冀若时自重。

三

某近苦痔疾，极无聊，看书笔砚之类，殆皆废也。所要写王维、刘禹锡碑，未有意思下笔。又观此二碑格力浅陋，非子厚之比也。张惠蒙到惠，几不救，近却又安矣。不烦留念。寄拄杖，甚荷雅意。此木体用本自足，何用更点缀也。呵呵。适会人客，书不尽所怀，续奉状也。正辅提刑书，告便差人达之，内有子由书也。

四

专人远来，获手教累幅，具审法履佳胜，感慰兼集。又蒙远致筠州书信，流落羁寓，每烦净众，愧佩深矣。承惠及罂粟咸豉等，益荷厚意。银铭模刻甚精。某在此凡百如宜，不烦念及。未由瞻谒，怀想不已。热甚，惟万万为众自爱。

与广西宪漕司勋二首

一

某启。从者往还见过，皆不迎奉，愧仰何胜。辱书，承起居清胜。闻还邑以来，老稚纷纷，众口食贫，向之孤寂，未必不佳也。可以一笑。蒸郁未解，万万以时自重。

二

某启。辱书，伏承起居佳胜。闻还邑，老稚鼓舞。数日调治，想复清暇矣。岁尽，万万加爱，不宣。

【解题】

以上五十书皆作于惠州。其中，邓安道，名守安，为罗浮道士，曾建议苏轼等修建惠州东新桥。广西宪漕司勋，即曹子方。程六郎、十郎为程正辅之子。

与杨济甫二首

一

眉兵至，承惠书，具审尊体佳胜，眷爱各安。某与幼子过南来，余皆留惠州。生事狼狈，劳苦万状，然胸中亦自有翛然处也。今日到海岸，地名递角场，明日顺风即过琼矣。回望乡国，真在天末，留书为别。未间，远惟以时自重。

二

某兄弟不善处世，并遭远窜，坟墓单外，念之感涕。惟济甫以久要之契，始终留意，死生不忘厚德。

【解题】

此二书作于绍圣四年（1097）六月。苏轼兄弟自离蜀后，将坟垅田宅托付给苏子安及杨济甫照管。此时子安已亡，杨济甫父子仍始终留意苏家田宅，苏轼十分感激。

与张景温二首

一

某启。久不上问，倾仰增剧。比日窃惟按抚多暇，起居佳胜。某罪大责薄，复窜海南，知舟御在此。以病不果上谒，愧负深矣。谨奉手启，布谢万一。不宣。

二

某垂老投荒，岂有复见之期，深欲一拜左右。自以罪废之余，当自屏远，故不敢扶病造前，伏冀垂察。

【解题】

此二书作于绍圣四年（1097）六月。时苏轼贬往儋耳，方至琼州，张景温欲留苏轼稍住，苏轼恐授人口实，未允，作书答谢之。

与冯大钧二首

一

某启。经由烦溷，铃下佩荷深矣。比惟起居佳胜。某来早发去，自是岭海阔绝，怅然。所冀以时自重。谨奉手启布谢。不宣。

二

某有广州市舶李殿直书一封，烦附递前去，复不沉没，为荷。勿讶浼渎。

【解题】

此二书作于绍圣四年（1097）六月。冯大钧，时为徐闻县令。

与张逢

某启。兄弟流落，同造治下，蒙不鄙遗，眷待有加。感服高义，悚息不已。别来未几，思仰日深。比日起居何如？某已到琼，过海无虞，皆托余庇。旦夕西去，回望逾远，后会未涯。惟万万若时自重，慰此区区。途次裁谢，草草。不宣。

【解题】

本书作于绍圣四年（1097）六月。张逢，时为雷州守。苏轼与苏辙共赴雷州时，张逢曾亲往城郭外迎接。

与史氏太君嫂

某谪海南，狼狈广州，知时侄及第，流落中尤以为庆。乃知三哥平生孝义廉静自守，嫂贤明教诲有方，天不虚报也。明日当渡大海，聊致此书，嫂知意而已。

【解题】

本书作于绍圣四年（1097）六月。史氏，苏轼堂兄苏子安之妻。

与张逢二首

一

某启。海南风气，与治下略相似。至于食物人烟，萧条之甚，去海康远矣。到后，杜门默坐，喧寂一致也。蒙差人津送，极得力，感感。舍弟居止处，若早得成，令渠获一定居。遗物离人，而立于独，乃公之厚赐也。儿子干事，未暇上状。

二

某启。久不上状，想察其衰疾多畏，非敢慢也。新军使来，辱教字，具审比日起居佳胜，感慰兼集。某到此数卧疾，今幸少间。久逃空谷，日就灰槁而已。因书瞻望，又复怅然。尚冀若时自厚，区区之余意也。不宣。

【解题】

此二书分别作于绍圣四年（1097）七、八月。

与黄元翁

某启。垂老投荒，众所鄙远，见孙提点言，独有存恤孤旅之意，感激不已。到治下当作陆行，必留数日款见也。

【解题】

本书当作于绍圣四年（1097）。时苏轼再贬为琼州别驾，昌化军安置，六月渡海至琼州，改为陆行。信中言及此事。

与张逢三首

一

某启。子由荷存庇深矣，不易一一言谢也。新春，海上啸咏之余，有足乐者。此岛中孤寂，春色所不到也。

二

某启。新酿四壶，开尝如宿昔，香味醇洌，有京洛之风，逐客何幸得此，但举杯属影而已。一笑！一笑！海错亦珍绝。此虽岛外，人不收此，得之又一段奇事也。眷意之厚，感怍而已。

三

某再启。闻已有诏命，甚慰舆议，想旦夕登途也，当别具贺幅。某阙人写启状，止用手尺，乞加恕。

【解题】

此三书作于绍圣五年（1098）正月到三月。苏轼于僻荒之中虽能自寻其乐，而心中终有抹不去的悲凉，故云“春色不到”。

与程全父

某启。别遽逾年，海外穷独，人事断绝，莫由通问。舶到，忽枉教音，喜慰不可言。仍审起居清安，眷爱各佳。

某与儿子粗无病，但黎、蜒杂居，无复人理，资养所给，求辄无有。初至，僦官屋数椽，近复遭迫逐，不免买地结茅，仅免露处，而囊为一空。困厄之中，亦何所不有，置之不足道也，聊为一笑而已。平生交旧，岂复梦见，怀想清游，时诵佳句，以解牢落。

此外，万万以时自重。舶回，匆匆布谢。

【解题】

本书作于绍圣五年（1098）五月，时苏轼由惠州再贬至儋州，深感荒寂；章惇、蔡京又遣人将苏轼逐出官舍，苏轼遂于城南污池之侧的桄榔林下筑舍就居。此书为道困厄情状，气象颇为惨淡，令人同情。

与程秀才

某启。去岁僧舍屡会，当时不知为乐，今者海外岂复梦见。

聚散忧乐，如反覆手，幸而此身尚健。

得来讯，喜侍下清安，知有爱子之戚。襁褓泡幻，不须深留恋也。仆离惠州后，大儿房下亦失一男孙，亦悲怆久之，今则已矣。

此间食无肉，病无药，居无室，出无友，冬无炭，夏无寒泉，然亦未易悉数，大率皆无耳。惟有一幸，无甚瘴也。近与小儿子结茅数椽居之，仅庇风雨，然劳费已不赀矣。赖十数学生助工作，躬泥水之役，愧之不可言也。尚有此身，付与造物，听其运转，流行坎止，无不可者。故人知之，免忧。乍热，万万自爱。不宣。

【解题】

本书作于绍圣五年（1098）五月。程秀才，当指程全父之子程儒。苏轼于信中叙述了至儋州后恶劣的生活条件，而文末则言听任自然，“流行坎止，无不可者”，又表现了他善于排遣、胸怀旷达的个性。

答程大时

此间食无肉，病无药，居无室，出无友，冬无炭，夏无寒泉，大率皆无耳。余拥山居，公之所无尽有之，不省何德而能享此。

【解题】

本书与前《与程秀才一首》有雷同，可参看。疑程大时即程秀才（儒）。

与郑靖老二首

某启。近舶人回，奉状必达。比日起居佳胜，贵眷令子各安。某与过亦幸如昨。

初赁官屋数间居之，既不可住，又不欲与官员相交涉。近买地起屋五间一龟头，在南污池之侧，茂木之下，亦萧然可以杜门面壁少休也。但劳费窘迫尔。此中枯寂，殆非人世，然居之甚安。诸史满前，甚有与语者也。借书，则日与小儿编排整齐之，以须异日归之左右也。

小客王介石者，有士君子之趣。起屋一行，介石躬其劳辱，甚于家隶，然无丝发之求也。愿公念之，有可照庇之者，幸不惜也。死罪！死罪！柯仲常有旧契，因见道区区。余万万顺候自重。

二

迈后来相见否？久不得其书，闻过房下卧病，正月尚未得耗，亦忧之。公为取一书，附琼州海舶或来人之便，封题与琼州倅黄宣义托转达，幸甚也。见说琼州不论时节有人船便也。《众妙堂记》一本，寄上。本不欲作，适有此梦，梦中语皆有妙理，皆实云尔，仆不更一字也。不欲隐没之，又皆养生事，无可酝酿者，故出之也。

【解题】

此二书皆于绍圣五年（1098）在儋州作。桄榔庵于五月筑成，颇得本地官民之助，其中王介石出力尤多，故苏轼极是感激。郑靖老，名嘉会，苏轼友人。苏轼谪海南时，赖其由海舶传递家信、馈赠酒米药物、借阅书籍，并帮助照料苏迈留在惠州的家室。

与程全父

某再启。阁下才气秀发，当为时用久矣。遐荒安可淹驻，想益辅以学以昌其诗乎？仆焚笔砚已五年，尚寄味此学。随行有《陶渊明集》。陶写伊郁，正赖此尔。有新作，递中示数首，乃珍惠也。山川风气能清佳否，孰与惠州比？此间海气郁蒸，不可言，引领素秋，以日为岁也。

寄贶佳酒，岂惟海南所无，殆二广未尝见也。副以糖冰精面等物，一一铭佩，非眷存至厚，何以得此，悚怍之至。此间纸不堪覆瓿，携来者已竭。有便，可寄百十枚否？不必甚佳者。不罪！不罪！

【解题】

本书作于元符元年（1098）八月。信中称赞程全父才学，并对程全父所赠酒食表示感谢。

与程秀才

近得吴子野书，甚安。陆道士竟以疾不起，葬于河源矣。前会岂非梦耶？仆既病倦不出，出亦无与往还者，阖门面壁而已。新居在军城南，极湫隘，粗有竹树，烟雨濛晦，真蜒坞獠洞也。惠酒佳绝。旧在惠州，以梅酝为冠，此又远过之。牢落中得一醉之适，非小补也。

【解题】

本书作于元符元年（1098）十一月。陆道士即陆惟忠。此信感慨寂寞困厄，然语类调侃，颇豁达。

与参寥子

颖沙弥书迹巉耸可畏，他日真妙总门下龙象也，老夫不复止以诗句字画期之矣。老师年纪不小，尚留情句画间为儿戏事耶？然此回示诗，超然真游戏三昧也。居闲，不免时时弄笔。见索书字要楷法，辄往数篇，终不甚楷也。只一读了，付颖师收，勿示余人也。

雪浪斋诗尤奇玮，感激！感激！转海相访，一段奇事。但闻海舶遇风，如在高山上坠深谷中。非愚无知与至人，皆不可处。胥靡遗生，恐吾辈不可学。若是至人无一事，冒此险做甚么？千万勿萌此意。颖师喜于得预乘桴之游耳。所谓无所取材者，其言不可听，切切！相知之深，不可不尽道其实尔。自揣余生，必须相见，公但记此言，非妄语也。轼再拜。

【解题】

本书作于元符元年（1098）。参寥欲携颖沙弥自杭州浮海来儋州探视，苏轼作此书劝止之。

与侄孙元老

侄孙元老秀才。久不闻问，不识即日体中佳否？蜀中骨肉，想不住得安讯。

老人住海外如昨，但近来多病瘦瘁，不复如往日，不知余年复得相见否？循、惠不得书久矣。旅况牢落，不言可知。又海南连岁不熟，饮食百物艰难，及泉、广海舶绝不至，药物鲊酱等皆无。厄穷至此，委命而已。老人与过子相对，如两苦行僧尔。然胸中亦超然自得，不改其度，知之，免忧。

所要志文，但数年不死便作，不食言也。侄孙既是东坡骨肉，人所觑看。住京，凡百加关防，切祝！切祝！今有一书与许下诸子，又恐陈浩秀才不过许，只令送与侄孙，切速为求便寄达。余惟万万自重。不一一。

【解题】

本书作于元符元年（1098）。信中叙述了自己在儋州的贫困生活和委命自得的心境。苏元老，字在廷，苏轼侄孙，幼孤力学，苏轼贬在南海，常以书信指导、鼓励他，后举进士任官。

与程全父

某启。便舟来，辱书问讯既厚矣，又惠近诗一轴，为赐尤重。流转海外，如逃空谷，既无与晤语者，又书籍举无有，惟陶渊明一集，柳子厚诗文数策，常置左右，目为二友。今又辱来贶，清深温丽，与陶、柳真为三友矣。此道，比来几熄，海北亦岂有语此者耶？新春，伏想起居佳胜。某与小儿亦粗遣，困穷日甚，亲友皆疏绝矣。公独收恤如旧，此古人所难也。感怍不可言，惟万万以时自爱为祝。舶回奉启，布谢万一。不宣。

【解题】

本书作于元符二年（1099）正月。苏轼晚年处境困厄，极其服膺陶诗之守贫与淡泊，并多有发明，视为知己。因程诗“清深温丽”，风格近于陶渊明，故亦为苏轼所喜爱。

答刘沔都曹书

轼顿首都曹刘君足下。蒙示书教，及所编录拙诗文二十卷。轼平生以文字言语见知于世，亦以此取疾于人，得失相补，不如不作之安也。以此常欲焚弃笔砚，为喑默人，而习气宿业，未能尽去，亦谓随手云散鸟没矣。不知足下默随其后，掇拾编缀，略无遗者，览之惭汗，可为多言之戒。

然世之蓄轼诗文者多矣，率真伪相半，又多为俗子所改窜，读之使人不平。然亦不足怪。识真者少，盖从古所病。梁萧统集《文选》，世以为工。以轼观之，拙于文而陋于识者，莫统若也。宋玉赋《高唐》、《神女》，其初略陈所梦之因，如子虚、亡是公等相与问答，皆赋矣。而统谓之叙，此与儿童之见何异。李陵、苏武赠别长安，而诗有“江汉”之语。及陵与武书，词句儇浅，正齐梁间小儿所拟作，决非西汉文。而统不悟。刘子玄独知之。范晔作《蔡琰传》，载其二诗，亦非是。董卓已死，琰乃流落，方卓之乱，伯喈尚无恙也，而其诗乃云以卓乱故，流入于胡。此岂真琰语哉？其笔势乃效建安七子者，非东汉诗也。李太白、韩退之、白乐天诗文，皆为庸俗所乱，可为太息。今足下所示二十卷，无一篇伪者，又少谬误。及所示书词，清婉雅奥，有作者风气，知足下致力于斯文久矣。

轼穷困，本坐文字，盖愿刳形去智而不可得者。然幼子过文益奇，在海外孤寂无聊，过时出一篇见娱，则为数日喜，寝食有味。以此知文章如金玉珠贝，未易鄙弃也。见足下词学如此，又喜吾同年兄龙图公之有后也。故勉作报书，匆匆。不宣。

【解题】

元符二年（1099）三月，苏轼作此书感谢刘沔为自己编录诗文二十卷，并赞赏其能辨别真伪的眼力。文中指责了萧统所编《文选》、范晔所著《后汉书》对所辑诗文不加考辨，以致讹误，所论很有学术价值。刘沔，字沔之。

与程秀才

儿子到此，抄得《唐书》一部，又借得《前汉》欲抄。若了此二书，便是穷儿暴富也。呵呵。老拙亦欲为此，而目昏心疲，不能自苦，故乐以此告壮者尔。纸、茗佳惠，感怍！感怍！丈丈惠药、米、酱、姜、糖等皆已拜赐矣。江君先辈辱书，深欲裁谢，连写数书，倦甚，且为多谢不敏也。

【解题】

本书作于元符二年（1099）三月。古人以抄书为学习之一重要方法，苏轼以儿子抄得二书为至乐之事，并以此事勉励程儒；亦见苏轼老而好学，乐于育人。

与游嗣立二首

一

某启。谪居瞻望不远，屡欲上问，不敢。忽辱手教，劳慰周厚，感仰深矣。比日履兹初凉，起居佳胜。某蒙庇粗遣，未缘披奉，惟冀若时自重。谨奉手启布谢。不宣。

二

某启。使人久留海丰，裁谢稽缓，想不深责。舍弟谪居部中，尤荷存庇。家书已领，并增感怍。余非笔墨可究。

【解题】

后一书作于元符二年（1099）五月。时苏辙谪在循州，游嗣立为循州守，对其多有照应，并为传递家书。前一书作于此前不久。

与罗秘校二首

一

某启。远蒙惠书，非眷念之厚，何以及此。仍审比来起居佳胜，感慰兼集。老病之余，复此穷独，岂有再见之期，尚冀勉进学问，以究远业。

二

某启。官事有暇，得为学不辍否？有可与往还者乎？此间百事不类海北，但杜门面壁而已。彼中有麄药可治病者，为致少许。此间如苍术、橘皮之类，皆不可得，但不论麄贱，为相度致数品。不罪！不罪！

【解题】

此二书作于儋州，后一书元符二年（1099年）七月。

与侄孙元老三首

一

侄孙近来为学何如？想不免趋时。然亦须多读史，务令文字华实相副，期于适用乃佳，勿令得一第后，所学便为弃物也。海外亦粗有书籍，六郎亦不废学，虽不解对义，然作文极峻壮，有家法。二郎、五郎见说亦长进，营见他文字否？侄孙宜熟看前、后汉史及韩、柳文。有便，寄近文一两首来，慰海外老人意也。

二

元老侄孙秀才。屡得书，感慰。十九郎墓表，本是老人欲作，今岂推辞！向者犹作宝月志文，况此文，义当作，但以日近忧畏愈深，饮食语默，百虑而后动，想喻此意也。若不死，终当作尔。近来须鬓雪白加瘦，但健及啖啜如故尔。相见无期，惟望勉力进道，起门户为亲荣，老人僵仆海外，亦不恨也。

三

赵先辈儋人，此中凡百可问而知也。乡里出百药煎，如收得，可寄二三斤，赵还时可附也，无即已。

【解题】

前一书作于元符二年（1099）七月，教导其为文要“华实相副，期于实用”。后二书亦在儋州作。

付　过

砚细而不退墨，纸滑而字易燥，皆尤物也。吾平生无嗜好，独好佳笔墨。既得罪谪海南，凡养生具十无八九，佳纸墨行且尽，至用此等，将何以自娱，为之慨然。书付子过。

【解题】

本书作于元符二年（1099）八月。苏轼一生粗于衣食，却精于笔墨赏鉴，并作有不少有关文字。

与姜唐佐秀才四首

一

某启。特辱远䝼，意甚勤重。衰朽废放，何以获此，悚荷不已。经宿起居佳胜。长笺词义兼美，穷陋增光。病卧，不能裁答，聊奉手启。

二

某启。昨日辱夜话，甚慰孤寂。示字，承起居安胜。奇荈佳惠，感服至意，当同啜也。适睡，不即答，悚息。某顿首。

三

今日雨霁，尤可喜。食已，当取天庆观乳泉泼建茶之精者，念非君莫与共之。然早来市中无肉，当共啖菜饭耳。不嫌，可只今相过。某启上。

四

适写此简，得来示，知巡检有会，更不敢邀请。会若散早，可来啜茗否？酒、面等承佳惠，感愧！感愧！来早饭必如诺。十月十五日白。

【解题】

此四书作于元符二年（1099）闰九、十月。姜唐佐，字君弼，琼山人，苏轼贬儋州时，唐佐来从学，苏轼亦很欣赏唐佐的才学。

与周文之

郑君知其俊敏笃学，向观所为诗文，非止科场手段也。人去，忙作书，不及相见，且致此意。李公弼亦再三传语。承许远访，何幸如之。海州穷独，见人即喜，况君佳士乎？林行婆当健，有香与之，到日告便送去也。八郎房下不幸，伤悼。

【解题】

本书作于元符二年（1099）十月。

与范元长二首

一

某慰疏言。不意凶变，先公内翰，遽捐馆舍，闻讣恸绝。天之丧予，一至于是，生意尽矣。伏惟至孝承务元长昆仲，孝诚深至，追慕罔极。何辜于天，罹此祸酷，荼毒如昨，奄易寒暑，哀毁日深，奈何！奈何！某谪籍所拘，莫由往吊，永望长号，此怀难谕。谨奉手疏上慰。不次，谨疏。

二

流离僵仆，九死之余，又闻淳夫先公倾逝，痛毒之深，不可云谕。久欲奉疏，不遇便人，又举动艰碍，忧畏日深。今兹书问，亦未必达，且略致区区耳。

【解题】

此两书作于元符二年（1099）十月后。苏轼闻友人范纯夫丧，极为悲痛，致信安慰其子范冲，并表示哀悼之情。范冲，字元长，官至翰林学士、龙图阁直学士，为人乐善好义，颇有令名。

与程全父

某启。久不得毗陵信，如闻浙中去岁不甚熟，曾得家信否？彼土出药否？有易致者，不拘名物，为寄少许。此间举无有，得者即为希奇也。间或有麄药，以授病者，入口如神，盖未尝识尔。

【解题】

本书作于元符二年（1099）十二月。苏轼在儋州常以医药济人，此信求程全父为致毗陵药。

与范元长四首

一

先公已矣，惟望昆仲自立，不坠门户，千万留意其大者远者。勿徇一至之哀，致无益之毁，与先公相照，谁复如某者。此非苟相劝勉而已，切深体此意。余不敢尽言。

二

先公论往古事著述多矣，想一一宝藏，此岂复待鄙言耶？某当遣人致奠，海外困苦，不能如意，又不敢作奠文，想蒙哀恕也。归葬知未得请，苦痛之极，惟千万宽中顺变。此中百事，远不及雷、化，百忧所集，亦强自遣也。

三

圣善郡君，不敢拜慰疏言。侍次，乞致区区。沉香少许，望于内翰灵几焚之。表末友一恸之意而而已。

四

孙行者至，得书，承孝履如宜，阖宅皆安，感慰之极。所谕《传》，初不待君言，心许吾亡友久矣。平生不作负心事，未死要不食言，然今则不可。九死之余，忧畏百端，想蒙矜察。不即副来意，临纸哀噎。海外粗闻新政，有识感涕。灵几傥遂北辕乎？未间，千万节哀自重。毒热，挥汗奉疏，不次。

【解题】

此四书分别作于元符三年正月、三月、四月。信中结合自身晚年漂泊的艰难处境，对范纯夫的早亡满怀悲伤之情，并对范纯夫的著述整理、碑传撰写、灵柩归葬等表示深切的关心，情谊深厚感人。

答秦太虚二首

一

某启。近累得书教，海外孤老，志节朽败，何意复接平生钦友。伏阅妙迹，凛凛有生意，幸甚！幸甚！

比日毒暑，尊候佳否？前所闻果的否？若信然，得文字后，亦须得半月乃行。自此径乘蛋船至徐闻出路，不知犹及一见否？示谕二范之贤，不惟喜公得婿小范，且以庆吾友梦得之有子为不死也。言之泪落不已。过蒙许与，恐不副所期，实能躬劳辱以佚厥考尔。令子想大成，曾寄所作来否？借一二亦佳。

文潜、无咎得消耗否？鲁直云，宣义监鄂酒。吴子野自五羊来云，温公赠太尉，曾子宣右揆。的否？未可知也。廉州若得安居，取小子一房来，终焉可也。生如暂寓，亦何所择。果行，冲冒慎重。

二

某书已封讫，乃得移廉之命，故复作此纸。治装十日可办，但须得泉人许九船，即牢稳可恃。余蛋船多不堪。而许见在外邑未还，须至少留待之，约此月二十五六间方可登舟。并海岸行一日，至石排，相风色过渡，一日至递角场。但相风难克日尔。有书托吴君，雇二十壮夫来递角场相等，但请雇下，未要发来，至渡海前一两日，当别遣人去报也。若得及见少游，即大幸也。今有一书与唐君，内有儿子书，托渠转附去，料舍弟已行矣。余非面莫究。

【解题】

此二书作于元符三年（1100）四、五月，时苏轼获命将移廉州。信中言北归计划，并约与秦观相见。

与范元长二首

一

圣善郡君，承起居佳适，因侍次，致下恳。乞为骨肉保爱宽怀，以待北归也。子进诸舅，曾得安讯否？

二

毒暑，远惟孝履如宜。海外粗闻近事，南来诸人，恐有北辕之渐，而吾友翰林公，独隔幽显，言之痛裂忘生。矧昆仲纯笃之性，感恸摧割，如何可言，奈何！奈何！

老朽一言，非苟以相宽者。先公清德绝识，高文博学，非独今世所无，古人亦罕有能兼者，岂世间混混生死流转之人哉？其超然世表，如仙佛之所言者必矣。况其平生自有以表见于无穷者，岂必区区较量顷刻之寿否耶？此理卓然，唯昆仲深自爱。得归，亦勿亟遽，俟秋稍凉而行为佳。某深欲一见左右，赴合浦，不惜数舍之迂，但再三思虑，不敢尔，必深察。

临行，预有书相报。热甚，万万节哀自重。

【解题】

此二书作于元符三年（1100）五月。苏轼将移廉州，作书于范冲，言不敢至合浦哭范纯夫之灵，并表达了对朋友亡故的悲痛之情。

与姜唐佐秀才二首

一

某启。别来数辱问讯，感怍至意。毒暑，具喜起居佳胜。堂上嘉庆，甚慰所望也。知非久适五羊，益广学问以卒远业。区区之祷。此外，万万自重。不宣。

二

某已得合浦文字，见治装，不过六月初离此。只从石排或澄迈渡海，无缘更到琼会见也。此怀甚惘惘。因见贰车，略道下悫。有一书到儿子迈处，从者往五羊时，幸为带去，转托何崇道附达，为幸。

儿子治装冗甚，不及奉启。所借《烟萝子》两卷、《吴志》四册、《会要》两册，并驰纳。

【解题】

元符三年（1100）五月，苏轼自儋州量移廉州，作此二书与姜唐佐相别。

与杨济甫二首

一

宝月师孙来，得所惠书，喜知尊体佳胜，眷聚各清安。至慰！至慰！某凡百粗遣，北归未有期，信命且过，不烦念及。惟闻坟墓安靖，非济甫风义之笃，何以得此，感荷不可言。舟师云当一到眉。此中诸事，可问其详也。远祝，惟若时珍重而已。

二

远蒙厚惠蜀纸药物等，一一如数领讫，感怍之至。人行速，无佳物充信，谩寄腰带一条。俗物增愧，不罪！不罪！

答刘元忠

某启。近别，伏惟起居安胜。短笺不尽意，察之。柳伯通因会，为致区区。欧阳秀才寘谈道甚妙，可与闲游。怀思文忠公，爱其屋上乌，况族子弟之佳者乎！余惟万万若时自重。不宣。

与程德孺

在定辱书，未裁答间，仓猝南来，遂以至今。比日窃惟起居佳胜。老兄罪大责薄，未塞公议，再有此命。兄弟俱窜，家属流离，污辱亲旧。然业已如此，但随缘委命而已。任德翁同行月余，其见老兄处忧患，次第可具问，更不详书也。懿叔赴阙今何在？因书道区区。后会无期，临书惘惘。余热，万万以时珍重。

【解题】

以上数书皆作于儋州。其中程德孺，名之元，为苏轼母舅程濬之第六子。

与范元长

到雷获所留书，承车从盘桓此邦，以须一见，而某滞留不时至，遂尔远别，且不获一恸几筵之前者，非爱数舍之劳也，以困危多畏故尔。此老谬之罪，想矜察。比日孝履如宜否？方此炎暑，万里扶护，哀苦劳艰，如何可言。忝亲友之末，不能匍匐赴救，已矣，不复云也。独前所见委文字，不敢不留意，今托少游议其详。余惟节哀慎重。某不敢拜状郡君，惟千万俯为存没宽心自重。乞呈此纸令弟，不殊此意。

【解题】

本书作于元符三年（1100）六月。

与欧阳晦夫

轼数日病痢，不果往谒，想起居佳胜。饯行诗辄跋尾。匹纸亦作数百字。余皆驰纳。不一一。轼再拜晦夫推官阁下。七月十三日。

《乳泉赋》切勿示人，切恳！切恳！

【解题】

本书作于元符三年（1100）七月。

与郑靖老

某启。到雷见张君俞，首获公手书累幅，欣慰之极，不可云谕。到廉，廉守乃云公已离邕去矣。方怅然，欲求问从者所在，少通区区。忽得来教，释然，又得新诗，皆秀杰语，幸甚！幸甚！

别来百罹，不可胜言，置之不足道也。《志林》竟未成，但草得《书传》十三卷，甚赖公两借书籍检阅也。向不知公所存，又不敢带，行封作一笼，寄迈处，令访寻归纳。如未有便，且寄广州何道士处，已深嘱之，必不散坠。

某留此过中秋，或至月末乃行。至北流，作竹筏，下水历容、藤至梧。与迈约，令般家至梧相会，中子迨，亦至惠矣。却雇舟溯贺江而上，水陆数节，方至永。老业可奈何！奈何！未会间，以时自重。不宣。

【解题】

本书于元符三年（1100）八月在廉州作。信中告知已著成

《书传》，并将继续北行。

与欧阳晦夫

愁霖终日，坐企谈晤，不审尊候佳否？《地狱变相》已跋其后，可详味之，似有补丁世者。并字数纸，纳去。某所苦已平，无忧。

闻少游恶耗，两日为之食不下，然来卒说得灭裂，未足全信。非久，唐簿必有书来言。

旦夕话别次，仁人之馈，固当捧领。但以离海南，儋人争致赡遗，受之则若饕餮然，所以一路俱不受。若至此独拜宠赐，则见罪者必众。谨令驰纳，千万恕察，仍寝来耗，幸甚！幸甚！

【解题】

本书作于元符三年（1100）八、九月间。苏轼离海南时，当地官民争相赠物、沿途相送，皆为苏轼所谢却。可见苏轼深得当地官民的爱戴。

与程怀立

某启。岭海阔绝，不谓生还。复得瞻奉，慰幸之极。比日履兹秋凉，起居佳胜。少选到岸，即遂伏谒，以尽区区。不宣。

【解题】

本书作于元符三年（1100）九月。时苏轼北还将至广州，程怀立为转运使，特遣人来迎，苏轼作书道谢。

与欧阳元老

秋暑，不审起居佳否？某与儿子八月二十九日离廉，九月六日到郁林，七日遂行。初约留书欧阳晦夫处，忽闻秦少游凶问，留书不可不言，欲言又恐不的，故不忍下笔。

今行至白州，见容守之犹子陆斋郎云，少游过容留多日，饮酒赋诗如平常，容守遣般家二卒送归衡州，至藤，伤暑困卧，至八月十二日，启手足于江亭上。徐守甚照管其丧，仍遣人报范承务。范先去，已至梧州。范自梧州赴其丧。此二卒申知陆守者，止于如此，其他莫知其详也。

然其死则的矣，哀哉痛哉，何复可言。当今文人第一流，岂可复得。此人在，必大用于世，不用，必有所论著以晓后人。前此所著，已足不朽，然未尽也，哀哉！哀哉！其子甚奇俊，有父风，惟此一事，差慰吾辈意。某不过旬日到藤，可以知其详，续奉报次。尚热，惟万万自重。无聊中奉启，不谨。某再拜元老长官足下。九月六日。

【解题】

本书作于元符三年（1100）九月。信中转述了秦少游死亡前后情景，语虽平缓，而悲伤之气随之而发，使人倍觉哀痛。欧阳元老，时为海康令，与秦少游为朋友。

与范元长二首

一

某如闻有移黄之命，若果尔，当自梧至广，须惠州骨肉到同往。计公昆仲扶护舟行当过黄，又恐公在淮南路行，不由江西，即不过黄，又不知某能及公之前到黄乎？漂零江海，身非己有，未知归宿之地，其敢必会见之日耶？惟昆仲金石迺心，困而不折，庶几先公之风没而不亡也。临纸哽塞，言不尽意。

二

过雷州，奉书必达。到容南，知昆仲皆苦瘴痢，又闻寻已痊损，不知即日何如？扶护哀痛，且须勉强开解，卑心忧悬，书不能尽。奉嘱之意，唯深察此心。哀哉少游，痛哉少游，遂丧此杰耶！赖昆仲之力，不甚狼狈。某日夜前去，十六七间可到梧。若少留，一见尤幸。某到梧，当留以待惠州人至，同溯贺江也。速遣此人奉书，不谨，千万恕察。不宣。

【解题】

此二书作于元符三年（1100）九月。本月七日苏轼听到秦观病逝噩耗，十日经过容南，听说范冲（即范元长）消息，信中相约会于苍梧，同渡贺江，并哀悼元长岳父秦观的亡故。

与郑靖老一首

某见张君俞，乃始知公中间亦为小人所捃摭，令史以下，固不知退之《讳辨》也，而卿贰等亦尔耶！进退有命，岂此辈所能制，知公奇伟，必不经怀也。

某须发皆白，然体力元不减旧，或不即死，圣恩汪洋，更一赦，或许归农，则带月之锄，可以对秉也。本意专欲归蜀，不知能遂此计否？蜀若不归，即以杭州为佳。朱邑有言："子孙奉祀我，不如桐乡之民。"不肖亦云。然外物不可必，当更临时随宜，但不即死，归田可必也。

公欲相从于溪山间，想是真诚之愿，水到渠成，亦不须预虑也。此生真同露电，岂通把玩耶！

【解题】

本书于元符三年（1100）十月在广州作。苏轼于信中叙述了归老于蜀、杭的愿望。

与程怀立一首

某启。昨日辱顾，夙昔之好，不替有加，感叹深矣。属饮药汗后，不可以风，未即诣谢。又枉使旌，重增悚灼。捧手教，且审尊体佳胜。旦夕造谒，以究所怀。

【解题】

本书作于元符三年（1100）十月。苏轼至广州后患病，程怀立赠以药物，并来看视，使苏轼很为感激。

与钱济明一首

某启。去年海南得所寄异士太清中丹一丸，即时服之，下丹田休休焉。数日后，又得迨赍来手书。今又领教诲及近诗数纸，高妙绝俗，想见谪居以来，探道著书，云升川增，可慕可畏，可叹可贺也。及录示训词，诲以所不及，此曾子所谓爱人以德者，敬遵用不敢忘。幸甚！幸甚！

【解题】

本书作于元符三年（1100）十月。

与孙叔静一首

辱手教，具审尊体佳胜，甚慰驰仰。拙疾亦渐平矣，明日当出诣见。烧羊蒙珍惠，下逮童孺矣。

【解题】

本书作于元符三年（1100）十月。孙叔静，名鼛，时为广州提举常平。

与李端叔一首

某启。辱书多矣，无不达者。然终不一答，非独衰病简懒之过，实以罪垢深重，不忍更以无益寒温之问，玷累知交。然竟不免累公，惭负不可言。比日计赴颍昌。伏惟起居佳胜，眷聚各安健。某移永州。过五羊，径渡大庾，至吉出陆，去长沙至永。荷叔静诸人照管，不甚失所。叔静挐舟相送数十里，大浪中作此书，无他祝，惟保爱之外，酌酒与妇饮，尚胜俗侣对。梅二丈诗云尔。

【解题】

本书作于元符三年（1100）十一月，信中对自己连累李之仪深表愧意。

答丁连州朝奉启

七年远谪，不知骨肉之存亡；万里生还，自笑音容之改易。

久恬飓雾，稍习蛙蛇。自疑本儋崖之人，难复见鲁卫之士。而况清时雅望，令德高标。固以闻名而自惭，盖欲通书而未敢。岂谓知郡朝奉，仁无择物，义有逢时。每怜迁客之无归，独振孤风而愈厉。固无心于集苑，而有力于嘘枯。远移一纸之书，何啻百朋之锡。过情之誉，虽知无其实而愧于中；起废之文，犹欲借此言以华其老。穷途易感，永好难忘。

【解题】

本文作于元符三年（1100）十一月。丁连州朝奉，即以朝奉郎出守连州，名无考。

与程怀立三首

一

某启。令子重承访及，不暇往别，为愧深矣。珍惠菜膳，增感怍也。河凉藤已领，衰疾有可恃矣。

眉山人有巢谷者，字元修，名榖，后改名谷。曾举进士武举，皆无成。笃有风义。年七十余矣，闻某谪海南，徒步万里相劳问，至新州病亡。官为稿葬，录其遗物于官库。元修有子蒙，在里中，某已使人呼蒙来迎丧，颇助其路费，仍约过永而南，当更资之。但未到间，其旅殡无人照管，或毁坏暴露，愿公愍其不幸。因巡检至新，特为一言于彼守令，得稍为修治其殡，常戒主者谨护之，以须其子之至，则恩及存没矣。

公若不往新，则告一言于进叔，尤幸。亦曾恳此。恐忘之尔。死罪！死罪！

二

某启。已别，瞻企不去心。辱手教，且审起居佳胜，感慰之极。早来，风起，舟师不敢解，故复少留，来约净慧与惠州三道人语尔。无缘重诣，临纸惋怅。

三

某启。去德弥日，思渴萦怀。比日窃惟履兹新阳，起居佳胜。江路无阻，至英方再宿尔。少留数日。此去尤艰关，借舟，未知能达韶否？流行坎止，辄复随缘，不烦深念也。后会未卜，万万为国自重。人行，匆遽。不宣。

【解题】

此三首皆作于元符三年（1100）十一月。时苏轼将离广州，托程怀立照料故人巢元修遗骸。据末信，苏轼所乘之舟为程怀立所借。巢元修，苏轼同乡，不顾年老徒步往海南探视苏轼兄弟，卒于途中。

与谢民师推官书

轼启。近奉违，亟辱问讯，具审起居佳胜，感慰深矣。轼受性刚简，学迂材下，坐废累年，不敢复齿缙绅。自还海北，见平生亲旧，惘然如隔世人，况与左右无一日之雅，而敢求交乎？数赐见临，倾盖如故，幸甚过望，不可言也。

所示书教及诗赋杂文，观之熟矣。大略如行云流水，初无定质，但常行于所当行，常止于所不可不止；文理自然，姿态横生。孔子曰："言之不文，行而不远。"又曰："辞达而已矣。"夫言止于达意，即疑若不文，是大不然。求物之妙，如系风捕影，能使是物了然于心者，盖千万人而不一遇也。而况能使了然于口与手者乎？是之谓辞达。辞至于能达，则文不可胜用矣。

扬雄好为艰深之词，以文浅易之说；若正言之，则人人知之矣。此正所谓雕虫篆刻者，其《太玄》、《法言》皆是类也。而独悔于赋，何哉？终身雕虫，而独变其音节，便谓之经，可乎？屈原作《离骚经》，盖风雅之再变者，虽与日月争光可也。可以其似赋而谓之雕虫乎？使贾谊见孔子，升堂有余矣，而乃以赋鄙之，至与司马相如同科！雄之陋，如此比者甚众。可与知者道，难与俗人言也。因论文偶及之耳。欧阳文忠公言文章如精金美玉，市有定价，非人所能以口舌定贵贱也。纷纷多言，岂能有益于左右。愧悚不已。

所须惠力法雨堂字，轼本不善作大字，强作终不佳，又舟中局迫难写，未能如教。然轼方过临江，当往游焉。或僧欲有所记录，当作数句留院中，慰左右念亲之意。今日已至峡山寺，少留即去。愈远。惟万万以时自爱。不宣。

【解题】

本书于元符三年（1100）十一月作。谢民师，名举廉，工诗，时任广州推官。苏轼于此信中较为具体地阐述了自己的文学主张。他认为为文当不拘一格，自然天成，而反对过分雕琢和故作艰深，但同时也很看重文采，讲求文章的姿态横生。苏轼还对“辞达”一词作了新的解释，即要求语言能够表达事物中最精微、最难以把握的部分。本文是苏轼文学经验的总结，极有理论价值。

与谢民师二首

一

某启。衰病枯槁，百念已忘，缁衣之心，尚余此尔。蒙不鄙弃，赠以瑰伟，藏之巾笥，永以为好。今日遂行，不果走别，愧负千万。

二

某启。蒙录示近报，若果然得免湖外之行，衰羸之幸，可胜道哉！此去，不住许下，则归阳羡。民师还朝受任，或相近，得再见，又幸矣。儿子辈并沐宠问，及览所赐过诗，何以克当。然句法有以启发小子矣。感荷！感荷！旅况不尽区区。

与陈公密

途中喜见令子，得闻动止之详。继领专使手书，且审即日尊体清胜，感慰无量。差借白直兜乘担索，一一仰烦神用。孤旅获济，荷德之心，未易云喻。来日晚方达蒙里，即如所教，出陆至南华，南华留半日，即造宇下，一吐区区，预深欣跃。

与孙叔静二首

一

某启。久留治下，辱眷待之厚，既过重矣。而爱念之意，拳拳不已，更勤从者远至今刹。自惟衰朽，何以获此。比来数日，思渴不已。长至俯迩，不克展庆，此心南骛矣。令子烦远饯，不及别状，伏惟侍外珍爱。

江知言附此恳兼记于许、李、欧阳、林、莫诸先辈处，略道不暇作书之意。

二

某启。累岁阔别，不意相逢海上，握手一笑，岂偶然哉。亟辱专使教墨，具审起居佳胜，感慰兼集。玉局之除，已有训词，似不妄也。得免湖外之行，余生厚幸。至英，当求人至永请告敕，遂渡岭过赣归阳羡，或归颍昌，老兄弟相守，过此生矣。幸甚！幸甚！乍远，万万为国自重。匆匆，不宣。

与范元长二首

一

永州人来，辱书，承孝履粗遣，甚慰思仰。比谓至梧州追及，又将相从溯贺江，已而水干无舟，遂作番禺之行。与公隔绝，不得一拜先公及少游之灵，为大恨也。同贬先逝者十人，圣政日新，天下归仁，惟逝者不可及，如先公及少游，真为异代之宝也。徒有仆辈，何用，言之痛陨何及。某即度庾岭，欲径归许昌与舍弟处。必遂一见昆仲。未间，惟万万强食自重。

二

某忽有玉局之除，可为归田之渐矣。痛哲人云亡，诵殄瘁之章，如何可言。早收拾事迹，编次著撰，相见日以见授也。处度因会，多方勉之，以不坠门户为急。监司无与相知者，及毛君亦不识，未敢便发书。前路间人有可宛转为言者，专在意也。漂流江湖，未能赴救，已为惭负。有银五两，为少游斋僧，托送与处度也。承中间郡君服药，疾势不轻，且喜安复。因侍次，致恳，千万宽中保卫为请。不宣。

【解题】

上数书皆作于元符三年（1100）十一月。

与冯祖仁十一首

一

某慰疏言。承艰疚，退居久矣，日月逾迈，哀痛理极，未尝获陈区区，少解思慕万一，实以漂寓穷荒，人事断绝，非敢慢也。比辱手疏，且审孝履支持，廓然逾远，追恸何及。伏冀俯顺变礼，宽中强食。谨奉启疏上慰，不次。

二

某启。蒙示长笺，粲然累幅，光彩下烛，衰朽增华。但以未拜告命，不敢具启答谢，感怍不可云喻。老瘁不复畴昔，但偶未死耳。水道间关寸进，更二十日，方至曲江，首当诣宇下。区区不究，乏人写大状，不罪。手拙简略。不次。

三

某启。昨日辱远迓，喜慰难名。客散，已夜，不能造门。早来又闻已走松楸，未敢上谒。领手教，愧悚无地。至节，想惟孝思难堪，奈何！奈何！来晚当往慰。不宣。

四

节辰蒙惠羊边、酒壶，仁者之馈，谨以荐先，感佩不可言也。

五

某启。辱手教，承晚来起居佳胜。惠示珠榄，顷所未见，非独下视沙糖矣。想当一笑，匆匆，不宣。

六

某启。前日辱下顾，尚未果走谢，悚息不已。捧手教，承起居佳胜。卑体尚未甚清快，坐阻谈对，为怅惘也。惠示妙剂，获之，喜甚。从此衰疾有瘳矣。人还，不宣。

七

某启。辱手教，具审尊体佳胜，甚慰驰仰。拙疾亦渐平矣。来日当出诣。番烧羊蒙珍惠，下逮童稚矣。谨奉启谢，不宣。

八

两日冗迫，不果诣见。伏计孝履如宜。欲告借前日盛会时作包子厨人一日，告白朝散，绝早遣至。不罪！不罪！家人辈欲游南山，祖仁若无事，可能同到彼闲行否？

九

辱回教，及蒙以岩砚、法醑、嘉蔬、珍果等为饷，已捧领讫，顾无以当之。适苦嗽，昏倦，裁谢草草。

十

昨日奉辞，瞻恋殊甚。旦来孝履佳否？先什辄已题跋。鹤、鹿、马三轴，迫行不暇题，谨同纳上。祖仁方在疚，更不烦远出，昨所云金山之行，可罢也。乍远，保重。

十一

某启。辱笺教累幅，文义粲然，礼意兼重，非老朽所敢当，藏之巾笥，以为光宠，幸甚。比日孝履何如？到韶累日，疲于人事，又若河鱼之疾，少留调理乃行。益远，极瞻系也。岁暮，更惟节哀自重。

【解题】

苏轼于元符三年（1100）北归途中被冯祖仁迎至韶州，并同游曹溪。上数书除前二书作于十一月底外，皆作于十二月。冯祖仁，浈阳人，绍圣三年曾为河源令，苏过为筑室斫木材时曾往河源访之。冯祖仁此时因丁父忧，居韶州。

与李亮工三首

一

某启。特沐专使手书，具审起居佳胜，甚慰驰仰。江路滩涩，寸进而已，更半月乃可造谒。未间，乞保卫。人还，布谢草草。不宣。

二

某乏人修状，手启为答，幸望宽恕。见孙叔静言，伯时顷者微嗽，不知得近信否？已全安未？余非面莫究。

三

某启。近别，起居佳胜。向者匆匆，不一诣违，至今为恨。旌旆之还，想已新岁，伏冀尊重以迎多福。临行，冗迫，不宣。

【解题】

此三书皆作于元符三年（1100）十二月。时苏轼北归至英州，李亮工、陈公密自韶专使来迎，苏轼遂往韶州，并与之同游曹溪。李亮工，名公寅，时为韶州通判。

与南华明老二首

一

某启。衰病复过南华，深欲一别祖师，因见仁者。遽辱专使惠手书，何慰如之。即日履此薄寒，法体佳胜。旦夕离英，但江路颇寸进，不即会见，企望之极。惟万万为众自重。不宣。

二

某以促装登舟冗甚，作书极草草。宠示四偈，可谓奇特，聊答四句，想一大笑也。石刻已领，感感。潘生果作墨否？如成，寄一丸。伯固念亲怀归甚矣，道话解之。

【解题】

此二书作于元符三年（1100）十二月。苏轼北归途中曾再次往游南华寺，并作有功德疏文。

与朱行中六首

一

某启。真阳一见，大慰宿昔。匆遽就别，怅惘可知。行役纷纷，且未有便，尚稽驰问。特辱专使手书，具审下车以来台候康胜，感慰兼集。某承庇如昨，更五六日离韶。已远左右，伏冀为国自重。人还，匆匆，不宣。

二

某前承借示新诗。久矣不见斯作也。然世俗识真者少，独唱无和。帐勾谢民师，公若不以位貌为间，亦庶几班斤郢斫也。老拙百念灰寂，独一觞一咏，亦不能忘。陋句数首，录呈，以为一笑。手启上问，恃知照不深责也。

三

某启。违阔滋久，向往徒勤。比日履兹寒凝，起居佳胜。承旌驭已至，即欲走谒，谨先奉手启上问。

四

某屏居岁久，未尝冠帻，比日又苦小疖，不能巾裹。欲服帽请见，先令咨禀，如许，乃敢前诣。幸不深责。

五

般家人蒙辍借，行计遂办，非眷念特达，何以及此。言谢不尽，悚怍而已。

六

某启。蒙眷厚借搬行李人，感愧不在言也。但节级朱立者无状，侵渔不已，又遂窜去。林聪者，又殴平人几死。见禁幸所殴者渐安，决不死矣。此中人多言于法有碍，不可带去，故辄牒虔州云。得明公书，令某遣还，多难畏事，想必识此心也。买公用人于法无碍，故仍旧带去。此二十余人，皆得力不作过，望不赐罪。穷途作事皆类此，惭悚不可言。已得二座船，不失所矣。幸不贻念。陋句数首，端欲发一笑耳。

【解题】

上数书作于元符三年（1100）底。苏轼北归至英州时，朱行中至，并遣数十徒为苏轼搬运行李。朱行中，名服，时为广州太守。朱行中曾因与苏轼交往而被贬海州团练副使蕲州安置。

与李端叔

某年六十五矣，体力毛发，正与年相称，或得复与公相见，亦未可知。已前者皆梦，已后者独非梦乎？置之不足道也。所喜者，海南了得《易》、《书》、《论语传》数十卷，似有益于骨朽后人耳目也。少游遂死于道路，哀哉！痛哉！世岂复有斯人乎？端叔亦老矣。迨云须发已皓然，然颜极丹且渥，仆亦如此尔。各宜闳啬，庶复相见也。儿侄辈在治下，频与教督之，有一书，幸送与。醉中不成字。不罪！不罪！

【解题】

本书作于元符三年（1100），信中对自己在海南的学术工作表示满意，并哀念秦观之死。

与知监宣义

某启。流落生还，得见君子，喜老成典刑，凛然不坠，幸甚。既不往谢，又枉手教，契好益厚。且审起居佳胜，感慰兼集。风便解去，瞻恋莫及。惟万万以时自重。匆匆，不宣。

【解题】

本书作于元符三年（1100）或建中靖国元年（1101）。知监宣义，生平不详。

答虔倅俞括

轼顿首资深使君阁下。前日辱访，宠示长笺，及诗文一编。伏读数日，废卷拊掌，有起予之叹。

孔子曰："辞达而已矣。"物固有是理，患不知之，知之患不能达之于口与手。所谓文者，能达是而已。文人之盛，莫如近世，然私所敬慕者，独陆宣公一人。家有公奏议善本，顷侍讲读，尝缮写进御，区区之忠，自谓庶几于孟轲之敬主。且欲推此学于天下，使家藏此方，人挟此药，以待世之病者，岂非仁人君子之至情也哉！

今观所示议论，自东汉以下十篇，皆欲酌古以驭今，有意于济世之实用，而不志于耳目之观美。此正平生所望于朋友与凡学道之君子也。然去岁在都下，见一医工，颇艺而穷，慨然谓仆曰："人所以服药，端为病耳，若欲以适口，则莫如刍豢，何以药为？今孙氏、刘氏皆以药显，孙氏期于治病，不择甘苦；而刘氏专务适口，病者宜安所去取，而刘氏富倍孙氏，此何理也？"使君斯文，恐未必售于世。然售不售，岂吾侪所当挂口哉，聊以发一笑耳。

进宣公奏议，有一表，辄录呈，不须示人也。余俟面谢，不宣。

【解题】

虔倅即虔州通判。信中指出作文的目的在于达理，在于济世之实用而不在于词藻的华丽。这是苏轼一贯的文学思想。

与陈公密二首

一

行役艰羁，托庇以济。分贶丹剂，拯其衰疾，此意岂可忘哉。其余言谢莫尽。令子昆仲，比辱书示，未暇修书，悚息！悚息！曹三班廉干非常，远送，愧感。二绝句发一笑。

二

穷途悽屑，获见君子，开怀抵掌，为乐未央。公既王事靡宁，某亦归心所薄，匆遽就列，如何可言。别后亟辱惠书，词旨增重。具审起居佳胜，感慰深矣。某已度岭，已无问鹏之忧，行有见蝎之喜。但远德谊，未忘鄙情。新春保练，以需驿召。

【解题】

此二书作于建中靖国元年（1101）正月。苏轼北行，陈公密遣曹三班相送，其情谊至厚，苏轼一再表示感谢。

与钱济明

某已到虔州，二月十间方离此。此行决往常州居住，不知郡中有屋可僦可典买者否？如无可居，即欲往真州、舒州，皆可。如闻常之东门外，有裴氏宅出卖，虔守霍子侔大夫言。告公令一干事人与问当，若果可居，为问其直几何，度力所及，即径往议之。俟至金陵，别遣人咨禀也。若遂此事，与公杖屦往来，乐此余年，践《哀词》中始愿也。张嘉父今安在？想日益不止。涂中闻秦少游奄忽，为天下惜此人物，哀痛至今。闻鲁直、无咎皆起，而公独为猘子所啮，尚栖迟田间。圣主天纵，幽部毕照，公岂久废者。惟万万宽中自爱。

【解题】

本书作于建中靖国元年（1101）正月，当时苏轼蒙赦北还，欲往常州居住，故托钱济明询购房屋。

与钱志仲三首

一

两日不见，渴仰兼怀。窃惟起居佳胜。昨日水东寻幽访古，颇有所得，恐欲知之。药方已领，感感。

二

流落晚涂，始获瞻奉，顾遇之重，有过平生。幸甚！幸甚！别来，伏惟起居佳胜。涨水遂失赣险，不觉到吉，皆德庇所及，其余未易一一道谢也。日远，后会未期，岂免怅恋。

三

某去此，不复滞留。至安居处，当缕细驰问，不敢外，辄用手启，恃深眷也。

乌丝当用写道书一篇，非久纳上。恶诗不足录也。事简客稀，高堂清风，有足乐者。想时复见念耶？

吉州幕柳致，与之久故，知其吏干过人，不能和众，多获嫌忌，然其实无他也。憔悴将老矣，念非大度盛德，孰能收而用之，试以众难，必有可观者。药有毒，乃能已疾，马不蹄啮，多拙于行，惟深念才难，勿责全也。若公遂成就之，此子极有可采，必为门下用。恃明照。僭言，死罪！死罪！

【解题】

此三书作于建中靖国元年（1101）正月。苏轼于困厄之中仍不忘推举有才之士，尤其是能宽容他们的某些缺点，确令人感动。

与朱行中

某启。近因还使上状，必已闻达。连雨凝阴，远想台候康胜。某蒙庇粗遣，已达虔州，少留，须水度赣，更半月行也。南海静治，有足乐者。想有妙唱，自南而北也。后会未期，万万自重。不宣。

与李端叔

某启。近托孙叔静奉书，远递得达否？比来尊体何如？眷聚各计康胜。某蒙恩复旧职，秩领真祠，世间美事，岂复有过此者乎？伏惟君恩之重，不可量数，遥知朋友为我喜而不寐也。今已到虔州，即往淮浙间居，度多在毗陵也。子由闻已归许，秉烛相对，非梦而何。一书乞便送与。余惟自爱。

与李亮工三首

一

某启。近辱书，承比日起居佳胜。仍示和诗，词指高妙，有起衰疲，幸甚！幸甚！某更旬日乃行，逾远，怅望。意决往龙舒，遂见伯时为善也。余惟万万以时自重。不宣。

二

伯固必频见，告致恳南华师，亦略道意。行役未休，疲厌甚矣，何时复见一洗濯耶？或转示此纸，幸甚！幸甚！

三

曾见伯固言，欲炼钟乳，果然否？告求少许，或只寄生者亦可。为两儿妇病，皆饵此得效也。陈公密来时，可附致否？

【解题】

上三书皆作于建中靖国元年（1101）正月。

与程德孺

近蒙专使至虔，远致时服寝衣之馈，寻附启布谢，必达。比日起居佳胜，眷爱各康健。某候水过赣，今方达南康军，约程，四月末间到真州。当遣儿子迈往宜兴取行李，某当泊船瓜洲以待之。不知德孺可因巡按至常、润，相约同游金山否？患难之余，老兄弟复一相聚，旷世奇事也。可不略喻及。余万万自重。

【解题】

本书作于建中靖国元年（1101）二月。时程德孺为两浙路监司，苏轼约其来会，以慰亲情。

答苏伯固

人至，辱书，承别后起居佳胜，感慰深矣。念亲怀归之心，何事可以易此，顾未有以为计，当且少安之。神明知公心如此，当自有感应。非久，见师是，当谋之。

某留虔州已四十日，虽得舟，犹在赣外，更五七日，乃乘小舫往即之。劳费百端，又到此。长少卧病，幸而皆愈，仆卒死者六人，可骇。住处非舒则常，老病唯退为上策。子由闻已归至颍昌矣。会合何日，万万保啬。

【解题】

本书作于建中靖国元年（1101）二月。信中感慨旅途艰险。苏伯固，名坚，苏轼任杭州太守时，苏伯固任杭州监税官，对疏浚西湖多有建议。

答虔人王正彦

辱信，承起居佳胜。沐馈遗，重增感灼。茗布领抹皆珍物，已捧领讫。今日与家人辈游东禅及景德，如相访，就彼亦可。

【解题】

本书作于建中靖国元年（1101）二月。

与李端叔

某启。阔别八年，岂谓复有见日！渐近中原，辱书尤数，喜出望外。比日起居佳胜。某已得舟，决归许，如所教。而长者遽舍去，深以为恨。见报，除辇运，似亦不恶。近日除目，时有如人所料者。则此后端叔必已信眉矣乎？但老境少安。余皆不足道。乍热，万万以时自爱。不宣。

【解题】

本书作于建中靖国元年（1101）三月，时苏轼北还渐近中原，将与友人会面，故极有兴致。

与宋汉杰二首

一

某初仕即佐先公，蒙顾遇之厚，何时可忘。流落阔远，不闻昆仲息耗，每以惋叹。辱书累幅，话及畴昔，良复慨然。三十余年矣，如隔晨耳，而前人凋丧略尽，仆亦仅能生还。人世一大梦，俯仰百变，无足怪者。唐辅令兄今复何在？未及奉书，因信略道区区。某只候水来即行矣。余留面尽。

二

前日裁谢草略，重烦问讯，眷意愈厚，感愧不已。仍审起居佳胜。宠赐新诗，词格甚美，伏读慰喜。但恨衰晚，无以当此嘉贶也。

【解题】

此二书作于建中靖国元年（1101）三月。宋汉杰，名子房，宋选之子。苏轼签判凤翔时，宋选为凤翔知府。三十年后再见汉杰，使苏轼感慨人生如梦。

与黄师是

子厚得雷，闻之惊叹弥日。海康地虽远，无瘴疠，舍弟居之一年，甚安稳。望以此开譬太夫人也。

【解题】

本书作于建中靖国元年（1101）三月。时苏轼闻章惇贬雷州司户参军，惊叹不已。章惇虽为苏轼政敌，而苏轼不以为快，反出同情之语，可见其心存仁厚。黄师是，名实，苏轼好友，时任淮南路监司。

与孙志举三首

一

某启。衰朽困穷，故人不遗，远辱临访，旅泊两月，勤厚至矣。明旦决行，料公必欲追饯。古语云："千里远送，归于一别。"而吾辈学道人，不欲有所留恋，况公去家往返已千里矣，慎勿更至前路舟次执手足矣。惟万万自重。不宣。

二

僧监大师行解高明，得数月相从，殊慰所怀。已曾告别，更不再诣，与志举为舟次执别，慎勿前去。浮屠不三宿桑下，尤忌牵联也。

三

煮菜羹已熟，奉待同啜了，往道场烧香，供小团，可速来。诗改一联补两字，重写纳去，却示旧本。

【解题】

前二书作于建中靖国元年（1101）三月底。孙志举，名勴，孙志康之弟，生平不详。志举于此年二月初来见苏轼，三月底相别；后一书当作于此二月内。

与南华明老

某流浪臭浊久矣，道眼多可，倾盖如旧，清游累日，一洗无余，幸甚！幸甚！专使惠手书，具闻别后法体安稳，为慰多矣。久留赣上待水，犹更旬浃。南望山门，驰神杳霭。更希若时为众保练。不宣。

与朱行中三首

一

某启。别后两奉状，想一一闻达。比日履兹春和，台候胜常。某滞留赣上，以待春水至，此月末乃发。瞻望怅惋。南海虽远，然雅量固有以处之矣。诗酒之乐，恨不日陪接也。更冀若时保练，不宣。

二

少事不当上烦，东莞资福长老祖堂者，建五百罗汉阁，极宏丽，营之十年，今成矣。某近为作记，公必见之矣。途中为告文安国，篆得阁额，甚妙。今封付去人。公若欲观，拆开不妨，却乞差一小心人赍送祖堂者。不罪！不罪！

三

某已得两舟，尚在赣石之下，若月末不至，当乘小舟往就之。买公用人以节级持所赍钱窜去，又以疫气多死亡者，以此求还。官舟无用多人，故悉遣回。皆以指挥严切，甚得力，乞知之。适少冗，驰问不尽区区。

答苏伯固

某凡百如昨，但抚视《易》、《书》、《论语》三书，即觉此生不虚过。如来书所谕，其他何足道。三复诲语，钦诵不已。寄惠钟乳及檀香，大济要用；乳已足剩，不烦更寄也。感愧之至。江晦叔已到。霍子侔往太和听命。三儿子皆促装登舟，未暇上状。《清晖亭记》，亦以忙未暇作，少间当为作也。令子疾，知减退，可喜！可喜！

【解题】

上五书皆作于建中靖国元年（1101）三月。

与郭功父二首

一

昨辱宠临，久不闻语，殊出意表。盖所谓得未曾有也。经宿起居佳胜。闲居致厚馈，拜赐惭感。只今上谒次，一肉足矣，幸不置酒。

二

某今日私忌，未敢上谒。辱诗和呈，为一笑。青皮一片，不以饷公，则无与尝者矣。

【解题】

此二书作于建中靖国元年（1101）四月。

答廖明略二首

一

远去左右，俯仰十年，相与更此百罹，非复人事，置之，勿污笔墨可也。所幸平安，复见天日。彼数子者，何故独先朝露；吾侪皆可庆，宁复戚戚于既往哉！公议皎然，荣辱竟安在？其余梦幻去来，何啻蚊虻之过目前也。矧公才学过人远甚，虽欲忘世而世不我忘，晚节功名，直恐不免尔。老朽欲屏归田里，犹或得见，蜂蚁之微，寻已变灭，终不足道。区区爱仰，念有以广公之意者，切欲作启事上答，冗迫不能就，惟深亮之。

二

衰陋之甚，惟有归田杜门面壁，更无余事。示谕极过当，读之悚汗。毗陵异政，谣颂蔼然，至今不忘。为民除秽，以至虿尾。吴越户知之，此非特儿子能言也。圣主明如日月，行遂展庆，众论如此。目昏不能多书，悚怍不已。

【解题】

此二书皆作于建中靖国元年（1101）四月。苏轼至此历尽沧桑，晚年心绪未免淡泊而消沉。廖正一，字明略，曾官常州，为吕和卿所陷害而废黜，后书所言“虿尾”云云即指此事。

与孔毅父三首

一

久不通问，计识其无他。北归所过，皆公之旧迹，或见清诗以增感叹。忽辱手书及子由家讯，穷涂一笑，岂易得哉！比日起居佳安，眷聚各康宁。仙舟想非久到阙，某当老江淮间矣。会合未期，万万自重。

二

中间常父倾逝，不能一奉慰疏，但荒徼一慨而已。惭负至今。承谕，子由不甚觉老，闻公亦蔚然如昔，不肖虽皤然，亦无苦恙。刘器之乃是铁人。但逝者数子，百身莫赎，奈何！奈何！江上微雨，饮酒薄醉，书不能谨。

三

日至阳长，仁者履之，百顺萃止。病发掩关，负暄独坐，醺然自得，恨不同此佳味也。呵呵。诲谕过重，乏人修写，乃以手简为谢。悚息。

【解题】

前二书作于建中靖国元年（1101）四月。苏轼北归过豫章，获孔平仲所寄子由家讯。孔平仲，临江新喻（今江西新余）人，又曾官九江，故苏轼云所过“皆公之旧迹”。后一书亦当作于此时。

与刘壮舆六首

一

某启。久阔，但有怀企，窃惟起居佳胜。便欲造门，以器之率入山，还当奉谒。谨奉启候问，匆匆，不宣。

二

某昨夜苦热减衣，晨起得头痛病，故不出见客，然疾亦不甚也。方令小儿研墨为君写数大字。旋得来教及纸，因尽付去。恐墓表小字中亦有题目，则额上恐不当复云墓表，故别写四大字，以备或用也。舍弟所作词，当续写去。人还，匆匆。

三

旦来枕上，读所借文篇，释然遂不知头痛所在。曹公所云，信非虚语。然陈琳岂能及君耶?

四

某启。辱手教，仍以茶箪为贶，契义之重，理无可辞。但北归以来，故人所饷皆辞之。敬受茶一袋以拜意。此陆宣公故事，想不讶也。仍寝来命，幸甚。

五

诗文二卷并纳上，后诗已别写在卷。后检得旧本，改定数字。

六

某疾虽轻，然头痛畏风也。承与李君同见过，不果见，不深讶否？悚息！悚息！来日若无风，当侵夜发去，更不及走别。一诗，取笑。

【解题】

上六书皆作于建中靖国元年（1101）四月间。时苏轼遇赦北归，过庐山时访刘壮舆。刘壮舆求苏轼为题其祖父墓表并书子由所作哀词，苏轼允之。刘壮舆，名羲仲，其父为苏轼友刘道原。

答苏伯固

住计龙舒为多，大盆如命取去，为暑中浮瓜沉李之一快也。《论语说》，得暇当录呈。源、修二老行当见之，并道所谕也。至虔州日，往诸刹游览，如见中原气象，泰然不肉而肥矣。何时得与公久聚，尽发所蕴相分付耶！龙舒闻有一官庄可买，已托人问之。若遂，则一生足食杜门矣。灯下倦书，不尽所怀。

答王幼安二首

一

索居八年，未尝一通问，每以惭负。屡得许下儿侄书云，比来亲族或断往来，唯幼安昆仲待遇加厚。闻之，感激。人来，辱书累幅，陈义慨然，如接古人语，信王谢风气传之有自也。老病强答，不复成语。不罪！不罪！

二

某初欲就食宜兴，今得子由书，苦劝归颍昌，已决意从之矣。舟已至庐山下，不久当获造谒。未间，冀若时保啬。

与刘器之

志仲本以乌丝栏求某录杂诗耳，某自出意，欲与写《广成子解》篇。舟中热倦，遂忘之，然此意终在也，今岂可食言哉！病不能作志仲书，乞封此纸去。

【解题】

上数书皆作于建中靖国元年（1101）四月。

与胡郎仁修三首

一

某启。得彭城书，知太夫人捐馆，闻问，哀痛不已。行役无便，未由奉疏。人至，忽辱手书。伏审攀慕之余，孝履粗遣，至慰！至慰！某本欲居常，得舍弟书，促归许下甚力，今已决计溯汴至陈留，陆行归许矣。旦夕到仪真，暂留，令迈一到常州款见矣。未间，惟节哀自重。不宣。

二

某慰疏言。不意变故，奄罹艰疢。伏惟孝诚深笃，追慕痛裂，荼毒难堪，奈何！奈何！比日攀号愈远，摧毁何及。伏惟顺变从礼，以全纯孝。某未获躬诣灵帷，临书哽咽，谨奉疏慰。不次。

三

小二娘知持服不易，且得无恙，伯翁一行并健。得翁翁二月书及三月内许州相识书，皆言一宅康安。亦得九郎书。二子极长进。今已到太平州，相次须一到润州金山寺，但无由至常州看小二娘。有所干所阙，一一早道来。余万万自爱。

【解题】

此三书约作于建中靖国元年（1101）四月或五月。胡仁修，生平不详，为苏轼女婿，其妻小二娘，即苏轼女。

与杜子师

某启。泗上为别，忽已八年，思企深矣。专人辱手书，承起居佳福，至慰。某已到仪真少干，当留旬日。舍弟欲同居颍昌，月末遂北上矣。非久会面，欣惬之极。人还，谨奉启。不宣。

【解题】

本书作于建中靖国元年（1101）五月。杜子师当时始知苏轼谪海南，欲举家以往，未及行而苏轼已北还，遂遣人往迎苏轼，苏轼作此书答之。

答李方叔二首

一

某启。比辱手教，迩来所履如何？某自恨不以一身塞罪，坐累朋友。如方叔飘然一布衣，亦几不免。纯甫、少游，又安所获罪于天，遂断弃其命，言之何益，付之清议而已。忧患虽已过，更宜掩口以安晚节也。不讶！不讶！

二

比年于稠人中，骤得张、秦、黄、晁及方叔、履常辈，意谓天不爱宝，其获盖未艾也。比来经涉世故，间关四方，更欲求其似，邈不可得。以此知人决不徒出，不有益于今，必有觉于后，决不碌碌与草木同腐也。迨、过皆不废学，可令参侍几砚。

【解题】

此二书皆作于建中靖国元年（1101）五月。苏轼在信中对门生亦因己而获罪深表愤恨，并深信他们虽不遇于时，而文采必显于后世。

与杨子微二首

一

某与尊公济甫，半生阔别，彼此发须雪白，而相见无期，言之凄断。尊公乃令阁下万里远来海外，访其生死，此乃古人难事，闻之感叹不已。辱书，具审起居佳安，尊公已下，各得安胜，至慰之极。某七月中必达颍昌矣。回驭少留，一须款见。余祝若时自重。

二

某与舍弟流落天涯，坟墓免于樵牧者，尊公之赐也。承示谕，感愧不可言。闻井水尝竭而复溢，信否？见今如何，因见，细喻。

【解题】

此二书作于建中靖国元年（1101）五月。杨子微，名明，杨济甫之子。杨济甫数年不得苏轼消息，便遣子微自眉山远赴海南访寻苏轼。苏轼“闻之感叹不已”，作书答谢。

与黄师是二首

一

某已决意北行，从子由居。但须令儿子往宜兴干事，舣舟东海亭下，以待其归，乃行矣。行期约在六月上旬，不知其时，使舟已到真否？或犹得一见于扬、楚间尔。穷途百事坎坷，望公一救之，亦参差如此，信有命也。犹欲仰干一事，为绝少挽舟人。四舟行淮汴间，每舟须添五人，乃济。公能为致此二十人否？乞裁之。可否，幸早示谕。此间亦可求五七人，公若致得十五人，亦足用。恃眷干挠，死罪！死罪！子由一书，乞便送与舟中，热甚，修问草略。不谨。

二

行计屡改。近者幼累舟中皆伏暑，自愍一年在道路矣，不堪复入汴出陆。又闻子由亦窘用，不忍更以三百指诿之，已决意旦夕渡江过毗陵矣。荷忧爱至深，故及之。子由一书，政为报此事，乞蚤与达之。

尘埃风叶满室，随扫随有，然终不可废扫，以为贤于不扫也。若知本无一物，又何加焉。有诗录呈：“帘卷窗穿户不扃，隙尘风叶任纵横。幽人睡足谁呼觉，欹枕床前有月明。”一笑！一笑！某再拜。

与子由弟

子由弟：得黄师是遣人赍来二月二十二日书，喜知近日安胜。兄在真州，与一家亦健。行计南北，凡几变矣。遭值如此，可叹可笑。兄近已决计从弟之言，同居颍昌，行有日矣。适值程德孺过金山，往会之，并一二亲故皆在坐。颇闻北方事，有决不可往颍昌近地居者。事皆可信，人所报，大抵相忌安排攻击者众，北行渐近，决不静耳。今已决计居常州，借得一孙家宅，极佳。浙人相喜，决不失所也。更留真十数日，便渡江往常。逾年行役，且此休息。恨不得老境兄弟相聚，此天也，吾其如天何！然亦不知天果于兄弟终不相聚乎？士君子作事，但只于省力处行，此行不遂相聚，非本意，甚省力避害也。候到定叠一两月，方遣迈去注官，迨去般家，过则不离左右也。

葬地，弟请一面果决。八郎妇可用，吾无不可用也。更破千缗买地，何如留作葬事，千万勿徇俗也。林子中病伤寒十余日，便卒。所获几何，遗臭无穷，哀哉！哀哉！

兄万一有稍起之命，便具所苦疾状力辞之，与迨、过闭户治田养性而已。千万勿相念，保爱！保爱！今托师是致此书。

【解题】

上三书作于建中靖国元年（1101）五月。时苏轼闻朝廷局势将变，为不受政治形势影响，决计不往颍昌与苏辙同住。苏轼年暮，愈觉宦海风波险恶，常思全身避害，故不愿为官，心情甚为悲凉。

答王幼安宣德启

俯仰十年，忽焉如昨；间关百罹，何所不有。顷者海外，澹乎盖将终焉；偶然生还，置之勿复道也。方将求田问舍，为三百指之养；杜门面壁，观六十年之非。岂独江湖之相忘，盖已寂寥而丧我。不谓某官，讲修旧好，收录陈人。粲然云汉之章，被此枯朽之质。欲其洗濯宿负，激昂晚节。粗行平生之志，少慰朋友之望。此意厚矣，我心悠哉。如焦谷牙，如伏枥马。非吹嘘之所及，纵鞭策以何加。藏之不忘，永以为好。

答王幼安

蒙示谕过重，虽爱念如此，然忧患之余，未忘忧畏，朋友当思有以保全之者，过实之誉，愿为掩讳之也。许暂假大第，幸甚！幸甚！非所敢望也。得托庇偏庑，谨不敢薰污。稍定居，当求数亩荒隙，结茅而老焉。若未即填沟壑，及见伯仲功成而归，为乡里房舍客，伏腊相劳问，何乐如之。余非面莫究。

【解题】

上二书作于建中靖国元年（1101）五月。时苏轼北归至金陵，王幼安欲将自己的住宅借予苏轼，苏轼作书感谢。

·答临江军知军王承议启

泮水受成，缪膺桑梓之敬；海邦画诺，又观枳棘之栖。多难百罹，流年半世。恍如昨梦，复见故人。伏惟知郡承议，居以才称，进由德选。渊源师友，旧仰郑公之高；歌咏风流，近传邵父之继。不忘畴昔，曲赐拊存。岂独怜衰朽而借余光，盖将敦风义以励流俗。感佩之至，笔舌难周。

与程德孺二首

一

某此行本欲居淮、浙间，近得子由书，苦劝来颍昌相聚，不忍违之，已决从此计，溯汴至陈留出陆也。今有一状，干漕司一坐船，乞早为差下，令且在常州岸下，候迈到彼乘来。切望留意早早得之，免滞留为幸。懿叔必常得信，令子新先辈必已赴任。未及书，因家信道区区。

二

告为买杭州程奕笔百枝及越州纸二千幅，常使及展手者各半，不罪！不罪！正辅知已到京，非久上状次。乞因信致恳。

答苏伯固

辱书，劳问愈厚，实增感槩。兼审尊体佳胜。今日到金山寺下，虽极艰涩，然尚可寸进，则且乘大舟以便幼累。必不可前，则固不可辞小艇也。余生未知所归宿，且一切信任，乘流得坎，行止非我也。离英州日，已得玉局敕，感恩之外，实荷余庇。

得来示，又知少游乃至如此。某全躯得还，非天幸而何，但益痛少游无穷已也。同贬死去太半，最可惜者，范纯父及少游，当为天下惜之，奈何！奈何！子由想已在巴陵，得宫观指挥，计便沿流还颍昌。某行无缘追及。昨在途中，风闻公下痢，想安复矣。

与钱济明

居常之计，本已定矣，为子由书来，苦劝归许，以此胸中殊未定，当俟面议决之。

示谕孙君宅子，甚感其厚意，且为多谢上元令侄，行见之矣。王、范二君处，皆当力言也。刘道人若能同济明来会，深所望。未敢奉书，且为致此意。裴家宅子果如何？

与李端叔

某本以囊装罄尽，而子由亦久困无余，故欲就食淮浙。已而深念老境，知有几日，不可复作多处。又得子由书，及见教语，尤切至，已决归许下矣。但须至少留仪真，令儿子往宜兴，刮刷变转，往还须月余，约至许下，已七月矣。去岁在廉州，托孙叔静寄书及小诗，达否？叔静云：端叔一生坎坷，晚节益牢落。正赖鱼轩贤德，能委曲相顺，适以忘百忧。此岂细事，不尔，人生岂复有佳味乎？叔静姻友，想得其详，故辄以奉庆。忝契，不罪！不罪！

【解题】

上六书皆作于建中靖国元年（1101）五月。

与章致平三首

一

某顿首致平学士。某自仪真得暑毒，困卧如昏醉中。到京口，自太守以下，皆不能见，茫然不知致平在此。得书，乃渐醒悟。伏读来教，感叹不已。

某与丞相定交四十余年，虽中间出处稍异，交情固无所增损也。闻其高年，寄迹海隅，此怀可知。但以往者，更说何益，惟论其未然者而已。主上至仁至信，草木豚鱼所知也。建中靖国之意，可恃以安。又海康风土不甚恶，寒热皆适中。舶到时，四方物多有，若昆仲先于闽客、广舟准备，备家常要用药百千去，自治之余，亦可以及邻里乡党。

又丞相知养内外丹久矣，所以未成者，正坐大用故也。今兹闲放，正宜成此。然只可自内养丹，切不可服外物也。舒州李惟熙丹，化铁成金，可谓至矣，服之皆生胎发。然卒为痈疽大患，皆耳目所接，戒之！戒之！某在海外，曾作《续养生论》一首，甚欲写寄，病困未能。到毗陵，定叠检获，当录呈也。所云穆卜，反覆究绎，必是误听。纷纷见及已多矣，得安此行，为幸！为幸！更徐听其审。

又见今病状，死生未可必。自半月来，日食米不半合，见食却饱，今且速归毗陵，聊自憩。此我里，庶几且少休，不即死。书至此，困惫放笔，太息而已。某顿首再拜。致平学士阁下，六月十四日。

二

《续养生论》乃有遇而作，论即是方，非如中散泛论也。白术一味，舒州买者，每两二百足，细碎而有两丝。舒人亦珍之。然其膏润肥厚，远不及宣、湖所出。每裹二斤，五六百足，极肥美，当用此耳。若世所谓茅术，不可用。细捣为末，余筋滓难捣者弃之。或留作香，其细末曝日中，时以井花水洒润之，则膏液自上，谨视其和合，即入木臼杵数千下，便丸，如梧桐子大。不入一物。此必是仙方。日以井花水咽百丸，渐加至三百丸，益多尤佳。此非有仙骨者不传。《续养生论》尤为异书，然要以口授其详也。

三

某再启。比来道气如何？用新术有验否？何生写真，逮十分矣，非公与子中指擿，亦不至是也。感服！感服！所云观音验已久，公何知之晚，丘诵之久矣。一笑！一笑！令侄节推甚安，幕中极烦他也。

【解题】

此三书皆作于建中靖国元年（1101）六月。时章惇被罢相，贬至海康，其子章致平留京口，闻苏轼北还，且为世人所重，乃作书求通旧好。苏轼以坦荡君子之心待之，毫不言及章惇之恶，反而惋言相慰，教以备药、养生之术，胸襟至为开阔，令人敬佩。章致平，名援，章惇长子，元祐三年，苏轼知举时录为进士。

与米元章八首

一

傅守会已罢而归矣，风止江平，可来夜话。德孺同此悬。

二

某启。两日来，疾有增无减。虽迁闸外，风气稍清，但虚乏不能食，口殆不能言也。儿子于何处得《宝月观赋》，琅然诵之，老夫卧听之未半，跃然而起。恨二十年相从，知元章不尽，若此赋，当过古人，不论今世也。天下岂常如我辈愦愦耶！公不久当自有大名，不劳我辈说也。愿欲与公谈，则实未能，想当更后数日耶？

三

某昨日归卧，遂夜。海外久无此热，殆不堪怀。柳子厚所谓意象非中国人也。宗伯遂弃世，当为天下惜。余非面莫尽。

四

某两日病不能动，口亦不欲言，但困卧尔。承示太宗草圣及谢帖，皆不敢于病中草草题跋，谨具驰纳，竢少愈也。河水污浊不流，熏蒸成病，今日当迁过通济亭泊。虽不当远去左右，且就活水快风，一洗病滞，稍健当奉谈笑也。

五

某食则胀，不食则羸甚，昨夜通旦不交睫，端坐饷蚊子尔。不知今夕如何度？示及古文，幸甚。谢帖既未可轻跋，欲书数句，了无意思，正坐老谬耳。眠食皆未佳。无缘遂东，当续拜简。

六

某启。岭海八年，亲友旷绝，亦未尝关念。独念吾元章迈往凌云之气，清雄绝俗之文，超妙入神之字，何时见之，以洗我积年瘴毒耶！今真见之矣，余无足言者。不一一。

七

某昨日饮冷过度，夜暴下，且复疲甚。食黄蓍粥甚美。卧阅四印奇古，失病所在。明日会食，乞且罢。需稍健，或雨过翛然时也。印却纳上。

八

某启。数日不闻来音，谓不我顾，复渡江矣。辱教，即承起居佳胜，慰感倍常。匆匆布谢。

【解题】

上数书皆作于建中靖国元年（1101）六月。苏轼北归至真州，在东园遇米芾，二人舟中夜话，盘桓多日，相互倾慕，尽露惺惺相惜之情。

与黄师是二首

一

比归江淮间，蒙四遣人坠教，且致家信，非眷念特深，何以及此。比日履兹畏暑，起居清胜。少御之除，未满公论，但朝廷正欲君子在内耳。行别展庆，未间，万万若时自重。

二

人来两捧教赐，具审起居康胜。仲子之戚，惟当日远日忘，想痛割肠，何所及。中年以后出涕，能令目暗，此最可惜，用鄙言，慎勿出一滴也。儿子之爱虽深，比之自爱其目，岂不有间，幸深念之。余惟万万为国自重。

【解题】

前书作于建中靖国元年（1101）六月。时黄师是奉召还朝，苏轼作此书贺之。后书不详何时作，系于此。

与子由弟二首

一

程德孺兄弟出银二百星相借，兄度手下尚未须如此，已辞之矣。德孺兄弟意极佳，感他！感他！数日热甚，舟中挥汗写此，不及作诸侄书，且伸意。夫人晚年，更且慎护，勿令少有疾，副子孙意。五郎妇，更与照管慰安之，便令五郎往般挈也。八郎续亲极好，但吾侪难自言，可托人与说。今师是已除太仆卿，恐遂北行，兄不能见；又恐其来省母苏州，若见，当令人探其意也。少留真，欲葺房缗，令整齐也。五娘、七娘近皆得书，与孙皆安。胡郎亦有书来，甚安，行见之矣。文九作书写字精好，无劳问讯。伯翁可喜，符亦卓卓，报二姊知。

二

吾兄弟俱老矣，当以时自娱，此外万端皆不足介怀。所谓自娱者，亦非世俗之乐，但胸中廓然无一物。即天壤夕内，山川草木虫鱼之类，皆吾作乐事也。

【解题】

前文作于建中靖国元年（1101）六月。信中道家常事，意气极诚恳。后信文字亦见于《与子明兄》中。

与傅质

某启。再辱示手教，伏审酷热，起居清胜。见谕，某何敢当，徐思之，当不尔。然非足下相期之远，某安得闻此言，感愧深矣。体中微不佳，奉答草草。

与参寥子

某病甚，几不相见，两日乃微有生意。书中旨意一一领，但不能多书历答也。见知识中病甚垂死因致仕而得活者，俗情不免效之，果若有应，其他不恤也。遗表千万勿刻，无补有害也。

【解题】

此二书作于建中靖国元年（1101）六月。

与陈辅之

某启。昨日承访及，病倦，不及起见，愧仰深矣。热甚，起居何如？某万里海表不死，归宿田里，得疾遂有不起之忧，岂非命耶？若得少驻，复与故人一笑，此又出望外也。力疾，书此数字。

【解题】

本书作于建中靖国元年（1101）七月。时苏轼病将不治，陈辅之来常州探视，苏迈未敢通报，苏轼作此信追而返之。陈辅之，丹阳人，苏轼任杭州太守时曾荐他为秀州学官。

与米元章

某一病几不相见，今日始觉有丝毫之减，然未能作书也。跋尾在下怀。

【解题】

本书作于建中靖国元年（1101）七月立秋日，批于其子苏过《与元章书》中。

与钱济明三首

一

某启。蒙示谕，昨日所得过矣。思无邪，吾子自有，老拙何为者。神药希代之宝，理贯幽明，未敢轻议，少留谛观，俟从者见临，乃面论也。妙啜见分，幸甚。所问已得其端，通缓颊否？不倦，日例见顾为望。

二

家有黄筌画龙，拔起两山间，阴威凛然。旧作郡时，常以祈雨有应，今夕具香烛试祷之。济明虽家居，必不废闵雨意，可来燔一炷香否？旧所藏画，今正曝凉之，只今来闲看否？

三

某一夜发热不可言，齿间出血如蚯蚓者无数，迨晓乃止，困惫之甚。细察疾状，专是热毒，根源不浅，当专用清凉药。已令用人参、茯苓、麦门冬三味煮浓汁，渴即少啜之，余药皆罢也。庄生云在宥天下，未闻治天下也，如此不愈则天也，非吾过矣。杨评事谩与一来亦佳，到此，诸亲知所饷无一留者，独拜蒸作之馈，切望止此而已。

【解题】

此三书皆作于建中靖国元年（1101）七月，时苏轼已为钱济明迎至常州毗陵，寓于孙馆，故时有往来。苏轼因年高远行，热毒加甚，卒于此月二十八日。末信所言即临终时病情。

与径山维琳二首

一

某卧病五十日，日以增剧，已颓然待尽矣。两日始微有生意，亦未可必也。适睡觉，忽见刺字，惊叹久之。暑毒如此，岂耆年者出山旅次时耶？不审比来眠食何似？某扶行不过数步，亦不能久坐，老师能相对卧谈少顷否？晚凉，更一访，惫甚，不谨。

二

某岭海万里不死，而归宿田里，遂有不起之忧，岂非命也夫！然死生亦细故尔，无足道者，惟为佛为法为众生自重。

【解题】

此二书作于建中靖国元年（1101）七月，为苏轼最后之书信。后书为诀别文字。径山寺在杭州，苏轼任杭州太守时，维琳即为住持。苏轼贬往海南时，杭州僧人皆向佛祷告，维琳亦在其中。

与外生柳闳

展如外生。人来得书，知奉太夫人康宁，新妇外孙各无恙。北归万里，无足言者，独不见我令妹、贤妹夫，此心如割。介夫何负，亦早世，念之痛不去心。数年岂贤隽厄会耶？相见，当一恸以写之。兹不一一。

【解题】

本书作于建中靖国元年（1101）。柳闳，字展玉，其父柳仲远为苏轼堂妹婿。

答陈传道

来诗欲和数首，以速发此介，故未暇。闲居亦有少述作，何日得见昆仲稍出之也。宫观之命，已过忝矣。此外只有归田为急。承见教，想识此怀。履常未及拜书，因家讯道区区。

与人二首

一

远枉书教，存问甚厚，兼审比来起居佳胜，慰感兼集。寄示石刻，仰佩至意。何时会合，少发所怀，临书但有慨叹。

二

某疲病加乏，使令辄用手启通问。恃公雅度阔略细谨耳，然亦皇恐不可言也。

与李端叔二首

一

子由近得书，度已至岳矣。养炼极有功，可喜！可喜！三儿子在此，甚安健，不敢令拜状。黄鲁直、张文潜、晁无咎各得信否？文潜旧疾，必已全愈乎？

二

某启。承谕，长安君偶患臂痛不能举。某于钱昌武朝议处传得一方，云其初本施渥寺丞者，因寓居京师甜水巷，见一乞儿，两足拳弯，捺履行。渥常以饮食钱物遗之，凡期年不衰。寻赴任，数年而还。复就曩居，则乞儿已不见矣。一日见之于相国寺前，行走如风。惊问之，则曰："遇人传两药方，服一料而能行。"因以其方授渥，以传昌武。昌武本患两臂重痛，举不能过耳，服之立效。其后传数人，皆神妙。但手足上疾皆可服，不拘男子妇人。秘之。其方元只是《王氏博济方》中方，但人不知尔。《博济方》误以虎胫为脑。便请长安君合服，必验。

朝云者，死于惠久矣。别后学书，颇有楷法。亦学佛，临去，诵《六如偈》以绝。葬之惠州栖禅寺，僧作亭覆之，榜曰六如亭。最荷夫人垂顾，故详及之。得此书后，幸作数字寄永递，仍取儿侄辈一书为幸。

答毕仲举

一

适辱从者临贶书教，礼意兼重，殆非不肖所堪。书词高妙，伏读增叹，病不能冠带，遂不果见，愧悚无地。

与钱济明三首

一

某启。忽闻公有闺门之戚，悲惋不已。贤淑令人久同忧患，乍失内助，哀痛何堪。人生此苦，十人而九，结发偕老，殆无而仅有也。惟深照痛遣，勿留胸次。令子哀疚难堪，惟当勉为亲庭节哀摧慕。本欲作慰疏，适旅中有少纷冗，灯下倦怠，不能及也。千万恕察。某若居住常，即自与公相聚；若常不可居，亦须到润与程德孺相见。公若枉驾一至金山，又幸也。

二

某启。人来，领手教及二诗，乃信北归灾退，并获此佳宠，幸甚！幸甚！又知诗人穷而后工，然诗语明练，无衰惫气，如季札者听之，亦有以知君之晚节也。比日起居佳胜。某此去不住滞，然风水难必期，又闲居难以远涉，须某到真遣人奉约，与德孺同来金山乃幸也。所怀未易尽言，并俟面陈。余惟万万自重。

三

某启。得来书，乃知廖明略复官，参寥落发，张嘉父春秋博士，皆一时庆幸，独吾济明尚未，何也？想必在旦夕。因见参寥复服，恨定慧钦老早世，然彼视世梦幻，安以复服为。闻儿子迨道其化于寿州时，甚奇特，想闻其详。乃知小人能坏其衣服尔。至于其不可坏者，乃当缘厄而愈胜也。旧有诗八首寄之，已写付卓契顺，临发，乃取而焚之，盖亦知其必厄于此等也。今录呈济明，可为写于旧居，亦挂剑徐君之墓也。钦诗乃极佳，寻本未获。有法嗣否？当载之其语录中。契顺又不知安在矣，吾济明刻舟求剑，皆可笑者也。

与黄敷言二首

一

某启。叠辱宠访，感慰兼集。晚来起居佳胜。来晨启行，以衰疾畏寒，不果往别，悚怍深矣。冲涉雨霰，万万保练。谨令儿子候违。不宣。

二

少事干烦，一书与惠州李念四秀才，告为到广州日专遣人达之，不罪。交代民师，且为再三致意。某再拜，不宣。

与陈承务二首

一

某启。倾盖一笑，慰喜殊深。奉违信宿，怀想不已。辱手教，且审起居佳胜。已到蒙里，承丈丈差借人轿，孤旅获济，感激不可言。愈远，万万若时自爱。

二

孤拙困踣，言无足取，足下独悦之。少年敏锐，所存如此，实增钦叹。然此事以临利害，不变为难也。

与李知县

某启。近奉状，必达。比日，伏计起居佳胜。旱势如此，抚字之怀，想极焦劳。旧见《太平广记》云，以虎头骨縋之有龙湫潭中，能致雨，仍须以长绠系之，雨足乃取出，不尔雨不止。在徐与黄试之，皆验，敢以告，不罪！不罪！某家在仪真，轻骑到此数日，却还般挈，须水通乃能至邑中拜见。倾企之甚。毒热，千万为民自爱。不宣。

【解题】

以上书信皆作于北归途中。

与叶进叔书

进叔足下。仆狷介寡合之人也。足下望其貌而壮其气，聆其语而知其心，握手见情素，交论古今，欢然若与之忘年焉，仆不自知何为而得此于足下也。

前日南归，草草不能道一辞。到家，秋气已高，窗户萧然，思与足下谈笑之乐，恍乎若相从于梦中，既觉而不知卧于虚榻也。行日，尝辱赠言，意勤辞直，读之使人恻恻动心。足下之所以知仆心者至矣，所以责善于朋友者亦至矣。而又凡所以为至之中有所不至者，仆得以尽之焉。仆闻有自知之明者，乃所以知人；有自达之聪者，乃所以达物。自知矣可以无疑矣，而徇人则疑于人；自达矣可以无蔽矣，而徇物则蔽于物。今足下自知自达而无可疑可蔽矣，岂仆所以得人与物之说耶？至以谓仆之交，不能把臂服膺以示无间，凡此者，非疑非蔽也，乃仆所以为狷介寡合者。足下顾不亮乎？夫投规于矩，虽公输不能之合。何则？方圆者殊也。杂宫以羽，虽师旷不能使之一。何则？缓急者异也。对辩以讷，遇刚以柔，虽君子不能以无争。何则？所性所操之不同也。足下聪明过人，无世事不通，独不知物理之有参差者乎？昔张籍遗韩愈之书，责愈以商论文字不能下气。夫以退之而未免，矧其下者乎？虽然，亦思而改之耳。恐足下未审此，聊复以书。

【解题】

苏轼在此信中为自己的“狷介寡合”之性格作了辩护，显示了苏轼独立特行的倔强个性。以下书信皆不详作年。

上吕相公

轼昨日面论邢夔事。愚意本谓邢鼻是平人，邢夔妄意其为盗杀之，苟用犯时不知勿论法，深恐今后欲杀人者，皆因其疑似而杀，但云“我意汝是盗”即免矣。公言此自是谋杀，若不勘出此情，安用勘司！轼归而念公言，既心服矣，然念近者西京奏秦课儿于大醉不省记中，打杀南贵，就缚，至醒，取众证为定，作可悯奏，已得旨贷命，而门下别取旨断死。窃闻舆议，亦恐贷之启奸，若杀人者得以醉免，为害大矣。轼始者亦以为然，固已书过录黄，再用公昨日之言思之，若今后实醉不醒而杀，其情可悯，可以原贷，若托醉而杀，自是谋杀，有勘司在。邢夔犯时不知，秦课儿醉不省记，皆在可悯之科，而邢夔臀杖编管，秦课儿决杀，似轻重相远，情有未安。人命至重，若公以为然，文字尚在尚书省，可追改也。

【解题】

吕相公即吕大防，曾任右正议大夫守尚书左仆射。此信论无意杀人判刑事。

谢张太保撰先人墓碣书

轼顿首再拜。伏蒙再示先人《墓表》，特载《辨奸》一篇，恭览涕泗，不知所云。窃惟先人早岁汩没，晚乃有闻。虽当时学者知师尊之，然于其言语文章，犹不能尽，而况其中之不可形者乎？所谓知之尽而信其然者，举世惟公一人。虽若不幸，然知我者希，正老氏之所贵。《辨奸》之始作也，自轼与舍弟皆有“嘻其甚矣”之谏，不论他人。独明公一见，以为与我意合。公固已论之先朝，载之史册，今虽容有不知，后世决不可没。而先人之言，非公表而出之，则人未必信。信不信何足深计，然使斯人用区区小数以欺天下，天下莫觉莫知，恐后世必有秦无人之叹。此《墓表》之所以作，而轼之所以流涕再拜而谢也。黄叔度澹然无作，郭林宗一言，至今以为颜子。林宗于人材小大毕取，所贤非一人，而叔度之贤，无一见于外者，而后世犹信，徒以林宗之重也。今公之重，不减林宗，所贤惟先人，而其心迹，粗若可见，其信于后世必矣。多言何足为谢，聊发一二。

【解题】

此书感谢张方平为撰苏洵墓碣，以及张方平对苏洵的知遇之恩。

上蔡省主论放欠书

轼于门下，踪迹绝疏。然私自揆度，亦似见知于明公者。寻常无因缘，固不敢造次致书，今既有所欲言，而又默默拘于流俗人之议，以为迹疏不当干说，则是谓明公亦如凡人拘于疏密之分者，窃以为不然，故辄有所言不顾，惟少留听。

轼于府中，实掌理欠。自今岁麦熟以来，日与小民结为嫌恨，鞭笞锁系，与县官日得千百钱，固不敢惮也。彼实侵盗欺官，而不以时偿，虽日挞无愧。然其间有甚足悲者：或管押竹木，风水之所漂；或主持粮斛，岁久之所坏；或布帛恶弱，估剥以为亏官；或糟滓溃烂，纽计以为实欠；或未输之赃，责于当时主典之吏；或败折之课，均于保任干系之家。官吏上下，举知其非辜，而哀其不幸，迫于条宪，势不得释。朝廷亦深知其无告也，是以每赦必及焉。凡今之所追呼鞭挞日夜不得休息者，皆更数赦，远者六七赦矣。问其所以不得释之状，则皆曰：吾无钱以与三司之曹吏。以为不信，而考诸旧籍，则有事同而先释者矣。曰：此有钱者也。嗟夫，天下之人以为言出而莫敢逆者，莫若天子之诏书也。今诏书且已许之，而三司之曹吏独不许，是犹可忍邪？

伏惟明公在上，必不容此辈，故敢以告。凡四十六条，二百二十五人，钱七万四百五十九千，粟米三千八百三十斛。其余炭铁器用材木冗杂之物甚众。皆经监司选吏详定灼然可放者，轼已具列闻于本府。府当以奏，奏且下三司，议者皆曰："必不报，虽报，必无决然了绝之命。"轼以为不然。往年韩中丞详定放欠，以为赦书所放，必待其家业荡尽，以至于干系保人亦无孑遗可偿者，又当计赦后月日以为放数。如此则所及甚少，不称天子一切宽贷之意。自今苟无所隐欺者，一切除免，不问其他。以此知今之所奏者，皆可放无疑也。伏惟明公独断而力行之，使此二百二十五家皆得归安其藜糗，养其老幼，日晏而起，吏不至门，以歌咏明公之德，亦使赦书不为空言而无信者。干冒威重，退增恐悚。

【解题】

文中因辖下二百余家无力交纳钱粮，请求予以赦免。蔡省主，生平不详。

上王刑部书

轼今日得于州吏，伏审执事移使湖北。窃以江陵之地，实楚之故国，巴蜀、瓯越、三吴之出入者，皆取道于是，为一都会。其山川之胜，盖历代所尝用武焉。其间吴、蜀、魏氏尤悉力争之。宋有天下，王师平高继冲，至于降孟昶，下周保权，又皆出此。其人才之秀，风物之美，有屈、宋、伍、祢之赋咏存焉。建节旄而使者，专有是土。其见倚之重，为吏之乐，岂细也哉。然执事处之，则未足贺。诚以执事之材力地望，宜进任于时，不宜任此。或者以谓蛮反，南方用兵，湖北邻也，宜择人抚之，故以属执事。使诚有是议，当出于庙堂，非愚所得知，所不敢臆定。所敢伏思者，人患材不足施，或不得施，岂以位之彼此大小为择哉。于执事之心，当亦若是，肆吾力充吾职而已，岂以位之彼此大小动吾意哉？固执事之所务也。不宣。轼再拜。

【解题】

此书不知作年。王刑部亦不详何人。

与程懿叔二首

一

某启。叠辱车骑，皇悚不可言。晚来起居佳胜。公诗清拔，范老奇雅。真一段佳事也。盛制必自有本，辄留范诗纳上。风色未稳，来日必未成行。不一一。

二

发勾承议，数日欲往谒，泥冻方甚，寸步艰阻，思企无量。辱教，且喜起居佳胜。子由省中试人锁宿，初一日方出，户侍之命，必辞免也。

与孙运勾

某启。脾能母养余藏，故养生家谓之黄婆。司马子微著《天隐子》，独教人存黄气入泥丸，能致长生。太仓公言安谷过期，不安谷不及期。以此知脾胃宁固，百疾不生。

近见江南老人，年七十二，状貌气力如四五十人。问其所得，初无异术，但云平生习不饮汤水尔。常人日饮数升，吾日减一合，今但沾唇而已。脾胃恶湿，饮少，胃强气盛，液行自然，不湿。虽冒暑远行，亦不念水，此可谓至言不繁。

闻曼叔比得肿疾，皆以利水药去之。中年以后，一利一衰，岂可数乎？当及今无病时，力养胃气。若土能制水，病何由生。向陈彦升云，少时得此病，服商陆、防己之类，皆不效，服金液丹，灸脐下，乃愈。此亦固胃助阳之意也。但火力外物，不如江南老人之术尔。姜桂辣药，例能胀肺，多为肿媒，不可服，有书以告之为佳也。

与杭守

某启。近有自浙中来者，颇能道杭人之语。数年饥馑，若非公，尽为鱼鳖蝼蚁矣。比公之去，涕慕殆不可胜，公何施而及此，钦仰！钦仰！闻俞主簿者，附少信物，如果为带得来，乞尽底送与范子礼正字。偶索得此冷债，信天养穷人也。呵呵。

不知信物果带得来？此中已打破瓮也。一噱！一噱！

与俞奉议

某启。回教，拜示先志，得见前人遗烈，幸甚！幸甚！又蒙分遗珍食，以荐冥福。在家出家，古有成言，有发无发，俱是佛子。公能均施凡陋，如斋佛僧，只此功德，已无边际。但恨檀越未送衬钱，是故老僧只转半藏。人还，聊此一噱。

与王子高三首

一

某启。多懒少便，久不奉状。儿子自北还，辱手书，且审起居佳安，为慰。游刃一邑，风谣之美，即自闻上，翘俟殊擢，以塞众望。会合未涯，伏冀倍万自爱。区区之祷。不宣。

二

某惊闻大郎监簿，遽弃左右，伏惟悲悼痛裂，酸苦难堪，奈何！奈何！逝者已矣，空复追念，痛苦何益，但有损尔。窃望以明识照之，纵不能无念，随念随拂，勿使久留胸中。子高高才雅度，此去当一日千里，以发久滞。愿深自爱，以慰亲友之望。无由面慰，临书哽塞。不一一。

三

率尔乱道，何足上石，有书可劝令罢也。若更刻却二红饭一帖，遂传作一世界笑矣。

与段约之

某启。辱书累幅，教以所不及，为赐大矣。某平生与公不相识，一见便能数责其过，此人与此语，岂可多得也。蜀江湍悍，卒夫牵挽，最为劳苦。若一一以钱与之，则力不能给，故不免少为此尔。事有疑似，人言良可畏，得公一言则已。无缘亲拜厚意，谨奉手启上谢。不宣。

谢唐林夫

数日不接，思仰可量。阴寒，伏惟起居佳胜。生日之礼，岂左右所当屈致。又辱高篇借宠，衰病，感悚并集。日夕走谢，奉启，不宣。

与何正通三首

一

某启。辱书，承起居佳胜。乡校淹留，然使徐之士子识文章瑰伟之气，非小补也。某又复西上，纷纷无补，甚愧朋友矣。乍冷，万万以时自重。不宣。

二

某启。张圣途来，稍闻动止为慰。退之所叹，乃今见之。大匠旁观，愧汗深矣。行役匆匆，不尽区区。

三

某启。忝命假守，出于奖庇，礼当诣谢，以衰病疲曳，不给于力，愧悚而已。乍热，起居佳胜，登舟迫遽，不果造谢，益增仰恋。尚冀顺时为国自厚。谨奉启，不宣。

与韩昭文

某启。违远旌棨，忽已数月。改岁，缅惟台候胜常。边徼往还，从者殊劳，日望马首。但迂拙动成罪戾，恐不能及见公之还而去尔。余寒，伏冀为国自重。因任秘校行，谨奉启参候。不宣。

与毛维瞻

岁行尽矣，风雨凄然。纸窗竹屋，灯火青荧。时于此间，得少佳趣。无由持献，独享为愧，想当一笑也。

与滕兴公二首

一

某久当废逐，今荷宽恩，尚有民社，又闻风土不甚恶，远近南北亦无所较，幸不深念。示喻《坛记》，新以文字获罪，未敢秉笔也。匆遽，不尽区区。

二

近晚访闻一事，请贷粮者几满城郭，多请不得，致有住数日所费反多于所请者。吾侪首虑此事，非不约束，而官吏惰忽如此，盖有司按劾之过也。切请兴公速为根究。为邑官告谕期会不明耶？为仓官不早入晚出、支遣乖方所致耶？切与根究取问施行。病中闻之，甚愧！甚愧！某手启。

与苏子容三首

一

久不奉状，疏慢之罪，尚蒙宽恕否？即日起居佳胜。承已新拜命，虽未即大用，舆议尚洋然，沮劝有法，足以赪汗奸谀，鼓勇忠义，非小补也。某蒙芘如昨，但久不闻谈诲，僻郡，亲友莫至，日以顽鄙矣。渐冷，惟冀为国自重，不宣。

二

适见人言，宗叔坠马，寻遣人候问门下，又知有少损，不胜忧悬，又不敢便上谒。家传接骨丹，极有神验，若未欲饮食，且用外帖，立能止痛、生肌、正骨也。匆匆奉启，不宣。

三

颖师书数纸，得之惊喜，雏猊奋鬣，已降老彪矣。冗中未及作书，勿讶！勿讶！

与张嘉父六首

一

某启。都下纷纷，不遂款奉，别来思渴深矣。比日起居何如？某凡百粗遣，汝阴僻陋，但一味闲，真衰病所乐也。合会未期，千万保重。不宣。

二

某启。今日与嘉父道别，浩然笑仆醉后草书，虽不通他心，信手乱书，亦有祸福也。公少年高才，不患不达，但志于存养，孟子所谓“心勿忘勿助长”者，此当铭之坐右。世人学道，非助长也，则忘而已矣。仆少时曾作《杂说》一首送叔毅，其首云“曷尝观于富人之稼者”是也，愿一阅之。承过听，见语甚重，不敢不尽。

三

某启。君为狱吏，人命至重，愿深加意。大寒大暑，囚人求死不获；及病者多，为吏卒所不视，有非病而致死者。仆为郡守，未尝不躬亲按视。若能留意于此，远到之福也。

四

某启。君年少气盛，但愿积学，不忧无人知。譬如农夫，是穮是蓘，虽有饥馑，必有丰年。敢以为赠。

五

某启。公文章自已得之于心，应之于手矣。譬之百货，自有定价，岂小子区区所能贵贱哉。“潜虽伏矣，亦孔之章。”足下虽欲不闻于人，不可得。愿自信不疑而已。

六

某启。借示赋论诸文，遂得厌观，殊发老思。西汉一首尤精确。文帝不诛七国，世未有知其说者，独张安道尝言之于神考，其疏，人亦莫之见也。今公所论，若合符节，非学识至到，不能及此。仰钦！仰钦！

与鲁元翰二首

一

某启。元翰少卿，宠惠谷帘一器、龙团二枚，仍以新诗为贶，叹咏不已，次韵奉谢。

岩垂匹练千丝落，雷起双龙万物春。此水此茶俱第一，共成三绝鉴中人。通前共三篇矣。可与一碗豉汤吃。呵呵。

二

公昔遗予以暖肚饼，其直万钱；我今报公，亦以暖肚饼，其价不可言。中空而无眼，故不漏；上直而无耳，故不悬。以活泼泼为内，非汤非水；以赤历历为外，非铜非铅；以念念不忘为项，非解非缚；以了了常知为腹，不方不圆。到希领取，如不肯承当，却以见还。

答安师孟书

辱书，为贶过厚。吾子自以美才积学，取荣名于当时，所宜德者，平生之师友，朝夕相与讲学者也，如轼何与焉。然吾子之于轼，其得失休戚，轼所宜知。何者？其势足以相及也。向也，闻七子者之失，恍然如轼之有失也。既乃闻吾子之得，则亦如轼之有得也。今吾子书来，以为自为喜者少，而为轼喜者多，甚矣吾子之见爱也！然彼七子者，岂以一失为戚哉。彼将退治其所有，益广而新之，则吾犹有望焉。若吾子既得不骄，而日知其所不足，则轼之所得，又将有大者也。

答杨礼先三首

一

新岁，日欲往见，纷纷未由。辱简，承尊体已安复，感慰兼集。厚贶狨皮、石砚、蜡烛，物意两重，不敢违命，但有愧灼。

二

话别草草，惘然不已。信宿起居佳胜，明日果成行否？拙诗，聊发一笑。

三

久阔暂聚，喜慰不可言。但苦都下纷纷，不尽款意。别来思仰增剧。亟辱手教，承已到郡，起居康福，眷爱各无恙。寄示石刻，暴扬鄙拙，极为悚怍。衰病怀归，又复岁暮，牢落可知。切想坐颍之余，日与知旧往还，此乐可羡也。

答王庄叔二首

一

远辱教书，具道三十年前都下与先人往还，伏读感涕。仁人念旧，手简见及，足矣。书辞累幅，礼意庄重，此何过也。伏审斩焉在疚，哀慕之余，起居如宜。某罪废远屏，有玷知识，重蒙奖饰，衰朽增光。会合未期，尚冀节哀自重。

二

某多病杜门，人事都绝，懒习已成，笔砚殆废。承长笺宠贶，裁谢荀简，愧负深矣。黄茅海瘴正坐于秋。蒸暑麾汗，不能尽意，恕之。

与寇君

经宿雨凉，起居佳胜。昨辱迂顾，稍闻余论，退想忠愍之英烈，有概乎中。衰病不出，无缘上谒，少选解去。惟万万自重。

与李商老

轼启。昨日辱访，且惠书教，适病，未能读，晨起乃得详览。阅味再三，悲喜兼怀，知德叟有子不亡也。未能往谢，但写得墓盖大小两本，择而用之可也。病倦，裁谢草草。

与范子功

轼启。早来不及款语。辱教，承起居佳胜。二合承借，感感，不宣。轼再拜子功侍郎兄。廿五日。

与范纯夫

轼启。辱教，伏承起居佳胜。示及文字及缗物，物领如数。匆匆，复白不一一。轼再拜纯夫侍讲足下。廿五日。

与家退翁

轼启。数日斗寒，尊体佳否？来日谒告一日，与公略会话，幸访临早食也。不宣。轼再拜退翁朝散年兄。廿三日。

与滕达道四首

一

某慰言。不意祸故，奄及闺阁，闻问怛然，悲惋不已。窃惟恩义之重，哀痛难堪。日月如昨，屡易弦望。追恸无及，触物增感。奈何！奈何！未由躬诣吊问，临纸哽塞。谨奉疏陈慰。谨疏。

二

某启。惊闻郡封倾逝，悲怆无量，恨不躬往慰问，但以至理宽譬左右也。平日学道，熟观真妄，正为今日。但当审察本心，无为客尘幻垢所污，况公望重中外，今者人物雕丧，耆老殆尽，切须自爱。若使缠绵留恋，不即一刀两段，乃是世俗常态，非所望于杰人也。愿三复此语而已。余非面能尽。

三

某以馆伴北使半月，比出，方闻公有闺中之戚。慰问后时，本欲别作令子昆仲慰疏，秦君行速，作书未及，惟千万节哀以慰亲意也。相次别奉状。

四

前日得观所藏诸书，使后学稍窥家传之秘，幸甚。恕先所训，尤为近古。某方治此书，得之颇有开益。拜赐之重，若获珠贝。老朽不揆，辄立训传，尚未毕功，异日当为公出之。古学崩坏，言之伤心也。

与李伯时

辱手示及惠新酝，感愧殊深。即日起居佳胜。《洗玉池铭》，更写得小字一本，比之大字者稍精。请用陈伯修之说，更刻于石柱上为佳。人还，奉谢。

与李公择二首

一

某启。逆风数日，为左右滞留，而孤旅蒙幸多矣。但以多别，得一见风度，亦不复以别去为戚也。比日，伏惟起居佳胜。小舟阻风浪，罄室此依，又费照遣矣。古帖纳上，余万万善爱。不宣。

二

某启。两日连见，匆匆竟何言。暄和，起居何如？夷中送王徐州诗，有见及语。方是时，人以相识为讳，欲一见面道此为笑，竟不见，可太息也。适所白，是宗人棫，雅州幕。不一一。

与张正己

特承访别，愧企良深。晴寒，起居安胜。宝月书信并念二侄一书，烦从者附行，不讶！不讶！正寒冲冒，千万加爱。

与赵仲修二首

一

疮病不往见，而仁人敦旧，屡承车马，感愧不可言。雨凉，切惟起居佳胜。旦夕当获面谢。

二

公清贫，更烦辍惠羊边，谨以拜赐，使我有数日之饱，公亦乃无浃旬蔬食耶？一噱。

与家复礼

前日辱访别，怅恋不已。阴寒，起居佳否？送行诗别写得一本，都胜前日书者。复纳去。远道，万万自重。

与王正夫朝奉三首

一

递中辱书，人至，复枉手示，并增感慰。即日起居如宜。襄事薄遽，哀苦至矣。无由助执绋。临纸惋叹，尚冀宽中毋毁，以就远业。

二

大年哀词，恨拙讷不尽盛德，聊塞孝心万一。何日西行，倾想之极。曹子方因会，致区区。

三

惠示志文，伏读感叹。拙词何足刻石，愧愧。子方见过，闻动止为慰。余非面莫究。

答史彦明主簿二首

一

别后冗懒相因，不果上问，愧企增剧。远辱书教，感服深矣。比日起居何如？衰病怀归，请郡未得。何时展奉，少道菀结。岁晚厚爱，少慰区区。

二

新宁想未赴上前所欲发书，至时可示谕也。程懿叔去后，旅思牢落，闻已到郡矣。寄惠秋石，极感留意。新春，龙鹤菜根有味，举箸想复见忆耶？

与钱穆父十首

一

某启。久以使客纷纷，不奉书，愧仰不可言。辱手教，且审台候胜常。爱子襁负夭丧，想深痛割，惟深照浮幻，一洗无益之悲，至望！至望！

二

久别倾企。辱书，乃知舟御在此，起居佳胜。甚欲少留以须一见，而舟人以潮平风正，当速过，遂且渡。承谕，当复来会，岂当重烦从者。匆匆，不宣。

三

尊丈台候计安。闻甚乐会稽，不知有书见赐否？某又上。

四

轻大江，重相别，谁如君者。此意岂可忘耶？然迫夜涉险，悔不坚留君一宿也。二轴谩写数字，付来□，乍远，千万保爱。不一。

五

亲情柳子立秀才，寓居属部，或去相见，略望与进，幸甚。

六

辱简，承起居佳胜。示谕容面白，正苦暑不能坐。近夜稍凉，访及为幸，不一。

七

奉书不数，然日闻动止，以慰饥渴。比来台候胜常，秋高诸况必佳。太闲逸否？某五鼓辄起，平明亦无事，粗得永日啸咏之乐。今日重九，一尊远相属而已。新诗必多，幸寄示。乍冷，千万为国自重，不宣。

八

两日不接奉，思仰不可言。雨冷，起居佳安。昨日小诗与通叔为戏，重烦属和，感服可量。来日无会，可于何处相聚，退之所谓“此日足可惜”，愿未遽相别也。不一。

九

此中近忽有一人，能画山水，极可爱。本无人知，仆始擢之。居人过客，争求其笔，遂渐艰难，异时必为奇物也。今将一轴奉献，如要六幅图，但与一匹细画绢，钱两千省，便可也，于轼犹未敢劣也。轼又上穆父内翰兄执事。

十

适承见访，偶出，岂胜怅然。新茶少许纳上，幸俟至事空，当往同啜也。轼启上穆父内翰兄执事。

与张安道

雪后苦寒，远想燕居恬适，台候胜常。某以独员冗迫，久缺上问，荷蒙矜恕。岁律行尽，展奉何时，尚冀顺时保颐，益永眉寿。下情祷颂之至，不宣。

与蒋公裕

轼启。近别，想体中佳胜。田事想烦经画，今遣侄孙赍钱赴州纳。有所买牛车等钱，本欲擘画百缗足，今只有省陌，请收检支用。如少，不过来年正二月，续得面纳也。余惟万万自爱，不宣。

轼顿首公裕蒋君良亲足下。十月十二日。

与杜道源四首

一

京酒一壶，送上。孟坚近晚必更佳。轼上道源兄。十四日。

二

大人令致恳，为催了《礼书》，事冗未及上问。昨日得宝月书，书背承批问也。令子监簿必安胜，未及脩染。轼顿首。

三

道源无事，只今可能枉顾啜茶否？有少事，须至面白，孟坚必已好安也。轼上。恕草草。

四

令子所示，专在意来日，相见即达之，但未必有益也。辄送十缗省为一奠之用。难患流落中，深愧不能展毫末也。不罪！不罪！轼手启。

与康叔朝议

再辱手教，承起居清胜。今日风大，明日禁江，皆当走见。

适会侄婿后日行，来日已约数客酌饯，咫尺不得一往，愧负深矣。所要重写诗，已一依来命，别写去，不知中用否？大字写未及，乞恕察。

与徐得之二首

一

轼春时病眼，不能开眉。黄梦轩旧事露，足下想已知之。葛明塘添情告府，昨求于仆，此事不知钱君锡肯为一解不？若果，庶不难耳。日来，园中桃李颜色无尘，同辈应移坐雪堂前，可作一绝，强支岁月，何如？仆夜梦中，有一杭人多惠龙团几斛，尽皆一时饮之，请解意何也？昨周澹闲见访，送二水底，余遂书《落花》诗二首暂酬。轼上得之。三月十六日。

二

小儿蒙下问，未暇上状，不罪。宗人过望，皆公之赐也。叨恩！叨恩！公不能无愧，更为多致谢恳也。

与徐安中

宠禄过分，烦致人言，求去甚力，而圣主特发玉音，以信孤忠，故未敢遽去，然亦岂敢复作久计也。老兄淹留如此，终不能少为发明，愧负何已。宛丘春物颇盛，牡丹不减洛阳，时复一醉否？辱书，伏承起居佳胜，知辞还，少缓思仰，日劳贤者，当进而久留，不肖当去而不可得，两失其安，可胜叹耶？人还，匆冗不宣。

与曾子开

经宿起居佳胜。来日欲同钱穆父略到池上扈驾，还便往，公能来否？别无同行。穆父甚喜公来，可携帽于凉伞行也。可否，示谕。不宣。

与邓圣求

别来思仰益深，到郡即欲上问，因循至今。辱书教，感怍无量。履兹薄冷，台候康胜。瞻望咫尺，莫由际集。尚冀顺时为人自重。

与范中济

轼启。数日不接奉，渴仰殊深。承旦夕进发，治装劳矣，台候何似？拙诗纳上，备数而已，愧悚之至。留别之作，敢请一本，即诣违次，不宣。轼再拜中济侍郎经略公阁下。

与人

疾疫方行，家人皆病，老躯亦自昏惫也。儿子方合药救疗。不果往见许君，且为致意。疲倦，不别简，不罪！不罪！

知几日成行？已迁舟未？轼又白。

与黎子云

承要墨戏，须醉乃作，今已断酒矣。然数百幅间，只择得一二得意者。续当转求为赠。轼启。

苦雾收残文豹别，怒涛惊起老蟠。

与处善宣德

轼启。昨日辱延顾，愧感！愧感！改旦，伏惟福履胜常。田账不知取得未？幸为督之，得早见果决为佳。船久留，恐不便耳。不罪！不罪！轼再拜处善宣德年兄。一日。

答弓明夫

轼启。去岁途中暂聚遽别，可胜怅仰。远辱手教，感慰殊深。比日起居佳胜。轼衰病增剧，不堪繁会，适值艰难之岁，未敢别乞闲处，勉强度日，坐候汰逐耳。未由展奉，惟冀顺时为国自重，不宣。

轼再拜明夫提刑朝散阁下。六月十六日。

令子先辈叠辱宠临，终不克款奉，后会未期，临纸黯然。惟侍奉外多爱，以就远业。轼附白。

所要文字，为连日人客，不暇续写得纳去也。

与王仲志

某顿首启。数日接武，甚幸。辱简，伏承节后起居增胜。庆成新句，诸儁殆难继矣。拙句又謾呈。甚愧不工。匆匆，不宣。

与郭廷评二首

一

轼启。辱教，具审孝履支持，承来日遂行。适请数客，未得走别。来晨如不甚早发，当诣见次。梅君书，写未及，非久差人去也。李六丈近遣人赍书去，且为致恳。酒两壶，以饮从者而已。不宣。

轼再拜至孝廷评郭君。三日。

二

轼启。日以无聊，又微恙在告，不及上谒。辱教，承孝履支持。船已令到淮扬，仍却乘载还本州。若欲至汶上，候回日别出文字。无缘诣别，惟节哀自重。谨奉启。不宣。

轼再拜至孝廷评郭君。十二日。

与郭澄江

轼损启。杜门自放，养成顽懒。咫尺高谊，书问不通，愧怍可量也。辱书，承起居清胜。杜兄处闻诸况甚详，深慰下怀，然忽有归意，何也？优游卒岁，何所非乐地，幸少安之。得卿守书，亦欲君留也。乍暄，万万。自重病起，奉问草草，不宣。

轼再拜长官郭君阁下，三月十九日。

与子厚

轼启。前日少致区区，重烦诲答，且审台候康胜，感慰兼极。归安丘园，早岁共有此意。公独先获其渐，岂胜企羡。但恐世缘已深，未知果脱否耳？无缘一见少道宿昔为恨。人还布谢，不宣。

轼顿首再拜子厚宫使正议兄执事。十二月廿七日。

与质翁

轼启。近人回，奉状必达。比日履兹春候，岂弟之化，想已信服，吏民坐啸之乐，岂有涯哉！无缘陪接，但深驰仰。尚冀若时保练，少慰区区，不宣。

轼再拜质翁朝散使君老兄阁下。正月廿四日。

与若虚总管

轼奉寄若虚总管贤弟。比因苏兵回，附书，必澈矣。秋气渐凉，伏想动履之胜，贵聚均庆。轼干阙方下，三数日或闻，成在旦暮耳。续公时有美言，必称吾弟，相祷外除了须有意思。光远每见宾客盈坐，不曾得发一语也。相望三数舍，莫能瞻晤，临风浩然。益冀眠食增爱，不宣。轼书奉若虚总管贤弟。

与伯原

轼启。盛制《东都赋》，旧于范子功处得本，诸公传玩，几至成诵，非独不肖区区仰服也。示喻欲令作跋尾，谨当如教，顾安能为左右轻重耶！适苦冗迫，少暇当作致之。轼再拜伯原先生足下。

与张秘校

报恩院主才公，近有书来茶来，犹以记文为言。仆为忧患所扰，几不能脱，正坐作文字耳。已燔笔砚，不复作一字矣，且为道此意，石观音记特烦寄示，岂敢作也，千万，察之。

与董长官

轼启。近者经由获见，为幸。过辱遣人赐书，得闻起居佳胜，感慰兼极。忝命出于余芘，重承流喻，益深愧畏。再会未缘，万万以时自重。人还，冗中，不宣。轼再拜长官董侯阁下。六月廿八日。

与公仪大夫二首

一

某启。前日得邂逅正孺坐中，殊慰久阔思仰之意。辱教，具审履兹新春，起居胜常。

借示《易解》，略读数篇，已深欢服。斯文如精金美玉，自有定价，非人能高下。过蒙示谕，但有惭悚。然近日亦粗留意。此书常患不能尽通，得此全编，为赐甚重，且乞暂借，反复详味，庶几有所自入。无缘面谢，匆匆奉启。

二

兼已治行，何日进发，尚冀复一见尔。公潜心如此，而世不甚知，以此知蔽善真流俗之公患耶？某向者玷累知识，则有之矣，安能为公轻重，临书大息。

与陈殿直

轼启。远蒙惠书，甚荷勤意，比日起居安否？盛年不出从官，竭力报恩，但眷恋乡井，何也？新年宜早赴部，切祝！切祝！惟顺时自爱不一。轼顿首殿直陈君足下。十二月二十九日。

与吴先辈

轼启。适辱访别，岂胜怅然。知只今就道，无暇往见，后会

未期，千万珍爱！珍爱！药数品，可备途中服食，不一！不一！轼顿首先辈吴君足下。十一月十一日

与李无悔

某启。久留浙中，过辱存顾，最为亲厚。既去，又承追饯最远。自惟衰拙，众所鄙弃，自非风义之笃，何以至此。既别，但有思咏。两辱书教，具审起居佳胜。今岁科举，闻且就乡里。承示喻，进取之意甚倦，盛时美才，何遽如此，且勉之，决取为望。新文不惜见寄。未缘集会，惟万万自重。不宣。

答汉卿

某启。辱教，承起居佳胜为慰。知不久入城，遂当一见，何幸如之。地黄煎已领，感怍。适自局中还，热甚，懑塞。奉书。地黄煎蒙寄惠，极佳。姜蜜之剂，甚适宜也。仰烦神用，愧感不可言。

与何浩然

人还，辱书，且喜起居佳胜。写真奇妙，见者皆言十分形神，甚夺真也。非故人倍常用意，何以及此。感服之至。所要诗，稍暇作写去。双幅已令蜀中织造。至，便寄纳。未即会见，千万珍重。

与道甫

昨日特蒙不外鄙拙，袖出盛文相示，辞赡格老，览之令人亹亹忘倦。非大手笔未易至此，受教良多。不敢擅为巾笥之藏，谨令人归纳文府。伏乞视至。未审从人何日成行？亦须示谕。

与景倩

昨日辱访，大慰久渴。经宿起居佳胜。食已，本欲奉谒，适陈季常来，故且已。众客颇怀公高论，可能只今一访否？礼不当尔，意公期我于度外也。

与人

累日欲上谒，竟未暇。辱教，承足疾未平，不胜驰系。足疾惟葳灵仙、牛膝二味为末，蜜丸，空心服，必效之药也。但葳灵仙难得真者，俗医所用，多藁本之细者尔。其验以味极苦，而色紫黑，如胡黄连状，且脆而不韧，折之，有细尘起，向明视之，断处有黑白晕，俗谓之有鸲鹆眼。此数者备，然后为真，服之有奇验。肿痛拘挛皆可已，久乃有走及奔马之效。二物当等分，或视脏气虚实，加减牛膝，酒及熟水皆可下，独忌茶耳。犯之，不复有效。若常服此，即每岁收槐皂荚芽之极嫩者，如造草茶法，贮之，以代茗饮。此效，屡尝目击。知君疾苦，故详以奉白。元素书已作，稍暇，诣见。

与监宫二首

一

远枉书教，存问甚笃。审比来起居佳胜，感慰兼集。寄示石刻，仰佩至意，何时会合，少发所怀，临书但有慨然，秋冷，更望以时自重。

二

早岁荷先公深知，至熙宁中相见都下，得闻其约论，所以上补君相者非一，但人不知耳。不然者，某岂敢骤以一书深言哉！

近见朝廷推恩赐谥，则先公忠诚已自表见于后世，若此书不出可也。然因此以知足下存心如此，则先公为不亡矣。览之悲喜。适会有少冗，作书不能尽区区。非久，当别上问也。

与知县

轼启。江上邂逅，俯仰八年，怀仰世契，感怅不已。辱书，且审起居佳胜。令弟、爱子各康福。余非面莫既。人回，匆匆，不宣。轼再拜知县朝奉阁下。

与知郡

轼启。自闻下车，日欲作书，纷冗衰病，因循至今。叠辱书诲，感愧交集。比日起居佳胜，未缘瞻奉，伏冀以时保练。不宣。轼再拜知郡朝奉阁下。十一月二十三日。

与友人

汝阴之别，忽十余年，不谓复此会合，增感叹也。书教累幅懃重，愧佩厚意，乏人裁写，手简草略，恕之！恕之！轼再拜。

与友人

曹潜夫得三舟，许为多载米来，不敢指定石数，但请问潜夫，看可带多少，即依数发来。切望留意，少济都下所阙也。丁卯年租米数，且便一报。为冗迫，不及写单家兄弟书，且致意致意。轼又上。

兼托曹潜夫买少漆器，仍于公裕处支钱，乞依数付与。诸事不免一一喧聒。向时侄孙带不尽米，知寄在强景仁家，如未曾寄与人来，可便付潜夫也

与友人

知君贫甚，仆亦久客乍到，未有以相济。只有五两银短二钱，且助旦夕薪水之费，不罪！不罪！舍弟想旦夕过彼也，忙甚，不悉。轼又上。

与 友 人

寄示墨竹、草圣，皆极妙，所谓亹亹逼人。并示长生匮法，仆亦传得此方久矣。但未暇养炼，常有从理入口之忧，所谓面上桑叶气，非所患也。松滋王令，邂逅一见，好学佳士也。辄托附书，适值数亲□冗迫，未暇详悉。续附递次，不宣。轼顿首。

墨竹与石，近又变格，别觅便寄去次。

与 友 人

轼再启。久留叨恩，频蒙馈饷，深为不皇。又辱宠召，不克赴，并积惭汗。惟深察！深察！轼再拜。

宣猷丈丈，计已屏事斋居，未敢上状。至常，乃附区区。轼惶恐。

与 友 人

子由亦曾言方子明者，他亦不甚怪也。得非柳中舍已到家言之乎？未及奉慰疏，且告伸意。意柳丈昨得书，人还，即奉谢次。知壁画已坏了，不须怏怅。但顿著润笔，新屋下，不愁无好画也。

与友人

承寄手教，疑昔者天涯流落之语，真可怪也。然此等亦不足深考，事亦有偶然如此者。公旧传草匮子用栗蓬者，近辄失其本。告别录示下，或有已成药末，告求一二斤，尤佳。聊复为戏耳。此间多道人，博问精选，于养生之术，亦粗有得，非面莫能尽也。轼再拜。

与友人

东武小邦，不烦牛刀，实无可以上助万一者，非不尽也。虽隔数政，犹望掩恶耳。真州房缗，已令子由面白，悚息！悚息！轼又上。

与子安

轼启。近两捧来诲，伏承尊体佳胜，甚慰下情。轼蒙庇粗遣，屡乞解职补外，终未开允。何日瞻奉，临书惘惘。乍热，万乞保重，不备。

弟轼再拜子安三哥、三嫂左右。三月十日。

馆伴北使，得蕃段子，分献一匹，不罪微浼。轼又上。

与二郎侄

二郎侄：得书，知安，并议论可喜，书字亦进。文字亦若无难处，止有一事与汝说。凡文字，少小时须令气象峥嵘，采色绚烂，渐老渐熟乃造平淡；其实不是平淡，绚烂之极也。汝只见爷伯而今平淡，一向只学此样，何不取旧日应举时文字看，高下抑扬，如龙蛇捉不住，当且学此。只书字亦然，善思吾言！

与堂兄

十二姨尊候必康健，近托程润之附书信，必达，因侍幸道恳。小大郎、十九郎、廿郎兄弟各安。子由常得书，甚安。轼房下四月四日添一男，颇易养，名似叔，并荷尊荫。十六媳妇彭寿并安。屡以兄意及君素意语之，他近日渐有从人之意，诚为稳便。然亲情颇难得全，望诸兄与措意，求佳者，切切。岁月易得，不宜更缓，须是彼此共与求讨。

兄且在乡里待阙，且与三哥相□。羡之。成都守官极可乐，又得照管坟墓，又羡又羡，此中公事人事无暇，又物极贵，似京师，圭田甚薄，公库窘迫，供给萧然，但一味好个西湖也。役法、盐法皆创新，盗贼纵横，上下督迫，吏民胁息，□□火□上耳。乡中新事□批报。十四叔必安。向要腰带，出京时寄去矣。因见，问达否？不备。轼再拜。

大哥近得书，甚安。十九郎知在彼。

四小哥生计必渐成就，如何？

与祖印禅师

某启。昨夜清风明月，过蒙法施，今又惠及幽泉，珍感！珍感！木汤法豉，恐浊却妙供，谨以回纳，不一一。

与某禅师

轼虽已买田阳羡，然亦未足伏腊。禅师前所言下备邻庄，果如何？托得之面议，试为经度之。及景纯家田，亦为议过已，面白得之，此不详云也。冗事时渎高怀，想不深罪也。轼再拜。

与贤师上人

辱简，喜闻法履增胜，知续修者琴颇有声韵，不知何日可得也。法酝三壶，充下药，不一。

与大觉禅师

近不复如往日爱书画闲物，盖衰老事事寡悰，公犹以往日之意见期也。慎勿见示他画杂物之类，切！切！

【解题】

以上书信，作年均不详。

贺吕学士启

文学之选，人才所难。迩无世禄之嫌，远绝茅衡之弃。矧此国家养贤之地，岂为儒者窃位之私。某官学古入官，修身以道。志本为己，行浮于名。直谅多闻，固可追于益友，文史足用，曾不愧于古人。果膺选抡，益登清要。未遑驰问，先辱惠音。

贺韩丞相启

右轼启。伏审诞膺策命，首冠辅臣。四方耸观，万口同庆。天下幸甚，天下幸甚。

自古在昔，治少乱多。夫天将欲措世于大安，必有异人之间出；使民莫不回心而向道，类非俗吏之所能。方陋汉唐，将追尧舜。洪惟上圣之后，眷求一德之臣。谓莫如公，遂授以政。付八音于师旷，孰敢争能；捐六辔于王良，坐将致远。引领以望，惟日为年。

恭以昭文相公，全德难名，巨才不器。亹亹申伯之望，堂堂汉相之风。出入三朝，险夷一节。蕞尔种羌之叛命，慨然当宁以请行。威声所加，膻秽自屏。淮蔡既定而裴度相，徐方不回而召虎归。纵复遗种龙荒，游魂沙海，譬之癣疥，岂足爬搔。必将训兵择帅，而授之规摹，积谷坚城，而磨以岁月。破斧之恶四国，实愿周公之亟还；折箠以鞭赤眉，无烦邓禹之久外。天下是望，岂惟一人。

即日边徼苦寒，台候何似。伏冀为国，善调寝兴。谨奉启起居。

贺韩丞相再入启

伏睹诏书，登庸旧德。传闻四海，欢喜一辞。窃以君臣之间，古今异道。任法而不任人，则责轻而忧浅，庸人之所安；任人而不任法，则责重而忧深，贤者之所乐。凡吾君所以推心忘己，一切不问，而听其所为；盖其后必将责报收功，三年有成，而底于至治。自非量足以容物，智足以知人，强足以济艰难，勇足以断取舍，则何以首膺民望，力报主知。

恭惟史馆相公，忠诚在天，德望冠世。如《乾》之中正，挺然而纯粹精；如《坤》之六二，隤然而直方大。更练三朝之用舍，出入四方之险夷。疲民系心，有识引领。必将发其蕴蓄，以次施行。始缓狱以裕民，终措刑而隆礼。

轼登门最旧，荷顾亦深。喜抃之怀，实倍伦等。

贺时宰启

伏审光膺考慎，峻陟宰司。孚号扬廷，士识上心之所尚；置邮传命，人知圣泽之将流。靡不欣愉，至于鼓舞。

恭以某官，直方以大，广博而良。进以正而正邦，异乎求以求政。贯六经百子之学，焕三代两汉之词。昴禀自殊，伟萧侯之八尺；斗南莫竞，凛梁公之一人。加以绝识见微，旷度举远。清心省事，则法可使复结绳之约；强本节用，则货可使若流泉之长。材无不可范而成也，譬泥之在钧；俗无不可易而善也，犹风之靡草。是皆随试而有效，安见为事而无功。盖神考贻谋，已完具而可按；故成王缵要，宜纤悉以勿加。此大雅兼持而不移，矧清衷图任之愈笃。岂繄疏逖，所独咏歌。惟民罔知，合语则圣。凡有诏令，率先惠慈。固已遐迩争传，室家胥庆。顾此民逢此日之何幸，谓吾相劝吾君以爱人。欢声格于九天，乖气消于万汇。在昔小国，如彼景公。损己一言，退星三舍。又况以禹、汤大信之诰，有夔、契同寅之言。蠢尔凭生，犹知助顺；赫然在上，岂不降康。

某愚有赤心，老无佞舌。辄忘犯分，顾欲输诚；然有难言，是在精智。盖无交则莫与，苟好谋则必成。不恶而严，匪怒伊教。终成大赖，岂曰自私。伏念某遭时休明，赋命衰薄。蚤粗蒙于遴选，比久幸于退藏。天雨何私，笑流行之木偶；沧溟不改，叹自荡之波臣。重以倾岁周旋，窃尝撰屦；末涂流落，无复扫门。岂赖补息劓黥，凋圬粪朽；出蔀见日，去盆望天。怅末力之将殚，愧明恩之莫报。乃利用安身之何有，傥奉法循理之可为。民社非轻，犹承宣而惴惴；天渊靡外，亦戾跃以欣欣。某限以在外，不获躬诣省庭，预百执事贺钧。屏营下情无任。

贺文太尉启

伏审孚号扬庭，临轩遣使；出节少府，授钺斋坛。夷夏耸观，兵民交庆。盖功业盛大，则极名器而后称；惟德度宏远，故举富贵而若无。蔚为三世之宗臣，岂独一时之盛事。

恭惟留守文太尉，道本大合，德为人师。信及三川之豚鱼，威加两河之草木。身任休戚，言为重轻。始若留侯，弱冠而遇高祖；晚同尚父，黄发而亮武王。既奉册书，益新民听。方将威怀北虏，系颈长缨；约束河公，轨流故道。然后入调伊傅之鼎，归蹑松乔之游。舆论所期，斯言可必。

轼谪官有限，趋侍无缘，踊跃之心，宣写难尽。

贺孙枢密启

伏审对扬纶綍，进领枢机。道不虚行，必赖股肱之力；人惟求旧，允符夷夏之瞻。恭惟某官，德充山甫之将明，气备孟轲之刚大。声华倾于众望，功业见乎有为。拥节常山，远过长城之备；钊繁京兆，遂令鸣鼓之稀。公议益崇，贵名愈白。用致非常之命，以图保大之勋。惟时运筹，既壮王猷之塞；伫观秉轴，更增帝载之熙。某限以郡符，阻趋墙仞。欣抃之至，徒切下怀。

贺欧阳枢密启　代大中公作

伏审拜恩王庭，署事兵府。非徒儒者之盛节，实为天下之殊休。苟居下风，孰不欣抃。切以国家分设二府，纪纲百官。凡奉法循令，所以抚民于内者，皆效节于中书；秉义蹈忠，所以捍城于外者，皆受制于枢密。未有不能文而能干兵事，未有不知兵而能为宰臣。职虽或偏，道未始异。盖近古之制，兵农混于一民；自汉以还，文武分为二职。所上者系乎其世，所长者存乎其人。求其兼通，岂复容易。

恭以枢密侍郎，名冠当代，才雄万夫。通习世务，而皆有本源；讲明经术，而不为迂阔。擢居大位，实快群心。武夫悍卒，自以为能尽其才；贤士大夫，皆以为得行其道。

某分守远郡，寓居近畿。仰大贤之登庸，助率士之欢咏。

贺吕副枢启

伏审近膺告命，入总枢机。中外耸观，朝廷增重。伏惟庆慰。

窃以古之为国，权在用人。德厚者，辅其才而名益隆；望重者，无所为而人自服。是以淮南叛国，先寝谋于长孺；汾阳元老，尚改观于公权。樽俎可以折冲，藜藿为之不采。哀此风流之莫继，久矣寂寥而无闻。天亦厌于凡才，上复思于旧德。

恭惟枢密侍郎，性资仁义，世济忠嘉。岂惟清节以镇浮，固已直言而中病。出领数郡，若将终身。小人谓之失时，君子意其复用。迨兹显拜，夫岂偶然。然而荷三朝两世之恩，当《春秋》贤者之责。推之不去，凛乎其难。进伯玉而退子瑕，人皆望于门下；烹桑羊而斩樊哙，公无愧于古人。莫若尽行畴昔之言，庶几大慰天下之望。

轼登门最旧，称庆无缘。踊跃之怀，实倍伦等。

贺范端明启

右轼启。恭承明诏，追录旧勋。名升秘殿之严，实遂安车之养。仍推余泽，以及后昆。闻命以还，有识相庆。

窃谓死生之事，圣贤有不能了；父子之际，古今以为难言。方其犯雷霆于一时，岂意收功名于今日。惟天知我，绝口不言。伟事发之相重，非人谋之所及。

恭惟致政端明学士，至诚格物，隐德在人。弼亮四世如毕公，寿考百年如卫武。独立不惧，舍之则藏。惟有青蒲之言，尚在金縢之匮。白日一照，浮云自开。坐使遗民，复观盛事。子孙归沐，下万石之里门；君相乞言，授三老之几杖。更延眉寿，永作元龟。轼无任欢喜颂咏激切之至。

贺高阳王待制启

伏审显奉恩纶，荣更帅阃。镇武垣之冲要，联内阁之高华。公议交俞，贵名愈白。

恭惟某官，膺天大任，于时有为。发挥才谋，更历事任。道能济而不过，事虽难而不辞。简在圣心，遂益柄任。峻登秘近之直，重易关防之雄。有恩有威，方结东人之爱；允文允武，更纾北顾之忧。即观成功，进陟近辅。

贺林待制启

伏审图旧圣时，升华法从。佥言谐允，有识叹咨。万木岁寒，配乔松于巨柏；众星夜艾，凛明月与长庚。斧藻昌朝，领袖后进。传闻四远，欢喜一词。

恭惟某官，名重弱龄，望高晚节。文章尔雅，盖西汉之余风；悃愊无华，亦东京之循吏。凡阅四朝而后用，独为三馆之老臣。著书已成，特未写之琬琰；立功何晚，会当收之桑榆。

轼交旧最深，慰喜良甚。尺书为贺，鄙志莫宣。

贺杨龙图启

右轼启。伏审新改直职，擢司谏垣。传闻迩遐，竦动观听。

咸谓国家之钜福，乃用谏诤之真才。必能深言，以补大化。

方今朝廷之上，号为无讳，而太平之美，终不能全；台谏之列，岁不乏人，而众弊之原，犹或未去。岂听之者徒能容而不能用，言之者但为名而不为功。历观古人之效忠，皆因当世而用智。不务过直，期于必行。右尹子革因坟典而道《祈招》之诗，左师触龙语饘粥而及长安之质。徒尽拳拳之意，不求赫赫之名。此仁人及物之休功，忠臣爱君之至分。伏自顷岁，所更几人。席未暖而辄迁，踵相蹑而继去。一身之讥，固足以免矣；而积岁之病，当使谁去之。恐习惯以为常，遂因循而不振。虽在僻陋，顾常隐忧。以为必得朴忠忧国之人，而又加以辩智得君之术。言苟获用，国其庶几。

伏惟谏院龙图，才雄于世，而常若不胜；节过于人，而未尝自异。素练边事，深知兵骄；顷持铨衡，实识官冗。必将举大体而不论小事，务实效而不为虚名。

轼最蒙深知，愧无少补。方倾耳以听，愿续书《谏苑》之篇；若有待而言，或能著《争臣》之论。阻以在外，无由至门。踊跃之怀，实倍伦等。

贺青州陈龙图启

伏审光奉诏书，往司留宪。汉恩予告，暂优三最之勤；商梦怀人，方傒巨川之济。于公自计，为喜可量。

伏惟某官，文武宪邦，忠嘉致主。众谓老成之托，孰逾旧学之贤。而乃力谋退安，示有疾病。挥金故里，虽荣疏傅之归；雅意本朝，日望萧公之入。无由追饯，徒切瞻依。

贺彭发运启

伏审拜诏十行，观风六路。允符公论，克振先声。恭承曩契之隆，得与属城之末。瞻依有素，感慰居多。伏惟发运吏部年兄，士耸英风，时推旧德。用久淹而未尽，才历试而愈高。船满潭中，行奏韦坚之课；钱流地上，伫观刘晏之能。喜抃之深，力占难尽。

贺王发运启

伏审荣膺制检，总领漕权。惨舒六路之民，表里大农之政。风声所暨，忻悚交并。恭惟某官，学术过人，忠嘉许国。暂屈分符之寄，已膺侧席之思。乃眷东南，欲少苏于疲瘵；无心内外，当益罄于谋维。凡在庇庥，岂胜欢慰。

贺蒋发运启

伏审上计入觐，拜恩言还。拥节东南，上寄一方之休戚；考图广内，示将大用之权舆。凡在庇庥，举增忭跃。恭惟某官，受材秀杰，秉德纯忠。蔚然西汉之文，深厚尔雅；展矣东京之吏，悃愊无华。虽已得正法眼藏于禅师，犹有一大事因缘于当世。行将入践卿相，坐致功名。以斯道而结主知，随所寓而作佛事。某窜流已久，衰病相仍。方称庆之未皇，忽移书之见及。欣幸之至，笔舌难宣。

贺新运使张大夫启

伏承抗旌入境，揆日临民。方一节之风驰，已列城之云靡。矧惟雅故，尤激欢悰。伏惟某官，早以异材，著闻美绩。议法造令，久裨于庙谋；宣化承流，益试之民事。自闻新命，实慰舆情。再惟衰朽之余，得荷宽明之庇。其为厚幸，未易究陈。

贺提刑马宣德启

奉命按刑，捧节入境，吏民相庆，已戴二天之仁；衰病自私，独先一日之雅。恭承荣问，有激懦衷。伏惟某官，才映士林，望高朝论。治行耸闻于中外，家声洋溢于缙绅。眷三吴之疲民，困连年之积潦。畴咨明哲，宣布厚恩。匪惟凋瘵之获苏，抑亦庸虚之知勉。其为喜幸，岂易名言。

【解题】

上十八文皆为贺人任职、升迁而作。文中大体颂人德行，四六体式，多用典故，文风雍容富丽，颇见才学。然亦是应酬文字。上文皆不详作年。

贺正启四首

一

伏以物壮则老，肃役所以成岁功；否终必倾，反复然后知天意。凡在含生之类，休有向荣之心。恭惟某官，履信体仁，秉德直义。才无施而不可，道得时而愈隆。方当汇征元吉之辰，宜享既醉太平之福。某限居官守，阻候门墙。瞻颂之深，敷宣罔既。

二

伏以苇桃在户，磔禳以饯余寒；椒柏称觞，燔烈以兴嗣岁。在时为泰，与物咸新。恭惟某官，德洽斯民，才高当世。迹难淹于外补，望已隆于本朝。庆此朋来之辰，必有汇征之福。某官守所系，展谒无阶。颂咏之深，敷写难尽。

三

效五物以观云，咸知岁美；备八能而合乐，益验人和。伏惟某官，进德及时，宜民受禄。肇履二阳之应，永膺百顺之归。未遂披承，徒增欣咏。

四

三阳应律，万宝向荣。永惟视履之祥，宜获自天之祐。未遑展庆，徒切颂言。

贺邻帅及监司正旦启

新历既颁，盖履端归余之岁；群情交泰，正赞阳出滞之辰。恭惟某官，厚德镇浮，高名华国。非独畴咨之用，已简上心；更膺难老之祥，以符民望。官守所限，展庆无由。欣颂之深，敷陈罔既。

贺列郡守倅正旦启

新历既颁，群情交泰，过蒙流问，祇服宠光。永惟嗣岁之兴，必享宜民之禄。徒深颂咏，莫罄敷陈。

贺冬启

伏以候缇室之清官，瞽告以日；卜台观之黄祲，史书有年。共安消长之来，以待阴阳之定。恭惟某官，才猷杰异，道德深醇。靖共正直之休，顺获天人之助。某恪守官次，阻称寿觞。坐驰倾向之心，莫罄安荣之遇。

贺邻帅及监司冬至启

月临天统，首冠于三正；气兆黄宫，复来于七日。候微阳之协应，知君子之汇征。伏惟某官，硕德庇民，杰才经世。践扬中外之寄，益推望实之隆。《既醉》太平，实具周诗之福；《大有》上吉，允符羲易之占。轼限以守边，未遑称庆。徒云善颂，莫罄鄙虔。

贺列郡知通冬至启

日旋南极，气兆黄宫。窃惟视履之祥，宜拥自天之祐。未遑驰问，先辱惠音。感佩之余，敷述罔既。

【解题】

上文皆为庆贺四时节令所作。正、正旦，即指春节。上文皆不详作年。

洛尹到任谢宰相启

滥司留钥，茂著事功；易处藩方，敢论治效。省循甚惧，踧踖无容。伏念某起自孤生，期于平进。猥奉前席之对，遂膺圣上之知。首置郎曹，旋升内史。缀七臣之近列，亚八座之崇资。暨出绾于郡章，亦参荣于法从。载惟侥冒，一出奖成。恭惟某官光辅熙朝，宠膺睿眷。金声掷地，共推华国之文；玉德照人，自是礼神之器。尚怜衰陋，特为保全。某敢不祗奉彝章，恪循分守。誓仰酬于天造，庶旁答于已知。

谢监司荐举启

猥以庸虚，过蒙知遇。既免尤谴，复加荐论。自省孤危，加之衰病。生而赋朴野之性，愚不识祸福之机。但知任己以直前，不复周防而虑后。动触时忌，言为身灾。挤而去之，则为有功；引而进之，亦或招悔。自非不以利禄为意，而以仁厚为心。顾兹钝顽，谁肯收录。

伏惟某官，时望至重，主知已深。方将长育于群材，专务掩覆于小过。怜其谋身之甚拙，进绝望而退无归；知其为政之虽迂，岁有余而日不足。特矫世俗，借之齿牙。轼敢不祗畏简书，益自修饬。岂云报德，苟不辱知。过此以还，未知所措。

谢监司启二首

一

近审下车，辄尝进记。徒欲闻名于将命，未皇尽意以占词。不图谦光，遽锡褒宠。感铭既切，愧惕并深。恭惟某官，以旧德之贤，当圣朝之选。恩足以济法，义足以理财。先声所临，公议同庆。凡遴属部，实有赖于庇庥；惟是孤踪，更曲蒙于优借。此为过幸，岂复胜言。

二

伏念倾盖若故，虽自慰于宿心；尽言非书，固未纾于诚意。即膺宠复，实佩谦光。退属纷萦，遂疏上记。遽叨荣问，徒益厚颜。恭惟某官造道惟深，养气以直。理财不愆于义，行法不失其恩。窃聆下风，倍仰厚德。不图幸会，遽隶属封。吏畏民怀，既仰安于明哲；心劳政拙，庶粗免于谴诃。喜抃至深，敷陈莫罄。烦歊尚炽，参对未期。伏冀精颐，别即迅召。

谢本路监司启

多病早衰，屡有江湖之请；误恩过听，遂分疆场之忧。才无取于折冲，愧已深于卧镇。敢缘厚德，尚许兼容。伏惟某官，名重搢绅，望隆中外。承宣帝泽，民忘流殍之灾；肃振台风，吏若亲临之畏。顾惟朽钝，得奉教条。但交欣悚之怀，莫罄瞻依之颂。

谢监司礼启

燕南赵北，昔为百战之场；地利人和，今乃四夷之守。观累朝之命帅，皆一代之名臣。岂谓宠荣，曲加疲陋。顾吏民之易治，幸衰拙之少安。此盖伏遇某官，硕德庇民，宏才纬世。余膏所烛，常分无尽之光；蒙雾而行，坐获不知之润。眷言朽钝，未遂颠跻。勉加策励之勤，少答吹扬之赐。

谢孙舍人启

拜命中宸，代言西掖；耸闻中外，交庆士夫。窃惟二圣之心，盖以多士为急。灭烽仆鼓，而以将帅为藩垣；抵璧捐金，而以公卿为帑廪。盖樽俎有折冲之恃，则藜藿无见采之忧。某官瑚琏之资，杞梓其用。学不专于为己，才已效于临民。穆如清风，草木皆靡；炳然白日，霰雪自消。兹为收拾之储，岂特丝纶之任。不遗衰朽，过辱缄封。永敦为好之怀，深负难酬之作。

谢中书舍人启

右轼启。蒙恩授前件官者。起于贬所，未及期年；擢置周行，遽参法从。省躬无有，被宠若惊。窃惟人材进退之间，实为风俗隆替之渐。必欲致治，在于积贤。虽一薛居州，齐言不能移楚；而用范武子，晋盗可使奔秦。崔琰进而廉俭成风，杨绾用而淫侈改度。诚国是之先定，虽民散而可收。拔茅茹者以汇而征，附马栈者必先其直。用舍既见，好恶自明。人知所趋，势有必至。今朝廷方讲当世之务，力追前代之隆。虽改定法令，足以便事，而未足以安民；宽驰赋役，足以安民，而未足以成俗。是以登进耆老，搜求隽良。将使士知向方，民亦有耻。如轼者山林下士，轩冕弃材。少而学文，本声律雕虫之技；出而从仕，有狂狷婴鳞之愚。沟中不顾于青黄，爨下无心于宫征。误蒙收拾，已出优恩。荐履禁严，殊非素望。此盖伏遇某官，德配前哲，望隆本朝。名重圭璋，上助庙堂之用；言为蓍蔡，下同卿士之谋。余论所加，虚名增重。知丹心之尚在，怜白首之无归。特借宠光，以宽衰病。任隆才下，恩重报轻，直道而行，恐非所以安愚不肖之分；充位而已，又不足以解卿大夫之忧。早夜以思，进退惟谷。恐惧战越，不知所裁。

谢诸秀才启

鹿鸣食野，方主礼之粗陈；骊驹在门，叹宾欢之莫尽。遽辱移书之重，益惭为具之疏。即遂愿言，徒增铭佩。

谢高丽大使远迎启

伏审观光魏阙，自忘浮海之勤；授馆吴都，将有披云之幸。过承谦德，先枉华缄。感荷之深，诵言莫既。

谢 副 使 启

伏审祇率邦常，来修方贡。适此海隅之守，得瞻使节之华。

首辱缄縢，过形谦抑。其为感怍，难尽名言。

谢高丽大使土物启

伏审扬聆造朝，弭节就舍。归时事于宰旅，方劳远勤；发私币于公卿，亦蒙见及。莫遑辞避，但切感铭。

谢 副 使 启

伏审舍馆初定，徒驭少休。粗接宾欢，方愧饩牵之陋；曲敦私好，特班琛贡之余。感佩丁怀，愧怍无量。

谢管设副使启

伏以徘徊弭节，必忘靡盬之勤；笑语飞觞，深怀不腆之愧。过承荣问，益荷谦勤。感服于衷，笔舌难尽。

谢惠生日诗启二首

一

蓬矢之祥，虽世俗之所尚；蓼莪之感，迨衰老而不忘。岂谓某官，意重琼瑶，文成黼黻。推仁心而锡类，出妙语以嘘枯。摄提正于孟陬，已光初度；月宿直于南斗，更借虚名。永惟难报之珍，但结无穷之好。

二

伏蒙某官，以某生辰，特贻佳什。允也风人之作，灿然华衮之荣。自省庸虚，惟知愧汗。虽大人占《斯干》之梦，喜获嘉言；而弟子废《蓼莪》之篇，难忘永慕。感佩之素，敷染莫周。

【解题】

上数文皆为谢人恩惠所作。文皆用四六形式，颇显堂皇郑重。上文皆不详作年。

上留守宣徽启

右某启。少年游学，方成都乐职之秋；壮岁效官，复淮阳卧理之日。矧留都之清净，眷幕府之优闲。再枉辟书，重收孤迹。哀怜废弃之久，谁复肯然；绸缪樽俎之欢，亦非偶尔。伏惟留守宣徽大尉，才高一世，望重屡朝。体河岳之兼容，纳涓尘而不间。衣食有奉，已宽尽室之忧；道德照人，况复终身之幸。其为感激，难尽敷陈。

上虢州太守启

伏审光奉宸恩，宠分郡寄。惟此山河之胜，宜膺师帅之权。凡在庇庥，莫不欣抃。

切以弘农故地，虢国旧邦。周分同姓之亲，唐以本支为尹。富庶雅高于二陕，莺花不谢于三川。韩公三十一篇，风光咸在；贾岛五十六字，景色如初。有洪淄灌溉之饶，被女郎云雨之施。

四时无旱，百物常丰。宝产金铜，充仞诸邑；良材松柏，赡给中都。至于事简讼稀，潇洒有道山之况；鱼肥鹤浴，依稀同泽国之风。自匪巨贤，不轻假守。故来者未尝淹久，而优恩已见迁除。非总一路之转输，则入六曹而侍从。前人可考，新命何疑。

伏惟御府某官，学造渊源，道升堂奥。精祲尽天人之蕴，高明穷性命之微。中外屡更，功名茂著。铜虎暂淹于百里，朱辐聊寄于三堂。仰望清徽，俯临民社。共徯星言而夙驾，思承道化乎其民。

某仕版寒踪，宾僚俗吏。久仰圭璋之望，素钦星斗之名。岂谓此时，获依巨庇。惟良作牧，已兴来暮之歌谣；有陨自天，惟恐别膺于纶綍。无任丹恳，倍切驰情。

与颍州运使刘昱启

衰病倦游，久怀归意。圣神宽假，特乞守符。条教阔疏，溪湖清远。但坐縻于廪禄，顾难继于贤豪。所幸仁明，曲垂存抚。特先蒙于顾盼，使增重于吏民。伏惟运使郎中，才简上心，名高省闼。暂屈外台之寄，一苏右辅之民。日望车尘，按临封部。少奉诲言之末，足为衰朽之光。感佩之私，笔舌难既。

杭州与莫提刑启

罢直禁中，本缘衰病；分符浙右，更窃宠荣。顾惟顽钝之资，岂任繁剧之寄。仰凭多可，或赐曲全。恭惟某官，德望在人，才猷简上。肃高风于列郡，浃厚德于齐民。千佛题名，昔忝游从之末；三吴按郡，想蒙润泽之余。会见有期，瞻依愈切。

答莫提刑启

右轼启。得请江湖，虽适平生之愿；剸烦狱市，岂堪老病之余。赖兹德大而有容，愍其心劳而愈拙。故于始至，借以一言。此盖伏遇提刑某官，威肃列城，德怀雅俗。虽在按临之属部，不忘宿昔之交情。岂独敦忠厚之风，抑以增衰朽之重。其为感怍，未易名言。

回列郡守倅启

祗奉诏恩，出临边寄。愧非才之难强，托余庇以少安。岂谓仁私，过形存问。感佩之至，宣写莫周。

答杜侍郎启

伏审荐膺天宠，荣贰卿曹。士友喜于汇征，朝廷为之增重。伏惟兵部侍郎，温文亮达，宏远清通。直道不回，贯今昔而无愧；处躬自厚，蹈世俗之所难。事愈练而益明，用虽晚而必济。自闻休命，实起懦衷。遽承问讯之先，益佩谦光之过。

答范端明启

伏审参稽古乐，追述新书。琢石铸金，成之有数。立钧出度，施及无穷。搢绅云集于奉常，端冕天临于便座。伟兹壮观，自我元臣。

窃以乐之盛衰，寄于人之存否。秦、汉以下，郑、卫肆行。虽喜三雍之成，旋遭五胡之乱。平陈之后，粗获雅音；天宝之中，遂杂胡部。道丧久矣，孰能起之。独求三代之遗声，允属四朝之旧德。

恭惟致政端明丈丈，耄期称道，直亮多闻。进不谋安，昔既以身而徇义；退犹忧国，今推所学以及人。岂惟尽力于考音，至复倾家而制器。盖事关于治忽，必幽赞于神明。得《商颂》十二篇于周大师，虽贤者之事也；获古磬十六枚于犍为郡，岂偶然而已哉。

轼本非知音之人，空荷移书之辱。究观累日，喜愧兼怀。徒诵咏于再三，岂发明于万一。

答曾学士启

伏审祗奉诏恩，荣升册府；允厌朝论，增辉士林。伏惟庆慰。恭以圣神在御，政化惟新。顾吁俊之无方，岂拔贤而待次。贱如莘野，犹为席上之珍；远若傅岩，尽入彀中之选。而况圭璋之质，近生阀阅之家。固宜首膺寤寐之求，于以助成肃雍之化。府判学士，天资粹美，儒术讲明。向屈处于下僚，盖避嫌而自晦。属武子之请老，察少翁之最贤。抚念老成，聿求义训。岂独褒崇之盛典，固将乐育于英材。自顾庸虚，获联斋舍。忽捧书词之辱，益知谦德之光。喜愧于心，踧踖无措。

答新苏州黄龙图启

伏审光膺诏函，移牧吴会。先声所被，惠政已孚。自顾妄庸，敢论畴昔。既联法从之末，又窃邻光之余。金华玉堂，帝左右之高选；武林茂苑，江东南之要藩。虽才分阔绝于贤愚，而步武差池于先后。其为喜幸，宜倍等流。伏惟某官，文秀士林，才任国器。学已试而可用，望久养而益隆。偃息均劳，叔度莫窥于万顷；治行称首，次公行践于三槐。润泽所加，迂愚有托。辱移书之周厚，实借宠于衰迟。铭感之深，笔舌难喻。

答王太仆启

伏审祗奉明纶，特膺异选。以高才望册府，以令德正仆臣。侧闻除书，大慰舆论。伏惟太仆学士，文鸣早岁，学配前人。豫章虽老于中林，瑚琏终升于清庙。万事不理，问伯始而可知；三箧虽亡，得安世而何患。清涂方践，远业难量。愧修庆之未皇，辱移书之见及。感佩之至，但切下怀。

答彭舍人启

伏审显膺宸命，进直掖垣。除目播腾，舆情欣属。国家董正百官之治，聿追三代之隆。用事考言，因名责实。然而宪台省闼，无预于文词；儒馆学宫，不关于政理。惟此六押之任，要须二者之长。非该通经术，则不足以代王言；非晓达吏方，则不足以分省事。是为文士之极任，岂止时人之美谈。果有真才，来膺妙选。

伏惟某官，道师古始，识造精微。学穷游、夏之渊源，文列马、班之伯仲。自期甚厚，所得实多。对策决科，尝魁天下之士；犯颜逆指，有古名臣之风。粤从言动之司，亟掌丝纶之美。璠玙美质，岂独一时宗庙之华；杞梓异材，固为后日栋梁之用。

轼备员法从，窃庇余光。聊陈舆诵之言，少答函封之辱。其为欣佩，莫究颂言。

答曾舍人启

伏审显膺制命，荣进掖垣。风声所加，中外同庆。伏以取才之道，自昔为难。惟君子之所为，固众人之莫识。奢俭异俗，不害徐公之有常；用舍皆天，孰知令尹之无喜。此盖某官异材秀出，博学名家。世以文鸣，远继父兄之业；早缘德进，简在裕陵之心。今乃援而进之，论者惜其晚矣。训词一出，皆丹青润色之文；老拙自降，有糠粃在前之叹。过蒙宠顾，辱示华笺。恨无酬德之言，徒有得贤之庆。感怍之素，写述难周。

答乔舍人启

某闻人才以智术为后，而以识度为先；文章以华采为末，而以体用为本。国之将兴也，贵其本而贱其末；道之将废也，取其后而弃其先。用舍之间，安危攸寄。故议论慨慷，则东汉多徇义之夫；学术夸浮，则西晋无可用之士。兴言及此，太息随之。元祐以来，真人在位。并兴多士，以出异材。眷惟淮海之英，久屈江湖之上。迨兹显擢，实慰舆情。伏惟某官，名重儒林，才为国器。深厚尔雅，非近世之时文；直谅多闻，盖古人之益友。代言未几，华国著称。岂惟台省之光，抑亦邦家之庆。过蒙疏示，深服㧑谦。顾惭衰病之余，莫究欣承之意。

答杨屯田启二首

一

伏承枉顾，宠示长书。礼数过隆，既匪妄庸之称；文词深厚，足为衰拙之光。反复究观，愧汗交集。伏惟通判屯田，学深经术，名重荐绅。顷者剑外屈临百里之间，已是部中受赐一人之数。岂伊幸会，复此逢迎。听其言，信仁人之溥哉；居是邦，盖大夫之贤者。欲报琼瑶之贶，适苦簿书之烦。言之不文，永以为好。

二

向者不遗，特蒙枉顾。愧无琴瑟旨酒，以乐我嘉宾；但喜直亮多闻，真古之益友。谓将继此而得见，岂意阙然而有行。伏读诲音，惟知感叹。伏惟通判屯田，才猷通敏，学术深纯。非独东州杞梓之珍，将为清庙璠玙之宝。暂临边服，行履要津。而轼早以空疏，加之衰病。不缘旷官而罢去，则当引分以归耕。自兹恐遂有出处之疏，故临纸不能无怅惘之意。惟祈自重，少副下情。

答晁发运及诸郡启

衰病交攻，已安僻壤；宠光荐及，复付名邦。虽见吏民，敢违条教。尚缘大庇，使获少安。此盖伏遇某官，忠厚有容，高明毕照。乐善忘势，稍霁外台之威；讲旧论心，曲敦同榜之好。余人：某官忠厚有容，通明毕照。朝高雅望，流风采之耸闻，士诵德言，借光华于枯朽。致兹疏拙，粗免旷瘝。愧展奉之未皇，但缄藏之无斁。

答陈提刑启

久窜岛夷，偶未书于鬼录；逃归空谷，固喜闻于足音。况清庙瑚琏之姿，为明堂杞梓之用。欲通名而未敢，岂流问之辄先。恭惟提刑刑部，才高一时，望重多士。鲁诸儒之德业，缘饰政刑；汉循吏之风流，本源经术。暂屈云霄之步，来苏岭峤之民。怜迁客之无归，坠尺书而起废。助其羽翼，借以齿牙。但忧枯朽之余，难副吹嘘之力。既感且怍，不知所云。

回叶运使启

近审下车，辄尝进记。徒欲闻名于将命，未皇尽意以占词。不图谦光，遽锡褒宠。感铭既切，愧惕并深。恭惟某官以旧德之贤，当圣朝之选。恩足以济众，法足以理财。先声所临，公议同庆。凡繄属部，实有赖于庇庥，惟是孤踪，更曲蒙于优借。此为过幸，岂复胜言。

答李知府启

伏审祗奉异恩，远临全蜀。奎文宝训，方入直于禁严；并络提封，旋出分于忧顾。风猷所暨，谣颂率同。恭惟知府宝文，望重搢绅，材宜廊庙。譬之金石，盖暗然而日彰，浩若江河，固穷之而益远。西南之俗，信服已深。民物孑来，气复岷峨之旧；舟车云集，惠通秦楚之商。曾未下车，已闻报政。轼倦游滋久，寤寐怀归。空咏《甘棠》之思，莫展维桑之敬。怅焉永望，言不写心。

答彭贺州启

窜流海国，脱身羁鬼之林；洒扫真祠，拜赐散人之号。喜归田之有渐，悼报国之无期。方自愧于心颜，敢闻名于左右。岂谓某官，曲敦雅好，深轸穷途。赐以尺书，借之余论。温词曲尽，贤于十部之见临；陋质增华，果已五浆之先馈。但惭衰朽，虚辱品题。敬佩至言，永以为好。

答王明州启

伏审奉诏牧民，涓辰莅事。教条清简，曾无颐指之劳；吏下肃承，皆有心服之敬。风声所暨，邻境为先。伏惟知府龙图，迪哲而文，刚中莫屈。大辩若讷，耻为利口之言；小智自私，谁识仁人之勇。道不容于群枉，身乃获于退安。回观争夺之涂，日有荣枯之变。坐啸之乐，勿以语人。强食自颐，犹当为国。

答秀州胡朝奉启

伏审初见吏民，首行条教。邻封甚迩，欣谣颂之蔼然。缄牍先蒙，愧劳谦之过矣。某官望推朝论，才映士林。用已试于盘根，所居见纪；政方观于余地，不令而行。某待罪江湖，苟安衰病。眷言一郡，幸击柝之相闻；矜式百为，知伐柯之不远。其为欣咏，难尽名言。

答许状元启

右轼启。伏以贤俊之士，固将有所挟持；富贵之来，岂能为之损益。昔者在贫贱之辱，所有无以异于今；一朝居豪杰之先，而人然后知其贵。伏惟状元佥判廷评，以粹美之质，负杰异之才。自远方而游上都，以一日而盖天下。士既望风而知不敌，人皆敛衽而谓当然。苟非素与交游之流，安敢轻为贺问之礼。不期谦抑，过录庸虚。忽承笺牍之临，皆自听闻之误。礼非所称，愧靡自任。先皇帝未明求衣，久已格于至治；洮盥凭几，尚不忘于选贤。庸登哲民，以遗后圣。虽喜车旌之召，旋兴弓剑之悲。臣子之心，远迩若一。即日承已拜命，计将就涂。念展谒之何时，徒向风而永望。谨奉启陈谢，不宣。

答陈斋郎启

伏审祇膺宠命，荣践亨涂。拜庆庭闱，溢欢声于观者；驰书士友，掞华藻之灿然。顾此衰羸，实难当捧。伏惟斋郎，天资深茂，学术淹通。经行两纯，穷达一操。久困有司之尺度，退从老圃于丘园。陋彼素餐，是闻也，非达也；凛然遗直，惟有之，则似之。假道一官，权舆千里。幅巾藜杖，愿为二老之风流；甲第高门，坐看诸郎之富贵。欣颂之至，笔舌难周。

答馆职启

伏审奉诏明廷，升华册府。国有得贤之庆，士知稽古之荣。虎观石渠，极诸儒之妙选，鳌宫金阙，笑方士之远求。自喜衰年，获观盛事。某官学本自得，道惟造深。温故为君子之儒，多闻推益者之友。奇字可学，知子云之苦心，亡书复存，赖安世之默识。不试而用，知贤则深。轼方此赐环，遽承枉驾。沐诲音之已厚，愧驰谒之未遑。

【解题】

上四十二首答启，一般以平辈或下级为对象，皆四六体式，为交往应酬而作，皆不详作年。

与过求婚启

敢议婚姻，盖恃乡闾之末；遂忘门阀，亦缘声气之同。龟筮既从，祖考咸喜。伏承令子弟二小娘子，庆闱擢秀，岂独卫公之五长；而某第三子某，驽质少文，庶几南容之三复。恭驰不腆之币，永结无穷之欢。悚抃于怀，敷述罔既。

答求亲启

藐尔诸孤，虽本轩裳之后；闵然衰绪，莫闲纂组之功。伏承某人，儒术饬修，乡评茂著。许敦兄弟之好，永结琴瑟之欢。瞻望高门，获接登龙之峻；恪勤中馈，庶几数马之恭。

下 财 启

夙缘契好，获讲婚姻。顾门阀之虽微，恃臭味之不远。敬陈纳币之礼，以行奠雁之仪。庶徼福于前人，永交欢于二姓。

【解题】

上三文皆为聘问嫁娶所作，不详作年。

合格25